立川文庫セレクション

Sanada Yukimura

Kato Gyokushu

立川文庫セレクション

加藤玉秀◉著

真田幸村

論創社

真田幸村　目次

真田幸村

◎大阪陣《おおさかじん》の遠因《えんいん》

想《おも》えば憐《あわ》れ大阪《おおさか》の土《つち》さえ裂《さ》くる夏《なつ》の陣《じん》、金《かね》さえ凍《こお》る冬《ふゆ》の陣《じん》、吹《ふ》き来《く》る風《かぜ》の西東《にしひがし》。乱《みだ》れ行《ゆ》く世《よ》の浪花江《なにわえ》や、芦《あし》の触《さわ》りは茂《しげ》くとも、故主《こしゅ》のために身《み》を尽《つく》し、尽《つく》さんとても筑紫潟《つくしがた》、波《は》上《じょう》の岸《きし》の儘《まま》ならぬ、身《み》は白露《しらつゆ》と消《き》えしかと、たけきその名《な》はいまの世《よ》に尚香《なおかん》ばしく残《のこ》って居《い》るは、彼《か》の真田左衛門尉海野幸村《さなださえもんのじょううんのゆきむら》でございます。ところが此真田幸村及《このさなだゆきむらおよ》び最期《さいご》の花々《はなばな》しき難波戦記《なんばせんき》などというは、当今《とうこん》に於《お》いても大分《だいぶん》に口演《こうえん》の上出版《うえしゅっぱん》になって居《お》りまするが、本《ほん》編《べん》は当時《とうじ》の戦記又《せんきまた》は文書《ぶんしょ》などを充分取調《じゅうぶんとりしら》べた上《うえ》、いま迄出版《までしゅっぱん》になって居《い》る物《もの》とは全《まった》くその行《ゆ》き方《かた》を変《か》え、難波戦記《なんばせんき》の主人公《しゅじんこう》たる真田幸村《さなだゆきむら》を中心《ちゅうしん》となし、周囲《しゅうい》の事実《じじつ》を口演《こうえん》する間《あいだ》に、難波戦記《なんばせんき》の面白《おもしろ》き処《ところ》を抜萃《ばっすい》して、口演致《こうえんいた》しますれば何卒其御心算《なにとぞそのおつも》りにて、御愛読有《ごあいどくあ》らんことを偏《ひとえ》に願《ねが》いあげます。抑《そ》も応仁《おうにん》の一乱《らん》より天下《てんか》は麻《あさ》の如《ごと》くに乱《みだ》れ、二百有余年来《ゆうよねんらい》所謂群雄割居《いわゆるぐんゆうかっきょ》、乱世《らんせ》の打《う》ち続《つづ》いて何時天下《いってんか》は泰平《たいへい》に治《おさ》まるやら、四民其業《みんそのぎょう》に安《やす》んずることが出来《でき》ない、ところを当時漸《とうじようや》く尾州《びしゅう》三郡《ぐん》を領《りょう》して居《い》たる織田信長《おだのぶなが》なる者《もの》が遂々時《とうとうとき》を得《え》て、どうやら斯《こ》うやら天下《てんか》を治《おさ》めたが、何《なに》しろまだ諸国《しょこく》には時《とき》を待《ま》って居《い》る者《もの》が沢山《たくさん》に在《あ》って、却々《なかなか》其《そ》れ位《くらい》で完全《かんぜん》に天下泰平《てんかたいへい》を寿《こと》ぶく事《こと》が出来《でき》ない。スルと間《ま》も無《な》く時《とき》は天正《てんしょう》十年《ねん》六月《がつ》二日、桔梗《ききょう》の旗差物《はたさしもの》を飜《ひる》がえしたる明智日向守光秀《あけちひゅうがのかみみつひで》が謀反《むほん》、本能寺《ほんのうじ》の不意《ふい》討《う》ち合戦《かっせん》にて、首尾《しゅび》宜《よ》く天下《てんか》を吾手《わがて》に握《にぎ》ろうとしたが、同月《どうげつ》十三日豊臣秀吉《にちとよとみひでよし》との合戦《かっせん》にて遂《つい》に天下《てんか》は空《むな》しく秀吉《ひでよし》の手《て》に帰《き》したが、そこで秀吉《ひでよし》は光秀《みつひで》を滅《ほろ》ぼしたるのちに主君信長《しゅくんのぶなが》の弔《とむら》いとて、京都大徳寺《きょうとだいとくじ》において、大焼香《だいしょうこう》を催《もよお》し、そののち賤《しず》ヶ嶽《たけ》の合戦《かっせん》に勝利《しょうり》を得《え》て彼《か》の柴田《しばた》勝家《かついえ》を滅《ほろ》ぼし、続《つづ》いて小牧山《こまきやま》の合戦等《かっせんとう》、数度《すうど》の戦争《せんそう》を経《へ》て全《まった》く天下《てんか》は豊臣氏《とよとみし》の有《ゆう》に帰《き》したから、上《かみ》は一天万乗《てんばんじょう》の帝《みかど》に誠忠《せいちゅう》を尽《つく》し、神社仏閣《じんじゃぶっかく》を再建致《さいこんいた》し、日本国中《にほんこくじゅう》にも充分《じゅうぶん》其《そ》れぐ要害《ようがい》を立《た》て、尚其上文禄年間《なおそのうえぶんろくねんかん》に、至《いた》っては、朝鮮国迄《ちょうせんこくまで》も手入《てい》れを致《いた》し、是《こ》れで殆《ほとん》ど天下《てんか》泰平《たいへい》に納《おさ》まったと思《おも》いきや、斯《かか》る稀世《きせい》の英雄《えいゆう》も慶長《けいちょう》三年《ねん》八月《がつ》十八日天命《にちてんめい》に仍《よ》って御他界《ごたかい》になると、不幸《ふこう》にも其翌年前田利家《そのよくねんまえだとしいえ》と言《い》う豊臣家《とよとみけ》の柱石《ちゅうせき》たる人《ひと》が卒《そっ》し、跡《あと》に残《のこ》った徳川氏一《とくがわしひと》人《り》の治世《じせい》と成《な》りましたが、其内《そのうち》にも万《まん》一此人《このひと》に天下《てんか》を奪《うば》われては一大事《だいじ》と、表面《ひょうめん》には豊臣《とよとみ》家《け》に忠義《ちゅうぎ》を尽《つく》すと見《み》せかけ、内実自分《ないじつじぶん》の欲望《よくぼう》を達《たっ》せんとしたのは彼《か》の石田《いしだ》三成《なり》でございます。遂《つい》に其翌慶長《そのよくけいちょう》五年《ねん》に至《いた》って、関《せき》ヶ原《はら》の乱《らん》を引起《ひきおこ》したのが豊臣家《とよとみけ》の末路《まつろ》を早《はや》める大原《だいげん》因《いん》、何《なん》でも事有《ことあ》れかしと待《ま》って居《い》た徳川家康《とくがわいえやす》は、時《とき》こそ来《きた》れと雀躍《こおどり》して打《う》ち喜《よろ》こび、下野《しもつけの》国小山《くにおやま》より軍勢《ぐんぜい》を引返《ひきかえ》して関《せき》ヶ原《はら》の戦争《せんそう》と成《な》ったが、金吾中納言《きんごちゅうなごん》の裏切《うらぎ》りに仍《よ》って悉《ことごと》く石《いし》田方《だがた》は滅《ほろ》び、徳川《とくがわ》の治世《じせい》に相成《あいな》りました。斯《かか》る次第《しだい》でございますから、豊臣家《とよとみけ》の亡《ほろ》びたのは世《よ》の成《な》り行《ゆ》きとは言《い》い乍《なが》ら、第《だい》一の原因《げんいん》としては、前田利家《まえだとしいえ》の死《し》、石田《いしだ》三成《なり》の小刀細《こがたなざい》工《く》、大阪方《おおさかがた》では淀君《よどぎみ》の吾儘《わがまま》、大野治長《おおのはるなが》などの姦策《かんさく》、是《こ》れ等《ら》が最大原因《さいだいげんいん》と成《な》ったのに相違《そうい》ございません。御話《おはな》しは外道《ほかみち》へそれる様《よう》でございまするが、当時《とうじ》の事情《じじょう》を朧《おぼ》ろげ乍《なが》ら知《し》る事《こと》が出来《でき》る御話《おはな》しが有《あ》ります故《ゆえ》一寸《ちょっと》此処《ここ》で御披露致《ごひろういた》して置《お》きます。其《そ》れは前田利家《まえだとしいえ》、徳川《とくがわ》家康《いえやす》、所謂太閤御他界後《いわゆるたいこうごたかいご》、豊臣家《とよとみけ》の後見役《こうけんやく》たる二人《ふたり》に関《かん》した事《こと》で、此前田利家《このまえだとしいえ》と言《い》う人《ひと》は幼名《ようめい》を犬千代《いぬちよ》と言《い》い、元服《げんぷく》して孫四郎《まごろう》と称《とな》えて居《い》たが、更《さら》に其後主君織田信長公《そののちしゅくんおだのぶながこう》の命《めい》に依《よ》って又左衛門《またざえもん》と改名《かいめい》をしたが、父祖代々織田家《ふそだいだいおだけ》に仕《つか》えて、年《とし》十四歳《さい》の時《とき》に初陣《ういじん》として敵将《てきしょう》の首級《くび》を取《と》り主君《しゅくん》の御感状《ごかんじょう》を頂《いただ》き、後信長公越前《のちのぶながこうえちぜん》を平定《へいてい》したる時《とき》に利家《としいえ》に駿河《するが》の府中《ふちゅう》三万《まん》三千石《ごく》を賜《たま》い、更《さら》に能登《のと》一国《こく》を御加増《ごかぞう》になったが、主君信長公本能寺《しゅくんのぶながこうほんのうじ》において弑《しい》せられた後《のち》、秀吉《ひでよし》を翼《たす》けて加《か》、能《のう》、越《えつ》三ヶ国《こく》の太守《たいしゅ》となり、官位《かんい》は大納言《だいなごん》を賜《たま》わり、慶長《けいちょう》四年閏《ねんうるう》三月中旬《がつちゅうじゅん》、病気《びょうき》をもって大阪《おおさか》において薨去《こうきょ》された、年《とし》は六十三歳《さい》で子《こ》は六男《なん》、利長《としなが》、利政《としまさ》、利好《としよし》、利常《としつね》、利高《としたか》、利貞《としさだ》等でございます。この利家《としいえ》が病《やまい》をもって将《まさ》にこの世《よ》を去《さ》られんとせし時《とき》、自分《じぶん》の倅《せがれ》六人《にん》を枕辺《まくらべ》に呼《よ》び寄《よ》せて、子供《こども》等《ら》の顔《かお》を一々見廻《みまわ》しながら、利家「ア丶鳥《とり》の将《まさ》に死《し》せんとするやその声悲《こえかな》しく、人《ひと》の将《まさ》に死《し》せんとするやそのいう処善《ところよ》しとか。其方《そのほう》等《ら》は能《よ》く吾《わ》が臨終《りんじゅう》のいう言葉《ことば》を覚《おぼ》えて置《お》けよ。吾《わ》れ荒尾《あらお》の一城主《じょうしゅ》より身《み》を起《おこ》して北陸《ほくりく》の太守《たいしゅ》と経登《へのぼ》り、大納言《だいなごん》の位《くら》いを賜《たま》わりしにいたりたるは、これ誰《た》れの力《ちから》ぞ、唯故《ただこ》太閤殿下《たいこうでんか》の恩誼《おんぎ》によるのである。されば吾《わ》が子々孫々《ししそんそん》に至《いた》る迄《まで》、決《けっ》して豊臣氏《とよとみし》に背《そむ》くことは出来《でき》ないと心《こころ》に誓《ちか》って居《お》るのである。それ故故太閤殿下《ゆえこたいこうでんか》にも吾《わ》がこゝろざしを御知《おし》りになって、御子秀頼公《おんこひでよりこう》を頼《たの》むといわれたが、せめて若君《わかぎみ》十五歳《さい》にもなられたうえ、天晴《あっぱ》れ天《てん》下《か》の武将《ぶしょう》にあおがれ給《たま》うを見《み》て死《し》にたいと思《おも》つた吾《わ》れも、最早《もは》や天命《てんめい》尽《つ》きて今日《こんにち》におよぶは、また是非《ぜひ》もなき次第《しだい》である。然《しか》るに熟々《つくづく》世《よ》の有様《ありさま》を見《み》るに、江戸内府徳川家康《えどないふとくがわいえやす》は徳高《とくたか》く才智勝《さいちすぐ》れて、殊《こと》に家来《けらい》には有名《ゆうめい》なる猛将勇卒《もうしょうゆうそつ》を従《したが》え居《お》れば、太閤恩顧《たいこうおんこ》の諸将《しょしょう》も多《おお》く心《こころ》を寄《よ》せ、万《まん》一天下《てんか》の乱《みだ》れとなれるその時《とき》は、豊臣氏《とよとみし》に代《かわ》って四海《しかい》を掌握《しょうあく》する兆候《きざし》あり。併《しか》しながら今漫《いまみだ》りにことを起《おこ》して徳川家《とくがわけ》の怒《いか》りを招《まね》くときには、その響《ひび》きは忽《たちま》ち大阪《おおさか》におよび、若君《わかぎみ》の御身《おんみ》も心許《こころもと》なし。先刻《さきじょう》吾《わ》れは石田《いしだ》三成《なり》、増田長盛《ましたながもり》の巧言《こうげん》に欺《あざむ》かれて、家康《いえやす》の心《こころ》を疑《うたが》いたるも、家康《いえやす》とて漫《みだ》りに自己《おのれ》の野心《やしん》を遂《と》げんがため天下《てんか》の乱《みだ》れを好《この》むことはあるまい。またよし野心《やしん》があればとて、風《かぜ》なきに波《なみ》は立《た》たぬ道理《どうり》、汝等《なんじら》も能《よ》く克《よ》くこのことを思《し》案《あん》して、徳川家《とくがわけ》の怒《いか》りに触《ふ》れない様《よう》にせねばならぬ。又故太閤殿下《またこたいこうでんか》の恩誼《おんぎ》を忘れて大阪《おおさか》へ弓曳《ゆみひ》くことは、決《けっ》して相《あい》ならぬぞ。併《しか》しながら吾《わ》れ死去《しきょ》せしと聞《き》かれたならば、若君《わかぎみ》は如何《いか》に歎《なげ》かるゝであろうか。加賀《かが》の老爺《じい》よ江戸《えど》の老爺《じい》よと、吾《わ》れと家康《いえやす》とを同《おな》じ様《よう》にはいうて居《い》られるが、その家康《いえやす》より吾《わ》が方《ほう》を一層慕《そうした》わせ給《たま》う御心深《おこころふか》かりしが、一朝幽明《ちょうゆうめい》を隔《へだ》てゝ其安否《そのあんぴ》を御訪《おたず》ねもうすことさえ出来《でき》ぬというは、誠《まこと》に情《なさ》けなき次第《しだい》である。それを思えば此利家《このとしいえ》も、まだ死《し》す可《べ》き次節《じせつ》ではない。アヽせめてモウ五六年《ねん》の命《いのち》が欲《ほし》いものだ」と此稀世《このきせい》の英雄《えいゆう》も、主家《しゅか》のことが心《こころ》に掛《かか》れば、自分《じぶん》が病苦《びょうく》も打《う》ち忘《わす》れて、熱《あつ》き涙《なみだ》をホロ〱ッと零《こぼ》し、目《め》を瞬《みは》った儘《まま》打《う》ち歎《なげ》かれる。枕辺《まくらべ》に付《つ》いて居《い》た五六人《にん》の人々《ひとびと》も、皆暗涙《みなあんるい》に咽《むせ》んだが、此時嫡子侍従利政《このときちゃくしじじゅうとしまさ》は、ジリヽ膝《ひざ》を進《すす》めて父利家《ちちとしいえ》の枕辺《まくらべ》に近寄《ちかよ》り、利政「ハッ、利政《としまさ》でございます。何卒父上《なにとぞちちうえ》にはその義御安神遊《ぎごあんしんあそ》ばしまする様《よう》、この利政斯《としまさか》くこの世《よ》にある上《うえ》は、豊臣《とよとみ》の天下《てんか》は大盤石《だいばんじゃく》、万《まん》一此大阪《このおおさか》に対《たい》して野心《やしん》を抱《いだ》く者《もの》あらば、利政《としまさ》が第《だい》一番《ばん》に走《は》せ向《むか》い、屹度其罪《きっとそのつみ》を糾《ただ》して故殿下《こでんか》の御厚恩《ごこうおん》の万分《まんぶん》一に報《むく》い奉《たてまつ》るでございましょう」と決然《けつぜん》としていい放《はな》つ。折柄間《おりからあい》の襖《ふすま》を静《しず》かに押《お》し開《ひら》いてはいって来《き》た近習《きんじゅ》の武士《ぶし》、遥《はる》か末席《ばっせき》に手《て》を仕《つか》えて、近「ハッ、申《もう》し上《あ》げます」利政「ウム、何事《なにごと》ジャ」近「只今御主君御病気《ただいまごしゅくんごびょうき》の御見《おみ》舞《まい》として、江戸内府徳川公御入来《えどないふとくがわこうごにゅうらい》になられましてございまする。いかゞ取《と》り計《はから》いましょうや」というに皆々顔《みなみなかお》を見合《みあわ》せて居《お》りましたが、この時利長《ときとしなが》は、利長「ウムそうか、よし〱、いま拙者共御出迎《せっしゃどもおでむか》いを致《いた》すであろう」と利長《としなが》は利政《としまさ》を引連《ひきつ》れて、家康出迎《いえやすでむか》いのために座《ざ》を立《た》って行《ゆ》く。やがて家康《いえやす》は例《れい》の莞爾《にこ》やかな顔《かお》をいたしながら只一人《ただひとり》、前田利長《まえだとしなが》、同じく利政《としまさ》の兄弟《きょうだい》を従《したが》えて此場《このば》に出《い》で来《きた》り、まず一通《とお》りの挨拶《あいさつ》を済《す》ますと、利家《としいえ》は家康《いえやす》の顔《かお》を見《み》るより病苦《びょうく》を忍《しの》んで褥《しとね》の上《うえ》に起《お》き直《なお》り、うしろから抱《かか》えた利貞《としさだ》の身体《からだ》に倚《よ》っ掛《かか》りながら、これ又慇懃《またいんぎん》に挨拶《あいさつ》をする。家康《いえやす》は隔《へだ》てもなくいろ〱と利家《としいえ》を慰《なぐさ》めて後《のち》、家「それでは加賀殿《かがどの》、拙者《せっしゃ》はこれにてお暇《いとま》をもうすでござる。折角御大切《せっかくおたいせつ》になさるゝ様《よう》、偏《ひと》えに願《ねが》いたてまつる。拙者《せっしゃ》もいま加賀殿《かがどの》に先立《さきだ》たれてははなし対手《あいて》もなく、又相談《またそうだん》を致《いた》す人《ひと》もない。何卒今《なにとぞいま》一度御全快《どごぜんかい》なさるゝ様主家《ようしゅか》のため前田家《まえだけ》のため、只管《ひたすら》お頼《たの》みを申《もう》す次第《しだい》にていずれも方御免《がたごめん》ッ」といいましも立《た》ち掛《かか》らんとするこの時《とき》、何思《なにおも》ったか前田利家《まえだとしいえ》、青《あお》ざめた顔《かお》にサッと紅《くれない》の色《いろ》を染《そ》め、目《め》は見《み》る間《ま》に吊《つ》り上《あが》ってジッと家康《いえやす》の顔《かお》を白睨《にら》み付《つ》け、ジリヽ膝《ひざ》を進《すす》めて、利家「アヽイヤ内府殿《ないふどの》、暫《しばら》くお待《ま》ちくだされッ」と右《みぎ》の手《て》を褥《しとね》の下《した》に差《さ》し入《い》れながら、鋭《する》どき声《こえ》に呼《よば》わった。これを聞《き》いたる利長《としなが》はスワコソといわぬばかり骨鳴《ほねな》り肉動《にくうご》くおもいにて、父利家《ちちとしいえ》と家康《いえやす》の顔色《かおいろ》を見詰《みつ》めながら、利政「ウームッ」といまにも飛《と》び掛《かか》らんとして呼吸《いき》を計《はか》って居《い》る、兄《あに》の利長《としなが》は様子《ようす》を家康《いえやす》に悟《さと》られじと、左《ひだ》りの手《て》を延《の》ばして袖《そで》を拡《ひろ》げ、弟利政《おとうととしまさ》の顔《かお》を隠《かく》した。利家《としいえ》はそんなことには介意《かまわ》ず、利家「如何《いか》に内府公《ないふどの》、先年太閤殿下《せんねんたいこうでんか》御他界《ごたかい》のみぎりお取《と》り交《かわ》せいたしたる誓紙《せいし》の面《おもて》、此前田利家今《このまえだとしいえいま》この世《よ》を去《さ》るも、ヨモ反古《ほご》にはなされまじ、如何《いかが》でござるぞ、この利家《としいえ》が最後《さいご》に臨《のぞ》み改《あらた》めて御意得《ぎょいえ》たい」と右《みぎ》の手《て》を褥《しとね》の下《した》に差《さ》しいれて、スワといわば飛《と》び掛《かか》らんとする有様《ありさま》、此方利政《こなたとしまさ》は兄《あに》利長《としなが》の袖《そで》の下《した》より此有様《このありさま》を見《み》て、堪《こら》え兼《か》ねたかパッとその袖《そで》を払《はら》い除《の》け、小刀《しょうとう》の柄《つか》に手《て》を掛《か》けて、片膝立《かたひざた》てた儘返事《ままへんじ》の次第《しだい》によっては、只《ただ》一刺《さ》しと、宛然《さなが》ら虎《とら》が獲物《えもの》を窺《うか》がうが如《ごと》き此時《このとき》、家康《いえやす》が只《ただ》一言《ごん》によって天下《てんか》は何《ど》うなり行《ゆ》くか、後《のち》に思《おも》えば実《じつ》に身《み》の毛《け》も竦立《よだ》つばかりなり。サア此時家康公《このときいえやすこう》の御返事《ごへんじ》は如何《いかが》でございましょう。

◎真田《さなだ》の家系《かけい》、幸村《ゆきむら》の生立《おいたち》

この時徳川家康《ときとくがわいえやす》はジロリ利家《としいえ》、利長《としなが》、利政等《としまさら》の顔《かお》を眺《なが》めてハッと思《おも》い直《なお》したごとく、家「オヽ加賀殿御安神《かがどのごあんしん》せられたい、弓矢《ゆみや》八幡《まん》も照覧有《しょうらんあ》れ、假令《たと》え淀川《よどがわ》の水逆《みずさか》さに流《なが》るとも、此家康《このいえやす》が心《こころ》は更《さら》に変《かわ》らぬことでござる」と決然《きっぱり》いい放《はな》たれて利家《としいえ》は、ホッと安神《あんしん》の息《いき》を継《つ》ぎ、利家「ウム内府殿《ないふどの》、それさえ承《うけ》たまわれば思《おも》い残《のこ》すことも更《さら》になし、さらば徳川殿《とくがわどの》」家「オヽ加賀殿御免《かがどのごめん》ッ」と出《い》で行《ゆ》く後辺影《うしろかげ》を見送《みおく》った利家《としいえ》、莞爾《にっこ》と笑《わら》って褥《しとね》の下《した》より取《と》り出《だ》す一振《ふり》の短刀《たんとう》、見《み》るより利政《としまさ》は、利政「オヽ父上《ちちうえ》、その短刀《たんとう》は……」利家「ウム、皆《みな》の者《もの》、是刀《これ》こそ泉下《せんか》に在《まし》ます故太閤殿下《こたいこうでんか》に贈《おく》るこのよの吾《わ》が土産物《みやげ》、内府《ないふ》の血《ち》を塗《ぬ》って泉下《せんか》に持《も》ち行《ゆ》かんとはおもったが、それにもおよばざりしが、利政《としまさ》、この大阪《おおさか》の若君《わかぎみ》を頼《たの》むぞッ」といい捨《す》てヽ、そのまヽゴロリ横《よこ》になったが、遂《つい》にその翌日薨去《よくじつこうきょ》せられたのでございます。このときに徳川家康《とくがわいえやす》一言《げん》を誤《あやま》ったならば、空《むな》しく家康《いえやす》は大阪《おおさか》の露《つゆ》と消《き》えて、天《てん》下《か》は誰《だ》れの手《て》に治《おさめ》られたのでしょうか、実《じつ》に一刹那《せつな》のことがどうなるかわからないのでございます。閑話休題《むだばなしはさておき》、此難波戦記《このなんばせんき》も秀吉公御他界《ひでよしこうごたかい》の後《のち》から、関東関西御手切《かんとうかんさいおてぎ》れとなり、こゝに戦端《せんたん》を開《ひら》きまする迄《まで》のことを委《くわ》しくもうしあげておりましては、口数斗《くちかずばか》りが多《おお》くて肝腎《かんじん》の眼目《がんもく》を申《もう》し上《あ》げることが出来《でき》ません故《ゆえ》、その辺《へん》は悉《ことごと》く略致《りゃくいた》して置《お》きます。抑々此難《そもそもこのなん》波戦記《ばせんき》の内《うち》で、大阪城《おおさかじょう》にあって関東《かんとう》百有余万《ゆうよまん》の大軍《たいぐん》を引《ひ》きうけ、采配《さいはい》をとって軍略《ぐんりゃく》を運《めぐ》らしたるは、真田左衛門尉海野幸村《さなださえもんのじょううんのゆきむら》にございます。それに続《つづ》いて後藤又兵衛基次《ごとうまたべえもとつぐ》、長曾我部《ちょうそかべ》盛親入道《もりちかにゅうどう》、これ等《ら》は皆々慶長《みなみなけいちょう》五年関《ねんせき》ヶ原《はら》の合戦《かっせん》より、永年《えいねん》の間浪人《あいだろうにん》をいたしていたが、中《なか》にも重立《おもだ》つ真田幸村《さなだゆきむら》が家《いえ》の系図《けいず》を温《たず》ねますると、人皇《にんのう》五十二代嵯峨天皇《だいさがてんのう》の皇子第《おうじだい》六番目《ばんめ》にお生《うま》れ遊《あそ》ばしたが恒貞親王《つねさだしんのう》、此方《このかた》の御子《おんこ》で幸恒《ゆきつね》という御方《おかた》が遂《つい》に武官《ぶかん》にくだられて、信州《しんしゅう》海野郡《うんのぐん》を賜《たま》わり、海野小次郎幸恒《うんのこじろうゆきつね》と名乗《なの》られたが、この真田家《さなだけ》の御先祖《ごせんぞ》でございます。それより九代目《だいめ》の小次郎幸氏《こじろうゆきうじ》という人《ひと》が、右幕下《うばっか》源頼朝公《みなもとよりともこう》に仕《つか》えて矢張《やは》り信州《しんしゅう》を領《りょう》して居《い》る、ところがそれより又《また》二十代目《だいめ》に当《あた》って海野信濃守宗綱《うんのしなののかみむねつな》という人《ひと》の代《だい》に至《いた》り、信州《しんしゅう》の真田《さなだ》を領《りょう》して姓《せい》を真田《さなだ》と改《あら》ためたが、その後御子息《のちごしそく》の真田弾正太夫幸義《さなだだんじょうたいふゆきよし》といえる人《ひと》が、信州《しんしゅう》更科《さらしな》の城主村上左衛門尉義清《じょうしゅむらかみさえもんのじょうよしきよ》に仕《つか》えていたが、その人《ひと》の嫡男《ちゃくなん》で真田弾正忠幸隆《さなだだんじょうちゅうゆきたか》というは、天晴《あっぱ》れ器量《きりょう》、人《ひと》に勝《すぐ》れた勇士《ゆうし》で、主君義清殿《しゅくんよしきよどの》にも特別御寵愛《とくべつごちょうあい》になって居《い》るところが遂《つい》に讒《ざん》者《しゃ》の舌頭《ぜっとう》にかゝって村上家《むらかみけ》を浪人《ろうにん》におよび同国箕輪《どうこくみのわ》の山中《さんちゅう》に閑居《かんきょ》をしていたのでございます。しかるにそのとき甲州《こうしゅう》の武田信玄《たけだしんげん》が臣山本勘助晴幸入道鬼斎《しんやまもとかんすけはるゆきにゅうどうきさい》というものが、わざ〳〵この箕輪《みのわ》の山中《さんちゅう》にきたって、この人《ひと》の執持《とりもち》により遂《つい》に武田家《たけだけ》に仕《つか》えることゝなったが、これ甲州武田家《こうしゅうたけだけ》の英雄《えいゆう》としてその名《な》を当時《とうじ》に唄《うた》われたる三弾正《だんじょう》の一人《にん》で、それは高阪弾正《たかさかだんじょう》、保科弾正《ほしなだんじょう》とこの真田弾正《さなだだんじょう》でございます。尤《もっと》もこのうちの高阪弾正《たかさかだんじょう》という人《ひと》は、槍《やり》をとって戦場《せんじょう》に臨《のぞ》みまするときは、これに向《むか》うものは恐《おそ》らく命《いのち》はないといわれた位《くら》い、天晴《あっぱ》れ槍術《そうじゅつ》の名人《めいじん》、又保科弾正《またほしなだんじょう》が一度《た》び腕《うで》を組《く》んで軍略《ぐんりゃく》を廻《めぐ》らす時《とき》には、百万《まん》の軍勢《ぐんぜい》もとり挫《ひし》がんという位《くら》い、いわば軍略家《ぐんりゃくか》でございます。いま一人《にん》の真田弾正《さなだだんじょう》は当時《とうじ》の人《ひと》は鬼真田《おにさなだ》と綽名《あだな》をいたし、その名《な》を聞《き》く丈《だ》けで大《おお》いに恐《おそ》れたという豪傑《ごうけつ》、これによって高阪弾正槍弾正《たかさかだんじょうやりだんじょう》、保科《ほしな》弾正智恵弾正《だんじょうちえだんじょう》、真田弾正鬼弾正《さなだだんじょうおにだんじょう》といわれている。ところが其鬼弾正《そのおにだんじょう》といわれた人《ひと》に四人《にん》の御子息《ごしそく》があつて惣領《そうりょう》を真田源太左衛門《さなだげんたざえもん》ともうし、次男《じなん》を兵部尉幸輝《ひょうぶのじょうゆきてる》ともうしまするが、此人《このひと》は長篠合戦《ながしののかっせん》の砌《みぎ》り討死《うちじに》をいたされた人《ひと》でございます。三男《なん》を安房守昌幸《あわのかみまさゆき》ともうし、四男《なん》を隠岐守信尹《おきのかみのぶただ》といわれる。然《しか》るに三男《なん》安房守昌幸《あわのかみまさゆき》どのは信州上田《しんしゅううえだ》を領《りょう》して、矢張《やは》り武田《たけだ》家《け》の幕下《ばくか》であったが、武田信玄公薨去《たけだしんげんこうこうきょ》の後《のち》はその子息武田伊奈《しそくたけだいな》四郎勝頼《ろうかつより》どのが父《ちち》の居城《きょじょう》を滅《ほろ》ぼしてしまった、その事由《わけ》というのは全《まった》く織田信長公《おだのぶながこう》と不和《ふわ》となり、天正《てんしょう》十年《ねん》三月《がつ》、織《お》田《だ》、徳川《とくがわ》、北條《ほうじょう》この三家《け》の軍勢《ぐんぜい》に攻《せ》め立《た》てられて、勝頼《かつより》は天目山《てんもくざん》において討死《うちじに》を遂《と》げた。其当時《そのとうじ》真田《さなだ》安房守昌幸《あわのかみまさゆき》は、心《こころ》の届《とど》く限《かぎ》り主《しゅ》の存意《そんい》を嗣《つ》がんというので、子息惣領源次郎信《しそくそうりょうげんじろうのぶ》之《ゆき》、次男《じなん》与《よ》三郎幸村《ろうゆきむら》とともに深谷新左衛門青海入道《ふかやしんざえもんせいかいにゅうどう》、弟《おとうと》三好伊三入道其他《みよしいぞうにゅうどうそのた》海野《うんの》三左衛門《ざえもん》、望月《もちづき》六郎《ろう》、三輪《わ》琴之助《ことのすけ》、根津甚《ねづじん》八、穴山岩千代《あなやまいわちよ》等《ら》五百人《にん》の郎党《ろうとう》を率《ひき》いて居城信州上田城《きょじょうしんしゅううえだじょう》へ立《た》て籠《こも》った。これを聞《き》いて織田信長《おだのぶなが》は大《おお》いに怒《いか》り、信「ヤアこのうえは信州上田《しんしゅううえだ》に兵《へい》を向《む》け、すみやかに真田安房守《さなだあわのかみ》を一戦《せん》の許《もと》にうち滅《ほろ》ぼさん」と急《いそ》ぎ軍馬《ぐんば》の準備《じゅんび》をして、関東《かんとう》八州《しゅう》の北條家《ほうじょうけ》へ沙汰《さた》をいたし、その上駿遠両州《うえすんえんりょうしゅう》の主《あるじ》徳川家康《とくがわいえやす》にも右《みぎ》の趣《おもむ》きを通《つう》じ、織田《おだ》、徳《とく》川《がわ》、北條《ほうじょう》三家《け》の兵合《へいがつ》して十七万有余《まんゆうよ》の大軍《たいぐん》をもって、ドッとばかりに信州上田城《しんしゅううえだじょう》を差《さ》して攻《せ》め寄《よ》せた。先《ま》ず上田城《うえだじょう》の南門《なんもん》へ攻《せ》め寄《よ》せたるは徳川《とくがわ》の同勢《どうぜい》、吉例《きつれい》によって酒井左衛門尉《さかいさえもんのじょう》が先陣《せんじん》、二陣《じん》は榊原小平太康政《さかきはらこへいたやすまさ》、三番《ばん》が大塚《おおつか》五郎《ろう》左衛門《ざえもん》、千葉康高《ちばやすたか》、第《だい》四番《ばん》が大久保《おおくぼ》七郎《ろう》右衛門《えもん》忠世《ただよ》、同《おな》じく忠助《ただすけ》、第《だい》五番《ばん》が本多平《ほんだへい》八郎忠勝《ろうただかつ》、第《だい》六番《ばん》が徳川家康公御本陣《とくがわいえやすこうごほんじん》、第《だい》七番《ばん》が本多作左衛門秀次《ほんださくざえもんひでつぐ》、天野《あまの》三郎兵衛《ろうべえ》、これは諸軍小荷駄《しょぐんこにだ》を預《あず》かる役目《やくめ》、又北門《またほくもん》より攻《せ》め掛《かか》るは北條氏政《ほうじょううじまさ》、氏康《うじやす》の親子《おやこ》、先陣《せんじん》は小皿木出羽守《こさらぎではのかみ》の同勢大手《どうぜいおおて》の方《かた》よりは織田信長《おだのぶなが》の大軍《たいぐん》、吉例《きちれい》によつて先陣《せんじん》は柴田権六郎勝家《しばたごんろうかついえ》、第《だい》二番《ばん》は明智十兵衛光秀《あけちじゅうべえみつひで》、真先《まっさ》きに白地《しろじ》に黒《くろ》く結《むす》び雁《かりがね》の紋付《もんつ》いたる旗差物《はたさしもの》、金房《きんふさ》の大纏《おおまと》いを日光《にっこう》に輝《かがや》かしながら、ドッとばかりに鬨《とき》を作《つく》って攻《せ》めよせた。しかるに真田親子《さなだおやこ》はわずか五百余人《よにん》の同勢《どうぜい》をもってしゅ〳〵なる軍略《ぐんりゃく》を運《めぐ》らせ、かえって落城《らくじょう》の気色《きしょく》もない。往昔楠公河内国赤城《むかしなんこうかわちのくにあかぎ》の城《しろ》にて御工風《ごくふう》になったる南蛮鉄《なんばんてつ》の千鳥《どり》塀《べい》、卵殻《たまごがら》の目《め》壊《つぶ》しその他《た》の神算鬼謀《しんさんきぼう》をもって目《め》に余《あま》る大軍《たいぐん》を散々《さんざん》に打《う》ち破《やぶ》る。此方《こなた》織田信長公《おだのぶながこう》におかれては大軍《たいぐん》をいれ換《か》え引《ひ》きかえ攻《せ》め付《つ》けたが、城《しろ》はさながら金城鉄壁《きんじょうてっぺき》、石垣《いしがき》一つ壊《つぶ》すことが出来《でき》ないから流石《さすが》の信長公《のぶながこう》もこの城《しろ》ばかりは攻《せ》め落《おと》すこと能《あた》わず、既《すで》に持《も》て余《あま》していられたくらい。ところがその当時《とうじ》羽柴筑前守秀吉《はしばちくぜんのかみひでよし》は、信長公《のぶながこう》の命《めい》によって中国征伐《ちゅうごくせいばつ》に赴《おもむ》いて居《い》られたが、この戦争《せんそう》を聞《き》くと等《ひと》しく急《いそ》ぎ取《と》ってかえし、主君《しゅくん》を諫《いさ》めて真田親子《さなだおやこ》の者《もの》の助命《じょめい》をねがいでられた。こゝにおいて信長公《のぶながこう》もこの戦《たたか》いに持《も》て余《あま》されているときなり、又秀吉《またひでよし》の諫言《かんげん》もあったこと故《ゆえ》、直《ただ》ちにその言葉《ことば》を容《い》れて信州上田《しんしゅううえだ》はそのまゝ真田親子《さなだおやこ》の者《もの》に下《くだ》し賜《たま》わって芽出度《めでた》く戦争《せんそう》は中止《ちゅうし》となって和談《わだん》をいたしたが、その縁《えん》によって真田安房守昌幸《さなだあわのかみまさゆき》は秀吉公天下《ひでよしこうてんか》を掌握《しょうあく》されてからこれに仕《つか》え、抜群《ばつぐん》の功《こう》をあらわさんといたしている内《うち》、此安房守昌幸《このあわのかみまさゆき》は二人《ふたり》の御子息《ごしそく》があって、兄《あに》を真田伊豆守信之《さなだいずのかみのぶゆき》ともうし、弟《おとと》を与三郎幸村《よろうゆきむら》、之《こ》れ即《すなわ》ち本編《ほんぺん》の主人公真田幸村《しゅじんこうさなだゆきむら》でございます。ところが読者諸君《みなさん》も御承知《ごしょうち》の如《ごと》く、太閤殿下《たいこうでんか》が慶長《けいちょう》三年《ねん》八月《がつ》十八日《にち》に御他界《ごたかい》なされたる砌《みぎ》り、秀頼公《ひでよりこう》という公達《きんだち》は漸々《ようよう》五歳《さい》の春《はる》を向《むか》えたばかりですから、まだ東西《とうざい》の御弁《おわき》まえもないぐらいですから、太閤殿下《たいこうでんか》におかれても大《おお》いに心痛《しんつう》をいたされ、そこで前田利家《まえだとしいえ》、徳川家康《とくがわいえやす》の両人《りょうにん》を御《お》枕許《まくらもと》へお召《め》しとあいなって吾《わ》れこの世《よ》を去《さ》りしその後《のち》は汝等両名《なんじらりょうめい》において天下《てんか》の後見職《こうけんしょく》を相勤《あいつと》め、吾子秀頼《わがこひでより》が十五歳《さい》と相《あい》なりしならば彼《かれ》に天下《てんか》を渡《わた》し呉《く》れる様《よう》と、くれ〴〵も御遺《ごい》言《ごん》をいたされて御他界《ごたかい》になられた。しかるところ翌慶長《よくけいちょう》四年《ねん》三月《がつ》に、前《ぜん》もうしあげたとおり、前田利家《まえだとしいえ》は終《つい》にこの世《よ》を去《さ》り、天下《てんか》の後見《こうけん》は徳川家康公御一人《とくがわいえやすこうおひとり》となったのでございます。これによって五奉行《ぶぎょう》の一人《ひとり》たる石田治部少輔《いしだじぶしょうゆう》三成《なり》は大《おお》いに心配《しんぱい》をいたし、何卒《なにとぞ》していまの内《うち》に徳川家《とくがわけ》を討《う》ち滅《ほろ》ぼしたいものとおもい、その当時奥州会津《とうじおうしゅうあいづ》の城主《じょうしゅ》、上杉景勝《うえすぎかげかつ》の臣《しん》直江山城守《なおえやましろのかみ》と秘《ひそ》かに心《こころ》を合《あわ》せ、この山城守《やましろのかみ》より主君上杉景勝《しゅくんうえすぎかげかつ》を勧《すす》めて承知《しょうち》させた上《うえ》、奥州《おうしゅう》会津《あいづ》に立派《りっぱ》な新城《しんじろ》を築《きず》くことになる。スルとこのことがはやくも世間《せけん》の噂《うわ》さと相《あい》なり天下《てんか》の後見《こうけん》たる徳川家康《とくがわいえやす》は殊《こと》の外《ほか》お怒《いか》りとなり、早速奥州会津《さっそくおうしゅうあいづ》に使者《ししゃ》を御遣《おつかわ》しになって、何故《なぜ》上杉公《うえすぎこう》には新《あら》たに工事《こうじ》を起《おこ》して新城《しんじょう》を築《きず》かんとせらるゝや、天下《てんか》の後見《こうけん》たる吾《わ》れに一言《ごん》の答《こた》えもないというは不都合《ふつごう》ではないかと、なにしろ当時《とうじ》豊臣家《とよとみけ》の後見職《こうけんしょく》という権力《けんりょく》をもって、ピタリと頭《あたま》を押《おさ》えようとかゝった。しかるにその時《とき》上杉景勝《うえすぎかげかつ》はかねて覚悟《かくご》の前《まえ》とてすこしも騒《さわ》がず、落着《おちつ》き払《はら》ってその使者《ししゃ》にうち向《む》い、上「さればでござる、抑《そ》も先年《せんねん》故太閤《こたいこう》殿下《でんか》朝鮮征伐《ちょうせんせいばつ》のみぎり、我家《わがいえ》は太閤殿下《たいこうでんか》より兵粮運送役《ひょうろううんそうやく》をおおせつけられ、それゆえまだ幼君《ようくん》のお目《め》どおりもいたさず、従《した》がって徳川家《とくがわけ》が幼君《ようくん》の御後見役《ごこうけんやく》ともぞんぜず、ことに又《また》新城《しんじろ》を築《きず》くことは昨年《さくねん》前田利家殿迄《まえだとしいえどのまで》お届《とど》けもうしおきたる次第故《しだいゆえ》、徳川家《とくがわけ》よりいまさら御《ご》不審《ふしん》をこうむる理由《わけ》はさらにこれなきことである」と傍若無人《ぼうじゃくぶじん》の挨拶《あいさつ》をした。これをきいて使者《ししゃ》のものも大《おお》いにおどろきあきれ、さっそく立帰《たちかえ》ってこの次第《しだい》を徳川家康公《とくがわいえやすこう》にもうし入《い》れる、家康公《いえやすこう》もこれを聞《き》いて大《おお》いに立腹《りっぷく》をいたされ、この上《うえ》は奥州会津《おうしゅうあいづ》を征伐《せいばつ》におよばんと、その手勢《てぜい》を引率《いんそつ》なし、ついに下野国《しもつけのくに》小山《おやま》の宿迄《しゅくまで》軍《ぐん》をすゝめられた。サアこれが有名《ゆうめい》なる天下《てんか》分目《わけめ》の関《せき》ヶ原合戦《はらかっせん》、いよ〳〵豊臣家《とよとみけ》滅亡《めつぼう》の基《もと》となる、引《ひ》き続《つづ》いて真田幸村《さなだゆきむら》紀州《きしゅう》九《く》度村《どむら》に閑居《かんきょ》、難波戦記《なんばせんき》の発端《ほったん》でございます。

◎天下分目《てんかわけめ》関《せき》ヶ原《はら》の合戦《かっせん》

徳川家康《とくがわいえやす》が奥州会津《おうしゅうあいづ》を征伐《せいばつ》のために、軍《ぐん》を率《ひき》いて下野国《しもつけのくに》小山《おやま》の宿迄《しゅくまで》のりだしてまいりました。その跡《あと》でかねて示《しめ》しあわせてあったものかゝの石田治部少輔《いしだじぶしょうゆう》三成《なり》は、諸大名《しょだいみょう》の妻子《つまこ》のものどもを人質《ひとじち》にとって、一挙《きょ》に徳川家《とくがわけ》を討《う》ち滅《ほろ》ぼさんという手段《しゅだん》をくわだて濃州関《のうしゅうせき》ヶ原《はら》に旗《はた》を飜《ひるがえ》すということにあいなりました。これによっていましも徳川氏《とくがわし》にしたがい、奥《おう》州《しゅう》に下向《げこう》いたしたる大名《だいみょう》のうちで、妻子《さいし》のものを人質《ひとじち》にとられたるものは大《おお》いにおどろき、小山《おやま》より引《ひき》かえしていずれも石田方《いしだがた》に随臣《ずいしん》をするということになったから、その当時《とうじ》はまことに徳川家《とくがわけ》のお味方《みかた》をするものがすくない。しかるにこの関《せき》ヶ原《はら》の合戦《かっせん》ということになると、かの真田家《さなだけ》においても親子兄弟《おやこきょうだい》一緒《しょ》によりあつまって、評定《ひょうじょう》をいたしたときに安房守昌幸《あわのかみまさゆき》は舎弟《しゃてい》隠岐守信尹《おきのかみのぶただ》に打《う》ち向《むか》い、昌「そのほうとわが嫡男《ちゃくなん》伊豆守《いずのかみ》の両人《りょうにん》は関東《かんとう》にお味方《みかた》をいたすがよい。その訳《わけ》ともうすに倅《せがれ》伊豆守《いずのかみ》が妻《つま》は関東《かんとう》四天王《てんのう》の一人《にん》たる、本多平《ほんだへい》八郎忠勝《ろうただかつ》の娘《むすめ》なれば、とりもなおさず関東《かんとう》に縁《えん》を結《むす》べるもの、また次男幸村《じなんゆきむら》は大谷刑部吉《おおたにぎょうぶよし》隆《たか》の娘《むすめ》を嫁《めと》りおれば、これはまた大阪方《おおさかがた》に縁《えん》を持《も》つもの。よって我《わ》れと幸村《ゆきむら》は大阪方《おおさかがた》に味《み》方《かた》をいたさん、そのほうと伊豆守《いずのかみ》とは江戸《えど》徳川家《とくがわけ》に味方《みかた》をいたすべし、親子兄弟《おやこきょうだい》が敵味方《てきみかた》とわかるゝも、時節《じせつ》といいまた武士道《ぶしどう》の止《や》むをえざるところである。かならず違背《いはい》することはあいならん」と厳《きび》しくいいわたして親子兄弟《おやこきょうだい》が二手《て》にわかれたのも、弓矢取《ゆみやと》る身《み》のぜひもなく、また真田家《さなだけ》のためをおもったことでございましょう。ところが徳川家《とくがわけ》においても関《せき》ヶ原《はら》において大阪方《おおさかがた》と一戦争《せんそう》となったので、二代将軍秀忠公《だいしょうぐんひでただこう》も直様《すぐさま》関《せき》ヶ原《はら》に出陣《しゅつじん》をせんため、軍勢《ぐんぜい》を木曾街道《そかいどう》より繰《く》りだしたが、真田安房守昌幸《さなだあわのかみまさゆき》、おなじく幸村《ゆきむら》の両名大将《りょうめいたいしょう》となって信州上田《しんしゅうえだ》に籠城《ろうじょう》をいたし、しば〱これを喰《く》いとめるので、秀忠公《ひでただこう》も真田《さなだ》の同勢《どうぜい》にさまたげられ、関《せき》ヶ原《はら》へ乗《のり》だすことができない。そのうちに家康公《いえやすこう》はみずから関《せき》ヶ原《はら》に出《しゅつ》馬《ば》をいたされて、ついに一戦勝利《せんしょうり》となったから、その後《のち》は三井寺《いでら》を本陣《ほんじん》と定《さだ》め、お扣《ひか》えにあいなって居《い》る。そのところへ遅《おく》れながら、秀忠公《ひでただこう》はよう〱御着陣《ごちゃくじん》になる。スルと家康《いえやす》公《こう》はことの外立腹《ほかりっぷく》をいたされたときに、将軍秀忠公《しょうぐんひでただこう》はこのたびの出陣《しゅつじん》にかく遅刻《ちこく》になりましたのは、真田家《さなだけ》が信州上田《しんしゅううえだ》に籠城《ろうじょう》をいたし、碓氷峠《うすいとうげ》にのりだして我等《われら》が出陣《しゅつじん》の妨《さまた》げをいたし、しば〱戦《たたか》いに悩《なや》まされそれがために関《せき》ヶ原戦争《はらせんそう》の間《ま》に合《あ》いかねたような次第《しだい》と父《ちち》家康《いえやす》にことのわけを述《の》べますると、家康公《いえやすこう》はます〱御立腹《ごりっぷく》とあいなり、家「誰《た》れかある、真田親子《さなだおやこ》の首《くび》をとって立《たち》かえるものこれあるときには、信州《しんしゅう》一ヶ国《こく》にて五十七万石《まんごく》をつかわすべし」と厳命《げんめい》がくだった。何《なに》しろ真田親子《さなだおやこ》といえば名《な》をきいてさえおそれた位《くら》いだから、誰《た》れ一人《ひとり》としてわれ立向《たちむか》おうというものもない。このとき其座《そのざ》に控《ひか》えていた真田《さなだ》伊豆守《いずのかみ》はヅーッと座《ざ》をすゝみいで、伊「ハッ、何卒拙者《なにとぞせっしゃ》にこの役目《やくめ》をおおせつけられ、五十七万石《まんごく》の御墨付《おすみつき》を頂戴《ちょうだい》つかまつりとうぞんじます」ともうし上《あ》げる。家康公《いえやすこう》もこれをきいて大《おお》いによろこび、家「ウム伊豆《いず》、其方《そのほう》が立《た》ち向《むか》うというか、よし、それ……墨付《すみつき》を取《と》らせる」とあって、さっそくそのことの墨付《すみつき》をお下《さ》げ渡《わた》しになった。伊豆守《いずのかみ》はこれを取《と》ってうや〱しく押《お》し戴《いただ》き、伊「ハッ、恐《おそ》れながらこの五十七万石《まんごく》に私《わたし》の知行《ちぎょう》の内《うち》三万石《まんごく》を添《そ》え、都合《つごう》六十万石返納《まんごくへんのう》をいたしまするゆえ、何卒《なにとぞ》わが父昌幸《ちちまさゆき》、舎弟幸村《しゃていゆきむら》、両名《りょうめい》のものゝ、御助命《ごじょめい》をおおせつけくだしおかれまする様《よう》、只管願《ひたすらねが》いあげたてまつります。しかるうえは我《わ》れかの地《ち》に乗《のり》こみ父昌幸《ちちまさゆき》および舎弟幸村《しゃていゆきむら》に屹度信州上田《きっとしんしゅううえだ》を退城《たいじょう》いたさせます」というに家康公《いえやすこう》も暫《しば》らくかんがえておられたが、家「イヤ、道理《もっとも》なるそのねがい、なか〱その方一人《ほうひとり》で父昌幸《ちちまさゆき》を討《う》ち取《と》るは、思《おも》いもよらぬことゝぞんじたるが、血縁《けつえん》の情《じょう》をもって異見《いけん》をいたしたならば、かならず親子《おやこ》のものも退城《たいじょう》いたすであろう。しからば此《この》ねがいは聞《き》き届《とど》けつかわす」と仰《おお》せられた。これによって伊豆守《いずのかみ》はさっそく暇《いとま》を告《つ》げて信州上田《しんしゅううえだ》に乗《の》りこみきたり、まず最初父昌幸《さいしょちちまさゆき》、舎弟幸村《しゃていゆきむら》に関東《かんとう》へ降参《こうさん》の儀《ぎ》を勧《すす》めたが、なにしろ一旦《たん》大《おお》阪《さか》に味方《みかた》をいたしたうえは、飽《あ》く迄《まで》も我《わ》が決心《けっしん》を翻《ひるがえ》すことは出来《でき》ぬという。そこで伊豆守《いずのかみ》は、伊「しからば何卒当上田《なにとぞとううえだ》をば御退城《ごたいじょう》をねがいたい」と勧《すす》めた。このとき安房守昌幸《あわのかみまさゆき》は莞爾《にっこ》と笑《えみ》を含《ふく》んで、昌「たとえ関東《かんとう》が百万《まん》の軍勢《ぐんぜい》をしたがえ、当城《とうじょう》を十重二十重《とえはたえ》にとり巻《ま》くとも、それにおそるゝ我《わ》れにはあらねど、なにをもうすも秀頼公《ひでよりこう》はまだ御幼少《ごようしょう》に渡《わた》らせられ、こゝに戦《たたか》いを交《まじ》えるときは石田《いしだ》三成《なり》が二の舞《まい》を演《えん》ずるばかり。よって汝《なんじ》の言葉《ことば》に従《したが》い、しばらく当城《とうじょう》を退去《たいきょ》におよび時節《じせつ》を待《ま》ってふたゝびことを斗《はか》らん」とついにこの信州《しんしゅう》上田城《うえだじょう》を明《あ》け渡《わた》しその後真田昌幸《のちさなだまさゆき》、幸村親子二人《ゆきむらおやこふたり》は紀州高野山《きしゅうこうやさん》の麓《ふもと》、九度《ど》村《むら》にきたってこゝに永《なが》く閑居《かんきょ》をいたすことになった。しかるに慶長《けいちょう》の十年《ねん》夏《なつ》六月《がつ》、安房守昌幸《あわのかみまさゆき》は不図《ふと》風《ふう》邪《じゃ》の心地《ここち》とうち臥《ふ》したのが原因《げんいん》となり、だん〳〵重《おも》くなっていまはたのみ少《すく》なくなったときに一子幸村《しゆきむら》を枕辺《まくらべ》におよび寄《よ》せ、先《さ》きを見《み》とおして関東大阪手切《かんとうおおさかてぎ》れの戦争《せんそう》に用《もち》ゆる計略《けいりゃく》を授《さず》け、いろ〳〵我子《わがこ》の看病《かんびょう》をうけていたが、終《つい》に天命《てんめい》の尽《つ》きたるところか、慶長《けいちょう》の十年《ねん》八月《がっ》四日《か》、六十四歳《さい》を一期《ご》として冥途黄泉《めいどこうせん》の客《きゃく》となった。幸村《ゆきむら》も大《おお》いにこれを歎《なげ》き悲《かな》しんだが、いまはどうすることも出来《でき》ず、父《ちち》の死骸《しがい》を九度《ど》村《むら》に葬《ほう》むったのが、方今《いま》にいたっても歴然《れきぜん》と残《のこ》って居《い》る真田安房守昌幸《さなだあわのかみまさゆき》の墓《はか》でございます。しかるところ幸村《ゆきむら》は父《ちち》の死去《しきょ》後《ご》、たゞ大阪《おおさか》に心《こころ》をよせているものゝ、その暇々《ひまひま》には浪人稼業《ろうにんかぎょう》として五色《しき》の糸《いと》で紐《ひも》を組《く》みはじめたのが所謂方今《いわゆるいま》の真田紐《さなだひも》の元祖《がんそ》で、またその家来《けらい》の面々《めんめん》も所々《しょしょ》に離散《りさん》をいたして居《い》るが、スワといわばいつにても、一時《じ》にこゝにあつまり来《く》るように、チャンと手筈《てはず》をさだめて居《い》る。そのうちにも自分《じぶん》はかねて紙《かみ》の張筒《はりづつ》だとか、或《あるい》は木筒《きづつ》なんど拵《こし》らえて戦器《せんき》の用意《ようい》を充分《じゅうぶん》にいたし、たゞその時節《じせつ》のくるのを相待《あいま》っている。話題一転此方大阪《おはなしかわってこなたおおさか》の城中《じょうちゅう》におきまして、この関《せき》ヶ原合戦《はらかっせん》のゝちはすべて秀頼公《ひでよりこう》も補佐《ほさ》いたし、執権職《しっけんしょく》を勤《つと》めていたのはかの片桐且元《かたぎりかつもと》でございます。しかるに当時淀君《とうじよどぎみ》の淫《みだ》らなるありさまや、または秀頼公《ひでよりこう》の御柔《ごじゅう》弱《じゃく》なるところよりして、ます〳〵関東《かんとう》の勢《いきお》いは旭《あさひ》のゝぼるごとく、ついに大阪《おおさか》を滅《ほろ》ぼさんという思召《おぼしめ》しによって、ひたすら時《とき》の来《く》るを相待《あいま》っておるうちに、秀頼公《ひでよりこう》は彼《か》の京都大仏《きょうとだいぶつ》殿《でん》に釣鐘《つりがね》の建立《こんりゅう》をおもい立《た》たれ、ついにこれが出来《しゅったい》の後大仏殿《のちだいぶつでん》において鐘《かね》の供養《くよう》をいたさんとしたるとき、京都所司代板倉周防守《きょうとしょしだいいたくらすおうのかみ》どのはこれ全《まった》く鐘《かね》の供養《くよう》とは表面《ひょうめん》にして、内実《ないじつ》は関東《かんとう》を調伏《ちょうぶく》いたすのであると、これを止《と》めて大議論《だいぎろん》をいたしたる末《すえ》、ついに片桐且元《かたぎりかつもと》関東《かんとう》に下《くだ》りそのもうしわけをいたしましたるときに全《まった》く豊臣家《とよとみけ》において徳川家《とくがわけ》に対《たい》し野心《やしん》を抱《いだ》くのでなければ、淀君《よどぎみ》を関東《かんとう》へ人質《ひとじち》といたして送《おく》るようというおおせが下《さ》がったから、いまは如何《いかん》ともすべからず片桐《かたぎり》は、深《ふか》くかんがえたるうえこの儀《ぎ》をお請《う》けをいたして大阪《おおさか》へ引取《ひきと》って来《き》た。さて且元《かつもと》より淀君《よどぎみ》にこの次第《しだい》をもうしいれますると、なにしろ女《おんな》のことでございますから前後《ぜんご》のかんがえもなく、ことの外《ほか》御憤《おいき》どおりの余《あま》り遂《つい》に片桐且元《かたぎりかつもと》に退城《たいじょう》せよという仰《おお》せ、且元《かつもと》は大《おお》いにおどろいてしゅ〴〵と異見《いけん》をもうしあげたが更《さら》に御用《おもち》いなく、こゝにいたって且元《かつもと》は天《てん》を仰《あお》いで歎息《たんそく》をなし、よんどころなく摂州茨木《せっしゅういばらき》の居城《きょじょう》へ引取《ひきと》ってくる。淀君《よどぎみ》はそのゝち御寵愛《ごちょうあい》になる大野修理亮治長《おおのしゅりのすけはるなが》をもって執権職《しっけんしょく》を命《めい》ぜられる。そのうちにいよ〳〵大阪表《おおさかおもて》へ関東《かんとう》より軍勢《ぐんぜい》をもって押《お》し寄《よ》せるという風聞《ふうぶん》が高《たか》くあいなったから城内《じょうない》の面々《めんめん》は大《おお》いにおどろき、諸勇士《しょゆうし》を集《あつ》めて大評定《おおひょうじょう》を開《ひら》かれることになった。此時大《このときおお》阪城内千畳敷《さかじょうないせんじょうじき》に一同《どう》のものをよび集《あつ》めて、まず正面《しょうめん》一段高《だんたか》きところには秀頼公《ひでよりこう》、御簾《おみす》を高《たか》く巻《ま》きあげさせ、御着座《ごちゃくざ》に相《あい》なっておられる。その次《つぎ》に並《なら》んで御母堂淀君《ごぼどうよどぎみ》、かたわらには一段《だん》さがって織田源吾長益入道有楽斎《おだげんごながますにゅうどううらくさい》はじめ、おなじく河内守長孝《かわちのかみながたか》、大野道犬斎《おおのどうけんさい》つゞいて倅《せがれ》大野《おおの》修理亮《しゅりのすけ》治長《はるなが》おなじく弟《おとと》主馬正《しゅめしょう》治房《はるふさ》又《また》七手組《てぐみ》のめん〳〵は伊東《いとう》丹後守《たんごのかみ》、青木《あおき》民部少《みんぶしょう》輔《ゆう》、速水《はやみ》甲斐守《かいのかみ》、野々村《ののむら》伊予守《いよのかみ》、真野《まの》豊後守《ぶんごのかみ》、堀田《ほった》図書助《ずしょのすけ》、中島《なかじま》式部少輔《しきぶしょうゆう》をはじめとして、石川《いしかわ》駿河守《するがのかみ》、若手《わかて》の英雄《えいゆう》としては木村《きむら》長門守《ながとのかみ》重成《しげなり》、侍大将《さむらいだいしょう》にては塙団《ばんだん》右衛門《えもん》、強将《ごうしょう》には薄田《すすきだ》隼人正《はやとのしょう》、荒川《あらかわ》熊蔵《くまぞう》その他明石《あかし》掃部之助《かもんのすけ》に到《いた》るまでいずれも威儀《いぎ》を正《ただ》して着座《ちゃくざ》をいたし、評定《ひょうじょう》いかんと相待《あいま》っている。サアこの評定《ひょうじょう》はいかゞあいなりましょうや。いよ〳〵真《さな》田《だ》幸村《ゆきむら》大阪《おおさか》入城《にゅうじょう》の一条回《じょうかい》をかさねてもうし述《の》べます。

◎大阪籠城《おおさかろうじょう》の大評定《おおひょうじょう》

このとき執権《しっけん》大野《おおの》修理亮《しゅりのすけ》治長《はるなが》は、ジリヽとそこへすゝみいで、修「さておの〳〵方《がた》、かく今日《こんにち》お集《あつ》めもうしての評定《ひょうじょう》は余《よ》の義《ぎ》にあらず今般《こんぱん》片桐《かたぎり》且元《かつもと》関東《かんとう》へ同意《どうい》の色《いろ》をあらわし、すでに若君《わかぎみ》に対《たい》し敵対《てきたい》をいたさんとするは必定《ひつじょう》である。さだめし京都所司代《きょうとしょしだい》板倉《いたくら》をはじめ、又尼《またあま》ヶ崎《さき》の建部《たてべ》内匠《たくみ》、そのた三田《た》、高槻《たかつき》等の関東方《かんとうがた》の城主《じょうしゅ》に加勢《かせい》をこい、諸方《しょほう》より後《ご》詰《づめ》をなすこと必定《ひつじょう》なり。しかし一応《おう》関東《かんとう》へうかゞいしうえでなくば、加勢《かせい》の人数《にんずう》をだすことはなるまじ。しからば諸方《しょほう》より〳〵加勢《かせい》のまいらざるうちに、すみやかに軍勢《ぐんぜい》を繰《くり》いだし、短兵急《たんぺいきゅう》に茨木城《いばらきじょう》を攻《せ》め落《おと》し、片桐兄弟《かたぎりきょうだい》どもの首《くび》を討《うち》とり、不忠者《ふちゅうもの》の懲見《みせしめ》になさんとおもうが、おの〳〵方《かた》はいかゞでござる」このとき渡邊内蔵之助《わたなべくらのすけ》、浅井周防守《あさいすおうのかみ》の両人《りょうにん》はこえをそろえて、二人「なる程《ほど》、御道理《ごどうり》なるそのおゝせ、しからばそう〳〵軍勢《ぐんぜい》を繰出《くりいだ》す用意《ようい》におよばん」とすでに立《た》ち上《あが》らんといたしましたるときに郡主馬之助《こおりしゅめのすけ》、明石掃部之助《あかしかもんのすけ》の両人《りょうにん》ズイッとそれへすゝみいで、二人「アイヤおの〳〵、暫時《しばし》お止《とど》まりをねがいます。たゞいま大野氏《おおのうじ》のおおせではござるが、それは軍議《ぐんぎ》の御評定《ごひょうじょう》にあらず、そも片桐殿《かたぎりどの》は御当家第一《ごとうけだい》の忠臣《ちゅうしん》なり、畢竟《ひっきょう》するに御貴殿方《ごきでんがた》はかねて不和《ふわ》の間柄《あいだがら》よりこのたびのことも起《おこ》りたる次第《しだい》、すでに今般片桐殿《こんばんかたぎりどの》が当城《とうじょう》より退身《たいしん》せらるゝとき、我《わ》れはこれより出家《しゅっけ》をとげ、ふたゝび戦場《せんじょう》のことに容喙《くちばし》を出《い》ださずとあって、本城《ほんじょう》に引取《ひきと》られたることにてはこれなきや。しからば敢《あ》えて当家《とうけ》に敵対《てきたい》をするような御仁《ごじん》ではこれあるまじ。古《いにし》えより君《きみ》を捨《す》て忠臣国《ちゅうしんくに》をさるは、これ所謂《いわゆる》その国《くに》の滅亡《めつぼう》する印《しるし》である。よって片桐《かたぎり》どのはそのまゝにお打《う》ち捨《す》てにあいなるとも、決《けっ》して当家《とうけ》に対《たい》し弓《ゆみ》を曳《ひ》く人《ひと》にはあらず。元来片桐《がんらいかたぎり》どのは御母堂《ごぼどう》淀《よど》さまを御隠居《ごいんきょ》なさしめたてまつらんという約定《やくじょう》をいたされしが、これ深《ふか》き思召《おぼしめ》しのあることにてあれど、それは兎《と》に角《かく》、片桐《かたぎり》どのを討取《うちと》らんなどゝ軍勢《ぐんぜい》を差《さ》し向《む》けるというは、正《まさ》しく関東《かんとう》へ敵対《てきたい》に当《あた》り、それでなくとも何《なに》か大阪《おおさか》に落度《おちど》あらば、それをいい立《た》てゝ滅亡《めつぼう》させんとするのときなり。よってこの儀《ぎ》は一先《ま》ず見合《みあわ》しおき、まず戦争《いくさ》の手当《てあて》こそ肝要《かんよう》のようにこゝろえまする」諸士《しょし》の面々《めんめん》も、皆「ウムなるほど、御両所《ごりょうしょ》の意見道理《いけんどうり》なり」といいあっている。なかにも取分《とりわ》け薄田隼人《すすきだはやと》は、隼「御両所《ごりょうしょ》のおゝせ至極御道理《しごくごどうり》にぞんずる。まず合戦《かっせん》の準備《じゅんび》これなくては相叶《あいかな》うまじ。もっとも味方《みかた》のうちに器量勝《きりょうすぐ》れたるかた〲多《おお》くあるといえども、失礼《しつれい》ながらみな太平《たいへい》の世《よ》に人《ひと》となり、御政治向《ごせいじむ》きにこゝろをつくすのみにて、合戦《かっせん》の場数《ばかず》を踏《ふ》まざれば、采配《さいはい》を取《と》って百戦《せん》百勝《しょう》は覚束《おぼつか》なし。よっていずれ器量《きりょう》の勝《すぐ》れたる御仁《ごじん》を選《えら》んでこゝに軍師《ぐんし》を設《もう》けざるときは、この評定《ひょうじょう》はなるまいと、こゝろえます」このとき木村長門守重成《きむらながとのかみしげなり》もズッと坐《ざ》を進《すす》め、重「なるほど、御道理《ごどうり》なる薄田氏《すすきだうじ》のおゝせ、このほうの心《こころ》もさようにて、それについて拙者《せっしゃ》一人《にん》の軍師《ぐんし》をもうしあげます。これはかねて片桐《かたぎり》どのお家《いえ》のためとあって、拙者《せっしゃ》までもうし残《のこ》されたこと。唐土《もろこし》の孔明《こうめい》、張《ちょう》良《りょう》、又我国《またわがくに》にては楠木正成《くすのきまさしげ》にも優《まさ》るべき御仁《ごじん》がござる」これをきいて七手組《てぐみ》一人《ひとり》野々村伊《ののむらい》予守《よのかみ》それへすゝみいでゝ、伊「片桐《かたぎり》どのがおゝせおかれたる人《ひと》とあらばさだめて天晴《あっぱ》れなる御仁《ごじん》とおもわれる。シテその御仁《ごじん》は誰方《どなた》でござるや」長「されば故太閤殿下御存生《こたいこうでんかごぞんしょう》の折《お》り、かれは人中《じんちゅう》の龍《りゅう》であるぞよと御賞《おほ》めのお言葉《ことば》をくだし賜《たまわ》りたる、真田左衛門尉《さなださえもんのじょう》海野《うんの》幸村殿《ゆきむらどの》にて候《そろ》、その次《つぎ》は京都《きょうと》に永《なが》く浪人《ろうにん》をいたしている、四国《こく》の英雄《えいゆう》長曾我部盛親入道《ちょうそかべもりちかにゅうどう》、つゞいて黒田《くろだ》の英傑《えいけつ》後藤又兵衛基次《ごとうまたべえもとつぐ》どの、是等《これら》のかた〴〵を大阪《おおさか》に入城《にゅうじょう》あらしむるようとは、この片桐《かたぎり》どののよりのおおせでござるぞ。おの〳〵方《がた》は如何思召《いかがおぼしめ》さるゝや」といいだした。一座《ざ》のめん〳〵はこれをきいて満面《まんめん》に喜《よろこ》びの色《いろ》をあらわし、皆「なるほど、戦争《いくさ》には至極適当《しごくてきとう》の御仁《ごじん》、まず第《だい》一番《ばん》に幸村《ゆきむら》どのを大阪《おおさか》に招《まね》くをもって専《せん》一とおもわれる」といずれもこの評議《ひょうぎ》一決《けつ》いたしますると、このとき大野修理亮《おおのしゅりのすけ》には、修「ウム、なるほどその義《ぎ》道理《どうり》に候《そうろ》う、しかしその真田《さなだ》を迎《むか》えにだしまするには、その途《みち》があるまいと思《おも》う、ともうすは近頃関東《ちかごろかんとう》の下知《げち》によって、岸和田《きしわだ》、あるいは郡山《こおりやま》、鳥取《とっとり》、五條《じょう》、橋本等《はしもとら》に人数《にんずう》を繰《くり》いだし、また街道筋《かいどうすじ》は番所《ばんしょ》を構《かま》え、武家《ぶけ》の往来厳重《おうらいげんじゅう》に吟味《ぎんみ》をいたし、ことに紀州和歌山《きしゅうわかやま》にては、浅野但馬守《あさのたじまのかみ》関東《かんとう》の下知《げち》をうけ、もし幸村《ゆきむら》が九度村《どむら》より、うっていでんかと昼夜油断《ちゅうやゆだん》なくうかゞいいる由《よし》、しからば迂闊《うかつ》に使者《ししゃ》を立《た》つることはあたうまじ、とこゝろえる」長

「なるほど執権殿《しっけんどの》の仰《おお》せ御道理《ごどうり》なれど、御使者《おししゃ》の儀《ぎ》は決《けっ》して御心配御無用《ごしんぱいごむよう》、首尾《しゅび》よく通行《つうこう》

いたすべき計略《けいりゃく》もござる。よって若君《わかぎみ》このうえは、その使者《ししゃ》としておつかわしにあいなるものを御撰《おえら》み出《だ》しを願《ねが》いたてまつる」それを聞《き》かれて秀頼公《ひでよりこう》は、秀「ウム、いかに重成《しげなり》その儀《ぎ》は其方《そのほう》に任《まか》せるぞ」長「ハヽッ畏《かしこ》まりたてまつります。君命《くんめい》によりもうしあげたてまつる。その御使者《おししゃ》としては明石掃部之助《あかしかもんのすけ》におヽせ付《つ》けくだしおかれまする様願《ようねが》いたてまつります」秀「ウム、そうか」とこヽにいたって秀頼公《ひでよりこう》より明石掃部之助《あかしかもんのすけ》へおヽせつけられて、真田幸村《さなだゆきむら》へ送《おく》るお頼《たの》みの書面《しょめん》、御墨付《おすみつき》をお渡《わた》しになる。そこで木村長門守《きむらながとのかみ》よりも明石《あかし》掃部之助《かもんのすけ》へ万々内意《ばんばんないい》をもうし含《ふく》めたから、掃部之助《かもんのすけ》はさっそく姿《すがた》を変《か》えて当大阪《とうおおさか》を出立《しゅったつ》いたし、道々高野山《みちみちこうやさん》まいりの姿《すがた》にて、その笈《おい》の中《なか》に御墨付《おすみつき》を貼《は》り付《つ》け、泊《とま》りを重《かさ》ね日《ひ》を重《かさ》ねて、よう〳〵此紀州九度村《このきしゅうどむら》へのりこんでまいり、病気《びょうき》と偽《いつ》わって真田幸村《さなだゆきむら》の閑居《かんきょ》しているところへ泊《とま》り込《こ》んだが、はやくも真田幸村《さなだゆきむら》においては大阪表《おおさかおもて》よりの使者《ししゃ》であるということを見抜《みぬ》き、そのことを明石掃部之助《あかしかもんのすけ》に尋《たず》ねまするると、掃部之助《かもんのすけ》もその眼光《がんこう》の鋭《する》どきに大《おお》きにおどろき、掃「ハヽッ、おそれ入《い》り奉《たてまつ》ります」とよう〳〵其身《そのみ》の姓名《せいめい》をなのり、掃「かく御推量《ごすいりょう》のうえからは秀頼公《ひでよりこう》のお使者《ししゃ》に相違《そうい》なく、なにとぞこれを御覧《ごらん》ください」と笈《おい》のうちに貼《は》り付《つ》けたかの書面墨付《しょめんすみつき》をとりいだし、手渡《てわた》しにおよびたるうえ、掃「なにとぞ大《おお》阪《さか》へ御《ご》入城下《にゅうじょうくだ》しおかれまして、采配《さいはい》をとって御軍師《ごぐんし》のほどをねがい度《た》い」ともうしいれた。このとき幸村《ゆきむら》は彼《か》のお墨付《すみつき》をとって押《お》しいたゞき、これを披《ひら》いて読《よ》んでいたが、やがて莞爾《にっこ》と笑《えみ》を含《ふく》み、幸「いかにも承知《しょうち》いたした。ことに故太閤殿下《こたいこうでんか》の御遺言《ごゆいごん》もあり、吾身《わがみ》はかく辺土《へんど》の土地《とち》にあるといえども、心《こころ》はかねて大阪城中《おおさかじょうちゅう》にあり。シテ片桐《かたぎり》どのは……」掃「さればでござる」と片桐且元《かたぎりかつもと》の一伍十什《ぶしじゅう》をもうしまするると、きいた幸村《ゆきむら》はホッと嘆息《たんそく》を吐《つ》き、幸「あゝまことにもって惜《お》しむべき人物《じんぶつ》である。われ側《そば》にあらば飽《あ》くまでその退《たい》城《じょう》を止《と》めしものを、またぜひもなき次第《しだい》である。しかしこのうえからはそう〳〵当所《とうしょ》を取《と》り片付《かたづ》け、屹度《きっと》大阪《おおさか》へ入城《にゅうじょう》をつかまつるでござる」とそう〳〵返書《へんしょ》を認《したた》め明石掃部之助《あかしかもんのすけ》へ渡《わた》す。掃部之助《かもんのすけ》はこれをとって押《お》し戴《いただ》き、元《もと》のごとく笈《おい》の内《うち》へ貼《は》り付《つ》けて、掃「して御軍《ごぐん》師《し》には何日《いつ》の頃《ころ》に御入城《ごにゅうじょう》をくだしおかれまするや」幸「さればまず当月《とうげつ》十八九日頃《にちころ》と思召《おぼしめ》しくだされ」掃「ハッ、ありがたくぞんじまする。どうか執権職大野殿方《しっけんしょくおおのどのかた》まで御到着《ごとうちゃく》のほどをねがいたてまつります。且《か》つまたこれはお心得《こころえ》の為《た》めもうしあげて置《お》きまするが、彼《か》の修理亮親子《しゅりのすけおやこ》の者《もの》は御母堂《ごぼどう》の御寵愛深《ごちょうあいふか》く、もっとも己《おの》れを高《たか》ぶり人《ひと》を嫉《そね》み妬《ねた》むの癖《くせ》あり、御軍師《ごぐんし》にもなにとぞ其辺《そのへん》のところは篤《とく》と思召《おぼしめ》しのほどを。前《ぜん》もってねがいあげます」幸

「イヤそれは委細《いさい》こゝろえている」とそこでその翌日《よくじつ》明石掃部之助《あかしかもんのすけ》はこゝを出立《しゅったつ》におよび大阪表《おおさかおもて》へ立《た》ちかえる。スルとその後《のち》に真田幸村《さなだゆきむら》は、まず諸方《しょほう》に人《ひと》を遣《つかわ》して家来《けらい》の面々《めんめん》を集《あつ》め、そのうえ計略《けいりゃく》を定《さだ》め表面的《ひょうめんてき》は村々《むらむら》へ回章《かいしょう》を廻《まわ》して先祖《せんぞ》の年回《ねんかい》について法事《ほうじ》を営《いとな》むと触《ふ》れさせた。サアこれよりいよ〳〵真田幸村《さなだゆきむら》が大阪入城《おおさかにゅうじょう》の途中《とちゅう》、岸和田《きしわだ》の城主《じょうしゅ》小出大和守《こいでやまとのかみ》の眼《め》をおどろかし、織田有楽斎《おだうらくさい》、大野道犬《おおのどうけん》の胆《きも》を冷《ひや》さしめるという愉快極《ゆかいきわ》まる講談《こうだん》は、次の一席《せき》に……。

◎真田幸村大阪入城《さなだゆきむらおおさかにゅうじょう》の準備《じゅんび》

ころは慶長《けいちょう》十九年《ねん》三月《がつ》十七日《にち》、真田幸村《さなだゆきむら》には先祖《せんぞ》の年忌《ねんき》をつとめるというので村々《むらむら》へ回《かい》章《しょう》をまわしたから、その当日《とうじつ》になってくると、在方《ざいかた》の百姓《しょう》は大《おお》きに打《う》ちよろこび、なんでも一つウンと御馳走《ごちそう》に成《な》ろうというので、中《なか》には未《ま》だ朝飯《あさめし》も食《く》わないで充分腹《じゅうぶんはら》を空《へ》らし、招待《しょうたい》の刻限迄《こくげんまで》にでてくる。村方《むらかた》などというものは決《けっ》して遠慮《えんりょ》などをするものではない。ドヤ〳〵〳〵と大勢《おおぜい》のものはあつまってきたが、さっそくこれを一間《ま》にとおしモウかれこれ午刻《うまのこく》という刻限《こくげん》になってきたが、さらに御飯《ごはん》を出《だ》さない、酒《さけ》も出《で》ないというので大勢《おおぜい》のものは、ブツ〳〵叱言《こごと》をはじめた。甲「ナアこれ杢兵衛《もくべえ》、先生様《せんせいさま》はどんな御馳走《ごちそう》をくださるか知《し》れないけれども、どうも大層長《たいそうなが》いジャないか」乙「オイ〳〵他《よそ》の家《いえ》へ御馳走《ごちそう》に饗《よば》れにきて、そんな愚痴《ぐち》を零《こぼ》すものジャない、何分大勢《なにぶんおおぜい》だからおこしらえが手間《てま》どるのだろう」丙「サアこんなことなら俺《おら》ア朝飯《あさめし》を喰《く》ってきたらよかった」丁「なんだと、朝飯《あさめし》を喰《く》わないできた、甚《ひど》いことをしやアがる」丙「しかし大分遅《だいぶんおそ》いではないか」と銘々《めいめい》ブツ〳〵愚《ぐ》痴《ち》を零《こぼ》して居《い》る。軈《やが》てモウその日《ひ》の未刻過《やつす》ぎという頃《ころ》おいに、よう〳〵それへ膳部《ぜんぶ》がでてきたから、充分空腹《じゅうぶんくうふく》でございまして、そろ〳〵酒《さけ》を飲《の》み始《はじ》めたがさて食事《しょくじ》にかゝったのは、その日《ひ》の夕景過《ゆうけいす》ぎでございます。そこで鱈腹飲食《たらふくいんしょく》をいたして銘々《めいめい》は御馳走酒《ごちそうざけ》にドロンケンとあいなり引《ひき》とったから、この晩《ばん》はこの村《むら》一同《どう》のものはなか〳〵夜業《やぎょう》などするものはない。引取《ひきと》るとそのまゝうち臥《ふ》してしまったから、村中《むらじゅう》この夜《よ》に限《かぎ》ってはやくから寂寥《せきりょう》といたし、誰《た》れ一人起《ひとりお》きているものはない。巧《うま》く行《い》ったと幸村《ゆきむら》は充分《じゅうぶん》に用意《ようい》をとゝのえ、臣《しん》下《か》の面々《めんめん》の諸方《しょほう》よりあつまったるもの、あるいは何処《どこ》そこで出会《であ》うという約束《やくそく》をいたしたものも、かねてこの紀《き》の川《かわ》へのりこんで来《き》たから、こゝに同勢《どうぜい》をとゝのへ船《ふね》の用意《ようい》をしておよそ三里《り》ばかり紀《き》の川《かわ》の川下《かわしも》へ下《くだ》り、既《すで》に岩出《いわで》というところへ着《ちゃく》したころは、はや夜《よ》もホノ〴〵と明《あ》けわたって来《き》たので、こゝに上陸《じょうりく》して軍勢《ぐんぜい》をとゝのえ、ブー〳〵、ドン〳〵、ガン〳〵〳〵と陣鉦《じんがね》、太鼓《たいこ》、貝《かい》の音《おと》を響《ひび》かせて勇《いさ》ましくも乗《の》だした同勢《どうぜい》は凄《すま》じくもまた美々《びび》しき限《かぎ》りでございます。しかるに浅野家《あさのけ》においては、万《まん》一真田《さなだ》が大阪《おおさか》へでも乗出《のりだ》すときはこれを喰《く》い止《と》めんとして、黒川左京《くろかわさきょう》、浅野《あさの》八郎《ろう》右衛門《えもん》、谷崎小左衛門《たにざきこざえもん》を大《たい》将《しょう》として、その勢《せい》およそ一千五百人《にん》をもってこの岩出《いわで》の出口《でぐち》を固《かた》めて居《い》たが、皆「ソレ真《さな》田《だ》の同勢《どうぜい》である、打《う》ち破《やぶ》ってしまえッ」という下知《げち》に、ドッとばかりに八方《ぽう》より真田《さなだ》の同勢《どうぜい》に打《う》って掛《かか》った。このとき幸村馬上《ゆきむらばじょう》にあって莞爾《にっこ》と笑《えみ》を含《ふく》み、幸「小賢《こざか》しきそのありさま、一人《にん》ものこらず打《う》ちとってしまえッ」とひさ〴〵にて采配《さいはい》を揮《ふる》って下知《げち》をいたしたが瞬《また》くうちに浅野勢《あさのぜい》は散乱《さんらん》いたして、重立《おもだ》ったものゝ首級《くび》をあげ、軍陣《ぐんじん》の血祭《ちまつり》としてゆう〳〵と武者押《むしゃお》しをいたしましたが、一旦逃《たんに》げ散《ち》ったる浅野《あさの》の同勢《どうぜい》ふたゝびうちよせる気力《きりょく》もなく、真田勢《さなだぜい》はそのうちにはやくも樫井川《かしいがわ》をわたって貝塚《かいづか》を経《へ》、はや岸和田《きしわだ》近《ちか》くのりこんできた。こゝにその頃岸和田《ころきしわだ》の城主《じょうしゅ》は小出大和守《こいでやまとのかみ》どのでございまして、さっそく幸村《ゆきむら》は家臣《かしん》根津《ねづ》甚《じん》八にもうしつけ使者《ししゃ》といたして根津《ねづ》はいそぎ岸和田城内《きしわだじょうない》にきたってかゝり役人《やくにん》に面会《めんかい》の上《うえ》、甚「拙者《せっしゃ》は紀州《きしゅう》九度村《どむら》に閑居《かんきょ》いたしたる幸村《ゆきむら》が家来《けらい》でござる。このたび義《ぎ》によって真田幸村《さなだゆきむら》大阪《おおさか》へ入城《にゅうじょう》つかまつる途中《とちゅう》であるが、御当家《ごとうけ》はかねて関東《かんとう》へ御随身《ごずいしん》の儀《ぎ》なればさだめてお差《さ》し止《と》めあるべきなれど、しかるときには幸村《ゆきむら》ひさしぶりにて采配《さいはい》をとって一戦《せん》におよばんこゝろえ。しかし御無事《ごぶじ》にお通《とお》しくださるとあるならば決《けっ》して敵対《てきたい》はつかまつらぬ。この儀御返答《ぎごへんとう》をねがいたい」執次《とりつぎ》のものは胆《きも》をつぶして、執「ア丶さようでござるか、まずしばらくお扣《ひか》えをねがう」とさっそく城内《じょうない》へこのことを通《つう》じると、小出《こいで》大和守《やまとのかみ》も大《おお》いにおどろいて、到底敵手《とうていあいて》になっては堪《たま》らぬとおもったから、執「決《けっ》して此方《このほう》は戦《たたか》いを好《この》みません。御遠慮《ごえんりょ》なくお通《とお》りください」という挨拶《あいさつ》、そこで根津《ねづ》はふたゝび吾《わ》が勢《せい》へ取《と》ってかえしこのことを真田幸村《さなだゆきむら》に申《もう》しいれると、しからばすみやかに通行《つうこう》いたせというので、その勢《いきお》い凄《すさ》まじく旗《はた》、馬印《うまじるし》を風《かぜ》に飜《ひるが》えして、ブー〱ドン〱チャン〱と威容堂々《いようどうどう》として通《とお》り行《ゆ》く真田《さなだ》の軍勢《ぐんぜい》、何時《いつ》の間《ま》にこれ丈《だ》けあつまったかと、城内《じょうない》の面々《めんめん》は荒胆《あらぎも》をとり挫《ひし》がれながらその行列《ぎょうれつ》を見《み》てあれば、なかには紙《かみ》の張子《はりこ》をもって鍛《きた》えあげたる大砲《たいほう》を、或《あるい》は二挺《ちょう》または三挺《ちょう》ぐらい細引《ほそびき》にて充分縛《じゅうぶんしば》りあげ、それを背中《せなか》に背負《せお》って歩《ある》いているは、なか〱人間業《にんげんわざ》ともおもわれない。じつにます〱おどろいたが決《けっ》して紙《かみ》の張子《はりこ》の筒《つつ》とはみえない。真田《さなだ》の家来《けらい》には大層豪《たいそうえら》い奴《や》ツがいる、これジャうかく〳〵戦争《いくさ》も出来《でき》ないと、スッカリモウ呑《の》まれてしまった。そのうち真田《さなだ》の同勢《どうぜい》ははやくも泉州堺《せんしゅうさかい》の港《みなと》へのりこんでくると、さっそくこゝに一泊《ぱく》をいたして大阪《おおさか》に使者《ししゃ》を立《た》て、明日《みょうにち》は入城《にゅうじょう》するということを執権《しっけん》の方迄届《ほうまでとど》けいでた。よって大野修理亮《おおのしゅりのすけ》より直様此《すぐさまこの》おもむきを城内《じょうない》へ披露《ひろう》におよびますると、秀頼公《ひでよりこう》はことのほかのお喜《よろこ》びでございます。このとき木村長門守重成《きむらながとのかみしげなり》は御前《ごぜん》へすゝみいで、長「おそれながら幸村《ゆきむら》が当大阪《とうおおさか》へ入城《にゅうじょう》つかまつりますれば、主君《しゅくん》の両腕《りょううで》ともいうべき唐土《かち》の張良《ちょうりょう》、孔明《こうめい》にも勝《まさ》った軍師《ぐんし》なれば、主君《しゅくん》よりおもんじたまわねば人自然《ひとしぜん》とあなどる道理《どうり》、左《さ》あるときは下知《げち》も行《ゆ》きとゞかず、よって君《きみ》の御名代《ごみょうだい》としてお歴々《れきれき》の内《うち》よりお出迎《でむか》えを、お遣《つかわ》しにあいなって、しかるべくぞんじたてまつります」ともうしあげる。秀「いかにもその方《ほう》のもうすところ道理《もっとも》である」とそこで織田有楽斎《おだうらくさい》、大野道犬斎《おおのどうけんさい》の両名《りょうめい》に住吉迄出迎《すみよしまででむか》えをおおせ付《つ》けられた。スルと両名《りょうめい》は此《この》おおせを承《うけ》たまわってさっそく下城《げじょう》をいたし、まず両人寄《りょうにんよ》って相談《そうだん》をする。有「どうだ大野《おおの》、一つわれ〳〵はなるべく立派《りっぱ》に扮装《いでた》ち、真田幸村《さなだゆきむら》といえる奴《や》ツの荒胆《あらぎも》をとり挫《ひし》いでくれようではないか」道「ウムよかろう」といずれも本卦過《ほんけす》ぎたる老人《ろうじん》のことゝて、その身《み》は紅羽二重《こうはぶたえ》の紋付《もんつき》の小袖《こそで》に、緋《ひ》羅紗《らしゃ》の奴袴《ぬばかま》を穿《うが》ち紅栗毛《べにくりげ》の駒《こま》に打《う》ち跨《また》がってもっとも大小刀《だいしょう》は朱鞘《しゅざや》、ことに家来《けらい》もことぐく赤《あか》ぞろえで、なんのことはない疱瘡子《ほうそうご》の見舞《みまい》にゆくという扮装《いでたち》、赤足袋《あかたび》に腰《こし》には朱《しゅ》塗《ぬ》りの弁当《べんとう》、なかは小豆飯《あずきめし》にお菜《さい》は紅生姜《べにしょうが》、真逆《まさか》そんなこともなかろうが、兎《と》に角赤《かくあか》ずくめの華美《はで》な扮装《いでたち》で、夜《よ》の未明《あけがた》まえより大阪《おおさか》を出立《しゅったつ》いたし、住吉《すみよし》にまいり神主《かんぬし》の座敷《ざしき》をかりうけ、ここに休息《きゅうそく》をいたして真田《さなだ》の同勢《どうぜい》が堺《さかい》から出掛《でか》けてくると直《す》ぐにしらせるという手《て》筈《はず》をさだめてある。ところがかれこれモウ巳刻前後《よつぜんご》というところおいに、家来《けらい》の注進《ちゅうしん》があった。家「ハッたゞいま南《みなみ》の方《かた》より軍勢《ぐんぜい》がのりこんでまいりました」とのことゆえ、さっそく織田《おだ》、大野《おおの》の両名《りょうめい》が街道筋《かいどうすじ》にまかりいで、道《みち》のかたわきに床几《しょうぎ》をおきそれに腰《こし》をおろして二三十名《めい》の家来《けらい》をうしろにしたがえ、行列《ぎょうれつ》の来《きた》るを相待《あいま》っているという、これよりいかゞの奇談《きだん》を生《しょう》じましょうや。

◎幸村入城《ゆきむらにゅうじょう》途中《とちゅう》の奇談《きだん》

ところへ先《さき》ばらいとみえて黒羽二重《くろはぶたえ》の羊羹色《ようかんいろ》の衣類《いるい》を着用《ちゃくよう》いたし、ボロ〳〵になった羽《は》織《おり》を被《はお》って、ところ〴〵剝《は》げかゝった大小刀《だいしょう》を帯《たい》し、武「かたよれッ〳〵ッ」といいながらすゝんで来《き》たからこれを眺《なが》めた織田《おだ》、大野《おおの》の両名《りょうめい》は、有「どうだ大野氏《おおのうじ》」道「何《なん》だ織田《おだ》氏《うじ》」有「いくら幸村《ゆきむら》が器量人《きりょうじん》であろうとも、永年《ながねん》の間浪人《あいだろうにん》をいたしていたから、あの醜態《ざま》を見《み》ろ、あれが先《さき》ばらいとみえる」有「ハヽヽヽ、あんな奴《や》ツにでむかいをせねばならぬとは情《なさ》けない次第《しだい》である。どういう風《ふう》で真田《さなだ》はくるだろうか」と二人《ふたり》は嘲《あざ》けり気味《ぎみ》でまっていると、こはそもいかにあとには甲冑《かっちゅう》を身《み》に纏《まと》ったる足軽《あしがる》の者《もの》、弓《ゆみ》十五張《はり》、長柄《ながえ》二十筋《すじ》二行《ぎょう》にならんで、その中程《なかほど》には騎馬武者《きばむしゃ》三人《にん》手綱《たづな》を掻《か》い繰《く》りゆう〳〵として乗込《のりこ》んでくる。その次《つぎ》に金唐人笠《きんとうじんがさ》の馬印《うまじるし》、六文銭《もんせん》の定紋《じょうもん》ついたる旗《はた》の手《て》を三流《りゅう》押《お》し立《た》て、其他《そのた》持《もち》槍《やり》、持筒《もちづつ》、伊達道具《だてどうぐ》をふりたて、前後合《ぜんごあわ》せて五十名《めい》ばかりの同勢《どうぜい》にて、その中央《まんなか》の大将《たいしょう》はもっとも馬上《ばじょう》でございますが、黒糸縅魚鱗小札《くろいとおどしぎょりんこざね》の大鎧《おおよろい》を着用《ちゃくよう》におよび、おなじ糸《いと》をもってこしらえあげた、五枚錣《まいじころ》の兜《かぶと》を猪首《いくび》に着《き》なし、肥《こ》え太《ふと》ったる逞《たく》ましき馬《うま》に打《う》ち跨《また》がり、威《い》勢《せい》どう〳〵としてのりこんできたから、こなたの二人《ふたり》はハッとばかりにうちおどろいた。流石《さすが》は真田幸村《さなだゆきむら》であるとおもったからさっそく床几《しょうぎ》を離《はな》れ、馬上《ばじょう》の大将《たいしょう》がその前《まえ》に来《く》るとそれへ小腰《こごし》を屈《かが》めて、二人「これは〳〵真田幸村《さなだゆきむら》どのには、遠路《えんろ》のところ御入城《ごにゅうじょう》をくだしおかれ、千万《ばん》ありがたくぞんじたてまつる。拙者事《せっしゃこと》は内大臣秀頼公《ないだいじんひでよりこう》の御名代《ごみょうだい》として、織田《おだ》有楽斎《うらくさい》、大野道犬斎《おおのどうけんさい》これへお出迎《でむか》えをいたしたのでござる」と頭《かしら》をさげる。このとき馬《ば》上《じょう》の大将《たいしょう》はこれをきくとさっそく馬《うま》よりヒラリ飛《と》びおり、着《き》たる兜《かぶと》を脱《ぬ》いで家臣《かしん》にわたし、大「これは〳〵御遠路《ごえんろ》のところお出《で》むかえくだされ、御苦労《ごくろう》千万《ばん》にぞんじたてまつります。拙者事《せっしゃこと》は信州上田《しんしゅううえだ》前《さき》の城主真田《じょうしゅさなだ》左衛門尉幸村《さえもんのじょうゆきむら》の家臣《かしん》、穴山小助《あなやまこすけ》ともうし主人《しゅじん》さきのりのものにございます。失礼《しつれい》ながらのりうち御免《ごめん》くださるよう」と再《ふた》び兜《かぶと》をいたゞき、ヒラリと駒《こま》に打《う》ち跨《また》がり、堂々《どうどう》として大阪《おおさか》の方《ほう》へすゝんで行《ゆ》く。二人《ふたり》は呆気《あっけ》にとられて、二人「オヤ〳〵人《ひと》を馬鹿《ばか》にしやアがる。あれは幸村《ゆきむら》の家来《けらい》だ。なんだ大将振《たいしょうぶ》りアがって」とおどろいている。ところへまたもや二丁半《ちょうはん》斗《ばか》り間《あい》をおいて、此度《こんど》は鉄砲《てっぽう》二十五挺《ちょう》、弓《ゆみ》二十張《はり》二行《ぎょう》にならんで、その次《つぎ》には長柄《ながえ》三十筋《すじ》、いずれも騎馬武者《きばむしゃ》随行《ずいこう》いたし、その他徒歩武《たほむ》者《しゃ》、順《じゅん》を正《ただ》してゆう〳〵とすゝんでまいります。もっともこれにも持筒《もちづつ》、持槍《もちやり》、伊達道具《だてどうぐ》を厳重《げんじゅう》に備《そな》えまして、そのうちに馬上《ばじょう》の大将《たいしょう》は卯《う》の花縅《はなおどし》の大鎧《おおよろい》、烏帽子形《えぼしがた》の兜《かぶと》には銀《ぎん》の半《はん》月前立《げつまえたて》打《う》ちし、もっとも五枚錣《まいじころ》の大兜《おおかぶと》を猪首《いくび》に着《き》なし、栗毛《くりげ》の駒《こま》に乗鞍置《のりくらお》いてユラリガッキと打《う》ちまたがり、右手《めて》に軍扇《ぐんせん》、左《ひだ》りに紺白《こんばく》二段《だん》の手綱《たづな》を掻《か》いくりながら、ドウ〳〵

とすゝんできた、ようすを見《み》て、たとえ浪人《ろうにん》をいたしても、流石《さすが》以前《いぜん》は一国《こく》一城《じょう》の主人《しゅじん》、幸村《ゆきむら》といえる奴《や》ツは省慎《たしなみ》のよい男《おとこ》だとその大将《たいしょう》が前《まえ》にきたときには二人《ふたり》は床几《しょうぎ》をはなれて頭《かしら》をさげ、二人「是《こ》れは〱真田幸村《さなだゆきむら》どのには遠路《えんろ》のところ御入城《ごにゅうじょう》をくだし置《お》かれ千万《ばん》かたじけのうぞんじます。拙者事《せっしゃこと》は織田有楽斎《おだうらくさい》、大野道犬斎《おおのどうけんさい》の両人《りょうにん》、主人秀頼公《しゅじんひでよりこう》の名代《みょうだい》としてこゝまで出《で》むかえをつかまつったのでござる」このとき馬上《ばじょう》の大将《たいしょう》は兜《かぶと》を脱《ぬ》いでジロリ横目《よこめ》に二人《ふたり》を見流《みなが》し、大「これは〱御両所《ごりょうしょ》ともわざ〱のおでむかえにあずかり、おそれ入《い》りたてまつります。拙者事《せっしゃこと》は真田幸村《さなだゆきむら》の家来《けらい》、海野《うんの》三左衛門《ざえもん》ともうするもの。主人先《しゅじんさき》のりにございまする。失礼《しつれい》ながら乗打《のりう》ち御免《ごめん》ッ」といいすてゝ後《あと》をもみずに徐々《しずしず》とすゝんで行《ゆ》く。二人「オヤ〱これもちがうぞ。全体真田《ぜんたいさなだ》という奴《やつ》はどこにこれだけのものを忍《しの》ばせておいたのであろう」と両人《りょうにん》は只呆然《ただぼうぜん》として南《みなみ》の方《かた》を眺《なが》めていると、その次《つぎ》に五人《にん》、七人《にん》あるいは十人《にん》ぐらいの家来《けらい》を召《め》し連《つ》れたる騎馬武者《きばむしゃ》が幾組《いくくみ》となくとおりますから、流石《さすが》の二人《ふたり》も呆《あき》れ返《かえ》ってこれを眺《なが》めて居《い》る。スルとまたもや一丁《ちょう》ばかりはなれておよそ四五十名《めい》の家来《けらい》を引《ひき》つれ、貝鉦《かいがね》、太鼓《たいこ》の音《おと》いさましく響《ひび》かせながら、すゝみきたった馬上《ばじょう》の大将《たいしょう》、白糸縅《しろいとおどし》の大鎧《おおよろい》に萌黄匂《もえぎにおい》の腹巻《はらまき》を〆《し》め、六文銭《もんせん》の紋金物《もんかなもの》は四辺《あたり》を払《はら》ってキラ〱輝《かがや》き渡《わた》っている。頭《かしら》には黒塗《くろぬり》の陣笠《じんがさ》を目深《めぶか》に押《お》しいたゞき、赤地錦《あかじにしき》の裏《うら》を付《つ》けたる華美《はでや》かなる陣羽織《じんばおり》を着用致《ちゃくよういた》し、奥州産《おうしゅうさん》の黒毛《くろげ》の名馬《めいば》に打《う》ち跨《また》がり、手綱《たづな》を掻《か》い繰《く》ってすすんできた。流石《さすが》は幸村《ゆきむら》だけの価値《ねうち》はあるとたしかにみとゞけたる此方《こなた》の両人《りょうにん》、床几《しょうぎ》をはなれておもわず小腰《こごし》をかゞめ、二人「これは〳〵、真田幸村《さなだゆきむら》どの、このたびは遠路御入城《えんろごにゅうじょう》くだしおかれ、かたじけなくぞんじたてまつります。織田有楽斎《おだうらくさい》、大野道犬斎《おおのどうけんさい》の両人《りょうにん》、主人秀頼公《しゅじんひでよりこう》の御名代《ごみょうだい》としてこのところまでお出《で》むかいつかまつりました」というに此方《こなた》の大将《たいしょう》は、馬上《ばじょう》ながらもジロリふりかえって、大「アヽそれは御苦労《ごくろう》にぞんずる。拙者事《せっしゃこと》は嵯峨天皇《さがてんのう》十六代《だい》の後胤《こういん》、海野小太郎幸氏《うんのこたろうゆきうじ》の子孫《しそん》、信州上田前《しんしゅううえださき》の城主真田左衛門尉海野幸村《じょうしゅさなださえもんのじょううんのゆきむら》……」というから二人《ふたり》はいよ〳〵これだとおもいながら、おもわずハッと頭《かしら》をさげる。スルと馬上《ばじょう》の大将《たいしょう》は被《かぶ》り物《もの》をとろうといたしますゆえ、二人《ふたり》は慌《あわ》てゝそれを押《お》し止《と》め、二人「アイヤ、先生《せんせい》にはどうかそのまゝお居《い》でくだされ」大「イヤ〳〵それにてはあまり失礼《しつれい》にぞんずる」とどうやらこうやらそのうちに、笠《かさ》の紐《ひも》を解《と》きバッとそれを取《と》ると大《おお》きな坊主《ぼうず》でございますから、二人「ハヽア、さては真田《さなだ》は入道《にゅうどう》していたのか」とその顔《かお》を見上《みあ》げておりますると、よう〳〵に馬上《ばじょう》の大将《たいしょう》は言葉《ことば》を続《つ》ぎ、大「その幸村《ゆきむら》の家来《けらい》にて深谷青海入道《ふかやせいかいにゅうどう》ともうするものでござる。まったく主人《しゅじん》の先《さき》のり、のり打《う》ち御免《ごめん》くだされ」二人「エヽッ、人《ひと》を馬鹿《ばか》にしやアがる」と、二人《ふたり》は呆然《ぼうぜん》としてみていると、そのまま静々《しずしず》と乗出《のりだ》してゆく。有「いかに大野《おおの》、どれが真田幸村《さなだゆきむら》であろう。モウしまいか」とみているうちに、しばらくたって目《め》に立《た》つばかり南《みなみ》の方《かた》より馬《うま》を打《う》たした大将《たいしょう》は先《さき》ばらいとして猩々緋《しょうじょうひ》の二段《だん》羽連《ばれん》の馬印《うまじるし》、その次《つぎ》には陣鉦太鼓《じんがねたいこ》の音《おと》すさまじく、ドン〳〵打《う》ち鳴《な》らしてきたから、これこそいよ〳〵幸村《ゆきむら》に相違《そうい》ないとみていると真先《まっさ》きには弓百張《ゆみはり》二行《ぎょう》にならび、そのあとには鉄砲《てっぽう》組《ぐみ》、続《つづ》いて長柄組《ながえぐみ》、いずれも一人宛《ひとりずつ》の騎馬武者《きばむしゃ》が付《つ》き添《そ》い、六文銭《もんせん》の定紋《じょうもん》ついたる大幟《おおのぼり》を五旒《りゅう》、小幟《このぼり》三旒《りゅう》、燃《も》え立《た》つばかりの紅《くれな》いの幟半《しはん》に、金糸《きんし》をもって六文銭《もんせん》を縫《ぬ》わせたる小印《こじるし》を押《お》したて、持筒《もちづつ》、持槍《もちやり》、伊達道具《だてどうぐ》を真先《まっさ》きに押《お》したて、馬上《ばじょう》の左右《さゆう》には近侍《きんじ》とみえて二十名《めい》ばかり、いずれも手槍《てやり》を小脇《こわき》に抱《か》いこめ、武者草鞋《むしゃわらじ》を穿《は》きしめたるが大将《たいしょう》は小桜《こざくら》を黄《き》にかえしたる大鎧《おおよろい》、南蛮鉄《なんばんてつ》六十四間《けん》、筋金《すじがね》うったる八方《ぼう》四星《ぼし》の兜《かぶと》には、六文銭《もんせん》の前立《まえだ》てうったるを猪首《いくび》にいたゞき、銀切割《ぎんきりわり》の采配《さいはい》を乳房《ちぶさ》の管《かん》におさめ、栗毛《くりげ》の駒《こま》には青貝《あおがい》うったる鞍《くら》をおき、紅白《こうはく》二段《だん》の手綱《たづな》をゆう〳〵と掻《か》いくり紫紅《むらさきべに》、白《しろ》三段《だん》の尻掛《しりか》け、燃《も》えたつばかりのありさまにて南蛮鉄《なんばんてつ》の鐙《あぶみ》を踏《ふ》み〆《し》めゆう〳〵としてすゝみきたった。人《にん》はいよ〳〵これぞ幸村《ゆきむら》に相違《そうい》ないと、頭《かしら》をさげて、二人「これは〳〵真田先生《さなだせんせい》にはわざ〳〵御入城《ごにゅうじょう》をくだしおかれ、千万《ばん》かたじけのうぞんじたてまつる。主人内大臣家《しゅじんないだいじんけ》の御名代《ごみょうだい》として、お出迎《でむか》いつかまつったる拙者《せっしゃ》ことは織田有楽斎《おだうらくさい》、大野道犬斎《おおのどうけんさい》でございます」このとき馬上《ばじょう》の大将《たいしょう》はしずかに兜《かぶと》を脱《ぬ》いで左手《ゆんで》にたずさえ、ジロリとふり向《む》いて両人《りょうにん》の姿《すがた》をみる。二人《ふたり》はヒョイと頭《かしら》を上《あ》げてよく〳〵大将《たいしょう》をみてあれば、まだふり分《わ》けの前髪《まえがみ》にて、よう〳〵年《とし》は十五六歳《さい》、二人「オヤッ、これも違《ちが》うぞ」と呆《あき》れていると、かの大将《たいしょう》は片頬《かた》に笑《えみ》をふくみ、大「拙者事《せっしゃこと》は真田左衛門尉海野幸村《さなださえもんのじょううんのゆきむら》の一子同姓大助幸昌《しどうせいだいすけゆきまさ》、わざ〳〵各々方《おのおのがた》のお出迎《でむか》え御苦労《ごくろう》千万《ばん》に存《ぞん》じたてまつる。失礼《しつれい》ながら乗打御容赦《のりうちごようしゃ》くだされ」二人《ふたり》とも呆《あき》れてしまった。いずれが何《いず》れやら薩張《さっぱ》り訳《わけ》がわからない。その跡《あと》へは海野将監《うんのしょうげん》、根津甚《ねづじん》八、望月主水《もちづきもんど》、望月右《もちづきう》衛門《えもん》、穴山小左衛門《あなやまこざえもん》、別府若狭《べっぷわかさ》、三好伊三入道等《みよしいぞうにゅうどうら》後押《あとおさ》えの大将《たいしょう》として、その他白木《たしろぎ》の長持《ながも》ち二十棹《さお》ばかり大阪《おおさか》の方《かた》へ進《すす》んでしまったから、二人《ふたり》とも実《じつ》に狐《きつね》につまゝれた様《よう》な顔《かお》をしている。それより前《さき》に真田幸村《さなだゆきむら》は、身《み》は山伏《やまぶし》のすがたに扮《やつ》してたゞ一人《ひとり》、堺《さかい》の町《まち》を出立《しゅったつ》してはやくも大阪《おおさか》の城中《じょうちゅう》へはいってまいり、さっそく執権職大野修理亮治長《しっけんしょくおおのしゅりのすけはるなが》に此段御届《このだんおとど》けをしたところへ、じゅん〳〵に今《いま》の行列《ぎょうれつ》がくりこんできたのだから城中《じょうちゅう》においても大《おお》いにおどろき、さっそく主君秀頼公《しゅくんひでよりこう》のお目通《めどお》りをさせると、秀頼公《ひでよりこう》および、淀君《よどぎみ》その他城中《たじょうちゅう》一同《どう》はおゝいに心強《こころづよ》くおもい、したしく秀頼公《ひでよりこう》よりお言葉《ことば》をさげられる。そこへ続《つづ》いてかの長《ちょう》曾我部盛親入道《そかべもりちかにゅうどう》、後藤又兵衛基次《ごとうまたべえもとつぐ》も次第《しだい》に入城《にゅうじょう》いたしたから、いよ〳〵この城中《じょうちゅう》において軍議評定《ぐんぎひょうじょう》におよび難波戦記《なんばせんき》の大眼目《だいがんもく》に移《うつ》るのでございます。

◎大阪方軍勢《おおさかがたぐんぜい》の手配《てくば》り

ときに慶長《けいちょう》十九年閏《ねんうるう》十月《がつ》十五日《にち》のことでございましたが、諸将《しょしょう》の勇士《ゆうし》が大阪城内《おおさかじょうない》千畳敷《じょうじき》に集会《しゅうかい》をもよおした。上段《じょうだん》二畳台《じょうだい》の上《うえ》には正《しょう》二位内大臣豊臣秀頼公着座《いないだいじんとよとみひでよりこうちゃくざ》をいたされ、其《その》かたわらには御母堂淀君御控《ごぼどうよどぎみおひか》えでございます。一段《だん》さがった上席《じょうせき》としては大野道犬斎《おおのどうけんさい》、また右手《みぎて》の上席《じょうせき》には織田有楽斎《おだうらくさい》、すこしはなれて執権職大野修理亮治長《しっけんしょくおおのしゅりのすけはるなが》つゞいて老臣渡邊内蔵《ろうしんわたなべくら》之助《のすけ》、浅井周防守《あさいすおうのかみ》、又大野《またおおの》の弟主馬正《おとうとしゅめのしょう》、つゞいてこのたび入城《にゅうじょう》をいたしたる真田左衛門尉《さなださえもんのじょう》海野幸村《うんのゆきむら》、後藤又兵衛基次《ごとうまたべえもとつぐ》、長曾我部盛親入道《ちょうそかべもりちかにゅうどう》この三名《めい》がひかえている。それより二行《ぎょう》に居列《いなら》んでまず戦場《せんじょう》にて一方《ぼう》の大将《たいしょう》というべきもの、郡主馬之助《こおりしゅめのすけ》、真野豊後守《まのぶんごのかみ》、堀田図書之《ほったずしょの》助《すけ》、伊東丹後守《いとうたんごのかみ》、野々村伊予守《ののむらいよのかみ》、中島式部少輔《なかじましきぶしょうゆう》、青木民部少輔《あおきみんぶしょうゆう》つゞいて若手《わかて》のめん〳〵にては木村長門守《きむらながとのかみ》、薄田隼人正《すすきだはやとのしょう》、明石掃部之助《あかしかもんのすけ》、荒川熊蔵《あらかわくまぞう》、真田大助《さなだだいすけ》、羽柴河内守《はしばかわちのかみ》、今木平《いまぎへい》左衛門《ざえもん》、槇島玄蕃正《まきじまげんばのしょう》、赤澤内膳正《あかざわないぜんのしょう》、石川駿河守《いしかわするがのかみ》、白樫主馬之助《しらかししゅめのすけ》、毛利豊前守《もうりぶぜんのかみ》、細川讃岐《ほそかわさぬきの》守《かみ》、明石丹後守《あかしたんごのかみ》、南條中務大輔《なんじょうなかつかさたいふ》、三浦《うら》飛驒守《ひだのかみ》、増田丹後守《ますだたんごのかみ》、樋口但馬守《ひぐちたじまのかみ》、神保出羽守《じんぼでわのかみ》、生《い》駒主水正《こまもんどのしょう》、山口左馬之助《やまぐちさまのすけ》、矢野和泉守《やのいずみのかみ》、和久半左衛門《わくはんざえもん》、大谷大学之助《おおたにだいがくのすけ》、南部久左衛門《なんぶきゅうざえもん》、加《か》藤九郎右衛門《とうくろうえもん》、森左京亮《もりさきょうのすけ》、飯田左馬之助《いいださまのすけ》、堀対馬守《ほりつしまのかみ》、山名伊豆守《やまないずのかみ》、田中左衛門《たなかさえもん》、小幡勘兵《おばたかんべ》衛《え》、平子主膳《ひらこしゅぜん》、村上将監《むらかみしょうげん》をはじめとしていずれも二百有余名《ゆうよめい》の勇士《ゆうし》のめん〳〵、綺羅星《きらぼし》のごとくズラリ居列《いなら》びましたが、今日《きょう》の評定《ひょうじょう》いかにと扣《ひか》えておりまする。しかるにこのとき内大臣秀頼公《ないだいじんひでよりこう》は諸将《しょしょう》のめい〳〵にうちむかい、秀「ときにみなのもの、御《ご》ぞんじのとおり応仁文明《おうにんぶんめい》のころおいより、天下麻《てんかあさ》のごとくに乱《みだ》れたるをわが父太閤《ちちたいこう》の御武徳《ごぶとく》によって四海泰平《かいたいへい》に帰《き》し、農民安堵《のうみんあんど》のおもいをなせり。しかるに慶長三年父上御他界《けいちょうねんちちうえごたかい》のみぎりには、予《よ》が幼少《ようしょう》たるにつきしばらく関東《かんとう》に政治《せいじ》を任《まか》せたまい、予《よ》が十五歳《さい》に相成《あいな》らば天下《てんか》の政治《せいじ》をもどすべき約束《やくそく》のところ、慶長《けいちょう》五年関《ねんせき》ヶ原《はら》の合戦《かっせん》をさいわいとして、外様大名《とざまだいみょう》のごとき取扱《とりあつ》かいにおよび、約束《やくそく》を変《へん》じて将軍職《しょうぐんしょく》をその子秀忠《こひでただ》に譲《ゆず》り、われを家来同様《けらいどうよう》にいたさんとして、このたび大仏殿釣鐘《だいぶつでんつりがね》の銘名《めいめい》を調伏《ちょうぶく》の文字《もんじ》なりなどゝ難題《なんだい》をもうしいで、予《よ》に当城《とうじょう》を立《た》ち退《の》けとか、あるいは諸大名《しょだいみょう》と同《おな》じく江戸《えど》へ参勤《さんきん》をせよとか、また母君《ははぎみ》を関東《かんとう》へ人質《ひとじち》に送《おく》れなどゝ無礼《ぶれい》なことをもうし送《おく》りたり。仍《よ》って是非《ぜひ》なく運《うん》を天《てん》にまかせ、一戦《せん》におよばんとおもうなり。この上《うえ》からはおの〳〵方《がた》の誠忠《せいちゅう》を只管《ひたすら》たのみいるぞよ」とホロリと落涙《らくるい》をあそばしてイト御叮嚀《ごていねい》なるお言葉《ことば》でございます。ハッと諸将《しょしょう》のめん〳〵一同《どう》は頭《かしら》をさげて坐中《ざちゅう》は暫時水《ざんじみず》を打《う》つたるごとく、たゞシーンとしずまり返《かえ》って誰《た》れ一人言葉《ひとりことば》を発《はっ》する者《もの》もなかったが、このとき大野修理亮《おおのしゅりのすけ》は第一番《だいばん》に口《くち》をだしてみな〳〵この大阪城《おおさかじょう》へたて籠《こも》って、関東《かんとう》の大軍《たいぐん》をひきうけんという説《せつ》をもちだした。ところがなにしろ当時執権職《とうじしっけんしょく》として威望《いぼう》ある修理亮《しゅりのすけ》の言葉《ことば》でございますからまず第一番《だいばん》に大野道犬斎《おおのどうけんさい》、それより勇士《ゆうし》のうちにもこの説《せつ》に賛成《さんせい》をするものが沢山《たくさん》にある。ところがこのとき後藤基次《ごとうもとつぐ》、木村重成《きむらしげなり》等《ら》の誠忠無類《せいちゅうむるい》の人々《ひとびと》は、此城中《このじょうちゅう》へ籠《こも》って関東《かんとう》百万《まん》の大軍《たいぐん》をひきうけるは、第一兵粮《だいひょうろう》に尽《つ》きるおそれ有《あ》り又戦争《またせんそう》にも充分《じゅうぶん》の働《はたら》きができないから、いまのうちに秀頼公《ひでよりこう》に御出馬《ごしゅつば》をねがって不意《ふい》に京都《きょうと》へ討《う》っていで、井伊《いい》、藤堂《とうどう》の軍勢《ぐんぜい》を打《う》ち破《やぶ》り、所司代板倉《しょしだいいたくら》の首《くび》を挙《あ》げて禁裡《きんり》を守護《しゅご》して大阪《おおさか》へ移《うつ》したてまつり、そのうえにて宇治《うじ》、瀬田《せた》の橋《はし》を切《き》り落《お》として西国《さいこく》の通路《つうろ》を防《ふせ》ぎ、西《にし》は明石《あかし》の瀬戸《せと》をおさえとして、戦《たたか》ったならば、相手《あいて》は一天《てん》の帝《みかど》に弓曳《ゆみひ》くおそれあり、そのご勅命《ちょくめい》を乞《こ》うて太閤恩顧《たいこうおんこ》の大名《だいみょう》を味方《みかた》につけんという説《せつ》と二つにわかれたが、このとき真田幸村《さなだゆきむら》はなんとおもったか一言《ごん》の口出《くちだ》しもいたさない。スルとこのとき小幡勘兵衛《おばたかんべえ》というものがあって、ついに秀頼公《ひでよりこう》、淀君《よどぎみ》および大野《おおの》親子《おやこ》のものを勧《すす》めて、到頭籠城《とうとうろうじょう》をするということにさだめてしまったのでございます。なぜこの小幡勘兵衛《おばたかんべえ》がかゝることをいたしたかというと、これなん関東《かんとう》より間者《かんじゃ》として大阪城内《おおさかじょうない》にいりこんだもので、このものは以前《もと》甲斐《かい》の武田家《たけだけ》の浪人《ろうにん》であったが、慶長《けいちょう》十年《ねん》三月《がつ》に武田勝頼《たけだかつより》が天目山《てんもくざん》において討死《うちじに》を遂《と》げた後《のち》、当時甲州浪人《とうじこうしゅうろうにん》四百五十有余名《ゆうよめい》は、いずれも徳川家康《とくがわいえやす》、織田信長《おだのぶなが》が、ない〱で家来《けらい》にしてしまった、小幡《おばた》もそのうちの一人《ひとり》で軍学《ぐんがく》は武田《たけだ》二十四家《け》の伝《でん》をこと〲く会得《えとく》いたしたから勘兵衛《かんべえ》も徳川家康《とくがわいえやす》につかえているうち、あるとき家康公《いえやすこう》はこの勘兵衛《かんべえ》をお招《まね》きにあいなり、すこしのことをいい立《た》てに永《なが》の暇《いとま》をもうしつけたから、そのゝち大阪《おおさか》にきて豊臣家《とよとみけ》に奉公《ほうこう》をしたのだが、徳川家《とくがわけ》で永《なが》のお暇《いとま》というはまったく表面的《ひょうめんてき》で内実《ないじつ》はそのときに家康公《いえやすこう》の命《めい》をうけ、大阪《おおさか》へ間者《かんじゃ》に入《い》り込《こ》んだのでございます。そこでその日《ひ》はまず籠城《ろうじょう》ということにさだまって真田《さなだ》をはじめ長曾我部《ちょうそかべ》、後藤《ごとう》にいたるまで、天《てん》をあおいで嘆息《たんそく》をいたし、ア丶御運《ごうん》の末《すえ》とはいいながら、うちに淀君《よどぎみ》、大野《おおの》の如《ごと》きものあり、臣《しん》に小幡《おばた》ごときものあって籠城《ろうじょう》をいたすようになったとは、お家《いえ》の滅亡《めつぼう》は目《ま》の当《あた》り、ア丶また是非《ぜひ》もなきことであるとおもいつ丶、みな〳〵城内《じょうない》を退出《たいしゅつ》におよぶ。小幡勘兵衛《おばたかんべえ》はわがことなれりと大《おお》いによろこび、さっそく秘《ひそ》かに書面《しょめん》を認《したた》めて直様京都《すぐさまきょうと》の所司代板倉《しょしだいいたくら》のほうへこのことを注進《ちゅうしん》する。板倉《いたくら》よりは又駿府徳川家康公《またすんぷとくがわいえやすこう》へこのことを注進《ちゅうしん》におよぶ。ところで真田幸村《さなだゆきむら》ははやくも小幡勘兵衛《おばたかんべえ》の心《こころ》を見抜《みぬ》いたがモウ主君秀頼公《しゅくんひでよりこう》および淀君《よどぎみ》、執権職大野《しっけんしょくおおの》親子《おやこ》がこうとさだめてしまったから、いまさらなんとも仕方《しかた》なく、その翌日《よくじつ》ふた丶び城中《じょうちゅう》へ出仕《しゅっし》をして、諸将《しょしょう》の面々《めんめん》を呼《よ》びあつめ、諸将《しょしょう》の持口《もちぐち》の下知《げち》をつたえ、まず東《ひがし》の方《ほう》の持口《もちぐち》には織田長益入道有楽斎《おだながますにゅうどううらくさい》、そのた渡邊内蔵之助《わたなべくらのすけ》、浅井周防守《あさいすおうのかみ》、三河飛騨守《みかわひだのかみ》、稲木《いなぎ》三左衛《ざえ》門《もん》、生駒宮内之助《いこまくないのすけ》、大谷大学之助《おおたにだいがくのすけ》、神保出羽守《じんぼでわのかみ》、山口左馬之助《やまぐちさまのすけ》、生田清《いくたせい》三郎《ろう》、堀田茂左衛《ほったもざえ》門《もん》、跡部五郎左衛門《あとべごろうざえもん》、森藤五郎《もりとうごろう》、松田次郎兵衛《まつだじろうべえ》、山本佐兵衛《やまもとさへえ》、伊藤美作《いとうみまさく》、堀対馬守《ほりつしまのかみ》、山名《やまな》伊予守《いよのかみ》等をはじめとして、惣勢《そうぜい》三万《まん》五千人《にん》といたし、扨《さ》てまた南《みなみ》の持口《もちぐち》は仙石宗也入道《せんごくそうやにゅうどう》、戸田民部少輔《とだみんぶしょうゆう》、湯浅右近太夫《ゆあさうこんだいふ》、津田左馬之助《つださまのすけ》、池田与左衛門《いけだよざえもん》、南條中務大輔《なんじょうなかつかさたいふ》、三上外記《かみげき》、羽柴河内守《はしばかわちのかみ》これ等《ら》の人々《ひとびと》を始《はじ》めとして三万《まん》五千人《にん》、また幸村《ゆきむら》の出丸口《でまるぐち》には幸村親子《ゆきむらおやこ》を以《も》って固《かた》むるなり。また西《にし》の持口《もちぐち》には速水甲斐守《はやみかいのかみ》、山中又左衛門《やまなかまたざえもん》、渡邊《わたなべ》五郎左衛門《ろうざえもん》、牧島玄蕃《まきじまげんば》頭《かみ》、森民部少輔《もりみんぶしょうゆう》等《ら》をはじめとして惣勢《そうぜい》三千八百人《にん》、さてまた高麗橋《こうらいばし》の持口《もちぐち》には、青木民部《あおきみんぶ》少輔《しょうゆう》、真野豊後守《まのぶんごのかみ》、是《こ》れ等《ら》のかた〴〵を大将《たいしょう》として三千人《にん》を以《も》って固《かた》め、平野橋《ひらのばし》、思案橋《しあんばし》をうちおとし、本町橋《ほんまちばし》の持口《もちぐち》は黒田但馬守《くろだたじまのかみ》、鎌田兵部大輔《かまだひょうぶたいふ》を大将《たいしょう》としておなじく組下《くみした》三千人《にん》、農人橋《のうにんばし》の持口《もちぐち》には本多掃部之助《ほんだかもんのすけ》、西尾美作守《にしおみまさかのかみ》を大将《たいしょう》として三千人《にん》をさずけたり。また久宝寺橋《きゅうほうじばし》、安堂寺橋《あんどうじばし》をうちおとし、さて北《きた》の持口《もちぐち》は大野修理亮《おおのしゅりのすけ》を大将《たいしょう》としてこの手《て》に三万《まん》五千人《にん》、遊軍《ゆうぐん》としては西南《せいなん》を兼《か》ね、長曾我部父子《ちょうそかべおやこ》のもの、また東《ひがし》の方《かた》は後藤《ごとう》、木村《きむら》の両大将《りょうたいしょう》にもうしつけた。それより城外《じょうがい》九ケ所《しょ》に堡砦《とりで》を築《きず》いてまず鴫野《しぎの》の堡砦《とりで》には矢野和泉守《やのいずみのかみ》、此手《このて》に一千五百人《にん》、今福《いまぶく》の堡砦《とりで》は飯田左馬之助《いいださまのすけ》、おなじく一千五百人《にん》、西手《にして》は川口《かわぐち》に大船《おおぶね》二隻《そう》をもって大筒《おおづつ》をそなえ石川駿河守《いしかわするがのかみ》を大将《たいしょう》としてその勢《せい》三千人《にん》、もっとも其内《そのうち》日本丸《にほんまる》という船《ふね》は長《なが》さが六十六間《けん》ある、安宅丸《あたかまる》は三十三間《けん》いずれも太閤御存生中《たいこうごぞんじょうちゅう》につくりあげた大船《おおぶね》でございます。福島《ふくしま》の堡砦《とりで》は赤松伊豆守《あかまついずのかみ》、土方新八《ひじかたしん》を大将《たいしょう》として一千人《にん》、野田《のだ》の堡砦《とりで》は伊東主計頭《いとうかずえのかみ》、別所内蔵之助《べっしょくらのすけ》を大将《たいしょう》として一千人《にん》、葭島《よしじま》の堡砦《とりで》には三枚《まい》三左衛門《ざえもん》、村山兵庫《むらやまひょうご》で一千人《にん》、伯楽《はくらく》が淵《ふち》の堡砦《とりで》には薄田隼人正《すすきだはやとのしょう》、平子主膳《ひらこしゅぜん》一千人《にん》、中之島《なかのしま》の堡砦《とりで》は織田信雄《おだのぶお》入道親子《にゅうどうおやこ》のもの、また穢多《えた》ケ崎《さき》の堡砦《とりで》は樋口淡路守《ひぐちあわじのかみ》、本間仁兵衛《ほんまにへえ》を大将《たいしょう》として三千人《にん》、もっともこの穢多《えた》ケ崎《さき》というのは方今《ほうこん》の稲荷《いなり》のお旅《たび》から西道頓堀《にしどうとんぼり》の辺《へん》、深里近辺《ふかりきんぺん》をすべて、穢多《えた》ケ崎《さき》ととなえました。また伯楽《はくらく》ケ淵《ふち》の堡砦《とりで》ともうしまするは、その往昔《むかし》百済《くだら》の船《ふね》がついたところで、当今《とうこん》の白髪橋《しらがばし》、砂場《すなば》の近辺《きんぺん》でございます。すべてこの堡砦《とりで》は南向《みなみむ》きにかまえ、城《しろ》をうしろにして外壕《そとぼり》をさること四五丁《ちょう》を距《へだ》て、それ相当《そうとう》の場所《ばしょ》を選《えら》んで築《きず》いたので、その他《た》四方《ほう》八方《ぽう》に充分要害《じゅうぶんようがい》をいたしそれ〲人数《にんず》の手配《てくば》りをいたしました。ところがこゝに獅子身中《しししんちゅう》の虫《むし》たる小幡勘兵衛《おばたかんべえ》の手《て》によって京都《きょうと》へ注進《ちゅうしん》におよぶという、いよ〱関《かん》東大阪交戦《とうおおさかこうせん》の端緒《いとぐち》と相成《あいな》るのでございます。

◎真田大助初陣《さなだだいすけういじん》の功名《こうみょう》

さて其次第《そのしだい》をきいたるかの小幡勘兵衛《おばたかんべえ》はおゝいに打《う》ちよろこび、まず自分《じぶん》の思考通《おもわくどお》りにいったので、さっそく此次第《このしだい》をひそかに京都《きょうと》へ注進《ちゅうしん》におよぶ。そこで所司代板倉《しょしだいいたくら》よりは駿《すん》府家康公《ぶいえやすこう》のもとへ櫛《くし》の歯《は》をひくがごとくの注進《ちゅうしん》でございます。そこで家康公《いえやすこう》はこのたび大《おお》阪籠城《さかろうじょう》の次第《しだい》をきかれ、ことの外《ほか》およろこびになられる。これ天《てん》の与《あた》えなり、大阪《おおさか》はいかに名城《めいじょう》なればとて、日本国中《にほんこくじゅう》の軍勢《ぐんぜい》を引受《ひきう》け、籠城《ろうじょう》すればいずれ兵粮《ひょうろう》にかぎりあり、かならず味方《みかた》の勝利《しょうり》うたがいなしとあってすぐさま京都《きょうと》へお下知《げち》をつたえられ、まず井伊《いい》掃部頭直孝《かもんのかみなおたか》、藤堂和泉守高虎《とうどういずみのかみたかとら》へ早打《はやう》ちをもって、此般豊臣家《こんばんとよとみけ》は大阪《おおさか》にて籠城《ろうじょう》をいたするよし、よって其方共急《そのほうどもきゅう》に軍勢《ぐんぜい》をくりだして大阪城内《おおさかじょうない》をとり巻《ま》き、南北《なんぼく》の地《ち》を切りとって敵方《てきかた》にかならず手《て》を拡《ひろ》げさせざるよう、厳重《げんじゅう》に守《まも》るべし、そのうちに城内《じょうない》より小幡勘兵衛《おばたかんべえ》、かならず内通《ないつう》いたすことであるとのお下知《げち》でございます。よって井伊《いい》、藤堂《とうどう》の両家《りょうけ》は畏《かしこ》まりたてまつり、井伊家《いいけ》は二万《まん》五千人《にん》、藤堂家《とうどうけ》は二万《まん》八千人《にん》をしたがえ、既《すで》に軍勢《ぐんぜい》を繰出《くりだ》すことにあいなった。井伊《いい》の同勢《どうぜい》は河内《かわち》の守口《もりぐち》にきたって陣所《じんしょ》を定《さだ》め、藤堂家《とうどうけ》は宇治《うじ》より奈良《なら》へのりこみ、それより暗峠《くらがりとうげ》をこして亀井村《かめいむら》の辺《あた》りにきたり、陣所《じんしょ》を定《さだ》めたが、此方大阪《こなたおおさか》の同勢《どうぜい》はこの有様《ありさま》を臨《のぞ》みみて、さては関東《かんとう》より手《て》を拡《ひろ》げさせぬという計略《けいりゃく》であるかとおどろいているが、真田幸村《さなだゆきむら》においては決《けっ》して心配《しんぱい》におよばず、相変《あいかわ》らず平気《へいき》で自分《じぶん》の出丸《でまる》を固《かた》めている。ところがこゝに平野《ひらの》に備《そな》えをたてたる藤堂家《とうどうけ》の家臣《かしん》に、渡邊勘兵衛《わたなべかんべえ》という勇気《ゆうき》我慢《がまん》の強勇《ごうゆう》がある。藤堂家《とうどうけ》より五千石《ごく》という大禄《たいろく》をいただいている有名《ゆうめい》な豪傑《ごうけつ》だが、このたびの敵味方《てきみかた》の備《そな》えをみて、その身自《みみずか》ら主人《しゅじん》にねがいをだし、拙者《せっしゃ》かならず真田幸村《さなだゆきむら》が立《た》て籠《こも》ったる出丸《でまる》を攻《せ》めおとして、幸村《ゆきむら》を生捕《いけど》りにいたして御覧《ごらん》にいれるというので、自分《じぶん》一手《て》で陣所《じんしょ》を張《は》りだし、幸村《ゆきむら》の立《た》て籠《こも》っている出丸《でまる》のはるか前面《ぜんめん》にきたって備《そな》えをたてが、なんでも一つ出丸《でまる》の奴《や》ツを引出《ひきだ》して、合戦《かっせん》をいたしてくれんというかんがえから、その身《み》は二十何貫《なんがん》の鉄砲《てっぽう》を小脇《こわき》にかいこみ、馬上《ばじょう》に打《う》ちまたがって日々《ひび》幸村《ゆきむら》が出丸《でまる》のまえにのりだしてまいり、いろ〳〵悪口《わるくち》をいって誘《さそ》い出《だ》そうとしている。勘「ヤイ、当出丸《とうでまる》に立《た》て籠《こも》っておるのは真田幸村《さなだゆきむら》であろう。汝僅《なんじわず》かなる小勢《こぜい》をもって大軍《たいぐん》をくいとめんなどゝは大胆不敵《だいたんふてき》のいたり、すみやかにいでゝ合戦《かっせん》をいたせ。吾《わ》れこそは当時日本無双《とうじにほんむそう》の豪傑《ごうけつ》にして天下《てんか》三勘兵衛《かんべえ》の一人《にん》たる鬼勘兵衛《おにかんべえ》である。すみやかにいでゝ勝負《しょうぶ》におよべよッ」と大音《だいおん》声《じょう》によばわっている。出丸《でまる》に籠《こも》った人々《ひとびと》はこれをきくと残念《ざんねん》で堪《たま》らない。皆「はなはだもって不埒《ふらち》の一言《げん》、イデ討《う》ちとってくれんッ」と逸急立《はやりた》ちまするを、幸村《ゆきむら》は、幸「イヤすておけ〳〵、白痴《たわけ》た奴《や》ツがあるものジャ」と決《けっ》して頓着《とんちゃく》をいたしません。しかるに渡邊勘兵衛《わたなべかんべえ》におきましては、毎日《まいにち》のように出丸真近《でまるまぢか》く来《きた》って、どうか幸村《ゆきむら》を誘出《つりだ》したいといろ〳〵に悪口《あくこう》をいっておる。のちにはこれが城内《じょうない》の大評判《おおひょうばん》となった。ところが或日《あるひ》幸村《ゆきむら》が主君《しゅくん》の御前《おんまえ》に出仕《しゅっし》いたしまするると、此時大野修理亮《このときおおのしゅりのすけ》すゝみいでゝ、修「いかに軍師《ぐんし》、実《じつ》は先日《せんじつ》よりうけたまわれば、渡邊勘兵衛《わたなべかんべえ》といえる奴《や》ツが貴殿《きでん》の出丸間近《でまるまぢか》くに陣《じん》を張《は》り出《いだ》し、日々《ひび》貴殿《でん》に悪口《あくこう》をなし誘出《つりいだ》さんといたする由《よし》、しかるに貴殿《きでん》はなにゆえ、これを御《お》うちすてにあいなりまするか、さてはかねて噂《うわさ》のある鬼勘兵衛《おにかんべえ》をおそれられたのでござるか」といえば幸村《ゆきむら》は莞爾《かんじ》と笑《わらい》をふくみ、幸「イヤ、さようなことはけっしてとるに足《た》らず、それゆえうち捨《す》ておくのでござる」修「イヤ〳〵さにあらず。貴殿《きでん》の立《た》て籠《こも》りたる出丸《でまる》とはいえ、まさしく主君《しゅくん》にたいして悪口《あくこう》をいたすもどうよう。このまゝお捨《す》て置《お》きにあいならば、主君の御恥辱《ごちじょく》とあいなるべし。そう〳〵追《お》いはらわれてしかるべし」とある。これをきいて幸村《ゆきむら》はハッと気色《けしき》を変《か》えて立腹《りっぷく》をいたし、幸「コハ怪《け》しからぬ貴殿《きでん》の御一言《ごごん》。彼《か》れ一人《にん》ごときを討《う》たんがため築《きず》きあげたる出丸《でまる》にあらず、天下《てんか》の大敵《だいてき》を引《ひき》うけ防戦《ぼうせん》すべきためでござる。なんで渡邊勘兵衛《わたなべかんべえ》如《ごと》き小身者《しょうしんもの》一名《めい》を頓着《とんじゃく》いたすべきことであろうか、笑《わら》うにたえたる貴殿《きでん》の一言《ごん》。燕雀《えんじゃく》なんぞ大鵬《たいほう》の志《こころ》ざしをしらんや。お控《ひか》え召《め》され」と一向《こう》とりあわない。大野《おおの》はこれを聞《き》いておおいに怒《いか》り出《だ》し、修「これは真田殿《さなだどの》にもあるまじきその一言《ごん》。その身《み》を大鵬《たいほう》に譬《たと》えわれを燕雀《えんじゃく》とはいかゞでござる」と既《すで》に激論《げきろん》にもおよばんとするこのとき淀君《よどぎみ》は御声静《おんこえしず》かに、淀「コリャ〳〵修理亮《しゅりのすけ》ひかえよ。いかに幸村《ゆきむら》、渡邊勘兵衛《わたなべかんべえ》とやらもうすものが汝《なんじ》の悪口《あくこう》をいたすよし。そう〳〵彼《か》れを追《お》いはらうがよかろう」とこの一言《ごん》に幸村《ゆきむら》はハッと頭《かしら》をさげ、幸「ハッまことに無益《むえき》なる業《わざ》とこゝろえまするが、ほかならぬ御《ご》母堂様《ぼどうさま》のおおせ、このうえからはさっそく討《う》ち散《ち》らして御覧《ごらん》にいれまするが、しかし拙者《せっしゃ》がたちむかいまするも大人気《おとなげ》なし。よって拙者倅大助《せっしゃせがれだいすけ》十六歳《さい》の初陣玩弄物《ういじんもてあそびもの》には至極適当《しごくてきとう》とこゝろえまするゆえ、倅《せがれ》に下知《げち》をつたえることにいたしましょう」大野《おおの》は余《あま》りの大言《たいげん》とますく〳〵立腹《りっぷく》をいたし、修「イヤなるほどこれは感心《かんしん》でござる。御子息《ごしそく》の玩弄物《おもちゃ》に戦《たた》かうとは至極結構《しごくけっこう》、屹度拙者拝見《きっとせっしゃはいけん》をつかまつる」幸「イヤよろしゅうござる。おって日限《にちげん》を定《さだ》めてもうしあげましょう」とその日《ひ》はそのまゝ御前《ごぜん》を下《さが》って、どうかよき好機《おり》もがなとこゝろえておりまするうち、こゝに紀州熊野新宮《きしゅうゆやしんぐう》の住人《じゅうにん》にて、新宮左馬之助《しんぐうさまのすけ》というもの、先祖《せんぞ》は熊野別当《ゆやべっとう》の末孫《ばっそん》でございまして、此左馬之助《このさまのすけ》の父《ちち》は堀内阿波守《ほりうちあわのかみ》ともうして十万石《まんごく》をいたゞいて太閤随臣《たいこうずいしん》の人《ひと》であった。先年朝鮮征伐《せんねんちょうせんせいばつ》の砌《みぎ》りには随分功《ずいぶんこう》のあった家柄《いえがら》でございますが、関ヶ原《せきはら》の戦《たたか》いに石田方《いしだがた》に組《く》みし、それがために浪人《ろうにん》をいたしていたが、しかるに阿《あ》波守病死《わのかみびょうし》をいたしまするみぎり、新宮左馬之助《しんぐうさまのすけ》、弟主水《おとともんど》の兄弟《きょうだい》を枕許《まくらもと》にまねき、かならず行々《ゆくゆく》は大阪《おおさか》へ味方《みかた》をいたす様《よう》と、かたく遺言《いごん》をして相果《あいは》てた。しかるに兄弟《きょうだい》の者《もの》は今般《こんぱん》いよ〳〵関東大阪御手切《かんとうおおさかおてぎ》れになったということをきいて家来《けらい》とゝもに二十四人連《にんづ》れで、この大阪《おおさか》へ入城《にゅうじょう》をせんと、いましも玉造口《たまつくりぐち》に来《きた》って朝霧《あさぎり》の晴《は》れるを待《ま》ち城内《じょうない》へ乗込《のりこ》まんという支度《したく》をいたしている。しかるにその前夜幸村《ぜんやゆきむら》は天文《てんもん》の様子《よう》をみると、小星《しょうせい》なれども光《ひか》りを放《はな》って南《みなみ》の方《かた》より北《きた》に向《むか》ってすゝんでくる様子《よう》、さては誰《た》れか入城《にゅうじょう》をいたすのであろうとまず臣下《しんか》の者《もの》にその用意《ようい》をもうしつけておいたところ、はたせる哉《かな》、玉造口《たまつくりぐち》より新宮兄弟《しんぐうきょうだい》の入城《にゅうじょう》をみうけたところ、この出丸前《でまるまえ》に備《そな》えをたてゝ、四方《ほう》の様子《よう》を眺《なが》めていた渡邊勘兵《わたなべかんべ》衛《え》、勘「おのれ憎《にっ》くきところの曲者《くせもの》、ソレ彼奴等《あやつら》を討取《うちと》れッ」と自分《じぶん》は真先《まっさ》きに馬上《ばじょう》でとびだした。勘「ヤア〳〵汝何奴《なんじなにや》ツであるか。大胆《だいたん》にも大阪《おおさか》へ入城《にゅうじょう》するとは不埒《ふらち》千万《ばん》、すみやかに兜《かぶと》を脱《ぬ》いで降参《こうさん》をいたせッ」と大音声《だいおんじょう》によばわった。兄弟《きょうだい》の者《もの》はこれをきいて、二人「黙止《だま》れ、われこそは新宮左馬之助《しんぐうさまのすけ》、おなじく主水《もんど》の兄弟《きょうだい》である。義《ぎ》によって当大阪《とうおおさか》へ入城《にゅうじょう》をいたす。道《みち》を開《ひら》いてそう〳〵こゝを通《とお》せよ」勘「ヤア黙止《だま》れ〳〵、入城《にゅうじょう》などゝは不《ふ》都合《つごう》千万《ばん》、この渡邊勘兵衛《わたなべかんべえ》に降参《こうさん》におよべッ」左「なにを小癪《こしゃく》なッ、大阪入城《おおさかにゅうじょう》の手始《てはじ》めに汝《なんじ》が首《くび》を討《う》ちとって内大臣家《ないだいじんけ》にお土産《みやげ》といいたさん、覚悟《かくご》をいたせッ」といいながら、双方《そうほう》馬《うま》をとばしてバラ〱〱ッと近寄《ちかよ》ってまいり、いましも両方入《りょうほうい》り変《かわ》ってこゝに戦《たたか》いをはじめんとする。真田幸村《さなだゆきむら》は櫓《やぐら》の上《うえ》からこの体《てい》をみてさっそく倅大助《せがれだいすけ》に下知《げち》をつたえ、幸「汝渡邊《なんじわたなべ》をおいちらして、新宮兄弟《しんぐうきょうだい》を入城《にゅうじょう》させよ」とある。こゝにおいて真田大助幸昌《さなだだいすけゆきまさ》はまだ十六歳《さい》の若年《じゃくねん》ながら、深谷青海入道《ふかやせいかいにゅうどう》、三好伊三入道《みよしいぞうにゅうどう》、穴山小助《あなやまこすけ》等《ら》をはじめとして、手《て》勢《ぜい》五百人《にん》をしたがえ今《いま》しもうっていでんそのいきおい、幸「いかに大助《だいすけ》、汝今日《なんじきょう》は初陣《ういじん》のことにあれば、ずいぶん気《き》をつけて渡邊《わたなべ》の同勢《どうぜい》をおい散《ち》らしてしまえッ」大「ハッこゝろえました」と勇《いさ》みたち、手軽《てがる》に木戸口《きどぐち》を八文字《もんじ》におし開《ひら》き、真先《まっさ》きには金唐人笠《きんとうじんがさ》の馬印《うまじるし》、六文銭《もんせん》の定紋付《じょうもんつ》いたる旗《はた》の手《て》をひるがえして、ドッとばかりに乗《の》りだした。幸村《ゆきむら》はそのうちに本丸《ほんまる》へ注進《ちゅうしん》におよびますると、城内《じょうない》よりは内大臣家《ないだいじんけ》、御母堂《ごぼどう》をはじめとして大野其他《おおのそのた》の老臣《ろうしん》は、幸村《ゆきむら》の出丸《でまる》にきたって櫓《やぐら》から見物《けんぶつ》をいたされる。サアこれよりこの真田大助《さなだだいすけ》が、初陣《ういじん》の大功名《だいこうみょう》という、イト勇《いさ》ましき御物語《おものがた》り、例《れい》によって次席《じせき》に申《もう》し述《の》べます……。

◎大助《だいすけ》の奇略老臣《きりゃくろうしん》の驚歎《きょうたん》

このとき真田大助幸昌《さなだだいすけゆきまさ》は手勢《てぜい》五百人《にん》をしたがえて城門《じょうもん》八文字《もんじ》におし開《ひら》き、ドッとばかりに繰《く》りだした。大「ヤア〱それに来《こ》られたるは新宮兄弟《しんぐうきょうだい》の方《かた》ならん。拙者《せっしゃ》は真田幸村《さなだゆきむら》が一子同姓大助幸昌《しどうせいだいすけゆきまさ》でござる。父《ちち》の下知《げち》によってお出迎《でむか》えもうす。さだめて道中《どうちゅう》のお疲労《つかれ》もあらん。その敵《てき》は拙者《せっしゃ》が引受《ひきう》けたり。よって貴殿等《きでんら》はそう〱入城《にゅうじょう》いたされてしかるべし」というをきいたる新宮兄弟《しんぐうきょうだい》、兄弟「さては真田殿《さなだどの》の御子息《ごしそく》でござるか、しからば何卒《なにとぞ》この敵《てき》をお引《ひ》きうけをねがいたい」と後《あと》をたのんで兄弟《きょうだい》は、ついに幸村《ゆきむら》の出丸《でまる》よりゆう〱として城内《じょうない》へのりこんだ。このとき大助《だいすけ》は士卒《しそつ》に下知《げち》をつたえて、大「ソレ、彼奴等《きゃつら》を討《う》ちとってしまえッ」といましも渡邊《わたなべ》の左手《ゆんで》の方《かた》にまわらんとする。これを眺《なが》めた渡邊《わたなべ》の同勢《どうぜい》は南無《なむ》三側面《そくめん》を攻撃《こうげき》されてはいけないとおもったから、勘「ヤア〱味方《みかた》のめん〱対手《あいて》は真田《さなだ》一家《け》の者《もの》であるぞ。横《よこ》を打《う》たれてはあいならぬ。ソレはやく備《そな》えをたて直《なお》せッ」と下知《げち》をいたしまするとく、大助《だいすけ》はこの体《てい》をみて、大「ヤア〱味方《みかた》のめい〱、ソレ引け〱ッ」と下知《げち》をくだすや否《いな》やバラ〱〱ッと二丁《ちょう》ばかりは出丸《でまる》の方《ほう》に逃《に》げだした。このとき深谷青海《ふかやせいかい》、三好伊三《みよしいぞう》の両人《りょうにん》は、両《りょう》「ハッ、おそれながら若様《わかさま》、敵《てき》の横《よこ》を討《う》たんと乗《の》りだしながら城《しろ》を便《たよ》りに陣取《じんど》り給《たま》うというは何《なに》ごとでござる。さては対手《あいて》が鬼勘兵衛《おにかんべえ》ゆえ、恐怖《きょうふ》の念《ねん》を生《しょう》じたまいしか、はゞかりながらわれ〱両人《りょうにん》斯《か》くしたがいおりまする上《うえ》は、すこしもおそれ給《たま》うことなかれ。既《すで》に拙者《せっしゃ》どもは故弾正様《こだんじょうさま》より五代《だい》のあいだ御奉公《ごほうこう》をいたして、数十度戦場《すうどせんじょう》の御供《おとも》をいたすといえども、一旦《たん》すゝんで敵《てき》の備《そな》えにおそれをなし、戦《たた》かわずして引取《ひきと》りし例《ため》しをみず。そう〱討《う》っておでましなさるゝ様《よう》」と袖《そで》を控《ひか》えてもうしのべた。馬上《ばじょう》の大助《だいすけ》は莞爾《にっこ》と笑《えみ》をふくみながら、大「エッ、汝等《なんじら》ごとき老耄《おいぼれ》の知《し》るところにあらず、ひかえておれッ」と怒鳴《どな》りつける。二人《ふたり》はたがいに顔《かお》を見合《みあわ》せて、ブツ〱小言《こごと》をいっている。いましも二丁《ちょう》ばかり此方《こちら》に退《しりぞ》いた大助《だいすけ》は、どう思《おも》ったかさっそく下知《げち》をつたえて、第《だい》一番《ばん》に鉄砲組《てっぽうぐみ》百人《にん》、百挺《ちょう》の鉄砲《てっぽう》を用意《ようい》して、第《だい》二番手《ばんて》もおなじく鉄砲組《てっぽうぐみ》百人《にん》、三番手《ばんて》を槍組《やりぐみ》とそなえをたてた。穴山小助《あなやまこすけ》は不思議《ふしぎ》におもったから、小「おそれながら若様《わかさま》、第《だい》一番《ばん》が鉄砲組《てっぽうぐみ》なら、その次《つぎ》は槍組《やりぐみ》と定《さだ》めるのが法《ほう》でございます。妙《みょう》なそなえのつけ方《かた》でございますな」大助《だいすけ》は莞爾《にっこ》と打《う》ち笑《わら》い、大「小助《こすけ》、そのほうも老耄《おいぼれ》たか」傍《そば》にきいていた深谷《ふかや》、三好《みよし》の両人《りょうにん》、二人「オイ〳〵穴山《あなやま》、捨《す》てゝおけ〳〵、年《とし》はゆかぬが若殿《わかとの》は大変《たいへん》に口《くち》が悪《わる》いぞ」と三人寄《にんよ》ってブツ〳〵言《い》っているうちに、此方渡邊《こなたわたなべ》勘兵衛《かんべえ》は本陣《ほんじん》へ注進《ちゅうしん》もせず、勘「ソレ、はやく彼《か》の真田大助《さなだだいすけ》を討《う》ちとれッ」とドッと鬨《とき》を作《つく》ってくりだしてくる。大助《だいすけ》はその勢《せい》を真近《まぢ》かく誘寄《ひきよ》せますると、にわかに鉄砲組《てっぽうぐみ》に下知《げち》をつたえて、大「ソレ、うて〳〵ッ」というよりはやくおよそ二百挺《ちょう》ばかりの鉄砲《てっぽう》は、一時《じ》に火蓋《ひぶた》をきってドヽヽヽドーッとばかりに撃《う》ちだしたから、此方渡邊《こなたわたなべ》の同勢《どうぜい》は的《まと》になったごとくバタリ〳〵と撃《う》ちたおされ、歯《は》の抜《ぬ》けた様《よう》な陣立《じんだて》になったから、渡邊《わたなべ》もにわかに慌《あわ》てゝ、勘「ソレ、鉄砲組撃《てっぽうぐみう》て〳〵ッ」と下知《げち》をいたして撃《う》ちだしたが、この鉄砲《てっぽう》は途中《とちゅう》で立消《たちぎ》えとなってしまったか、真田《さなだ》の隊《たい》へは弾丸《だんがん》はちっともあたりません。それに引換《ひきか》え渡邊《わたなべ》の同勢《どうぜい》は大半《たいはん》この鉄砲《てっぽう》のために打《う》ちたおされる。これはとばかりにおどろく勘兵衛《かんべえ》、勘「ヤッ失策《しま》ッたり」とおどろくところへ新《あら》たに換《かわ》ったる真田《さなだ》が鉄砲組《てっぽうぐみ》の二番《ばん》手《て》、筒先《つつさき》そろえてドヽヽヽドッと撃《う》ちだしたから、渡邊方《わたなべがた》はいまははやさん〴〵に崩《くず》れ立《た》ったる頃《ころ》を見《み》はからい、真田大助幸昌《さなだだいすけゆきまさ》は、大「ソレ槍組《やりぐみ》すゝめッ」と采配揮《さいはいふ》って下知《げち》をする。何条《なんじょう》たまろう渡邊《わたなべ》の同勢《どうぜい》、皆「ソレ敵《かな》わぬ、逃《に》げろッ」とほう〳〵の体《てい》で逃《に》げいだす。この体見《ていみ》たる藤堂方《とうどうがた》の同勢《どうぜい》は、藤「ソレ、渡邊《わたなべ》に加勢《かせい》をいたせッ」と下知《げち》のもとに、藤堂玄蕃《とうどうげんば》は一千人《にん》の同勢《どうぜい》をしたがえドッとばかりにくりださんとする。大助《だいすけ》ははるかにこの体《てい》をながめて、大「ソレ引揚《ひきあ》げよッ」とまたもや備《そな》えをたて、どう〳〵と以前《いぜん》のところへ引揚《ひきあ》げてまいり、ふたゝび鉄砲《てっぽう》に弾丸《たま》込《ご》めをさせて一番手《ばんて》は鉄砲組《てっぽうぐみ》、また二番手《ばんて》も鉄砲《てっぽう》組《ぐみ》、三番手《ばんて》は槍組《やりぐみ》とさだめた。ところが此方《こなた》藤堂玄蕃《とうどうげんば》、近寄《ちかよ》るにしたがいドン〳〵絶《た》え間《ま》もなく鉄砲《てっぽう》を撃《う》ちだしたが、さらに一つとして真田方《さなだがた》の同勢《どうぜい》に中《あた》らない。しかるに大助《だいすけ》はまたもや百挺宛《ちょうずつ》二度《ど》に撃《う》ちだしたから、この藤堂玄蕃《とうどうげんば》の同勢《どうぜい》も、渡邊《わたなべ》とおなじく皆《みな》ほう〳〵の体《てい》で崩《くず》れたつ。そのうちに大助《だいすけ》は元《もと》のところへどう〳〵引揚《ひきあ》げて威儀厳然《いぎげんぜん》と備《そな》えをたてたから、三好《みよし》、深谷《ふかや》をはじめとし、みな〳〵只呆《ただあき》れかえって眺《なが》めている。しかるに一旦敗走《たんはいそう》した渡邊勘兵衛《わたなべかんべえ》はこのうえは手詰《てづめ》の合戦《かっせん》をいたしてくれんと、自《みずか》ら十八貫目《かんめ》の鉄棒《てつぼう》を、りゅう〳〵〳〵宛然《さなが》ら水車《みずぐるま》のごとくに打《う》ち揮《ふ》り〳〵、ドッとばかりに乗込《のりこ》みきたり、必死《ひっし》になって暴《あば》れだした。穴山小助《あなやまこすけ》はこれをみて、小「ソレ勘兵衛《かんべえ》を討《う》ちとれッ」と下知《げち》をいたしながら、その身《み》は六尺柄《しゃくえ》の槍《やり》をもって戦《たた》かった。その他深谷《たふかや》、三好《みよし》の両人《りょうにん》もあるいは薙刀《なぎなた》、鉄棒《てつぼう》と三方《ぼう》より押《お》っとり囲《かこ》んで討《う》ってかゝる。勘「ヤッ猪牙才《ちょこざい》なり真田《さなだ》の郎党《ろうとう》ッ、サアこい」と渡邊勘兵衛《わたなべかんべえ》は、勘「エイッヤッ」と喚《わめ》いてわたり合《あ》ううちに、いましも小助《こすけ》のつきだした槍《やり》のために、ドッとばかりに落馬《らくば》をいたし、命《いのち》から〴〵ほう〳〵の体《てい》で鉄棒担《てつぼうかつ》いで逃《に》げだした。天下《てんか》の豪傑渡邊鬼勘兵衛《ごうけつわたなべおにかんべえ》も、モウこうなっては一向《こう》に値打《ねう》ちがない。このとき臣下《しんか》のめい〳〵は、皆「御主人《ごしゅじん》、今日《きょう》ばかりは貴方《あなた》を鬼勘兵衛《おにかんべえ》とはいいません。あい度勘兵衛《たいかんべえ》、顔見《かおみ》た勘兵衛《かんべえ》という、余程不味《よほどまず》い勘兵衛《かんべえ》ですナ」勘「馬鹿《ばか》をいうナ、なにゝしても命《いのち》は一つしきアない、常《つね》は鬼勘兵衛《おにかんべえ》と威張《いば》っても、こういうときには、三十六計逃《けいに》げるに不如《しかず》、しかしモウこゝ迄逃《までに》げたら好勘兵衛《よかんべえ》」といったのはこれは嘘《うそ》ですが、このとき主君高虎殿《しゅくんたかとらどの》よりの使者《ししゃ》がまいって、そう〳〵引揚《ひきあ》げよとありますから、これによって藤堂玄蕃《とうどうげんば》、渡邊勘兵衛《わたなべかんべえ》の同勢《どうぜい》とも、皆ほう〳〵の体《てい》で引揚《ひきあ》げてしまった。ここにおいて真田勢《さなだぜい》は、ドッとばかりに、三たび勝鯨声《かちどき》をあげて、ゆう〳〵と引揚《ひきあ》げることにあいなった。このとき深谷青海入道《ふかやせいかいにゅうどう》、大助《だいすけ》の馬前《ばぜん》に平伏《へいふく》いたし、深「ハヽッ、まことに先刻《せんこく》は若様《わかさま》の御器量《ごきりょう》をぞんぜず、無礼《ぶれい》をもうしあげましたる段御用捨《だんごようしゃ》をねがいあげまする。実《じつ》は拙者百歳《せっしゃさい》にちかき身《み》をもって、今日初陣《きょうういじん》の貴郎様《あなたさま》におよばぬとはまことに面目次第《めんぼくしだい》もございませんが、とんと合点《がってん》のゆかざるは、たゞいま敵《てき》より打《う》ちだしましたる鉄砲《てっぽう》は、味方《みかた》に一つもあたらずして、味方《みかた》より打《う》ちだしたる鉄砲《てっぽう》はその中《あた》り劇《はげ》しく、これ第《だい》一の不審《ふしん》とこゝろえます。あれは全体如何様《ぜんたいいかよう》の訳《わけ》で……」と聞《き》くと大助幸昌《だいすけゆきまさ》は、大「さればである、吾父常《わがちちつね》におおせられるには鉄砲《てっぽう》は風《かぜ》に向《むか》うときはその功《こう》なし、その訳《わけ》は銃口《すぐち》の穴《あな》より風《かぜ》を吹《ふ》きこみ、火蓋《ひぶた》の上《うえ》の弾薬《たまぐすり》を吹《ふ》きおとし、多《おお》くは立消《たちぎ》えをいたすものにて、冬《ふゆ》は別《べつ》して風烈《かぜはげ》しく、よって風《かぜ》を背《せ》にして戦《たたか》えよとのおおせ。しかるに今朝《けさ》よりの風向《かぜむ》きを見《み》るに北方《ほくほう》よりはげしく吹《ふ》きゝたりたるをさいわい、敵《てき》は南《みなみ》より北《きた》に向《むか》いしゆえ、吾《わ》れあざむき退《しり》ぞいて北《きた》を背《せ》といたし、備《そな》えを立《た》てたることである。よって敵《てき》の鉄砲《てっぽう》はこと〴〵く立消《たちぎ》えして敵《てき》に当《あた》らず、味方《みかた》は追風《おって》にてその中《あた》り劇《はげ》しくあいなったることである」深「ア、さようでございますか、いまさら乍《なが》ら御親子《ごしんし》の御計略《ごけいりゃく》にはホト〳〵おそれいりました」とおゝいに感心《かんしん》をして、軍列《ぐんれつ》どう〳〵と引揚《ひきあ》げた。さてそのうち出丸《でまる》にかえりますると幸村《ゆきむら》は苦《にが》りきったる顔色《かおいろ》にて大助《だいすけ》を手許《てもと》によびつけ、幸「倅何故《せがれなぜ》そのほう今日《きょう》は拙《つた》なき戦《たたか》いをいたせしか、風《かぜ》を背後《せな》にしてさいわいに勝利《しょうり》をえしが、これ皆吾《みなわ》が教《おし》えしことにて汝《なんじ》が腹《はら》よりいでたるにあらず。万《まん》一敵方《てきがた》に智略勝《ちりゃくすぐ》れし武士《ぶし》あって、風《かぜ》にむかえば鉄砲立消《てっぽうたちぎ》えをいたすとこゝろづき、鉄砲《てっぽう》止《や》めて槍《やり》にて大軍《たいぐん》かゝりなば汝《なんじ》は小勢《しょうぜい》のことゝて皆殺《みなごろ》しとあいなるべし。畢竟敵《ひっきょうてき》はたがいに功《こう》を争《あらそ》うゆえ味方《みかた》に勝利《しょうり》となりしは、これ偏《ひと》えに汝《なんじ》が僥倖《しあわせ》というものであって、決《けっ》してまことの戦功《せんこう》とはいえない。ことに深谷兄弟《ふかやきょうだい》、穴山《あなやま》ごとき武勇《ぶゆう》の者《もの》をしたがえながら、高《たか》のしれたる勘兵衛《かんべえ》ごとき小武士《こぶし》を討《う》ち漏《もら》すということがあるか。以後《いご》は屹度気《きっとき》をつけよ」と叱《しか》りつけられ大助《だいすけ》は、大「ハッ、まことにおそれいります」このとき深谷《ふかや》、三好《みよし》、穴山《あなやま》の三人《にん》も赤面《せきめん》の体《てい》にみえる。幸村《ゆきむら》はかたわらを振《ふり》りかえって、幸「いかに大野氏《おおのうじ》、倅《せがれ》などはまだ〳〵乳《ち》の香《か》が失《う》せません。イヤモウどうも合戦《かっせん》の手《て》鈍《ぬる》いには困《こま》りいることでござる」といわれて大野親子《おおのおやこ》も心中大《しんちゅうおお》いにおどろいた。二人「なんのかのと卑下《ひげ》も自慢《じまん》のうちか」とおもいながら、二人「イヤなか〳〵左《さ》にあらず。御子《ごし》息今日《そくきょう》のはたらきはわれ〳〵到底《とうてい》およびもつかぬこと。おそれいりました」と舌《した》を巻《ま》いて引取《ひきと》る。なにしろ今日《きょう》の戦《たたか》いは関東《かんとう》を引《ひき》うけ手《て》はじめの合戦《かっせん》が、この大助《だいすけ》のはたらきにて大勝利《だいしょうり》をえたことでございますから、城内《じょうない》において秀頼公《ひでよりこう》、淀君《よどぎみ》においてもことの外《ほか》の御《お》喜《よろこ》び、そう〳〵大助《だいすけ》を目通《めどお》りへお呼《よ》びよせになり、黄金作《こがねづく》りの大刀《だいとう》一振《ふ》りを手《て》づからくだし給《たま》わりまして、秀「われ天運《てんうん》にかない、天下《てんか》を掌中《しょうちゅう》に握《にぎ》りしときは、かならず莫大《ばくだい》の恩《おん》賞《しょう》を授《さず》けることである」というあり難《がた》きおおせでございます。これによって大助《だいすけ》も、あり難《がた》く御礼《おれい》をもうしあげて引取《ひきと》ってきたが城内《じょうない》の勇気《ゆうき》はこれがためみな非常《ひじょう》に勝《まさ》ってまいり、そのうえ此日《このひ》はこのお祝《いわ》いとして城中《じょうちゅう》のものに酒食《しゅしょく》をたまわり、おおいに御慰労《ごいろう》になったのでございます……。

◎再度真田大助《さいどさなだだいすけ》の出陣《しゅつじん》

そのうち越《こ》えて十一月《がつ》十二日《にち》の夜《よ》、亥刻頃《いつつごろ》にかねて幸村《ゆきむら》より敵方《てきがた》の様子《ようす》をさぐらせにつかわしたる、真田家《さなだけ》の郎党《ろうとう》にてしのびの達人《たつじん》たる猿飛佐助《さるとびさすけ》が、幸村《ゆきむら》の出丸《でまる》に立《たち》かえりまして、佐「明十三日藤堂高虎《みょうにちとうどうたかとら》の同勢《どうぜい》が茶臼山《ちゃうすやま》へ朝駆《あさが》けをかけるにより、この段御注進《だんごちゅうしん》をいたします」といってきた。これを聞《き》いて幸村《ゆきむら》は、幸「ウーム、もとよりかの茶臼山《ちゃうすやま》は関東《かんとう》へ手渡《てわた》すべきの覚悟《かくご》である。こゝを関東《かんとう》に渡《わた》さずにはおもう様《よう》に戦争《いくさ》はできない。よってわたしてやるのはやるが、たゞ一戦《せん》にもおよばずして手渡《てわた》しするというはまことに残念至《ざんねんし》極《ごく》、よってまず関東《かんとう》の荒胆《あらぎも》をとっておいてやろう」とこうかんがえたが、これにも倅《せがれ》の大《だい》助《すけ》に手柄《てがら》をいたさせてやろうと、倅大助《せがれだいすけ》を手許《てもと》によびよせ、幸「コリャ大助《だいすけ》、たゞいま猿《さる》飛佐助《とびさすけ》の注進《ちゅうしん》によって、かれ藤堂高虎《とうどうたかとら》の同勢《どうぜい》が一万《まん》五千人《にん》、茶臼山《ちゃうすやま》に朝駆《あさが》けをかけるとのこと。よって汝《なんじ》は千五百の大軍《たいぐん》をかし与《あた》えるゆえ、藤堂勢《とうどうぜい》をうちやぶれッ」大「ハッ、委《い》細畏《さいかしこ》まりました、明《みょう》十三日藤堂《にちとうどう》が一万《まん》五千の大軍《たいぐん》をひきいて茶臼山《ちゃうすやま》に朝駆《あさが》けをするゆえ、拙者《せっしゃ》は千五百の小勢《しょうぜい》をひきいて討《う》ちやぶります」幸「黙止《だま》れ大助《だいすけ》、明《みょう》十三日高虎《にちたかとら》が一万《まん》五千の小勢《しょうぜい》を率《ひき》いて向《むか》うゆえ、汝《なんじ》に千五百の大軍《たいぐん》を貸《か》してやるというのがわからんかッ」と怒鳴《どな》りつけられたから大助《だいすけ》は不審顔《ふしんがお》、大「ヘエー、どうもわかりかねます。どこの国《くに》に千五百の大軍《たいぐん》、一万《まん》五千の小勢《しょうぜい》というのがありますか」と言葉《ことば》をかえすと幸村《ゆきむら》はおゝいに怒《いか》り、声荒《こえあら》げ、幸「ヤおのれ大助《だいすけ》、そのほうは不埒至極《ふらちしごく》の奴《や》ツだ、なんのために常《つね》に軍学兵法《ぐんがくへいほう》を学《まな》んだか。そのほうの様《よう》な奴《や》ツは末頼母《すえたのも》しからぬ奴《や》ツだ、手討《てうち》にいたすから覚《かく》悟《ご》をいたせッ」と刀《かたな》の柄《つか》に手《て》をかけて、既《すで》にこうよとみえたから、こりアたまらんと大助《だいすけ》はバラ〱〱ッとそこを逃《に》げだしたが、大「世《よ》の中《なか》に判《わか》らないといったって、吾《わ》が親父《おやじ》ほど判《わか》らない者《もの》はあるまい。こりア皆《み》んなと一緒《しょ》に老《お》いこんだのかしら」とおもいながらドン〱〱逃げだして、片傍《かたえ》の松《まつ》の木影《こかげ》へヒョイッと身《み》をかくして、ジッと様子《ようす》をうかゞっていると、幸村《ゆきむら》は八方《ぽう》に目《め》を配《くば》ってほう〲と探《さが》し廻《まわ》っている。大「ハヽア拙者《せっしゃ》を探《さが》しているんだナ。月明《つきあか》りで親父《おやじ》の顔《かお》をみると、大分年《だいぶんねん》もとってきたし兜摺《かぶとず》れで頭《あたま》も禿《は》げかゝってきた。しかしどうも今夜《こんや》はよい月《つき》だナ」とヒョイッと空《そら》をみ上《あ》げていたが、何《なに》おもったか大助《だいすけ》は、大「オヤ〳〵、こりア妙《みょう》だ、あの天文《てんもん》の様子《ようす》をみると、ウーム、さては父上《ちちうえ》がもうされたとおりである」と流石瓜《さすがうり》の蔓《つる》には茄子《なすび》はならず、松《まつ》の木影《こかげ》をソッとはいでゝ、なおも空《そら》の模様《もよう》をみていたが、いましもスタ〳〵ッと近寄《ちかよ》ってくる父《ちち》の顔《かお》をみるより、大「アヽわれ誤《あ》やまてり〳〵……、エー父上《ちちうえ》」幸「ムム大助《だいすけ》、そこにいたのか」大「ハッまことに恐《おそ》れいりました。明《みょう》十三日《にち》は千五百の大軍《たいぐん》をもって、一万《まん》五千の小勢《しょうぜい》をやぶってお目《め》にかけます」幸「ウム、わかったか、さきほどは家来《けらい》どもの手前《てまえ》もあり、故意《わざ》と汝《なんじ》をこゝへ連《つ》れだしたのであるが、流石《さすが》は真田幸村《さなだゆきむら》の一子《し》、天晴《あっぱ》れ感心《かんしん》をいたした」大「ハッ、おそれいりたてまつります」幸「それでは夜《よ》も大分更《だいぶんふ》けわたった様子《ようす》ゆえ、たゞいまから出陣《しゅつじん》の用意《ようい》をいたせッ……。アヽコリャ深谷青海《ふかやせいかい》、今日《きょう》もそのほう大助《だいすけ》の供《とも》をいたしてまいれ」青「ハッ、かしこまりたてまつります」とまたもや深谷青海入道《ふかやせいかいにゅうどう》、弟《おとと》三好《みよし》伊三入道《いぞうにゅうどう》、兄《あに》は九十六歳《さい》、弟《おとと》は八十九歳《さい》、この両人《りょうにん》はいつも真田大助《さなだだいすけ》にしたがって忠勤《ちゅうきん》を励《はげ》んでいる。そこでこれより屈竟《くっきょう》の兵《へい》千五百人《にん》を引連《ひきつ》れて、真田《さなだ》の出丸《でまる》を夜《よ》に紛《まぎ》れてしのびいづる、隊伍《たいご》はしゅく〳〵として住吉街道《すみよしかいどう》を押《お》しいだす。このとき大助幸昌《だいすけゆきまさ》はこの隊《たい》の大将《たいしょう》として馬上《ばじょう》に武者《むしゃ》ぶり勇《いさ》ましく、月《つき》の明《あき》りに深谷兄弟《ふかやきょうだい》は、伊「なんと兄貴《あにき》、若殿《わかとの》の武《む》者振《しゃぶ》りは実《じつ》に勇《いさ》ましいことではござらぬか」青「ウム、一騎《き》当《とう》千とは実《じつ》に若殿《わかとの》のことをいうのであろう。先達《せんだっ》ては出丸前《でまるまえ》において渡邊勘兵衛《わたなべかんべえ》の陣《じん》をうちやぶり、御主君《ごしゅくん》より黄金作《こがねづく》りの太刀《たち》を拝領《はいりょう》したが、初陣《ういじん》の功名《こうみょう》は生涯《しょうがい》のほこり、われ〳〵も常《つね》からお側《そば》にしたがって実《じつ》に名誉至極《めいよしごく》のことである……アノ若殿《わかとの》」大「ウム、青海《せいかい》、なにごとジャナ」青「明《みょう》十三日藤堂《にちとうどう》の兵《へい》が茶臼山《ちゃうすやま》へおしよせるを、此方《こちら》からむかえて打《う》ちやぶるはこのあたりが陣立《じんだて》をいたすに至極宜敷《しごくよろし》いかとこゝろえますが、いかゞでございましょう」大「ひかえろ〳〵、真田大助《さなだだいすけ》はいま軍《いくさ》の大将《たいしょう》だ、その大将《たいしょう》がまだ下知《げち》をいたさゞるそのうちに葉武者《はむしゃ》の分際《ぶんざい》として大将《たいしょう》に差図《さしず》がましきことをいたすというは無礼至極《ぶれいしごく》、そのほうは虫程《むしほど》の能《のう》もない癖《くせ》に黙止《だま》っておれッ」二人《ふたり》はこゝろの中《うち》に、二人「オヤ〳〵また若殿《わかとの》の悪口《あくこう》がはじまった」とおもいながら、青「ヘエ虫程《むしほど》の能《のう》もない……虫程《むしほど》の能《のう》もなくって九十六歳《さい》まで生《い》きていられますか。そもや真田《さなだ》弾正《だんじょう》一徳斎《とくさい》、源太左衛門信綱公《げんたざえもんのぶつなこう》、安房守昌幸公《あわのかみまさゆきこう》、御父上《おちちうえ》より貴郎《あなた》さまと、都合《つごう》五代《だい》のあいだ奉公《ほうこう》をいたしている深谷青海《ふかやせいかい》、虫程《むしほど》の能《のう》もないとおゝせられるは実《じつ》に情《なさ》けないジャございませんか。今年取《ことしと》って九十六歳《さい》になります」大「ハヽヽヽヽ、それ虫程《むしほど》の能《のう》もない苦労《くろう》なしゆえ九十六歳《さい》までも生《い》きたのであるぞ。器量《きりょう》ある者《もの》ならばそう長命《ながいき》をするものではない」深「ヘエー」とあまりに口《くち》が悪《わる》いので呆《あき》れかえっている。弟《おとと》三好入道《みよしにゅうどう》は、伊「兄上《あにうえ》、うち捨《す》てゝおゝきなさい。アヽ真田《さなだ》の家《いえ》も名将《めいしょう》はこれでおわりだ。だい〳〵名将続《めいしょうつづ》きの名誉《めいよ》の家名《かめい》が、この若殿《わかとの》でおしまいだろう。悧怜《りこう》の家《いえ》に馬鹿《ばか》ができればそれで其家《そのいえ》はたえてしまう。御幼年《ごようねん》のときにはいますこしお悧怜《りこう》になられることゝぞんじていたが、先達《せんだっ》てからしょう〳〵慢心《まんしん》して愚《おろ》か者《もの》になられたのかもしれない。お前《まえ》が九十六でおれが八十九歳《さい》、モウ今度《こんど》の戦争《いくさ》がなくってもすぐ此世《このよ》をさらねばならぬ身体《からだ》ゆえ、介意《かま》うことはない」と頻《しき》りにブツ〳〵小言《こごと》をいっている。このとき大助《だいすけ》は四辺《あたり》をジーッと見廻《みまわ》していたが、大「コリャ〳〵両人《りょうにん》、其方《そのほう》どもはなにを愚図《ぐず》〳〵もうしている」両「ヘエ別《べつ》に……」大「マアなんでもよい、そのほう両人《りょうにん》と穴山小助《あなやまこすけ》の三人《にん》が、一千人《にん》の兵《へい》を率《ひき》いてこの堤防《ていぼう》の上《うえ》にそなえを立《た》てることにいたせ」といわれて二人《ふたり》は指差《ゆびさ》された方《ほう》を眺《なが》めていたが、二人「若殿《わかとの》、御冗談《ごじょうだん》をおっしゃってはいけません。この堤防《ていぼう》の上《うえ》にかまえをたてゝおれば、明日藤堂《あすとうどう》の勢《せい》がこの住吉《すみよし》から武者《むしゃ》よせをして茶臼山《ちゃうすやま》へくる途《みち》ゆえ、どんな近眼《ちかめ》でもすぐ見《み》つかって討《う》ちやぶられます」大「馬鹿《ばか》をもうせ。みえる様《よう》なところへ此方《このほう》がそなえをたてる気遣《きつか》いはない」青「へヽ御冗談《ごじょうだん》を……この月明《つきあか》りにさえみえるのに、真昼間《まっぴるま》みえないことはありませんよ」大「其方《そのほう》はまだぐず〳〵ともうしているか。大《たい》将《しょう》の軍令《ぐんれい》を背《そむ》くにおいては用捨《ようしゃ》なく軍法《ぐんぽう》に当《あ》て行《おこ》なうぞ」深「へエ、それでも……」このとき弟《おとと》の伊三入道《いぞうにゅうどう》は、小声《こごえ》になって、伊「兄上《あにうえ》、打《う》っ捨《ちゃ》っておゝきなさい。若年《じゃくねん》の癖《くせ》にいうだけのことはしっていらっしゃる。目《め》立《だ》っても目《め》立《だ》たなくっても介意《かま》うことはありません。そこへ備《そな》えをたてゝおゝきなさい」とこれによって青海入道《せいかいにゅうどう》も、深「ハッ、委細承知《いさいしょうち》をつかまつりました」大「ウム、確《たし》かにもうしつけたぞ」深「しかし若殿《わかとの》、貴郎《あなた》はどこへ御陣《ごじん》を御張《おは》りなさいます」大「ウム拙者《せっしゃ》か、拙者《せっしゃ》はこの軍《ぐん》の大将《たいしょう》ゆえこの向《むこ》うの……」こゝろの中《うち》に青海《せいかい》は、深「オヤ〳〵また大将風《たいしょうかぜ》をふかすのか」とおもいながら、深「どこでございますナ」大「拙者《せっしゃ》は大将《たいしょう》ゆえ、大将《たいしょう》はまた大将《たいしょう》だけのかんがえをいたしている。其方《そのほう》ごとき葉武者《はむしゃ》の指揮《さしず》はうけない」二人《ふたり》はますます〳〵呆《あき》れかえって、深「どうもいまく〳〵しいなア」伊「兄上《あにうえ》、打《う》っ捨《ちゃ》っておゝきなさいよ。しかし若殿《わかとの》はどうなさるだろう」と、ブツ〳〵いいながら兄弟《きょうだい》は大助《だいすけ》から分《わ》け与《あた》えられた千人《にん》の軍兵《ぐんぺい》を引連《ひきつ》れ、穴山小助《あなやまこすけ》とゝもに、堤防《ていぼう》の上《うえ》へあがってくる。スルと大助幸昌《だいすけゆきまさ》は五百人《にん》の軍兵《ぐんぺい》を引受《ひきう》けて後方《あなた》の藪陰《やぶかげ》に固《かた》まっている。此方《こちら》からみれば伏兵《ふくへい》かなにかわからない。盲目《めくら》でもみえる様《よう》なそなえだ。深「どうだマアあの備《そな》えのたて方《かた》は。なんだか些《もっ》とも訳《わけ》がわからない。先達《せんだっ》ての大功名《おおてがら》があってからすこしく若殿《わかとの》は逆上《ぎゃくじょう》したのかしらん。それでも親子《おやこ》の情《じょう》で、あの若殿《わかとの》を大殿《おおとの》さまは大変《たいへん》に当《あ》てにしていらっしゃる様《よう》だが、俗《ぞく》にいう親馬鹿《おやばか》というんだろう」とぐず〱いいながら下知《げち》のとおり、どうやらこうやら堤防《ていぼう》の上《うえ》に備《そな》えをたて、夜《よ》の明《あ》けるのをいまや遅《おそ》しと相待《あいま》っている。そのうちに次第《しだい》〱に夜《よ》が明《あ》け放《はな》れてくると、みる〱うちに朝靄《あさもや》はもう〱と立《た》てこめて五百間《けん》先《さ》きどころか隣《となり》にいるもの丶鎧《よろい》の毛糸《けいと》さえ充分《じゅうぶん》にみえなくなって、十間《けん》も先《さ》きのことは人影《ひとかげ》もみえなくなってしまった。これを眺《なが》めて深谷青海入道《ふかやせいかいにゅうどう》は馬《うま》の鞍坪《くらつぼ》をハッタと叩《たた》きながら、深「ウーム、なるほどおそるべきは若殿大助幸昌殿《わかとのだいすけゆきまさどの》、御若年《ごじゃくねん》に似合《にあわ》ず天文《てんもん》をはかり給《たま》うとみえて昨日《さくじつ》の月明《つきあか》りに今朝《けさ》の霧靄《きりもや》を察《さっ》したまい、こ丶に兵《へい》をふせて藤堂勢《とうどうぜい》をやぶらんとしたまいたるか。これなればこそ真田家《さなだけ》の名《な》を汚《けが》さゞる御方《おかた》である。なる程《ほど》それではおれ等《ら》は虫程《むしほど》の能《のう》もないナ」と舌《した》を巻《ま》いて大《おお》いにおどろき、はじめて三人《にん》とも此処《ここ》に気《き》がついたのでございます。こ丶においてまたもや大助幸昌《だいすけゆきまさ》が大功名《だいこうみょう》に、引《ひき》つゞいて真田幸村《さなだゆきむら》智謀《ちぼう》をあらわすのお物語《ものがた》り。

◎大助《だいすけ》、藤堂勢《とうどうぜい》を討破《うちやぶ》る

さて此方《こなた》関東方先手《かんとうがたさきて》として勢州阿濃津《せいしゅうあのつ》の城主藤堂和泉守中原高虎《じょうしゅとうどういずみのかみなかはらのたかとら》、一万《まん》五千の兵《へい》をひきいて住吉《すみよし》の陣屋《じんや》を立出《たちい》で、茶臼山《ちゃうすやま》をのぞんで驀然《まっしぐ》らにおしよせる。よく講談師仲間《こうしゃくしなかま》でこの難波戦記《なんばせんき》を弁《べん》じると、伊賀伊勢両城《いがいせりょうじょう》の太守藤堂高虎《たいしゅとうどうたかとら》と大抵《たいてい》は口演《こうえん》いたしまするが、この当《とう》時《じ》ではまだ藤堂家《とうどうけ》は伊賀《いが》の上野《うえの》はとっておいでにはならない。後年江戸表東叡山寛永寺《こうねんえどおもてとうえいざんかんえいじ》鬼門除《きもんよ》けのできるときに、この藤堂家《とうどうけ》の江戸表《えどおもて》の屋敷《やしき》、すなわち上野《うえの》が大公儀《おおこうぎ》へとりあげられ、その代地《だいち》としていまの和泉橋《いずみはし》をくだしおかれた。江戸《えど》の上野《うえの》をとりあげたのでおなじ名《な》の伊賀《いが》の上野《うえの》をお下《さ》げわたしとなったが後《のち》また功有《こうあ》って伊賀《いが》をもらい、そこで伊賀《いが》、伊勢両城《いせりょうじょう》の主《あるじ》となられたが、慶長《けいちょう》のころには伊勢《いせ》の津《つ》をとっておられたゞけで、決《けっ》して両城《りょうじょう》の主《あるじ》ではありません。これは講談師社会《こうしゃくしゃかい》の代表《だいひょう》としてこゝに看客諸君《かんきゃくしょくん》へ御正誤《ごせいご》をいたしておきます。されば高虎勢《とうどうぜい》においては先達《せんだつ》ての遺恨《いこん》を晴《は》らさんと、一万《まん》五千の軍兵《ぐんぺい》を引率《いんそつ》して、軍列《ぐんれつ》せい〳〵どう〳〵としてすゝみきたり、先陣《せんじん》には先達《せんだっ》ての遺恨《いこん》をふくんでいる天下《てんか》三勘兵衛《かんべえ》の一人《にん》たる、中村式部少輔《なかむらしきぶしょうゆう》の浪人渡邊勘兵衛敏《ろうにんわたなべかんべえさとし》、第二陣《だいじん》には藤堂仁《とうどうに》右衛門高利《えもんたかとし》、第三陣《だいじん》には同新七《おなじくしん》、第四陣《だいじん》には同右馬《おなじくうま》、梅ヶ原岩夜叉丸《うめはらいわやしゃまる》、第五陣《だいじん》には伊勢津《いせつ》の城主同和泉守高虎《じょうしゅおなじくいずみのかみたかとら》、第六陣《だいじん》には同源左衛門《おなじくげんざえもん》と、かくのごとく六段《だん》にたてゝ、朝霧朝靄《あさぎりあさもや》もう〳〵たるそのなかを、皆「エイ〳〵ッ」ブヾ〳〵ドン〳〵ドーン茶臼山《ちゃうすやま》をさしておしかける。このとき茶臼山《ちゃうすやま》の砦《とりで》をあずかったるは塙団右衛門直之《ばんだんえもんなおゆき》、矢野田監物《やのだけんもつ》、岡部大《おかべだい》学《がく》の三勇士《ゆうし》がそなえを厳重《げんじゅう》にしていまにも敵勢《てきぜい》きたらば一挙《きょ》にうち亡《ほろ》ぼさんというかんがえ。そのうち今《いま》しも第一陣渡邊勘兵衛《だいじんわたなべかんべえ》の軍勢《ぐんぜい》が堤防《ていぼう》の下迄《したまで》かゝってくると、深谷青海入道《ふかやせいかいにゅうどう》は時分《じぶん》はよしと、深「ソレうて〳〵ッ」と号令《ごうれい》をくだすやいなや、かの敵勢《とうどうぜい》をのぞんで拳《こぶし》さがりに三百挺《ちょう》の鉄砲《てっぽう》を、ドヽヽヽドーンと撃《う》ちだした。敵勢《とうどうぜい》はまだ朝霧《あさぎり》、朝靄深《あさもやふか》くして、こゝ等《ら》に敵《てき》が居様《いよう》とは更《さら》にこゝろづかず、油断《ゆだん》をしているそのところへいきなりに打《う》ちだされたことでございますから、みる〳〵うちに五人《にん》十人《にん》、バッタ〳〵と算《さん》をみだして打《う》ったおれる。ドッとばかりに乱《みだ》れ立《た》った隊伍《たいご》のなかへ、われは真田《さなだ》の郎党《ろうとう》なんの某《なにがし》と名乗《なの》りかけ、また名乗《なの》りかけ、皆「ワアーッ、ワッ」と鬨《とき》の声《こえ》をあげてきりこんでくる。

それとみるより藤堂勢《とうどうぜい》は、皆「コリャたまらぬ、逃《に》げろ」と逸足《いちあし》さして逃《に》げいだす。このとき大助《だいすけ》は本陣《ほんじん》へ戦《たたか》いをおしかけたから、馬上《ばじょう》にあって小手《こて》を翳《かざ》してジッとむこうの様子《ようす》を眺《なが》めていると、やがてのことに東《ひがし》の方《かた》より旭《あさひ》はとう〳〵と登《のぼ》ってくるその光《ひか》りに、朝霧《あさぎり》、朝靄《あさもや》もはや晴《は》れわたって、むこうの方《ほう》には藤堂高虎《とうどうたかとら》の陣列《じんれつ》とみえて、旗《はた》、差物《さしもの》が翩《へん》翻《ぽん》とひるがえる。これを眺《なが》めた大助《だいすけ》は、二間柄《けんえ》十文字《もんじ》の槍《やり》を小脇《こわき》にかゝえ、大「ハイヨーッ」ビシーッと馬《うま》をとばして彼方《かなた》藤堂高虎《とうどうたかとら》を目掛《めが》け、真《ま》一文字《もんじ》にかけだしながら、大「ヤア〳〵それにみえ給《たま》うは関東方《かんとうがた》の藤堂高虎殿《とうどうたかとらどの》とみたるは僻目《ひがめ》か、かくいうわれは真田大助《さなだだいすけ》幸昌《ゆきまさ》なり、見参《けんざん》〳〵ッ」とさけんだかとおもうと、かの二間柄《けんえ》十文字《もんじ》の槍《やり》をリュウ〳〵と引扱《ひきしご》き、大「エイッ」と一声《せい》ついてかゝる。このとき藤堂高虎《とうどうたかとら》は、高「オウ、貴殿《きでん》が真田《さなだ》の一子大助幸昌《しだいすけゆきまさ》であるか。察《さっ》しのとおりわれは藤堂高虎《とうどうたかとら》なり、サアこいきたれッ」と采配《さいはい》を腰《こし》にさしこむよとみえたるが、たちまち二尺有余《しゃくゆうよ》の陣刀《じんとう》をギラリと引抜《ひきぬ》いて、高「ヤアッ、小癪《こしゃく》な奴《やつ》ツ」といいましも突込《つっこ》んだる槍先《やりさき》をパッと打《う》ちはらわんとしたが、電光石《でんこうせっ》火《か》、大助《だいすけ》の十字槍《じやり》は高虎《たかとら》の胸金物《むなかなもの》にカチリッと当《あた》ったからたまらない、場数巧者《ばかずこうしゃ》の高虎《たかとら》は馬《うま》よりパッととびおりた。大「ヤッ失策《しま》ったッ」と二の槍《やり》を突《つ》きださんとする。このとき高虎《とうどう》の家来《けらい》園部喜太夫《そのべきたいふ》、三尺《じゃく》五寸《すん》の陣刀《じんとう》をぬいてパッ〱〱ッ馬《うま》を煽《あお》って駆《か》けつけきたり、喜「ヤッ小冠者《こかんじゃ》、わが君《きみ》に無礼《ぶれい》をいたすなッ」と名乗《なの》りもあえず、喜「エイッ」とばかりに大助《だいすけ》のぞんで斬《き》りかける。大「こゝろえたり」と大助《だいすけ》は、チャリーンッと受《う》け止《と》め、一上《じょう》一下《げ》虚々実々《きょきょじつじつ》、火花《ひばな》をちらして十七合《ごう》ばかり戦《たた》かったが、双「エッ、打《う》ち合《あ》いは面倒《めんどう》なりッ、よれやくまん」とたがいに得物《えもの》をガラリ投《な》げ捨《す》て、馬上《ばじょう》ながらに無手《むず》とくみ、双「エイッ〱オウ〱」としばらくの間《あいだ》捻《ね》じあったが、力《ちから》あまって引組《ひきく》んだまゝ、ドッと両馬《りょうば》のあいだに落《お》ちるとひとしく、喜太夫《きたいふ》は藤堂家《とうどうけ》名題《なだい》の大力《だいりき》とて、たちまちの内《うち》に大助《だいすけ》を膝下《しっか》に捻《ね》じふせ、アワヤ首《くび》を上《あ》げんとするところへ、真田《さなだ》の郎党《ろうとう》根津《ねづ》甚《じん》八、それとみるより、バラ〱〱ッ真《ま》一文字《もんじ》に駆《か》けつけきたり、甚「ヤッ無礼者奴《ぶれいものめ》ッ」と槍《やり》を延《の》ばして園部喜太夫《そのべきたいふ》の背後《うしろ》より、脇腹《わきばら》目掛《めが》けてブスリッと貫《つら》ぬいた。これには流石《さすが》に豪気《ごうき》の喜太夫《きたいふ》もたまりかね、喜「ウームッ」とそのところへ仰反《のけぞ》るところを、パッと力《ちから》に任《まか》せて刎《は》ねかえした大助《だいすけ》は、たちまち鎧《よろい》どおしを引抜《ひきぬ》いて園部喜太夫《そのべきたいふ》の首《くび》をあげる。甚「オ、若殿《わかとの》、どこもお怪我《けが》は……」大「ウム、根津《ねづ》か、拙者《せっしゃ》は大丈夫《だいじょうぶ》だ。しかし高虎《たかとら》を討《う》ち漏《も》らしたはまことに残念《ざんねん》千萬《ばん》、サアこい甚《じん》八ッ」といい捨《す》てゝその身《み》はたゞ一騎《き》タッ〱

と高虎《たかとら》の跡《あと》を追《お》っかける。なにしろ藤堂勢《とうどうぜい》は一万《まん》五千という大軍《たいぐん》なり、此方《こなた》は十分《ぶん》の一なる千五百人《にん》、まったく夜《よ》が明《あ》けはなれると藤堂勢《とうどうぜい》は必死《ひっし》となって備《そな》えを立《た》て直《なお》し、真田《さなだ》の小勢《しょうぜい》を真中《まんなか》に押《お》っつゝんで一人《にん》ものこさず討取《うちと》らんと、皆「ウワーッワッ」と天地《てんち》にひゞく鬨《とき》の声《こえ》をあげて攻《せ》めかゝってくる。これには流石《さすが》の大助《だいすけ》もおゝいに驚《おどろ》き、大「ヤッ失策《しま》ったッ、さてはいつの間《ま》にか四方《ほう》をとり囲《かこ》まれたか。このうえは切《き》ってく切《き》りまくり、最期《さいご》をはなぐしくして敵味方《てきみかた》の目《め》をおどろかしくれん」といましも必死《ひっし》を期《ご》してドッとばかりに大軍《たいぐん》の中《なか》へ切《き》りこまんとする。このとき藤堂勢《とうどうぜい》の背後《うしろ》に当《あた》ってにわかに、△「ゼウワーッワッ」と鬨《とき》の声《こえ》とゝもに、陣立《じんだ》て一時《じ》にくずれ立《た》つありさま、大「ウム、われを救《すく》うは誰《た》れなるや」と馬上《ばじょう》に伸《の》びあがって向《むこ》うをながむれば、これなん深谷青海入道《ふかやせいかいにゅうどう》兄弟《きょうだい》、および穴山小助《あなやまこすけ》が三百人《にん》ばかりの同勢《どうぜい》をひきいて、死《し》に物《もの》ぐるいに切《き》りこんだのでございますから、此方《こなた》の真田大助《さなだだいすけ》もにわかに勇気百倍《ゆうきばい》いたし、大「ソレ後軍《こうぐん》がきたぞッ、切《き》りこめくッ」と前後《ぜんご》こゝろを合《あわ》してさんぐに斬《き》りたてなぎたて、縦横無尽《じゅうおうむじん》に荒《あ》れだしたから、此方《こなた》の藤堂勢《とうどうぜい》はいまはたまらず、高虎「ソレ逃《に》げろッ」とサッと左右《さゆう》に陣《じん》をひらく。こゝで両軍合隊《りょうぐんがったい》して真田《さなだ》の出丸《でまる》をのぞみ、ゆうくとして引《ひ》きあげてくる。うしろよりは藤堂《とうどう》の兵敗軍《へいはいぐん》の陣《じん》を立《た》て直《なお》し、逃《に》がさじものをと追《お》っかけてくる。ところが右手《めて》の方《ほう》に赤地《あかじ》に正八幡大菩薩《しょうまんだいぼさつ》と神号《しんごう》をあらわしたる幟《のぼり》をおし立《た》てたる井伊掃部頭直孝《いいかもんのかみなおたか》、一万余《まんよ》人《にん》の兵厳然《へいげんぜん》としてひかえている、ところへいましも真田大助《さなだだいすけ》が士卒《しそつ》を引連《ひきつ》れて出丸《でまる》へ引揚《ひきあ》げてくるを、藤堂勢《とうどうぜい》がうしろから追駆《おっか》けてまいるをみて、井「ソレ藤堂勢《とうどうぜい》に合体《がったい》して真田《さなだ》を討《う》ちとれッ」と下知《げち》をくだしたから、一万余人《まんよにん》の兵《へい》はブー〳〵ドヽヽドーン、ジャン〳〵ッと鉦《かね》、太鼓《たいこ》の音《おと》もいさましく、皆「エイ〳〵、オウ〳〵」と真田大助《さなだだいすけ》を挟《さしは》さんで討《う》ってくる。しかるにこのことを彼《か》の天王寺口《てんのうじぐち》をかためたる後藤又兵衛基次《ごとうまたべえもとつぐ》のもとへ注《ちゅう》進《しん》、櫛《くし》の歯《は》をひくごとくこれをきいたる基次《もとつぐ》は、基「ウムかゝる大軍《たいぐん》にあいなっては、真《さな》田大助幸昌《だだいすけゆきまさ》いかに勇《ゆう》なりといえども打《う》ち防《ふせ》ぐこと難《かた》からん。さらば乗出《のりだ》して大助《だいすけ》をたすけよッ」と五百余人《よにん》の兵《へい》を率《ひき》いて自分《じぶん》の浅黄色《あさぎいろ》にさがり藤《ふじ》の旗《はた》一流《なが》れ、金黒半月《きんくろはんげつ》の大纏《おおまと》いをたて、赤根《あかね》に八段《だん》、金《きん》の風鈴《ふうりん》三十八ついたる吹抜《ふきぬ》きに、日本号《にほんごう》と名《な》づけたる槍《やり》を小脇《こわき》にかいこんで、龍雲《りゅううん》と命名《なづ》けたる名馬《めいば》に打《うち》またがり、その郎党《ろうとう》には山中藤太夫《やまなかとうだいふ》、おなじく作左《さくざ》衛門《えもん》、片山勘兵衛《かたやまかんべえ》、後藤左衛門《ごとうさえもん》、野村《のむら》九郎《ろ》兵衛《べえ》、小澤《おざわ》四郎《ろ》兵衛《べえ》などゝいう屈竟《くっきょう》の勇士《ゆうし》をしたがえ、ドッとばかりに住吉街道《すみよしかいどう》にうっていで、どう〳〵と藤堂《とうどう》、井伊《いい》の両軍《りょうぐん》をうちやぶることは風《かぜ》に靡《なび》き草《くさ》のごとく、流石《さすが》の関東勢《かんとうぜい》も当時《とうじ》天下《てんか》にかくれなき後藤基次《ごとうもとつぐ》の旗風《はたかぜ》をみて、こは敵《かな》わじとついに住吉《すみよし》へ引退《ひきしり》ぞく。真田大助《さなだだいすけ》、後藤基次《ごとうもとつぐ》の両勇士《りょうゆうし》はじゅうぶんに勝利《しょうり》をえて、討《う》ちとった首級《くび》の数《かず》は八百六十七、これを天王寺《てんのうじ》より天下茶屋《てんかちゃや》迄《まで》のあいだに獄門《ごくもん》となす。これで真田《さなだ》、後藤《ごとう》の両軍《りょうぐん》は、ドッとばかりに勝鬨《かちどき》をあげて、おの〳〵その出《で》丸《まる》へ引揚《ひきあ》げてくる。サアこれよりまたもや猿飛佐助《さるとびさすけ》の注進《ちゅうしん》によって真田幸村《さなだゆきむら》ふたゝび大御《おおご》所《しょ》および二代将軍《だいしょうぐん》を攻撃《こうげき》するという大快談《だいかいだん》。

◎幸村独隠法《ゆきむらどくいんぽう》を以《もっ》て攻撃《こうげき》

此方大阪城内真田幸村《こなたおおさかじょうないさなだゆきむら》も今朝《こんちょう》の合戦《かっせん》をながめておおいに喜《よろ》こんで、後藤基次《ごとうもとつぐ》には特別《とくべつ》に厚《あつ》く礼《れい》をのべた。スルとその夜《よ》またもや忍術《にんじゅつ》の達人猿飛佐助《たつじんさるとびさすけ》はひそかに立帰《たちかえ》ってまいり、
佐「ハッ御注進《ごちゅうしん》もうしあげます。すでに大御所家康《おおごしょいえやす》、二代将軍秀忠《だいしょうぐんひでただ》の両将軍《りょうしょうぐん》は二条城中《じょうじょうちゅう》にあって軍議評定《ぐんぎひょうじょう》のうえ、大御所《おおごしょ》は伏見《ふしみ》より小倉堤《おぐらづつみ》をへて南都《なんと》へまわり、順路当大阪《じゅんろとうおおさか》へ進軍《しんぐん》なし、二代将軍秀忠公《だいしょうぐんひでただこう》は枚方《ひらかた》より武者《むしゃ》よせをいたしたるゆえ、この段御注進《だんごちゅうしん》をもうしあげ

る」とのこと。これをきいたる幸村《ゆきむら》はおゝいに喜《よろこ》び、またもや倅大助《せがれだいすけ》をよんで、幸「たゞいま猿飛佐助《さるとびさすけ》の注進《ちゅうしん》によれば、かよう〳〵しか〴〵とのことにつき、其方《そのほう》はたゞちにこれより枚方《ひらかた》にすゝみ、新将軍《しんしょうぐん》の同勢《どうぜい》を打取《うちと》るべし。われはこれより大御所家康《おおごしょいえやす》を討《う》ちとることにいたす」大「ハッ、委細畏《いさいかし》こまりたてまつる。しかしながら父上《ちちうえ》、新将軍《しんしょうぐん》の御旗本《おはたもと》はすくなくも五万《まん》や七万《まん》の同勢《どうぜい》をひきいたるに相違《そうい》ございませんが、拙者《せっしゃ》には何万《なんまん》ぐらいの軍兵《ぐんぺい》をお貸《か》しくださるか」幸「ウム、そのほうには兵《へい》三十六人《にん》貸《か》しあたえ、また十万人《まんにん》の味方《みかた》を添《そ》えることにいたす、しかししばらく待《ま》てよ」と取《と》りだしたるは銅《どう》の鋳《い》たるながさ三尺《じゃく》ばかりの火箱《ひばこ》、幸「かねて汝《なんじ》に教《おし》えおいたる火術《かじゅつ》をこの火箱《ひばこ》によって充分《じゅうぶん》に手配《てくば》りをいたしすみやかに新将軍《しんしょうぐん》を討取《うちと》りまいれ」といわれて大助《だいすけ》はいさみたち、大「ハッ承知《しょうち》つかまつりました。これさえあらば大丈夫《だいじょうぶ》、この火箱《ひばこ》をもって枚方畷《ひらかたなわて》五十丁《ちょう》のあいだに地雷《じらい》火《か》をしかけ、物《もの》の美事《みごと》に討《う》ちとって御覧《ごらん》にいれます。お父上《ちちうえ》、かならず御心配御無用《ごしんぱいごむよう》におねがいもうしあげます」とさっそく大助《だいすけ》は夜中《やちゅう》ながらも一万余人《まんよにん》の兵《へい》をひきい、真田家《さなだけ》の郎党《ろうとう》三十六人《にん》とともに枚方畷《ひらかたなわて》に乗出《のりいだ》し、みる〳〵内《うち》にその手配《てくば》り充分《じゅうぶん》にいたし、いまやおそしと相待《あいま》ちうけている。此方大御所家康公《こなたおおごしょいえやすこう》は奈良手前木津迄軍《ならてまえきづまでぐん》をすゝめ、その夜《よ》は土地《とち》の豪家《ごうか》三好《よし》三左衛門《ざえもん》という家《いえ》で御《ご》一泊《ぱく》となったが、主人《しゅじん》三左衛門《ざえもん》はかねて能《のう》のこゝろえのある者《もの》でございますから、立派《りっぱ》なる能舞台《のうぶたい》のこしらえもあり、丁度《ちょうど》その節大御所公御召《せつおおごしょこうおめ》しつれになったる御能役者《ごのうやくしゃ》の観世宗悦《かんぜそうえつ》おなじく喜次郎《きじろう》という二人《ふたり》をめして御能《ごのう》のもよおしをせられた。大御所公《おおごしょこう》にも斜《なな》めならず御喜《およろ》こびとなって、はやその夜《よ》も三更《こう》のころに御寝《おやす》みにあいなろうと、厠《かわや》へならせられたときに、かの能役者《のうやくしゃ》の宗悦《そうえつ》はお手《て》にお湯《ゆ》をかけまいらせ、喜次郎《きじろう》が御手拭《おてぬぐい》をたてまつろうとして、ジッと廊下《ろうか》へ控《ひか》えているこのとき、大御所《おおごしょ》家康公《いえやすこう》は厠《かわや》よりおでましになって、二足《あし》三足《あし》ツカ〱ッとその洗水鉢《ちょうずばち》の御側《おそば》へきたったが、なにおもわれたか大御所公《おおごしょこう》は、うしろにしたがう小栗又一《おぐりまた》がもったる御剣備前兼光《おつるぎびぜんかねみつ》の一刀《とう》にパッと手《て》がかゝるやいなや、ギラリと抜《ぬ》き打《う》ちに、家「エイッ……エイッ」と一声叫《せいさけ》ばれたかとおもうと、かの宗悦《そうえつ》、喜次郎《きじろう》の両人《りょうにん》はゝやくも首《くび》は前《まえ》におちてしまった。家「ソレ又一《また》、これを清《きよ》めいッ」とかの廊下《ろうか》へ右《みぎ》の御劔《おつるぎ》をパッとおゝきになったが、なにしろ一瞬間《しゅんかん》のできごとだから、誰《た》れ一人《にん》として声《こえ》をだす者《もの》もないくらい。このとき大久保《おおくぼ》彦左衛門《ひこざえもん》はおゝいにおどろき、彦「ハッ、上様《うえさま》にはなにゆえあってかの両人《りょうにん》をお手討《てうち》になったのでございますか」と大御所公《おおごしょこう》のお顔《かお》をジッとみあげる。家「オヽ彦左《ひこざ》か、軍陣《ぐんじん》の血《ち》祭《まつ》り、そのほう両人《りょうにん》の懐中《かいちゅう》をあらためてみよ」といわれて彦左衛門《ひこざえもん》は、彦「ハッ」とこたえて両人《りょうにん》の懐中《かいちゅう》をあらためてみると、なにか奉書《ほうしょ》の紙《かみ》にしたゝめた書付様《かきつけよう》の物《もの》がでゝきた。彦「ウム、これだナ」とおもいながら彦左衛門《ひこざえもん》、彦「ハッ、おそれ乍《なが》らかゝる物《もの》が……」家「ウム、披《ひら》いてみよ。万事相判《ばんじあいわか》るであろう」そこで彦左衛門《ひこざえもん》はそれをおし披《ひら》いてみると、

秀頼《ひでより》十五歳《さい》と相成《あいな》りし後《のち》、家康天下《いえやすてんか》を豊臣《とよとみ》に返《かえ》さゞるときは、汝等両人秘《なんじらりょうにんひそ》かに家康《いえやす》にしたがい、これを討取《うちと》るべし、しかるうえは一万石《まんごく》の知行《ちぎょう》を当《あ》て行《おこな》う可《べ》きものなり

慶長《けいちょう》三年《ねん》八月《がつ》　日　　秀《ひで》　吉《よし》

観《かん》　世《ぜ》　宗《そう》　悦《えつ》　　両人《りょうにん》へ

観《かん》　世《ぜ》　喜《き》　次《じ》　郎《ろう》

お名前《なまえ》のしたには太閤殿下《たいこうでんか》の御書判《おかきはん》があって、たしかにお直筆《じきひつ》に相違《そうい》ない。大久保彦《おおくぼひこ》左衛門《ざえもん》はいまさらながら大《おお》いにおどろき、彦「ハヽッ、おそれいりたてまつります。よくもかく危《あや》うきところを御免《おまぬ》がれあそばしました」と御喜《およろこ》びをもうしあげると家康公《いえやすこう》にも御機嫌麗《ごきげんうる》わしく、そのまゝ御寝所《ごしんじょ》へならせられた。スルとそれより一時《とき》ばかりも経《た》ったと

おもうころ、にわかに耳許《みみもと》ちかく軍馬《ぐんば》の動揺《どよ》めく物音喧《ものおとやか》ましく、右往左往《うおうさおう》に逃《に》げはしる百姓《しょう》どもの高声《たかごえ》、家康公《いえやすこう》は、家「ハテナ、なんだろう」とおもわれながら、なおも御寝所《ごしんじょ》のうちで、耳《みみ》をすましてお聞《き》きになると、男「たゞいま分部《わけべ》、一柳《ひとつやなぎ》が裏切《うらぎ》り変心《へんしん》なり、お気《き》を注《つ》けられてしかるべし」と高声《たかごえ》によばる者《もの》がある。つゞいてブードン〳〵、ジャン〳〵と貝鉦《かいかね》、太鼓《たいこ》の音《おと》はげしく、矢叫《やさけ》びの声《おと》は手《て》にとるように聞《きこ》えたから、大御所公《おおごしょこう》はパッとお寝床《ねどこ》に立上《たちあが》りたまい、家「分部《わけべ》、一柳《ひとつやなぎ》は予《よ》が家《いえ》の忠臣《ちゅうしん》なり、なんぞ変心《へんしん》いたすべきや、これ将《まさ》に敵方《てきがた》の流言《りゅうげん》に相違《そうい》ない」とおもわれたが、捨《す》てゝおくこともできませんから、お小袖《こそで》のうえより揺《ゆら》り兜《かぶと》に身《み》をかため、佐原路《さわらじ》と名《な》づけたる名馬《めいば》に打《う》ちまたがり、家「者共《ものども》つゞけッ」と馬《うま》を門前《もんぜん》はるかに乗出《のりいだ》し、延《の》びあがって見《み》たまえば、味方《みかた》はゝやくも戦《たたか》いの用意《ようい》をとゝのえ、隊伍《たいご》せい〳〵として備《そな》えをたてゝいるが、篝《かがり》の数《かず》は何百何十《なんなん》、四辺《あたり》はさながら白昼《はくちゅう》のごとく、それをだん〳〵に遥《はる》か向《むこ》うをながむれば、分部右京之亮《わけべうきょうのすけ》が円《まる》に水月《すいげつ》の輪《わ》の旗差物《はたさしもの》、一柳監物《ひとつやなぎけんもの》が釘抜《くぎぬき》の定紋《じょうもん》付《つ》いたる旗差物《はたさしもの》、結《むす》んではゝなれ、離《はな》れては合《あ》い翩翻《へんぽん》と飜《ひる》がえるそのありさま、家「ハテ、いかにしても怪《あや》しきことかな」と眉《まゆ》を顰《しか》めて御見物《ごけんぶつ》のそのおりから、こは抑《そ》もいかにこはいかに、瀬戸口《せとぐち》の方《ほう》より真田家伝来《さなだけでんらい》の独《どく》隠法《いんぽう》十五挺《ちょう》、ドヽヽヽヽドヽンッとさながら天地《てんち》もくずるゝ物音《ものおと》して、たゞ一挙《きょ》に撃《う》ちこんだが、硫黄《いおう》、煙硝《えんしょう》の煙《けむり》はもう〳〵として一寸《すん》先《さ》きも判《わか》らないくらい、その匂《にお》いは鼻《はな》を突《つ》くばかり。スルとこの独隠法《どくいんぽう》が合図《あいず》とみえて、にわかに、大勢《おおぜい》「ウワーッ、ワッ」と鬨《とき》の声《こえ》をあげるとひとしく、かの分部《わけべ》、一柳《ひとつやなぎ》の旗差物《はたさしもの》は大地《だいち》にたおれ、赤地《あかじ》に六文銭《もんせん》のついたる旗網代《はたあじろ》、唐人笠《とうじんがさ》の陣印《じんじる》しをおしたてたる真先《まっさ》きには、大将真田左衛門尉海野幸村《たいしょうさなださえもんのじょううんのゆきむら》五百余人《よにん》おの〳〵槍先《やりさ》きそろえてドッとばかりに本陣目掛《ほんじんめが》けてついてかゝる。皆「スワヤ御主《ごしょ》君《くん》の一大事《だいじ》」と南條《なんじょう》、山中《やまなか》等をはじめとしてお旗本《はたもと》の連中《れんじゅう》は、槍先《やりさ》きそろえて真田《さなだ》を喰《く》いとめんと乗《の》だしてくる。このとき幸村《ゆきむら》は先登《せんとう》に馬《うま》をのりだし、幸「ヤアめずらしや大御所《おおごしょ》家康公《いえやすこう》、真田幸村冥途《さなだゆきむらめいど》の御迎《おむか》えに推参《すいさん》いたしたり。見参《けんざん》〳〵ッ」と驀然《まっしぐ》らに家康公《いえやすこう》のぞんでついてかゝる。こなたは柳生又左衛門《やぎゅうまたざえもん》、渡邊半蔵《わたなべはんぞう》、三好市左衛門等《よしいちざえもんら》、関東名題《かんとうなだい》の豪傑《ごうけつ》が、おの〳〵獲物《えもの》〳〵をおっとって、幸村目掛《ゆきむらめが》けてつきかゝる。この暇《ひま》に大御所家康公《おおごしょいえやすこう》におかれては、家「コワ大変《たいへん》ッ、ハイヨーッ」ピシリと馬《うま》に一鞭《むち》食《く》わすやいなや、たゞ一目《もく》散《さん》に奈良《なら》の方《ほう》をむいて逃《に》げたまう。逃《に》がしはせじと真田《さなだ》の同勢《どうぜい》、つゞいてドウ〳〵〳〵ッおつかけんとする奴《や》ツを、こゝを先途《せんど》と防《ふさ》ぎ戦《たたか》う徳川勢《とくがわぜい》、大御所公《おおごしょこう》は一生懸命《しょうけんめい》、あとをもみずにたゞ一騎《き》、ピシーリッ〳〵と鞭《むち》を喰《く》わしてタツ〳〵、南都《なんと》を差《さ》してはや七八丁《ちょう》も逃げられた。このとき真田《さなだ》の陣中《じんちゅう》よりにわかにドヽヽヽドーンと打《う》ち上《あ》げられたる一発《ぱつ》の狼烟《のろし》、中天高《ちゅうてんたか》くひらめくと同時《どうじ》に、いましも逃《に》げゆく大御所公《おおごしょこう》が、左《ひだ》りの森《もり》の中《なか》よりバラ〳〵ッと踊《おど》りいでたる一人《にん》の武者《むしゃ》、身《み》には紺糸縅《こんいとおどし》の大鎧《おおよろい》に、白絹《しろぎぬ》をもって後辺鉢巻《うしろはちまき》、長《なが》さ一丈《じょう》ばかりもあろうという鉄《てつ》の延棒《のべぼう》をおっとり、いましも逃《に》げゆく大御所公《おおごしょこう》の、馬前《ばぜん》をさしてバラ〳〵〳〵ッとたち塞《ふさ》がらんとする。サアこの者《もの》は果《はた》して何者《なにもの》でございましょうや、また大御所公《おおごしょこう》の大危難《だいきなん》という御話《おはな》し。

◎荒川熊蔵《あらかわくまぞう》、薄田隼人《すすきだはやと》の奮戦《ふんせん》

このとき件《くだ》んの荒武者《あらむしゃ》は、走《はし》りながらに大音《だいおん》をあげたることにて、武「ヤア〳〵それに落《お》ちさせたまうは関東大御所公《かんとうおおごしょこう》と見《み》たてまつる。われこそは大阪方《おおさかがた》にてさる者《もの》ありときこえたる、荒川熊蔵武虎《あらかわくまぞうたけとら》なり。イデヤ御首頂戴《おんくびちょうだい》つかまつらんッ」とバラ〳〵〳〵ッと追《お》っ駆《か》けたが、大御所公《おおごしょこう》はさらに耳《みみ》にもいれ給《たま》わず、真一文字《まいちもんじ》に馬《うま》を飛《と》ばして逃《に》げたまう。熊

「ヤア、たとえどこ迄《まで》逃《に》げゆき給《たま》うとも、逃《に》がしまいらすることやあらん」と荒川熊蔵《あらかわくまぞう》は韋駄天《いだてん》のごとくにバラ〳〵〳〵ッと追《お》っ駆《か》けたが、なにしろ向《むこ》うは名馬《めいば》をとばして一生懸命《しょうけんめい》、此方《こなた》はこゝろばかりは逸《はや》れども人間《にんげん》の足《あし》のかなしさ、熊「エヽッ、残念《ざんねん》だッ」とおもわず足《あし》が縛《もつ》れたからたまらない、途《みち》の小石《こいし》に躓《つま》づいて、バッタリそれへ打《ぶ》ったおれたが、痛《いた》さも忘《わす》れてまたもやそれへ起《お》きあがり、向《むこ》うを遥《はる》かみてあれば、はや大御所公《おおごしょこう》は馬《うま》をとばし闇《やみ》に紛《まぎ》れてどこへいったか行方《ゆくえ》がしれない。熊「チェーッ、とり逃《にが》したか残念至極《ざんねんしごく》」と流石《さすが》の熊蔵《くまぞう》も足摺《あしず》りして口惜《くや》しがったが後《あと》のまつり。此方大御所家康公《こなたおおごしょいえやすこう》は、ヒョイッと後辺《うしろ》をふりかえってみると、荒川熊蔵《あらかわくまぞう》も足《あし》が遅《おく》れたとみえてすがたがないから、馬上《ばじょう》ながらにホッと一安神《あんしん》をなされたところ折宜《おりよ》く向《むこ》うの寺《てら》に御目《おんめ》が注《つ》いたから、この寺《てら》へにげこんでしばらく身《み》を隠《かく》さんとおぼしめし、タッ〳〵〳〵寺《てら》の大門《おおもん》のところへ馬《うま》をすゝめられる。スルト夜《よ》はだん〳〵と明《あ》けはなれて、東《ひがし》の方《かた》はゝや朝日《あさひ》のゝぼらんとする時刻《じこく》、このとき不思議《ふしぎ》や門内《もんない》より一声高《こえたか》く、男「オヽこれは関東大御所公《かんとうおおごしょこう》、そう〳〵おはいりあって御休息《ごきゅうそく》あそばしまするよう」と扉《とびら》を開《ひら》いてでゝきたのは、頭《あたま》を丸《まる》めた出家《しゅっけ》とおもいきや、紺糸縅《こんいとおどし》の鎧兜《よろいかぶと》に身《み》をかため、金銀薄《きんぎんすすき》の大差物《おおさしもの》をいたし、天野《あまの》九郎長勝《ろうながかつ》の鍛《きた》えあげたる目方《めかた》十三貫《がん》の大身槍《おおみやり》を引提《ひっさ》げ、青毛《あおげ》の駒《こま》にユラリガッキと打《う》ちまたがったる一人《にん》の若《わか》武者《むしゃ》、武「ヤアめずらしや大御所公《おおごしょこう》、御身《おんみ》のくるを待《ま》つことひさし。かくもうす拙者《せっしゃ》こそは大阪方《おおさかがた》の一将《しょう》、薄田隼人兼相《すすきだはやとかねすけ》なり。イデヤ御首頂戴《おんくびちょうだい》つかまつらん」と大身《おおみ》の槍《やり》をリュウ〳〵と引《ひき》しごき、兼「エイッ」とばかりに突《つき》かゝる。大御所公《おおごしょこう》はこれを眺《なが》めておゝいにおどろき、家「御首《おんくび》などを頂戴《ちょうだい》されてたまるものか、便《たよ》りにおもう寺《てら》の内《うち》からでる奴《やつ》にもことをかいて、大阪方《おおさかがた》にその名《な》も高《たか》い薄田隼人《すすきだはやと》、いまはモウこれまでなり」とおもわれたから、隙《すき》をうかゞい、ヒラリと馬《うま》をかえすと等《ひと》しく、家「ハイヨーッ」と雲《くも》を霞《かすみ》と逃《に》げいだす。これをながめて薄田隼人《すすきだはやと》、隼「ヤアッ、たとえどこ迄《まで》逃《に》げたまうとも、この兼相《かねすけ》が睨《にら》んだる両眼《りょうがん》ははずれない、おのれッ討《う》ち洩《もら》してたまるものか」と槍《やり》を掻《か》いこんで韋駄《いだ》天《てん》のごとくに馬《うま》をあおり立《た》て、隼「かえさせ給《たま》えもどさせ給《たま》えッ」とすでにそのあいだわずか十間《けん》ばかりのところまで押《お》っ駆《か》けたるこのとき、向《むこ》うの方《ほう》よりバラ〳〵ッと駆《か》けつけたる一人《にん》の武者《むしゃ》、いましもおっ駆《か》けゆく兼相《かねすけ》が馬前《ばぜん》にたちふさがり、男「いかに薄田《すすきだ》隼人《はやと》、汝無位無官《なんじむいむかん》の分際《ぶんざい》として吾君《わがきみ》にちかよらんとは大胆至極《だいたんしごく》、関東方《かんとうがた》にて勇名《ゆうめい》かくれなき、小田切喜右衛門《おだきりきえもん》の槍先《やりさき》をうけよッ」と二間柄《けんえ》の槍《やり》をひねって、喜「エイッ」とばかりに兼相《かねすけ》目掛《めが》けてついてかゝる。兼「エッ、猪牙才《ちょこざい》なり」と兼相《かねすけ》は、槍《やり》をもち直《なお》す暇《ひま》もあらばこそ、兼「エーッ、馬鹿者奴《ばかものめ》ッ、邪魔《じゃま》いたすなッ」と例《れい》の槍《やり》を真向《まっこう》にふりおろし、小田切喜右衛門《おだぎりきえもん》の兜《かぶと》の鉢《はち》を、兼「ヤッ」とばかりに打《う》ちおろせば、喜「キャッ」と一声《こえ》喜《き》右衛門《えもん》は、血汐《ちしお》を吐《は》いてそのまゝそこへ打《ぶ》ったおれる。スルとまたもや左《ひだり》の方《ほう》より一人《にん》の荒武者《あらむしゃ》、武「ヤア薄田隼人《すすきだはやと》見参《けんざん》せん、われこそは戸田采女正員秋《とだうねめのしょうかずあき》なり」と名《な》のって薄田《すすきだ》のぞんでつっかゝる。隼「エイッ、面倒《めんどう》なり」隼人《はやと》、パッと横《よこ》にはらった槍先《やりさき》は、采女正《うねめのしょう》が脇腹《わきばら》にあたり、馬上《ばじょう》にいたゝまらずそのまゝドッと転《ころ》がりおちた。大御所公《おおごしょこう》は後《あと》をもみず、いましも馬《うま》をとばしてきてみると、前《まえ》には巾《はば》三間《けん》ばかりの川《かわ》が流《なが》れて、四辺《あたり》には途《みち》もなく、渡《わた》し船《ふね》さへみえない。家「ヤッ、こりア困《こま》ったことだ」とヒョイッとうしろを振《ふ》りかえって御覧《ごらん》になると、はや薄田隼人《すすきだはやと》は一丁《ちょう》ばかりのところに追《お》っ駆《か》けてくるようす、進《しん》退《たい》こゝに谷《きわ》まったが、こゝろの中《うち》に大御所公《おおごしょこう》は、家「南無八幡大菩薩《なむまんだいぼさつ》、武運《ぶうん》あらばこの身《み》を守《まも》らせたまえ」と念《ねん》じながら、運《うん》を天《てん》にまかして馬《うま》に一鞭《むち》ピシリーッくわすやいなや、馬蹄《ばてい》をちゞめて、家「エイッ」と一声《せい》向《むこ》う岸《きし》へ踊《おど》りこえたるそのありさまは、みる世《よ》の昔《むか》し唐土《もろこし》にて、かの劉備玄徳《りゅうびげんとく》が檀渓《だんけい》を踊《おど》りこえたるも、かくやあらんとおもわるゝばかり。これを眺《なが》めて薄田隼人《すすきだはやと》、つゞいてこの川《かわ》を躍《おど》りこえんといたしたが、なにしろ御幸運《ごこううん》の大御所公《おおごしょこう》でございますから、薄田隼人《すすきだはやと》の馬《うま》は躍《おど》りこえることができず、川《かわ》の中流《ちゅうりゅう》へザブンとばかりにおちこんだ。隼「チェッ残念《ざんねん》なりッ」と隼人兼相《はやとかねすけ》またもや馬《うま》をすゝめんとすることのとき、後辺《うしろ》の方《かた》に大音声《だいおんじょう》、男「ヤア〳〵薄田隼人《すすきだはやと》、汝卑賤《なんじひせん》の身《み》をもって大御所公《おおごしょこう》を追《お》いたてまつること奇怪至極《きかいしごく》、われは関東方《かんとうがた》にその人ありとよばれたる、本多出雲守忠友《ほんだいずものかみただとも》なり、見参《けんざん》〳〵ッ」と槍《やり》を大上段《だいじょうだん》にふりかざし兼相目掛《かねすけめが》けてうってかゝる。この本多雲州《ほんだうんしゅう》公《こう》の槍《やり》の穂先《ほさ》きは三尺《じゃく》三寸《ずん》五分《ぶ》、こみの長さは七尺《しゃく》五分《ぶ》、目釘《めくぎ》の穴《あな》を三ヶ所《しょ》にうち、三方《ぼう》へ筋金《すじがね》をわたして柄《え》のながさは三間《げん》という、世《よ》にも妙《みょう》な槍《やり》があるもので、この槍《やり》は方今《ほうこん》においても山城国宇治《やましろのくにうじ》の平等院《びょうどういん》に、源《げん》三位頼政《みよりまさ》の鎧《よろい》と一緒《しょ》に宝物《ほうもつ》となって、のこっております。このとき薄田隼人《すすきだはやと》は、薄「ヤア対手《あいて》にとって不足《ふそく》なき関東方《かんとうがた》の鬼神《きじん》とよばれたる、本《ほん》多出雲守忠友《だいずものかみただとも》か、イデきたれよ」と槍《やり》を真向《まっこう》にふりあげて、川《かわ》の中《なか》をザンブ〳〵とすゝんでくる。この人々《ひとびと》の槍《やり》はつくよりうち殺《ころ》す方《ほう》がはやいようで、ブーン〳〵ッと唸《うな》りを生《しょう》じてこゝに立会《たちあ》いがはじまった。ところがかく本多忠友《ほんだただとも》が薄田隼人正《すすきだはやとのしょう》を喰《く》い止《と》めたということは御存《ごぞん》じなく、奈良《なら》を差《さ》して一目散《もくさん》に逃《に》げきたり、奈良《なら》の町《まち》へはいってこられて馬上《ばじょう》ながらホッと息《いき》を吐《つ》ぎ、まだ夜《よ》が明《あ》けたというばかりで、どこも起《お》きていない、大御所公《おおごしょこう》はどこか一軒《けん》ぐらい起《お》きていそうなものと思召《おぼしめ》したから馬《うま》をとめてブラ〳〵町《まち》の中《なか》を歩行《ある》いておいでになると、向《むか》うの方《ほう》に一軒《けん》の桶屋《おけや》があって、朝《あさ》はやくからトンカチ〳〵桶《おけ》の輪《わ》を〆《し》めているようす、ヤレうれしやと大御所公《おおごしょこう》はその表《おもて》にきたって御馬上《ごばじょう》より、家「コリャ老父《おやじ》……」と声《こえ》をかけると、この家《や》の主人《あるじ》とみえて年《とし》のころ六十ばかりの老父《おやじ》、ヒョイッと頭《あたま》をあげて不思議《ふしぎ》そうに大御所公《おおごしょこう》のすがたを見《み》あげながら、老「なんです」家「予《よ》は関《かん》東《とう》の家康《いえやす》ジャぞ」老「なんだいその家康《いえやす》てエのは」家「予《よ》は関東《かんとう》の徳川家康《とくがわいえやす》ジャ」といわれてもまだ気《き》が注《つ》かない。老「フン、お前《まえ》が関東《かんとう》の家康《いえやす》という野郎《やろう》なら、おれはこの奈良《なら》で桶屋《おけや》の市左衛門《いちざえもん》だ、それがどうした」と礼儀《れいぎ》も作法《さほう》もしらない朴訥《ぼくとつ》な言葉《ことば》。ハッと気《き》の注《つ》かれた家康公《いえやすこう》は、家「ウムわからんか、これジャ〳〵」と胸金物《むねがなもの》を叩《たた》いてお見《み》せになる。みると三ッ葉葵《ばあおい》の御紋所《ごもんどころ》、その当時《とうじ》は葵《あおい》の御紋《ごもん》の尊《とう》といことはどんな子供《こども》でもしっているくらい。はじめて気《き》の注《つ》いた市左衛門《いちざえもん》、市「ヤア、それジャお前《まえ》さんは関東《かんとう》の公方《くぼう》さんだナ」家「ウムそうである」市「年《とし》をとった方《ほう》の公方《くぼう》さんジャヤナ」家「ウムいかにも……。しかし市左衛門《いちざえもん》とやら、咽喉《のんど》が乾《かわ》いてたまらんから水《みず》を一杯《ぱい》くれんか」市「ウムそりアあげてもよいが、お前《まえ》さん家来《けらい》もつれんでこゝまで逃《に》げてこられたのは、大阪《おおさか》の真田《さなだ》さんに戦争《いくさ》に負《ま》けたのだナ」家「ウム、察《さっ》しのとおりである。このうえはどうかしばらく予《よ》をその方《ほう》の家《いえ》へ隠匿《かくま》ってくれんか」市「隠匿《かくま》ってくれといったって、私《わた》しの家《いえ》は狭《せま》いが……イヤ待《ま》て〳〵この井戸《いど》の中《なか》へはいっておいでなさい」と向《むこ》うにならんで掘《ほ》ってある三ツのうち、真中《まんなか》の井戸《いど》の蓋《ふた》をとって、このなかへ大御所公《おおごしょこう》を隠匿《かくま》いたてまつり馬《うま》を裏《うら》の竹藪《たけやぶ》に縛《しば》って、自分《じぶん》はふたゝび店先《みせさき》へでゝまいり、何喰《なにく》わぬ顔《かお》でまたもやトンカチ〳〵輪《わ》を〆《し》めているという、サア大御所公《おおごしょこう》の御命《おいのち》はいかゞ相成《あいな》りましょうや。

◎徳川家康《とくがわいえやす》奈良《なら》に逃《のが》る

かゝるところへ本多出雲守忠友《ほんだいずものかみただとも》は、ようやく薄田兼相《すすきだかねすけ》をおいはらって、直様大御所公《すぐさまおおごしょこう》の御跡《おあと》を慕《した》ってきたが、この桶屋《おけや》の門口《かどぐち》へくるまで風筋《かぜすじ》が立《た》っているのに、これから向《むこ》うにお風筋《かぜすじ》がたっていない。忠「ハテ、不思議《ふしぎ》なことだ」とおもいながら、ピタリ馬《うま》をとめてかの市左衛門《いちざえもん》のすがたを見《み》て、忠「コレ老爺《おやじ》〳〵」とよび立《た》てたから、市左衛門《いちざえもん》は横目《よこめ》でジロ〳〵そのすがたを見《み》ると、兜《かぶと》を猪首《いくび》に着《き》て鎧《よろい》はさん〴〵にやぶれたまゝ、ダラ〳〵汗《あせ》を流《なが》して長《なが》い槍《やり》をもっているから、こゝろの中《うち》に、市「ハヽア此奴《こやつ》ツァ公方《くぼう》さんをおっ駆《か》けてきたナ、きこえない挙動《ふり》をしてやろう」とすました顔《かお》で桶《おけ》の輪《わ》をコツ〳〵〆《し》めている。忠「コレ老爺《おやじ》、老爺《おやじ》〳〵」とよべど叫《さけ》べど答《こた》えがない。出雲守《いずものかみ》は精《せい》一杯《ぱい》、忠「コレ老爺《おやじ》ッ」と大声《おおごえ》だして怒鳴《どな》りつけたが、流石《さすが》は千軍万馬《ぐんばんば》の中《なか》で号令《ごうれい》をする声《こえ》でございますから、市左衛門《いちざえもん》の耳《みみ》の底《そこ》へビーンと響《ひび》きわたって腹《はら》まで答《こた》えるくらい。市「ヤッ豪《えら》い声《こえ》だナ、なんだいッ」とおもわず顔《かお》をあげて返事《へんじ》をする。忠「ウム、聞《きこ》えたか」市「聞《きこ》えなくって、いまの声《こえ》で胸《むね》がドキ〳〵動悸《どうき》がうっているわい」忠「ウム、それはどうも気《き》の毒《どく》だった。しかし老爺《おやじ》たゞいまこゝへ白《しろ》い鎧《よろい》をめされ、葵《あおい》の御紋《ごもん》のついた御陣羽織《ごじんばおり》に、白《しろ》い御《お》馬《うま》へめされた御老人《ごろうじん》がお通《とお》りはなかったか」市「イヤどうもおそろしく叮嚀《ていねい》に物《もの》をいう奴《や》つだ。それはおれの家《いえ》にいるといったら、ちょっと突《つ》き殺《ころ》そうとおもって、そう巧《うま》くは烏賊《いか》の睾丸《きんたま》だ、そんな人《ひと》は通《とお》らねエよ」忠「エッ」市「イヤとおった〳〵たしかに通《とお》っていったよ」忠「ウムとおったか」市「とおったが最前《さいぜん》彼方《あっち》の方《ほう》へいってしまったよ」忠「ウム、それは本当《ほんとう》だナ」市「なんの嘘《うそ》をいうもんか、念《ねん》を押《お》すくらいなら尋《たず》ねないでもい〻んだ、糞面白《くそおもしろ》くもない」忠「ウーム、さては〻や何方《どちら》にかおち延《の》び給《たま》いしか」と本多《ほんだ》出雲守《いずものかみ》は馬上《ばじょう》でジッとかんがえ込《こ》んでいると、このとき出雲守《いずものかみ》がのった馬《うま》は、いましも薄《すすき》田《だ》をおい払《はら》ったるうれしさにか、馬「ヒヽーン」と一声高《せいたか》くいな〻くと、名馬《めいば》は友《とも》をよぶとかいうとおり、いましも裏《うら》の竹藪《たけやぶ》に繋いだ馬《うま》も、馬「ヒヽーン」と高《たか》く嘶《いなな》く声《こえ》、出雲守《いずものかみ》はこれをきいて、出「ハテナ、この辺《あた》りに馬《うま》の嘶《いなな》き声《こえ》が、きこえるとは不思議《ふしぎ》千万《ばん》、上様《うえさま》にはこの辺《あたり》にいられるのではあるまいか」とヒラリ馬《うま》をとびおりるやいなや自分《じぶん》の馬《うま》の轡《くつわ》をとって、裏《うら》の竹藪《たけやぶ》の前《まえ》にきたってみると、兼《かね》て見覚《みおぼ》えのある大御所公《おおごしょこう》の御乗馬《ごじょうば》、ことに三ツ葉葵紋散《ばあおいもんち》らしの鞍《くら》のおいた奴《や》ツがその竹藪《たけやぶ》に縛《つな》いであるから、出「さてはッー」とおもって本多出雲守《ほんだいずものかみ》、またもやその馬《うま》を引《ひ》いて戸外口《おもて》へで〻まいり、出「コリャ〱老爺《おやじ》、こ〻に君《きみ》の御乗馬《ごじょうば》が繋《つな》いであったが、コレ老爺《おやじ》、御主君《ごしゅくん》をいずれへ隠《かく》したてまつった。決《けっ》して心配《しんぱい》の者《もの》ではない、予《よ》は関東方《かんとうがた》の本多出雲守忠友《ほんだいずものかみただとも》というものだ」とこの声《こえ》をきかれた此方大御所公《こなたおおごしょこう》、家「オヽ忠友《ただとも》か、予《よ》はこ〻だ〱」と井戸《いど》のなか〻ら大声《おおごえ》に名《な》をよばれたから、忠「オヽ吾君《わがきみ》……」とさっそく出雲守《いずものかみ》は声《こえ》を便《たよ》りにそこへ近寄《ちかよ》ってまいり、井戸《いど》の蓋《ふた》をパッと〻ると、大御所公《おおごしょこう》は内《うち》よりソロ〱はいだしておいでになり、家「オヽ出雲《いずも》であったか」出「ハッ、吾君《わがきみ》にはまず麗《うる》わしき御尊顔《ごそんがん》を拝《はい》し大慶至極《たいけいしごく》にぞんじたてまつります」家「ウム、どうも危《あぶ》ないことであった……コリャ老父《おやじ》市左衛門《いちざえもん》とやら、この者《もの》は予《よ》の家来《けらい》で本多出雲守《ほんだいずものかみ》ともうする者《もの》である、かならず心配《しんぱい》をいたすな」市「ハヽア、ジアお前《まえ》さんは公方《くぼう》さまの家来《けらい》ジャナ」出「ウムそうだ」市「そうか、それでマア安神《あんしん》をした。実《じつ》はお前《まえ》さまは公方様《くぼうさま》をおっ駆《か》けてきた大阪《おおさか》の人《ひと》かとおもったのだ」というている内《うち》にはやくも本多出雲守《ほんだいずものかみ》は、自分《じぶん》の上帯《うわおび》を解《と》いてこれを拡《ひろ》げ、出「老父《おやじ》、ちょっと硯箱《すずりばこ》を貸《か》してくれ」と硯箱《すずりばこ》を借《か》りて大筆《おおふで》をとり、墨黒々《すみくろぐろ》と、

徳川大御所公《とくがわおおごしょこう》こゝにお座《ざ》を構《かま》えさせられる

としたゝめて、それを軒先《のきさき》に立《た》てかけてあった竹《たけ》のさきに括《くく》りつけ、真《す》ぐ目《め》につく様《よう》にしておいた。忠「コレ〳〵市左衛門《いちざえもん》とやら、吾君昨夜《わがきみさくや》よりの御難戦《ごなんせん》にて、御空腹《ごくうふく》を覚《おぼ》えさせられる。御飯《ごはん》をたてまつらんければあいならぬゆえ、さっそく其用意《そのようい》をいたせ」市「ヘエ、御《ご》はんとは一体《たい》なんだナ」出「わからん奴《や》つだ、めしをさしあげるんだ」市「ウム、飯《めし》か、飯《めし》ならこれから焚《た》かねばならぬが、まだ弟子《でし》がこないから堪《こら》えて待《ま》っているのだ」出「はやく焚《た》いて差《さ》し進《あ》げるがよかろう、弟子《でし》などを待《ま》っていることはできない、女《にょう》

房《ぼう》はいないのか」市「ウム、それだ去年《きょねん》の秋《あき》の病気《わずらい》に……」出「死《し》んでしまったのか」市「どうも可哀《かあい》そうに死《し》んだので」出「そんな詰《つま》らぬことをいっていてはいかん。お前《まえ》がなんとかして焚《た》いてあげろ」市「ヤアどうもおそろしい手数《てすう》のかゝる人達《ひとたち》がはいってきたものだ。しかしお前《まえ》さんはなんとかいったっけね」出「ウム拙者《せっしゃ》か、拙者《せっしゃ》は本多出雲守《ほんだいずものかみ》」市「そうか、マアちょっと出雲守《いずものかみ》、裏手《うらて》に井戸《いど》があるから水《みず》を汲《く》んできてくれろ、サア手桶《ておけ》はそこにあるよ」雲州公《うんしゅうこう》も呆《あき》れてしまった。なにしろ上総国大多喜《かずさのくにおおたき》の城主《じょうしゅ》五万石《まんごく》、徳川家《とくがわけ》では五本《ほん》の指《ゆび》におられる大名《だいみょう》に、水《みず》を汲《く》ましたのは桶屋《おけや》の市左衛門《いちざえもん》ばかりだ。このとき出雲守殿《いずものかみどの》は、出「これも君《きみ》への忠義《ちゅうぎ》であろう」と手桶《ておけ》を提《さ》げて水《みず》を汲《く》みにゆき、それから米《こめ》を洗《あら》って飯《めし》を焚《た》きかけたが、そのうちにおい〳〵と徳川勢《とくがわぜい》はこゝにより集《あつ》まってくると、みな武者草鞋《むしゃわらじ》のまゝ、遠慮会釈《えんりょえしゃく》もなくドン〳〵うえへ上《あが》ってくるから、流石《さすが》の市左衛門《ざえもん》も泣《な》きだしてしまった。市「他《ひと》の家《いえ》の畳《たたみ》だとおもって、土足《どそく》であがってくるとは実《じつ》にひどい奴等《やつら》だ、乱暴《らんぼう》な人《ひと》ばかりがそろっている」とおもったが、なかには血《ち》まみれになった大刀《だいとう》を抜《ぬ》いたまゝ、手足《てあし》にはまだなま〳〵しい血汐《ちしお》を浴《あ》びているおそろしい荒武者《あらむしゃ》ばかりですから、それと口《くち》にだしてもよういわず、恨《うら》めしそうに眺《なが》めているばかり。そのうちに御飯《ごはん》ができて大御所公《おおごしょこう》にたてまつると、本多出雲守殿《ほんだいずものかみどの》は懐中《ふところ》より黄金《おうごん》二枚《まい》をとりだし、出「コリャ市左衛門《いちざえもん》、これはそのほうが御主君《ごしゅくん》をお世話《せわ》いたしてくれたによって、拙者《せっしゃ》が心《こころ》ばかりの礼《れい》である。いずれ御恩賞《ごおんしょう》は後日君《ごじつきみ》からくだしおかれるであろうが、これはまず其方《そちら》へしまっておくがよいぞ」とさしだされた市左衛門《いちざえもん》、はじめてみた黄金《おうごん》でございますから胆《きも》をつぶし、市「イヤアどうも大《おお》きな小判《こばん》だナ。こういうのは、なんだぜよく笹《ささ》にクッついているが、こりア遣《つか》えるかね」出「ハヽヽヽ、遣《つか》えない小判《こばん》はそのほうに遣《や》らんぞ」市「これを遣《つか》っても縛《しば》られアしませんか」出「馬鹿《ばか》をもうせ。これは天下《てんか》の通用金《つうようきん》だ」市「ウームジア幾何《いくら》につかえるナ」出「これは一枚《まい》が二十五両《りょう》だ」市「エッ一枚《まい》が二十五両《りょう》……、ジア二枚《まい》で五十両《りょう》だ、五十両《りょう》もあればおりア桶屋《おけや》をやめて京都《きょうと》へいってなにか面白《おもしろ》いことゝ商売《しょうばい》がえだ」といっているのを大御所家康公《おおごしょいえやすこう》、お聞《き》きあそばし、家「ハヽヽヽ、市左衛門《いちざえもん》、いずれ予《よ》を世話《せわ》してくれた恩賞《おんしょう》は、後日遣《ごじつつか》わすであろう、よく覚《おぼ》えておれよ」といわれたまゝ、しばし黙然《もくぜん》として在《おわ》したが、家「アヽあの家康《いえやす》だに昨夜《さくや》の難戦《なんせん》だ、さだめし新将軍《しんしょうぐん》も難儀《なんぎ》をいたしたことであろう。しかし無事《ぶじ》に命《いのち》をまっとうしてくれゝばよいが」とおもわずホロリと御落涙《ごらくるい》になる。道理《どうり》なる哉大御所公《かなおおごしょこう》より新将軍《しんしょうぐん》秀忠公《ひでただこう》の御難儀《ごなんぎ》は言葉《ことば》にのべ難《がた》きくらい、これより話題《はなし》一転《かわ》って新将軍秀忠公《しんしょうぐんひでただこう》が真田大助《さなだだいすけ》幸昌《ゆきまさ》の地雷火《じらいか》にかゝって枚方焼討《ひらかたやきう》ちという大眼目《だいがんもく》、次《つぎ》にのべます。

◎枚方畷《ひらかたなわて》の焼討《やきうち》及《および》秀忠《ひでただ》敗走《はいそう》

此方《こなた》新将軍秀忠公《しんしょうぐんひでただこう》の同勢《どうぜい》は、雲霞《うんか》のごとき大軍《たいぐん》をもって、ドン〳〵ジャン〳〵エヽ〳〵〳〵ッと、どう〳〵として枚方畷《ひらかたなわて》を武者《むしゃ》よせをする。暗《やみ》もつらぬく三ツ葉葵《ばあおい》の御旗《みはた》に、金《きん》日《ひ》の丸扇《まるおうぎ》の御纒《おんまとい》、星影《ほしかげ》に閃《ひら》めきわたりてすさまじく、このとき真田大助《さなだだいすけ》は佐太《さた》の森《もり》よりこの体《てい》を打《う》ちながめ、時分《じぶん》はよしとおもったから、猿飛佐助《さるとびさすけ》に合図《あいず》をすると、佐「こゝろえたり」と猿飛《さるとび》は、かねて用意《ようい》の鉄砲《てっぽう》の火蓋《ひぶた》を切《き》って、ドンと一発《ばつ》地雷火《じらいか》の口火《くちび》にうちこむと、なにかはもってたまるべき、五十余丁《よちょう》の長畷《ながなわて》に伏《ふ》せたる地雷火《じらいか》は、ドヽヽヽドーンッとさながら天地《てんち》も振動《しんどう》するすさまじき物音《ものおと》とゝもに破裂《はれつ》をなし、グワラ〳〵〳〵ッ、ドヽヽヽドーンと堤防《どて》の崩《くず》れおつる音《おと》とゝもに、雲霞《うんか》のごとき関東勢《かんとうぜい》はバラ〳〵〳〵ッと風《かぜ》に木《こ》の葉《は》の散《ち》るごとく、皆中天《みなちゅうてん》に打《う》ちあげられ、もう〳〵として立登《たちのぼ》る砂烟《すなけむ》りは天《てん》を蔽《おお》うて暗《やみ》のごとく、みる〳〵うちに百姓家《しょうや》または民家《みんか》などに火《ひ》は移《うつ》って火焔《かえん》はえん〳〵と燃《も》え上《あが》る、そのすさまじさこの世《よ》からなる焦熱地獄《しょうねつじごく》、スワ地雷火《じらいか》だと犇《ひし》めきわたると等《ひと》しく、ワアーッワアという叫喚《きょうかん》の声《こえ》、このとき新将軍秀忠公《しんしょうぐんひでただこう》もおもわず馬《うま》を飛《と》ばしてバラ〳〵〳〵逃《に》げださんといたしたが、なんしろいまの騒《さわ》ぎで何方《どちら》が途《みち》やら川《かわ》やら薩張《さっぱ》りわからず、馬《うま》は一声《せい》ヒヽーンと嘶《いなな》くとゝもに、ザンブとばかり淀川《よどがわ》の水流《すいりゅう》臨《のぞ》んでおちこんだ。ハッとおどろいた秀忠公《ひでただこう》は、そのまゝ水中《すいちゅう》にいって馬《うま》よりとびおり、左《ひだ》りのお手《て》に馬《うま》の轡《くつわ》をとり、頭《あたま》だけだして、その馬《うま》の頭《あたま》にて火《ひ》の子《こ》を避《よ》けていらせられる。このとき火《ひ》はゝや佐太《さた》の森《もり》に移《うつ》って四辺《あたり》はさながら白昼《はくちゅう》のごとく、火《ひ》の子《こ》はボウ〳〵と渦巻《うずま》きのぼって空《そら》は金梨子《きんなし》のごとくに染《そ》めてしまった。このとき淀《よど》の荒瀬《あらせ》を逆登《さかのぼ》って、六丁《ちょう》の大槍《おおやり》をおし立《た》てたる一艘《そう》の船《ふね》、胴《どう》の間《ま》のところに床几《しょうぎ》により、采配《さいはい》をとってひかえしは、火光《かこう》を顔《かお》にうけて夜叉《やしゃ》のごとくこれぞ大阪方《おおさかがた》に勇名《ゆうめい》隠《かく》れなき長曾我部《ちょうそかべ》宮内少輔盛親《くないしょうゆうもりちか》なり。またいま一艘《そう》の船《ふね》には舳《へさき》に足《あし》をふみかけ、日本号《にほんごう》の槍《やり》を杖《つえ》にし、水中《すいちゅう》をにらんで突立《つった》ったるは、後《ご》藤又兵衛基次《とうまたべえもとつぐ》なり。この二艘《そう》の船《ふね》は右《みぎ》に舳《へさき》をそろえて無《む》二無《む》三、上流《じょうりゅう》さして漕《こ》ぎ登《のぼ》るありさま、これを此方《こなた》にあってながめたる秀忠公《ひでただこう》、秀「南《な》無《む》三ッ……」とおどろく拍子《ひょうし》にハッと馬《うま》の轡《くつわ》をはなしたから、馬《うま》は逆巻《さかま》く水《みず》に馬蹄《ばてい》をさらわれ、下手《しもて》の方《ほう》に次第《しだい》〳〵に流《なが》れてくる。これにヒョイッと目《め》がついた後藤又兵衛《ごとうまたべえ》、又「さては川流《かわなが》れの馬《うま》、引揚《ひきあ》げずんばあるべからず」と槍《やり》をそれへおいて馬《うま》の鞍坪《くらつぼ》をシッカとおさえ、船《ふね》の近付《ちかづ》くまゝに、轡《くつわ》に手《て》をかけてその鞍《くら》をみると鞍《くら》は蝶貝《ちょうがい》を飾《かざ》りたる三ツ葉葵《ばあおい》散《ち》らしの御紋《ごもん》、又兵衛《またべえ》は莞爾《にっこ》と笑《わら》ってそのまゝ駒《こま》を切《き》ってはなち、又「ソレはやく漕《こ》ぎだせッ、左手《ゆんで》の方《ほう》へよって漕《こ》ぎのぼれよ」と舳先《へさき》をなおし、なお遡《さかの》ぼって漕《こ》ぎながら爛々《らんらん》たる眼《め》を瞶《みは》って水中《すいちゅう》をみている又《また》兵衛基次《べえもとつぐ》、此方《こなた》は秀忠公《ひでただこう》いましも馬《うま》を放《はな》したまゝ、みつからぬ様《よう》にとジッと水中《すいちゅう》を潜《くぐ》っているが、幾何水中《いくらすいちゅう》に潜《くぐ》っていても黄金《こがね》の価打《ねう》ちはこゝに現《あら》われて、水中《すいちゅう》にギラ〳〵光《ひか》りを放《はな》っている。又「さては……」とおもった又兵衛基次《またべえもとつぐ》、槍《やり》をリュウ〳〵ッと捻《ひね》って、ピタリと覘《ねら》いをつけ、又「ヤア徳川新将軍《とくがわしんしょうぐん》へ、後藤又兵衛基次見参《ごとうまたべえもとつぐけんざん》せん」と大音声《だいおんじょう》に呼《よば》わるとひとしく、又「エイッ」と一声《せい》突《つ》いてかゝる。ガチッとたしかに手答《てごた》えはありながらスウッと空《くう》に流《なが》れた槍先《やりさき》、このとき又兵衛基次《またべえもとつぐ》はなんとおもったか、パッと手許《てもと》へ槍《やり》を引《ひ》くとひとしく、又「ソレ、船《ふね》をかえせッ」と号令《ごうれい》をくだしたから、船《ふね》はふたゝび中流差《ちゅうりゅうさ》して漕《こ》ぎだしてくる。後藤又兵衛《ごとうまたべえ》ほどの豪傑《ごうけつ》が、三位《い》のくらいある日本号《にほんごう》の槍《やり》をとって、新将《しんしょう》軍《ぐん》に見参《けんざん》なし、たゞ一突《つき》にてそのまゝ船《ふね》をかえしたというのは、此方《このかた》と見参《けんざん》をしたればとて、到底《とうてい》それだけの徳《とく》を備《そな》えている人《ひと》なれば勝《か》つことはできないと、はやくもそこは見切《みき》りをつけた基次《もとつぐ》、そのまゝ船《ふね》をかえしたというのは又兵衛《またべえ》の豪《えら》いところでございます。このとき新将軍秀忠公《しんしょうぐんひでただこう》は虎《とら》の腮《あご》をのがれた心地《ここち》で、そのまゝホッと歎息《たんそく》を吐《つ》いて水中《すいちゅう》より堤防《どて》の上《うえ》へあがって来様《こよう》と、いましもザブ〳〵陸《おか》の方《ほう》へあがってゆかんとして、ヒョイッと向《むこ》うをながめると、堤防《どて》のしたには真黒《まっくろ》にみえる武者《むしゃ》一人《にん》、槍《やり》を小脇《こわき》にかいこんでひかえている様子《ようす》でございますから、秀忠公《ひでただこう》はみつけられては一大事《だいじ》とそのまゝ、又《また》もやブク〳〵ッと水中《すいちゅう》に潜《くぐ》られる。これを眺《なが》めた此方《こなた》の武者《むしゃ》は声高《こえたか》く、武「コリャ、そこで鵜《う》の真似《まね》をするのは何者《なにもの》だッ」とよばわったが、秀忠公《ひでただこう》は鵜《う》の真似《まね》をするどころではない、一生懸命《しょうけんめい》の場合《ばあい》ですから黙《だま》止りこんで返事《へんじ》もなさらない。スルとかの武者《むしゃ》はまたもや言葉《ことば》をつぎ、武「拙者《せっしゃ》は関東方《かんとうがた》の御使番安藤治右衛門《おつかいばんあんどうじえもん》なり。名《な》を名《な》のれ〳〵」とよばわれば、秀忠公《ひでただこう》はこれをきこしめされ、秀「オヽ安藤治右衛門《あんどうじえもん》か、予《よ》であるぞッ」とヒョイッと水《すい》中《ちゅう》から首《くび》をだされたのを、安藤治右衛門《あんどうじえもん》は火《ひ》の光《ひか》りにヨク〳〵みると、紛《まご》う方《かた》なき新将軍《しんしょうぐん》秀忠公《ひでただこう》でございますから、ハッとばかりに打《う》ちおどろき、治「オッ、さては上様《うえさま》でわたらせられまするか」と治右衛門《じえもん》は持《も》ったる槍《やり》を投《な》げすて鎧《よろい》のお袖《そで》を摑《つか》んでようやく水中《すいちゅう》より引揚《ひきあ》げたが、もとより衣類《いるい》はズブ濡《ぬ》れになっている上《うえ》に、逃《のが》れんとすれば枚方堤《ひらかたづつみ》一面《めん》の火《ひ》となっているから、どうしても逃《のが》れることができない、いかゞせんと主従《しゅじゅう》二人《にん》は呆然《ぼうぜん》として川縁《かわべ》りに佇《たたず》みたまう。そこへ唐崎村《からさきむら》の菓子《かし》売《う》り平六《へい》というものが、品物《しなもの》を船《ふね》に積《つ》んで関《かん》東勢《とうぜい》へ商売《しょうばい》を仕様《しよう》というので、しゅ〴〵な物《もの》を船《ふね》に積《つ》んでこの淀川《よどがわ》へでかけたるかいもなく、まだ充分《じゅうぶん》に夜《よ》も明《あ》けきらない内《うち》から、はや大御所公《おおごしょこう》は木津《きづ》にて焼打《やきうち》にあい、新将軍《しんしょうぐん》は枚方《ひらかた》にて焼打《やきうち》に、御親子《ごしんし》とも同刻《どうこく》の御難戦《ごなんせん》、それがために関東勢《かんとうぜい》はなにを買《か》うという暇《ひま》もなく、薩張《さっぱ》り商売《しょうばい》もできないから平六《へい》も叱言《つぶや》きながらいましも船《ふね》をこいで唐崎村《からさきむら》へかえろうと、エッシ〳〵と船《ふね》をこいでくる、これぞかの有名《ゆうめい》なる淀川《よどがわ》くらわんか船《ぶね》の起原《きげん》。

◎淀川《よどがわ》くらわんか船《ぶね》の起原《きげん》

これを眺《なが》めた治右衛門《じえもん》は、治「コリャ〳〵それへまいるウロ〳〵船《ぶね》、しばらく待《ま》て、ウロ〳〵船《ぶね》しばらくまてッ」とよびたてられ平六《へい》は、ヒョイッと此方《こちら》を透《すか》し眺《なが》めながら、平

「なにや、なにをいうているのや」治「その船《ふね》に用事《ようじ》があるから、しばらくこれへ戻《もど》してこい」平「なに、用《よう》があるから船《ふね》をもどせ、横柄《おうへい》な口《くち》を利《き》く奴《や》ツジャなア、全体《ぜんたい》お前《まえ》は誰《た》れや」治「ウム、こゝに御坐《ござ》あるは新将軍家《しんしょうぐんけ》である。しばらくその船《ふね》をわれ〳〵に貸《か》してくれ」平「エッ、それジャ公方《くぼう》さんじゃナ」治「ウムそうだ」平「若《わか》い方《ほう》の公方《くぼう》さんじゃナ」治「そうだ〳〵、はやくその船《ふね》を貸《か》してくれ」平「ウム、それでは大阪《おおさか》の真田《さなだ》さんに焼打《やきうち》を喰《く》ろうたんじゃナ、まて〳〵いま船《ふね》を戻《もど》してやるぞ」と平《ひら》六は岸《きし》に船《ふね》をこぎよせる。治右衛門《じえもん》は秀忠公《ひでただこう》を背《せ》に負《お》うたまゝ、槍《やり》をたずさえてヒラリと身《み》をおどらせ、船《ふね》の中《なか》へとびこみながら、治「菓子売《かしう》り、過分《かぶん》であるぞ」平「ヤア貴郎方《あなたがた》が乗《の》ったので船《ふね》が豪《えろ》う重《おも》くなったわい……、貴郎《あなた》脇櫓《わきろ》を漕《こ》いでおくれ」治「ヨシ〳〵漕《こ》いでつかわす。しかし其方《そちほう》の家《いえ》はどこジャ」平「おりア唐崎村《からさきむら》で名《な》は平《へい》六というのだ」とこれから治右衛門《じえもん》が脇《わき》櫓《ろ》を漕《こ》いでほどなく唐崎村《からさきむら》の川岸《かわぎし》にピタリ船《ふね》がつく。平「サアこゝが唐崎村《からさきむら》や。お前《まえ》さん手伝《てつだ》ってこの品物《しなもの》を上《うえ》に揚《あ》げておくれ……しかし名《な》が判《わか》らんとなんだかよび悪《にく》いが、お前《まえ》さんの名前《なまえ》はなんというのや」治「拙者《せっしゃ》か、拙者《せっしゃ》は安藤治右衛門《あんどうじえもん》」平「ハヽア貴郎《あなた》が安藤《あんどう》治右衛門《じえもん》か、マアときに治右衛門《じえもん》」治「なんだ、人《ひと》のことをよびつけにしやアがって」平

「マア黙《だま》止っていやはれ、私《わた》しが貴郎《あなた》の主人《しゅじん》を助《たす》けたのやないか、貴郎《あなた》も御主《おしゅ》のためや、これも一緒《しょ》に片付《かたづ》けておくれや」治「よい〳〵サアはやく上様《うえさま》をそのほうの家《いえ》に案内《あんない》をいたせ」平「イヤよいわい、サアかえりましょう」と平六《へい》に案内《あんない》をいたさせて家《いえ》にかえってくる。治「コレ平六《へい》」平「なんや」治「吾君様《わがきみさま》はそのほうが見《み》るとおり御召物《おめしもの》がズブ濡《ぬ》れだによって、なにか御召物《おめしもの》を貸《か》してくれ」平「なにかといったて私《わた》しの家《うち》は貧乏者《びんぼうもの》の独《ひと》り暮《ぐら》しじゃによって、よい御召物《おめしもの》というのはないが、これではどうだナ」と戸棚《とだな》からとりだしたのは、茶弁慶《ちゃべんけい》の垢染《あかじ》みた廣袖《どてら》、なにしろ百姓《しょう》の戸棚《とだな》へ放《ほ》りこんである物《もの》ですから、汚《きた》ないの汚《きた》なくないのと、それは〳〵どうも縞目《しまめ》も判《わか》らないくらい。仕方《しかた》がないから安藤治《あんどうじ》右衛門《えもん》はこれをとって秀忠公《ひでただこう》にたてまつると、秀忠公《ひでただこう》は鎧《よろい》を脱いでこれを着《ちゃく》し、囲炉裏《いろり》へ麁朶《そだ》をくべて御尊体《ごそんたい》を温《あた》ためながら、鎧《よろい》のうえに飾《かざ》ったる兜《かぶと》をヒョイッと御覧《ごらん》になると、いつの間《ま》にか兜《かぶと》の鍬形《くわがた》が片《かた》一方《ぼう》とれてなくなっている。これは先刻《さっき》後藤《ごとう》又兵衛《またべえ》基次《もとつぐ》の槍先《やりさき》につき折《お》られたのでございましょう。これをながめて秀忠公《ひでただこう》は、秀「アヽわが武運《ぶうん》もなくなったのであろう」と嘆《なげ》かせられると、平六《へい》はこれをきいて、平「イヤ公方様《くぼうさま》、決《けっ》して嘆《なげ》かっしゃることはない。私《わ》しが一つ貴郎《あなた》の縁喜《えんぎ》が直《なお》る様《よう》に歌《うた》を一首《しゅ》詠《よ》んであげましょう」

と紙《かみ》を取出《とりだ》してなにかスラ〳〵ッとしたゝめ、平「どうや、これで貴郎《あなた》の縁喜《えんぎ》がなおったろうナ」と差《さ》しだした紙片《かみきれ》を、秀忠公御手《ひでただこうおんて》にとって御覧《ごらん》になると、

　　鍬形《くわがた》の落《お》つて残《のこ》れる龍頭《たつがしら》

　　　雲井《くもい》にのぼる君《きみ》の御武運《ごぶうん》

これをながめて秀忠公《ひでただこう》はおゝいに御感心《ごかんしん》あらせられ、秀「アヽ人《ひと》は見《み》かけによらぬもの、身《み》は賤《いや》しき者《もの》ながらよくも歌詠《うたよ》むことをこゝろえたものジャ」とおおせられ、直《ただ》ちにその筆《ふで》をとって、そこにおいてある料紙《りょうし》をとりあげられ、

一予《よ》の危難《きなん》を救《すく》いくれ候条過分《そうろうじょうかぶん》の至《いた》りに付《つき》一戦勝利後《せんしょうりご》は恩賞《おんしょう》のぞみ次第《しだい》に宛《あ》て行《おこ》なう
　可《べ》きもの也《なり》

　　慶長《けいちょう》十九年《ねん》十一月《がつ》　日

　　　秀《ひで》　忠《ただ》　　　　平《へい》　六へ

秀忠《ひでただ》という字《じ》が大《おお》きくて、平《へい》六という宛名《あてな》は虫眼鏡《むしめがね》でみる様《よう》に小《ちい》さくなっている、そこで秀忠公《ひでただこう》は御名《おんな》のしたに書判《かきいん》をそえ、これを平《へい》六にあたえる。平《へい》六はこの御免状《ごめんじょう》をいたゞいても格別《かくべつ》あり難《がた》いともおもっていないらしい。そのうちに夜《よ》がホノ〴〵と明《あ》けは

なれると、安藤治右衛門《あんどうじえもん》は秀忠公《ひでただこう》の鎧《よろい》を背負《せお》い、御主君《ごしゅくん》の御供《おとも》をしてこの家《や》をたちいでる。秀忠公《ひでただこう》は暖《あたた》かいからかの平六《へい》が貸《か》してくれた廣袖《どてら》を着《き》たまゝで、治右衛門《じえもん》をお連《つ》れになり、どこへかいってしまわれた。跡《あと》で平六《へい》老父《おやじ》は大《おお》こぼし、平「オヤ〳〵馬鹿《ばか》にしてけつかる。こんな詰《つま》らない書付《かきつ》けをおいたまゝ、ろく〳〵礼《れい》もいわないでいってしまった。おまけにおれの廣袖《どてら》を着《き》たまゝで、今夜《こんや》から寒《さむ》くってねることもできん。本当《ほんとう》に阿房《あほ》らしいことじゃ」とブツ〳〵吐言《つぶやい》ている。此方《こなた》、秀忠公《ひでただこう》においては安藤治右衛門《あんどうじえもん》をつれて、足《あし》にまかして伏見《ふしみ》へ御立《おた》ちこしになり、こゝに御親子御対面《ごしんしごたいめん》、まず御恙《おんつつが》なきを御悦《およろ》こびあらせられ、のち大阪落城《おおさからくじょう》のとき京都《きょうと》二条《じょう》にて、秀忠公《ひでただこう》、かの平六《へい》のことをおもいいだされたから、さっそく所司代板倉伊賀守《しょしだいいたくらいがのかみ》の家老《かろう》、板倉治部右衛門《いたくらじぶえもん》をもってこの唐崎村《からさきむら》へ御使者《おししゃ》にたてられ、平六《へい》を二条城《じょうじょう》へお召《め》しだしとなった。そこで平六《へい》はなにやら判《わか》らぬながらに名主同道《なぬしどうどう》にて二条《じょう》の城《しろ》へ罷《まか》りいで、その御届《おとど》けをいたしますると、さっそく家来《けらい》の者《もの》の案内《あんない》にしたがって奥殿《おくでん》へ御通《おとお》しとなる。まず正面《しょうめん》には板倉伊賀守《いたくらいがのかみ》、縁端《えんがわ》には安藤治右衛門《あんどうじえもん》、行儀霰《ぎょうぎあられ》の麻上下《あさかみしも》、奥《おく》の間《ま》一段高《だんたか》きところには御簾《おんみす》を半《なか》ば巻《ま》きあげて何誰《だれ》か御着座《おちゃくざ》になっていられる様子《ようす》。平六《へい》はお庭前《ていぜん》にひかえて砂利《じゃり》の上《うえ》に面形《めんがた》をおすばかり。なにしろ広々《ひろびろ》たる御《お》坐敷《ざしき》に、厳《いか》めしい御庭《おにわ》でございますから、流石《さすが》の平六《へい》も胆《きも》を潰《つぶ》したとみえる。伊「コリャ、平六《へい》とは其方《そのほう》であるか、予《よ》は板倉伊賀《いたくらいが》であるぞ、面《かお》をあげよ」とおゝせられる。平六《へい》はます〳〵おそれいり、平「へゝエ」伊「コリャ平六《へい》、これにひかえている御方《おかた》はそのほう存《ぞん》じているか」安藤治右衛門《あんどうじえもん》もにこ〳〵笑《わら》いながら、治「平六《へい》、ひさしく遭《あ》わんナ、その節《せつ》は過分《かぶん》であった」と優《やさ》しくいわれて平六《へい》は、ジッと頭《かしら》をあげて治右衛門《じえもん》の顔《かお》を眺《なが》めていたが、平「ヤア誰《た》れかとおもったら、安藤治右衛門《あんどうじえもん》ジャないか、なんジャ詰《つま》らん。ときに治右衛門《じえもん》」治右衛門《じえもん》もおどろいた。こんな礼儀《れいぎ》をしらない奴《や》ツがあるものではないとおもっている。治「ウムなんだ」平「なんだジャない、貴郎《あなた》の主人《しゅじん》の公方《くぼう》さんはエライ狡猾《こす》い人《ひと》やで、おれの廣袖《どてら》を着逃《きに》げしやはったが、あの公方《くぼう》さんは今何《いまど》うしたのや」御簾《おんみす》のうちに御着座《おちゃくざ》になった秀忠公《ひでただこう》莞爾《にっこ》と笑《えみ》をふくまれて御簾《おんみす》を一杯《ばい》に巻《ま》きあげさせ、秀「コリャ平六《へい》、余《よ》はこゝにいるぞ」平「イヤア公方《くぼう》さんそこにいやはったかいナ、貴郎《あなた》おれの廣袖《どてら》をどうしやはった」といったが秀忠公《ひでただこう》は廣袖《どてら》はどこへ捨《す》てたのか、更《さら》におこゝろにも止《と》めないから判《わか》りません。秀「コリャ平六《へい》、その節予《せつよ》が危難《きなん》をそのほうが力《ちから》にてたすかりしは過分《かぶん》であるぞ。その節《せつ》つかわしたる書付《かきつけ》のとおりなんなりとものぞめ、如何様《いかよう》の物《もの》でもそのほうの望《のぞ》みとおりとらするぞ。またこれは其節借《そのせつか》りうけたる廣袖《どてら》の代《かわり》ジャ」とお三宝《ぼう》の上《うえ》に小判《こばん》を載《の》せてくだしおかれる。このとき安藤治右衛門《あんどうじえもん》は、治「コリャ平六《へい》、上意《じょうい》であるぞ、遠慮《えんりょ》にはおよばん、はやく望《のぞ》みの物《もの》をもうしあげるがよかろうぞ」平「それではこの小判《こばん》はおれが公方《くぼう》さんに廣袖《どてら》をうった代金《だいきん》か、オヤッ、百両《りょう》もあるナ、モウ一枚袢纏《まいはんてん》があるが治右衛門《じえもん》、お前其《まえそ》れを五十両《りょう》に買《か》わんか」治「コリャ、馬鹿《ばか》なことをもうすナ」平「ハヽヽヽ、こりアマア貰《もら》っておくとしよう。しかし外《ほか》に望《のぞ》みというて別《べつ》になにも欲《ほ》しいとはおもわんが、全体《ぜんたい》おれの村《むら》は百姓《しょう》ばかりで活計《くらし》が立《た》たんところジャさかい、いつも淀川筋《よどがわすじ》へ商《あきな》いにでるが、土台《どだい》百姓《しょう》ジャさかい、いつも麁相《そそう》なことをいうて其度《そのた》んびに武士《さむらい》にきられて死《し》ぬのや。どうぞこれから後《のち》は淀川筋《よどがわすじ》の商人《しょうにん》に粗相《そそう》があっても、殺《ころ》されんようにしてくりゃはれ、それより外《ほか》に望《のぞ》みというては別《べつ》にないのや」これをきかれて秀忠公《ひでただこう》はおゝいに御感心《ごかんしん》をあそばし、秀「ウムよい〱、後来《こうらい》は必度粗言《きっとそごん》を許《ゆる》してつかわす。その証拠《しょうこ》としていま免状《めんじょう》をやるゆえ、万一《まん》のことがあったら、これをだすがよかろう。また此方《こっち》よりは布告《ふれ》をだしてやるぞ」とさっそく平六《へい》に粗言御免《そごんごめん》のお墨付《すみつき》をくだしおかれ、諸《しょ》家《け》に対《たい》しては左《さ》のごときお布告《ふれ》をだされた。

一後来淀川《こうらいよどがわ》の船頭等《せんどうら》に対《たい》し、たとえ粗言《そごん》あるとも手討《てうち》にいたし候者《そろもの》は斬罪《ざんざい》、締《しば》り首《くび》、
家名改易《かめいかいえき》たる可《べ》きものなり

という厳《きび》しきお触《ふ》れ、後《のち》にこれが淀川《よどがわ》の喰《くら》わんか船《ぶね》で、粗言御免《そごんごめん》というのでございますが、その喰《くら》わんか船《ぶね》というのは明治維新《めいじいしん》前《ぜん》まで淀川筋《よどがわすじ》を大威張《おおいば》りで商売《しょうばい》しておりましたが、維新《いしん》後《ご》にいたって絶《た》え仕舞《しま》ったが、之《こ》れ幕府御隆盛《ばくふごさかん》の頃《ころ》、淀川筋《よどがわすじ》の喰《くら》わんか船《ぶね》の初《はじ》めでございます。然《しか》し之《こ》れは後《のち》の御話《おはな》し、ちょっと御免《ごめん》をこうむりまして、次席《じせき》においてはいよ〳〵関東大御所家康公《かんとうおおごしょいえやすこう》が、十二支《し》十干《かん》干支《えと》のそなえをして、真田幸村《さなだゆきむら》が出丸《でまる》を攻《せ》め落《おと》さんとしたが、かえって関東大敗軍《かんとうだいはいぐん》というお話《はな》しでございます。

◎幸村《ゆきむら》の奇略《きりゃく》家康《いえやす》の智略《ちりゃく》

さても大御所家康公《おおごしょいえやすこう》、新将軍秀忠公《しんしょうぐんひでただこう》は、伏見《ふしみ》にて御対面《ごたいめん》のゝち、またこゝに軍略《ぐんりゃく》をめぐらして大阪表《おおさかおもて》へお攻《せ》めよせにあいなる。かくして慶長《けいちょう》十九年《ねん》十一月《がつ》より、諸方《しょほう》にて毎日《まいにち》のごとくに合戦《かっせん》はじまり、一日《にち》として安《やす》き日《ひ》はございません。ところが関東勢《かんとうぜい》におきまして

は何時戦争《いつせんそう》しても、大阪方真田《おおさかがたさなだ》の智謀《ちぼう》、後藤《ごとう》、薄田《すすきだ》などの武勇《ぶゆう》によって敗軍《はいぐん》ばかり、一ヶ所《しょ》の出丸《でまる》も攻《せ》めとることができない、大御所公《おおごしょこう》は茶臼山《ちゃうすやま》に本陣《ほんじん》をかまえて昼夜《ちゅうや》その謀計《ぼうけい》に汲々《きゅうきゅう》たるのありさま。ところが時《とき》は慶長《けいちょう》十九年《ねん》十一月《がつ》十九日《にち》の夜《よ》、大御所公《おおごしょこう》は廁《かわや》へおいでになって、御用《ごよう》をおわっていましも廊下《ろうか》づたいに御居間《おいま》へ帰《かえ》られんとするこのときドーンと一発物《ばつもの》すごくも撃《う》ちだした筒音《つつおと》、家「アッ」と家康公《いえやすこう》は、この物音《ものおと》におどろいてそのまゝ仰向《あおむ》けに打《うち》たおれた。この物音《ものおと》におどろいたる数多《あまた》の旗本《はたもと》、旗「スリャ、曲者御参《くせものござん》なれッ」とバラ〳〵〳〵ッとかの物音《ものおと》をたよりに駆《か》けだしてみると、庭《にわ》の茂《しげ》みの中《なか》に真田家《さなだけ》伝来《でんらい》の張抜筒《はりぬけづつ》がおちてあるばかり、曲者《くせもの》のすがたは早《はや》くも煙《けむ》りとゝもにどこへか消《き》えてなくなったから、旗本連中《はたもとれんじゅう》も足摺《あしず》りして口惜《くちお》しがったものゝ、いまさら何《ど》うすることもできず大御所公《おおごしょこう》はいかゞと皆立寄《みなたちよ》って御伺《おうかが》いもうしあげると、別《べつ》に御尊体《ごそんたい》にお怪我《けが》もございませんから、まず何《なに》よりとよろこんでいる。このとき大御所公《おおごしょこう》はおゝいに之《こ》れを怒《いか》らせたまい、家「フム、憎《にっ》くき真田《さなだ》が挙動《ふるまい》かな。イデこのうえは真田《さなだ》が出丸《でまる》を攻《せ》め立《た》てゝ、一潰《つぶ》しにしてくれん」というので、さっそく軍備《ぐんび》をとゝのえて真田《さなだ》の出丸《でまる》へ手《て》をおだしあそばしたのが大御所公生涯《おおごしょこうしょうがい》のあやまり。翌《よく》十一月《がつ》二十日《か》、家康公諸軍《いえやすこうしょぐん》に令《れい》をくだしてまず南《みなみ》の方《ほう》より越前少将忠直《えちぜんしょうしょうただなお》公《こう》士卒《しそつ》二万《まん》五千、東《ひがし》の方《かた》より前田《まえだ》肥前守《ひぜんのかみ》利長《としなが》三万《まん》の兵《へい》、乾《いぬい》の方《かた》より、井《い》伊《い》兵部少輔《ひょうぶしょうゆう》忠弼《ただのり》、藤堂《とうどう》和泉守《いずみのかみ》高虎《たかとら》士卒《しそつ》二万《まん》五千を引率《いんそつ》なし、皆「ワアーッワッ」と鬨《とき》の声《こえ》天地《てんち》にひびく、陣鐘《じんがね》、太鼓《たいこ》とう〳〵として宛然《さなが》ら潮《うしお》の湧《わ》くばかりのすさまじきいきおいをもって、真田《さなだ》が出丸《でまる》たゞ一揉《もみ》と攻《せ》めよする。このときの合戦《かっせん》は関東勢総軍《かんとうぜいそうぐん》二十五万《まん》、鬨《とき》の声《こえ》は山《やま》をくずし、矢叫《やさけ》び鉄砲大砲《てっぽうたいほう》の音《おと》は天地《てんち》も震《ふる》うばかりのありさまにて、たとえ孔《こう》明《めい》、張良《ちょうりょう》の妙計《みょうけい》、孫子《そんし》呉子《ごし》の軍法《ぐんぽう》も当《あた》り難《がた》くあいみえた。いましも関東《かんとう》の総軍《そうぐん》は一同《どう》、いさみ勇《いさ》んでドッとばかりに大阪城《おおさかじょう》の濠際《ほりぎわ》へ攻《せ》めよせてまいり、城《しろ》の様子《ようす》を窺《うか》ごうてみると、城中《じょうちゅう》はたゞ寂寥《せきりょう》として物音《ものおと》なく、シーンと静《しず》まりかえっているから、関東勢《かんとうぜい》はこゝろの中《うち》に、関「ハヽア、さては流石《さすが》智謀《ちぼう》に秀《ひい》でたる真田幸村《さなだゆきむら》もこの大軍《たいぐん》をみて目《め》を廻《まわ》し、手《て》をつかねて関東勢《かんとうぜい》に城《しろ》を明《あ》けわたすの覚悟《かくご》とあいみえる。スワヤ乗《のり》やぶれッ」と一時《じ》にドッと濠《ほり》へとびいり、鍵縄《かぎなわ》を塀《へい》に打《う》ちかけて、いましも潮《うしお》のよせるがごとく城内《じょうない》へ乗《のり》いらんとするこのとき、不意《ふい》にドーンと城中《じょうちゅう》より放《はな》ちたる一発《ぱつ》の空砲《くうほう》、それを合図《あいず》にかねて用意《ようい》の白粥《しらかゆ》の煮《に》立《た》てたる奴《や》ツを、長柄《ながえ》の柄杓《ひしゃく》で汲《く》みだし〳〵敵《てき》の頭《あたま》から遠慮会釈《えんりょえしゃく》もなくザブリ〳〵と打《う》っかけた。城《しろ》の石垣《いしがき》はたちまちの内《うち》に白瀧《しらたき》のおつるがごとく、湯気《ゆげ》はもう〳〵として宛然《さなが》ら雲《くも》の中《なか》にあるこゝち、イヤ寄手《よせて》の同勢《どうぜい》はおどろいたの驚《おどろ》かないのジアない、みな頭《あたま》は焼《や》け爛《ただ》れそのうえ襟首《えりくび》から熱《あつ》い奴《や》ツがゾロ〳〵流《なが》れこんで、鍵縄《かぎなわ》を捕《とら》まえている手《て》は焼《や》けておもわずバラ〳〵ッと豆《まめ》を転《ころ》がすごとくに堀《ほり》の中《なか》へ落《お》ちこんだ。みぬ世《よ》の大《だい》熱地獄《ねつじごく》のありさまか、阿鼻叫喚《あびきょうかん》の苦《くる》しみもかくやあらんとおもわれたり。これによって二十万《まん》の大軍《たいぐん》も流石《さすが》に進《すす》むことができず、躊躇《ちゅうちょ》をなしている。このとき大手《おおて》の城門《じょうもん》をサッと左右《さゆう》に押《お》しひらき、六文銭《もんせん》の旗網代《はたあじろ》、唐人笠《とうじんかさ》の纏《まとい》をたてたる真先《まっさ》きには、真田左衛門尉海《さなださえもんのじょううん》野《の》幸村《ゆきむら》、金小実《きんこざね》の大鎧《おおよろい》には白檀磨《びゃくだんみが》きの小手臑当《こてすねあ》て、大身《おおみ》の槍《やり》を引提《ひっさ》げて栗毛《くりげ》の駒《こま》に打《う》ちまたがり、敵《てき》の前面《ぜんめん》に突立《つった》ちあがる。跡《あと》につゞいて真田《さなだ》の郎党望月《ろうとうもちづき》六郎《ろう》、三輪琴之助《わきんのすけ》、猿飛《さるとび》佐助《さすけ》、霧隠才蔵《きりがくれさいぞう》、深谷新左衛門入道青海《ふかやしんざえもんにゅうどうせいかい》、弟伊三入道《おとといぞうにゅうどう》、穴山小助《あなやまこすけ》、其他《そのた》一騎当《きとう》千の勇士《ゆうし》みなそれ〴〵に甲冑《かっちゅう》に身《み》をかため、皆「イザヤ関東勢《かんとうぜい》に見参《けんざん》せん」とドッとばかりに乱軍中《らんぐんちゅう》にきっていり、縦横無尽《じゅうおうむじん》、さながら猛虎《もうこ》の群羊中《ぐんようちゅう》に荒《あ》るゝがごとく、斬《き》ってきって斬《き》りまくり、荒《あ》れに荒《あ》れてたゝかえば、関東勢《かんとうぜい》はこのいきおいに気《き》をのまれ、皆「ヤアコリャ敵《かな》わん、返《かえ》せッ、もどせッひけや〳〵ッ」と雲《くも》を霞《かすみ》と敗走《はいそう》してしまった。大御所公《おおごしょこう》は歯噛《はが》みをなして口惜《くや》しがり、家「エッかゝる大軍《たいぐん》をもって攻《せ》めたてながら、白粥《しらかゆ》ぐらいの謀計《ぼうけい》に敗北《はいぼく》なせしは残念《ざんねん》なり。イデこのうえは妙計《みょうけい》をもって討《う》ちやぶらん」と諸将《しょしょう》を茶臼山《ちゃうすやま》の本陣《ほんじん》にあつめ軍議評定《ぐんぎひょうじょう》のうえ、翌《よく》廿一日《にち》また〳〵大軍《たいぐん》をもって攻《せ》めかゝったが、今度《こんど》もまた楠公南蛮鎖《なんこうなんばんぐさ》り千鳥塀《ちどりべい》の謀略《ぼうりゃく》をもって、ふたゝび関東勢《かんとうぜい》の大敗軍《だいはいぐん》、流石《さすが》の大御所公《おおごしょこう》も進退《しんたい》こゝに谷《きわ》まりたるうえ、フトおもいだした十二支《し》十干《かん》、干支《えと》のお備《そな》えを御工風《ごくふう》になった。これは弁《べん》ずるまでもございませんが、竟《つま》り子《ね》より亥迄《いまで》十二段《だん》に軍《ぐん》をそなえて、だん〳〵に新手《あらて》をもって攻《せ》め立《た》てるというのだから、どうしても廿四度《ど》の謀計《ぼうけい》をもって破《やぶ》らねばならない。まずその役割《やくわり》としては、

子《ね》の備《そな》え　大田備前守《おおたびぜんのかみ》、丹羽勘助《にわかんすけ》
丑《うし》の備《そな》え　本庄越前守《ほんじょうえちぜんのかみ》、酒井左衛門尉《さかいさえもんのじょう》
寅《とら》の備《そな》え　三宅対馬守《みやけつしまのかみ》
卯《う》の備《そな》え　本多佐渡守《ほんださどのかみ》
辰《たつ》の備《そな》え　六郷《ごう》伊賀守《いがのかみ》
巳《み》の備《そな》え　大久保新《おおくぼしん》八郎《ろう》
午《うま》の備《そな》え　菅沼新《すがぬましん》八郎《ろう》

未《ひつじ》の備《そな》え　　松平周防守《まつだいらすおうのかみ》
申《さる》の備《そな》え　　安部宗太郎《あべそうたろう》
酉《とり》の備《そな》え　　井伊兵部少輔《いいひょうぶしょうゆう》
戌《いぬ》の備《そな》え　　森山城守《もりやましろのかみ》
亥《い》の備《そな》え　　松平対馬守《まつだいらつしまのかみ》

かくのごとくに十二段《だん》とし、一段毎《だんごと》に大名《だいみょう》二人づゝ、都合《つごう》二十四段《だん》にそなえ、総軍合《そうぐんあわ》して二十六万《まん》八千余人《よにん》の大軍《たいぐん》なり。しかるにこのとき真田《さなだ》の家来猿飛佐助《けらいさるとびさすけ》はいつもの通《とお》り忍術《じゅつ》をもってこのことを疑《うかが》いしり、立《た》ちかえって主人真田幸村《しゅじんさなだゆきむら》にかくとつげる。これをきいて幸村《ゆきむら》はしばらくのあいだ腕《うで》を組《く》んでジッとかんがえこんでいたが、十六段迄《だんまで》はどうかこうか、たしかに打《う》ちやぶる工風《くふう》をつけたが、のこる八段《だん》は何《ど》うかんがえてもやぶる謀計《ぼうけい》がない。そこでさっそく使者《ししゃ》をつかわして天王寺《てんのうじ》の大将後藤又兵衛基次《たいしょうごとうまたべえもとつぐ》をよびよせ、幸「さて後藤氏《ごとううじ》たゞいま斯様《かよう》〳〵の次第《しだい》にて、十六段迄《だんまで》はたしかに打《う》ちやぶる工風《くふう》をつけたけれども、のこる八段《だん》を打《う》ちやぶる謀計《ぼうけい》がない。よってねがわくはお智慧《ちえ》を拝借《はいしゃく》いたしたいが、なにかよい工風《くふう》はござらぬか」といわれて又兵衛《またべえ》もしばらく小首《こくび》をかたむけて考《かんが》えいたが、又「そりア、どうも先生《せんせい》おそれいりました。まったく其《その》八段《だん》はやぶれませんか」幸「ウム、どうもいま急《きゅう》に破《やぶ》るという法《ほう》はない様《よう》にかんがえられる」又「しからば斯《か》くいたしてはどうでございましょう」と幸村《ゆきむら》の耳《みみ》に口《くち》をよせて、なにかしきりに囁《ささや》いていたが、幸村《ゆきむら》はこれをきくよりハッタと小膝《こひざ》を打《う》ち、幸「ウム、なるほど、これは至極《しごく》の妙計《みょうけい》、さっそく取《と》りはからう事《こと》にいたそう」と後藤又兵衛《ごとうまたべえ》を返《かえ》したあとで、かの小幡勘兵衛《おばたかんべえ》を招《まね》きよせ後藤又兵衛《ごとうまたべえ》ことは真田《さなだ》の出丸《でまる》に関東勢《かんとうぜい》おしよせるについて入用《いりよう》なるゆえ、これを一旦《たん》引揚《ひきあ》げさせるにより、御身後藤《おんみごとう》にかわって今福口《いまぶくぐち》の出丸《でまる》を固《かた》めよともうしつけた。これをきくや否《いな》や小幡勘兵衛《おばたかんべえ》はおおいに勇《いさ》み立《た》ち、すなわち一万《まん》五千の兵《へい》を率《ひき》いて天王寺《てんのうじ》の出丸《でまる》をかためたが、素《もと》よりこの勘兵衛《かんべえ》は関東勢《かんとうぜい》の廻《まわ》し者《もの》でございますから、さっそく自分《じぶん》の家《け》来《らい》小野小兵衛《おのこへえ》という奴《や》ツに書面《しょめん》をもたせ、ひそかに茶臼山《ちゃうすやま》なる本多佐渡守正信《ほんださどのかみまさのぶ》の陣《じん》につかわした。これがかえって小幡勘兵衛悪事露見《おばたかんべえあくじろけん》という御話《おはな》し。

◎獅子身中《しししんちゅう》の虫《むし》小幡勘兵衛《おばたかんべえ》

此方《こなた》小野《おの》小兵衛《こへえ》はその命令《めいれい》をきくやいなや、夜《よ》にまぎれて今福口《いまふくぐち》の出丸《でまる》を忍《しの》びいで、いましも住吉街道《すみよしかいどう》をドン〳〵駆《か》けてゆかんとする此《この》おりから、片側《かたわき》の大松木《おおまつき》の根本《ねもと》より、バラ〳〵ッと現《あら》われいでたる一人《にん》の大男《おおおとこ》、いましも駆《か》けゆく小兵衛《こへえ》の前《まえ》に大手《おおで》をひろげ、男「ヤイ飛脚《ひきゃく》待《ま》てッ」と大音声《だいおんじょう》に怒鳴《どな》りつけられたが、此方《こなた》も左《さ》る者《もの》、小「なにッ、おれを止《と》めてどうするのだ。この大騒《おおさわ》ぎの中《なか》を追剝《おいはぎ》にでるとは不届至極《ふとどきしごく》、まご〳〵すりア斬《き》ってしまうからそうおもえッ」男「ハヽヽヽヽ、追剝《おいはぎ》ジャない。たゞ汝《う》ぬの懐中《かいちゅう》にはいっている密書《みっしょ》さえ渡《わた》してくれりアそれでいゝのだ」といいながらパッと小兵衛《こへえ》の懐中《かいちゅう》に手《て》をつっこんだ。小「なにを猪牙才《ちょこざい》なッ、覚悟《かくご》をいたせッ」と左《ひだり》の手《て》で懐中《かいちゅう》をおさえ、右《みぎ》の手《て》が刀《かたな》の柄《え》にかゝったとみるまに、かの大男《おおおとこ》は飛鳥《ひちょう》のごとく踊《おど》り込《こ》むが早《はや》いか小兵衛《こへえ》の利腕《ききうで》グイッと引摑《ひっつか》み、男「エヽッ」と一声《こえ》掛《か》けるとみえたが、はやくも二三間《けん》彼方《あなた》の方《かた》へモンドリ打《う》って投《な》げつけたり。小「ワアッ」とばかりに逃《に》げださんとするを、男「まてッ」と隼《はやぶさ》のごとくにとびかゝるや否《いな》や、かねて用意《ようい》の麻縄《あさなわ》をとりだし、高手小手《たかてこて》に縛《いまし》めたが、それを引担《ひっかつ》いでドン〳〵真田《さなだ》の出丸《でまる》へかついでくる。小野小兵衛《おのこへえ》はおそろしい奴《や》ツだとおもいながら、かつがれたまゝ燈火《ともしび》の光《ひか》りでその顔《かお》を見《み》ると、これぞ真田《さなだ》の郎党由《ろうとうゆ》利鎌之助《りかまのすけ》、ハットおどろく其拍子《そのひょうし》に、鎌「御主人《ごしゅじん》、仰《おお》せの者《もの》をつれて戻《もど》りました」ドーンとそこへ投《な》げだした。幸「オウそれは御苦労《ごくろう》〳〵。コリャそのほうは小幡勘兵衛《おばたかんべえ》より密書《みっしょ》を渡《わた》されているであろう。サアすみやかにだしてしまえ」他《ほか》からは由利鎌之助《ゆりかまのすけ》、鎌「ヤイ、馬鹿奴《ばかめ》ツ、ぐず〳〵すると張《は》り殺《ころ》すぞッ」と大《おお》きな眼玉《めだま》を剥《む》いてハッタとばかり睨《にら》みつけられ、小野小兵衛《おのこへえ》もいまはたまりませんから、小「ハイ、エヽ、これで……ドヾどうぞ命《いのち》ばかりは……オヽおたすけを……」と懐中探《かいちゅうさぐ》ってとりだす一通《つう》の密書《みっしょ》、幸村《ゆきむら》はこれを取《と》って披《ひら》いてみると、まがう方無《かたな》き小幡勘兵衛《おばたかんべえ》が直筆《じきひつ》にて、

密書《みっしょ》をもってもうし上《あ》げたてまつり候《そろ》、しからば今般《こんぱん》十二支《し》二十四段《だん》御備《おそな》えに付《つ》き、幸村《ゆきむら》十六段《だん》までの工風《くふう》を相付《あいつ》け候《そうら》えども残《のこ》る八段《だん》にさし支《つか》えたる為《た》め、後藤又兵衛《ごとうまたべえ》を同道《どうどう》して真田《さなだ》が出丸《でまる》に立籠《たちこも》り候《そうら》えば、拙者今福口《せっしゃいまふくぐち》を相《あい》まもることに相《あい》なり候《そろ》、よって明夜御軍勢《みょうやごぐんぜい》を此方《こちら》に向《む》けらるべし、その相図《あいず》として朱引《しゅびき》の提灯《ちょうちん》をだしおき候《そろ》、尤《もっと》も右《う》

大臣秀頼《だいじんひでより》だに討取《うちと》り候得《そうらえ》ば幸村《ゆきむら》、後藤《ごとう》は枝葉《えだは》のことゝて自然《しぜん》に自滅《じめつ》いたし候可《そうろうべ》し、一戦御勝利《せんごしょうり》の後拝顔万々《のちはいがんばんばん》もうし述《の》ぶ可《べ》く候《そろ》、恐惶謹言《きょうこうきんげん》

月《がつ》　日《び》　　小幡勘兵衛景則《おばたかんべえかげのり》　判《はん》

本多佐渡守正信殿《ほんださどのかみまさのぶどの》

そこで幸村《ゆきむら》はこれを見終《みおわ》り、由利鎌之助《ゆりかまのすけ》にもうしつけて小野小兵衛《おのこへえ》は首《くび》をはねその死骸《しがい》はひそかに城《しろ》の壕《ほり》の中《なか》に投《な》げこみ、密書《みっしょ》は元《もと》のごとく封《ふう》をしたまゝで家来海野《けらいうんの》三左衛門《ざえもん》をよびだし、すがたを変《か》えさせて彼《か》の茶臼山《ちゃうすやま》に持《も》たせてやる。本多佐渡守《ほんださどのかみ》はこの密書《みっしょ》を読《よ》んでおゝいに打《うち》よろこび、さっそく大御所公《おおごしょこう》へこのことをもうし上《あ》げて明夜今福《みょうやいまぶく》へ攻《せ》めかゝらんの手配《てくば》り、それに引換《ひきか》え此方大阪城内《こなたおおさかじょうない》にあっては、真田《さなだ》の家来大石半三郎《けらいおおいしはんざぶろう》という人《ひと》が今福口《いまぶくぐち》をまもる小幡勘兵衛《おばたかんべえ》のところへでゝまいって、半「小幡氏《おばたうじ》、此度《こんど》の合戦《かっせん》につき軍議《ぐんぎ》評定《ひょうじょう》あり、至急本丸《しきゅうほんまる》へ御出席《ごしゅっせき》をねがう」との口上《こうじょう》、さっそく承知《しょうち》をいたしたる小幡勘兵衛《おばたかんべえ》は、たゞちに仕度《したく》をとゝのえて大阪城中玄関式台《おおさかじょうちゅうげんかんしきだい》へやってまいり、いま玄関《げんかん》へ片足踏《かたあしふ》みかけた、このとき左右《さゆう》の襖《ふすま》の影《かげ》よりバラ〱ッとゝびだしたる根本勘解由《ねもとかげゆ》、松本金太夫《まつもときんだいふ》の両人《りょうにん》、いきなり小幡勘兵衛《おばたかんべえ》の両腕《りょううで》を摑《つか》んで、両「小幡勘兵衛《おばたかんべえ》汝《なんじ》の隠謀露顕《いんぼうろけん》なるぞッ、覚悟《かくご》

におよベッ」と引立《ひった》てんとする。勘「さては隠謀露顕《いんぼうろけん》いたしたかッ」とおもいながら、勘「なにを無礼者奴《ぶれいものめ》ツ」とパッと身《み》をひるがえして小幡勘兵衛《おばたかんべえ》、いましも飛《と》びこまんとする松本金太夫《まつもときんだいふ》の利腕《ききうで》とるよりはやく、肩《かた》にかついで岩石《がんせき》おとし、勘「エイッ」と一声《こえ》投《な》げつけたが、つゞいて根本勘解由《ねもとかげゆ》の襟首《えりくび》つかんで力《ちから》にまかせ、勘「ヤッ」とばかりに玄関《げんかん》へなげだし、ヒラリ身《み》を躱《かわ》して逃《に》げださんとするその前《まえ》に、立《た》ち塞《ふさ》がったる薄田隼人正兼相《すすきだはやとのしょうかねすけ》、兼「ヤア小幡勘兵衛《おばたかんべえ》、しばらくまてッ」と身構《みがま》えた。勘「ヤア、さてははや充分《じゅうぶん》に手配《てくば》りをいたしたか、宜《よ》しこのうえは冥途《めいど》の途連《みちづ》れ覚悟《かくご》をいたせッ」と腰《こし》なる一刀《とう》に手《て》がかゝらんとするの途端《とたん》、うしろの方《かた》より木村長門守重成《きむらながとのかみしげなり》、木剣《ぼっけん》をもって、重「エイッ」と一声《せい》勘《かん》兵衛《べえ》の諸臑《もろずね》を打《う》ちはらった。なにかはたまらん小幡勘兵衛《おばたかんべえ》、勘「ワアッ」とそれへ打《ぶ》っ倒《たお》れるところを、起《おこ》しも立《た》てず薄田兼相《すすきだかねすけ》、はやくも麻縄《あさなわ》をもって雁字搦《がんじがら》みに縛《しば》りあげ、ついにこゝで獄門《ごくもん》の刑《けい》に処《しょ》せられたのでございますが、実《じっ》に獅《し》子《し》身中《しんちゅう》の虫《むし》とは此奴《こい》つのことをいうのでしょうか。そこで真田幸村《さなだゆきむら》、後藤基次《ごとうもとつぐ》の両軍師《りょうぐんし》、豪傑《ごうけつ》は今福《いまぶく》の出丸《でまる》に合体《がったい》して、関東勢《かんとうぜい》のおしよせくるをいまや遅《おそ》しとあいまっている。ところがいよ〳〵十二月《がつ》廿二日夜三更《にちよこう》、関東《かんとう》十万《まん》の大軍《たいぐん》は大田原備前守《おおたわらびぜんのかみ》、小出信濃守《こいでしなののかみ》、市橋下総守《いちはししもうさのかみ》、徳川左馬之助《とくがわさまのすけ》、本《ほん》多縫之助《だぬいのすけ》、福島豊後守《ふくしまぶんごのかみ》、本庄越前守《ほんじょうえちぜんのかみ》、酒井左衛門尉《さかいさえもんのじょう》、藤堂和泉守《とうどういずみのかみ》、佐竹右京太夫《さたけうきょうだいふ》、土方《ひじかた》掃部頭《かもんのかみ》、板倉豊後守《いたくらぶんごのかみ》、脇阪淡路守《わきさかあわじのかみ》、伊東修理太夫《いとうしゅりだいふ》、真田河内守《さなだかわちのかみ》おなじく内記《ないき》、毛利大膳太夫《もうりだいぜんだいふ》等の大将《たいしょう》に引率《いんそつ》され、今福口《いまぶくぐち》にヒタ〳〵と取詰《とりつ》めてくると、かねてきいている通《とお》り、はたして出丸《でまる》のそとに朱引《しゅびき》の提灯《ちょうちん》がだしてあるから、仕済《しすま》したりと関東勢《かんとうぜい》は隊伍《たいご》をとゝのえてそれに近寄《ちかよ》ってくると、灯火《ともしび》がどういう加減《かげん》か暗《く》らくなったり明《あか》るくなったりしているが、その明《あか》るくなったときに、ヒョイッとその提灯《ちょうちん》をみると不思議《ふしぎ》やその提灯《ちょうちん》に墨黒々《すみくろぐろ》と、

真田《さなだ》、後藤妙計《ごとうみょうけい》をもって関東勢《かんとうぜい》を鏖殺《みなごろ》しにいたすものなり。よって関東勢菩提《かんとうぜいぼだい》のために常夜灯《じょうやとう》となす。

としてあるから、関東勢《かんとうぜい》はおこったの怒《おこ》らないのって、大阪《おおさか》の奴《や》ツに菩提《ぼだい》を弔《とむ》らって貰《もら》わなくっても困《こま》らない、おもえば憎《にっ》くい奴《や》ツだといいながら、みな槍《やり》、薙刀《なぎなた》をとってこの提灯《ちょうちん》をズタ〳〵に切《き》りはらい、漸《よう》やくのことにパッと打《はた》き落《おと》せば、どういう仕掛《しか》けか火《ひ》はパッとその大提灯《おおちょうちん》に燃《も》えうつって、ポーッと燃《も》えあがる一刹那《せつな》、ドヽヽヽドーンというすさまじき物音《ものおと》とゝもに、大地《だいち》は破《やぶ》れてさながら地震《じしん》のごとく、焔《ほのお》はえん〳〵として天《てん》を

焦《こが》し、何万《なんまん》という大兵《たいへい》はみる〳〵うちに粉微塵《こなみじん》に崩《くず》れてしまった。これはかねて仕掛《しか》けてあった地雷火《じらいか》にその提灯《ちょうちん》の火《ひ》が移《うつ》ったものとみえます。これを眺《なが》めてつゞいた関東勢《かんとうぜい》はおおいに驚《おど》ろき、皆「おもえば幸村《ゆきむら》は離《はな》れ業《わざ》をする人《ひと》かな、さてはまたもや火攻《ひぜ》めにかゝったか」とドッと恐気《おじけ》を生《しょう》じて総軍崩《そうぐんくず》れ立《た》つところへ、風上《かざかみ》の方《かた》より真田幸村《さなだゆきむら》、木村長門守《きむらながとのかみ》重成《しげなり》、真田大助《さなだだいすけ》、穴山小助《あなやまこすけ》等《ら》の大将分《たいしょうぶん》が、一万《まん》五千の兵《へい》を率《ひき》いて、ドッとばかりに斬《き》りこんだ。これと同時《どうじ》にまた風下《かざしも》より、後藤又兵衛《ごとうまたべえ》、深谷青海《ふかやせいかい》、おなじく伊三《いぞう》、由利鎌之助《ゆりかまのすけ》という一騎当千《きとう》の勇士《ゆうし》のめん〳〵、ワァーッワッと鬨《とき》の声《こえ》をあげて斬《き》ってゞる。関「コワかなわじ」と関東勢《かんとうぜい》、総軍《そうぐん》一時《じ》に崩《くず》れ立《た》ち、ドッとばかり跡《あと》をもみずに逃《に》げだしたが、突当《つきあた》りは以前《いぜん》の大和川《やまとがわ》、スワヤ川《かわ》なりと一同《どう》しばらく躊躇《ためろ》うたが、かくあるべきことではないからわれさきにと川《かわ》の中《なか》へザンブ〳〵と飛《と》びこんでみると、さいわい向《むこ》う脛《ずね》までの水嵩《みずかさ》でございますから、ホッと一息吐《いきつ》いてこの川《かわ》を徒歩《かち》わたりをせんと、人馬《じんば》とも〴〵川《かわ》の中《なか》は真黒《まっくろ》になる位《くら》いにはいってくる。このとき川上《かわかみ》にひかえたる薄田隼人正《すすきだはやとのしょう》は、かねて大松板《おおまついた》を幾枚《いくまい》となく継《つ》ぎ合《あわ》して川《かわ》の水《みず》を堰《せ》き止《と》めていたが、いましも川下《かわしも》より軍馬《ぐんば》のひゞきワァーワッと聞《きこ》え渡《わた》るとゝもに、堰《せき》をドッと切《き》ってはなてば、濁浪《だくろう》はとう〳〵として矢《や》を射《い》るごとく、渦巻《うずま》き立《た》ってゴーッ、ゴーッと流《なが》れくだる。関東勢《かんとうぜい》はハッとおどろくその隙《すき》もあらばこそ、その濁浪《だくろう》におし流《なが》されて、水音《みずおと》は激《はげ》しく雷《いかずち》のごとく、溺《おぼ》れ沈《しず》む人馬《じんば》の阿鼻叫喚《あびきょうかん》すさまじくもまた恐《おそ》ろしきありさま、これがために死《し》する関東勢《かんとうぜい》は一挙《きょ》になん万人《まんにん》という大多数《だいたすう》、いましも今福《いまぶく》において真田《さなだ》に焼打《やきう》ちをされ、いまゝた薄田《すすきだ》のために水攻《みずぜ》めにあい、水火両難《すいかりょうなん》に攻《せ》め立《た》てられ皆《みな》はほう〳〵の体《てい》で引揚《ひきあ》げる。このとき関東方《かんとうがた》にて討《う》たれた者《もの》は四万《まん》千五百人《にん》という沢山《たくさん》の士卒《しそつ》。これより大御所公《おおごしょこう》一つの謀略《ぼうりゃく》をおかんがえつきになって、いよ〳〵一旦関東大阪和談《たんかんとうおおさかわだん》という御話《おはな》し。

◎勅旨《ちょくし》に因《よっ》て両軍《りょうぐん》一旦《たん》和睦《わぼく》

こゝにおいて大御所家康公《おおごしょいえやすこう》も、かさね〴〵の敗軍《はいぐん》に当惑《とうわく》あそばしたが、それよりしばらくは戦争《いくさ》を止《や》めてジッと謀略《ぼうりゃく》をおかんがえに成《な》っているうち、フトおもいだされたのは、かねて豊太閤在世《ほうたいこうざいせ》のみぎり、太閤淀川《たいこうよどがわ》において前田徳善院玄以法印《まえだとくぜんいんげんいほういん》と碁《ご》を囲《かこ》まれたときに、そのせつ豊臣秀吉自《とよとみひでよしみずか》ら大阪城攻《おおさかしろぜめ》のことを碁《ご》に擬《なぞ》らえて、徳善院《とくぜんいん》にはなし給《たま》いしことあり。よってその謀略《ぼうりゃく》をそのまゝに使《つか》い、一手《て》十万《まん》がゝりとして八尾《お》、久宝寺《きゅうほうじ》、神崎《かんざき》、中之島《なかのしま》、小橋口《おばしぐち》、青屋口《あおやぐち》、黒門口《くろもんぐち》これ等《ら》へのこらず手配《てくば》りをなし三日《か》三《み》夜《よ》というものは大砲《たいほう》をドン〳〵打《う》ちかけ、ウワーッウワッと天地《てんち》にひゞく鬨《とき》の声《こえ》をあげて、ジリヽ〳〵と攻《せ》めよせたのでございます。ところが城内《じょうない》において臆病《おくびょう》の者《もの》はこの物音《ものおと》ばかりで戦慄《おのの》き震《ふる》え、いまにも大阪城《おおさかじょう》は粉微塵《こなみじん》になるかとおもっている。そこを見破《みやぶ》った関東勢《かんとうぜい》は、ときこそよけれと城内差《じょうないさ》して和睦《わぼく》のことをもうしこんできた。このとき真田幸村《さなだゆきむら》、後藤又兵衛《ごとうまたべえ》、薄田隼人正等《すすきだはやとのしょうら》一騎《き》当《とう》千、忠義無類《ちゅうぎむるい》のひと〴〵は皆不承知《みなふしょうち》をとなえましたけれども、肝腎《かんじん》の大野道犬《おおのどうけん》、同修理《どうしゅり》の親子《おやこ》は一方《かた》ならずおそれ戦慄《おのの》き、なんとかして和睦《わぼく》を仕様《しよう》とおもっていたときだから、さっそく淀君《よどぎみ》、秀頼公《ひでよりこう》の前《まえ》をよい加減《かげん》に取《と》り繕《つく》ろい、ひそかに承知《しょうち》の旨《むね》を答《こた》えたのでございます。そこで大御所公《おおごしょこう》はおおいに喜《よろこ》び、沢山《たくさん》の金子《きんす》を、板倉伊賀守《いたくらいがのかみ》を使者《ししゃ》となし、このことを禁裏《きんり》へ言上《ごんじょう》におよぶ。ところがいよ〳〵その年《とし》十二月《がつ》十五日《にち》、勅《ちょく》使《し》庭田大納言秀宗卿《にわただいなごんひでむねきょう》、柳原大納言資義卿《やなぎはらだいなごんすけよしきょう》のお二方《かた》が茶臼山《ちゃうすやま》の本陣《ほんじん》よりは御迎《おむかい》として安藤《あんどう》帯刀《たてわき》、脇阪淡路守両人《わきさかあわじのかみりょうにん》を差《さ》しつかわされて勅使《ちょくし》はその翌日本陣《よくじつほんじん》へお着《ちゃく》、大御所《おおごしょ》ならびに新《しん》将軍《しょうぐん》へ御対面《ごたいめん》、それより大阪城中《おおさかじょうちゅう》へ勅使《ちょくし》、庭田《にわた》、柳原《やなぎはら》の両卿下向《りょうきょうげこう》あられるにより、不《ふ》日《じつ》御《ご》入城《にゅうじょう》にあいなるべし、このだん前以《まえも》ってもうしいれ置候《おきそろ》ともうしこんできた。これをきいたる真田幸村《さなだゆきむら》は、天《てん》をあおぎて、幸「噫天《ああてん》なる哉命《かなめい》なる哉《かな》、いま勅使《ちょくし》お下向《げこう》とあるからは、和談《わだん》をなせよとのことなるべし。最早大阪《もはやおおさか》の御運《ごうん》こゝにかたむくの時節到来《じせつとうらい》せしか」と嘆息《たんそく》をいたしたが、やがて大阪城内重立《おおさかじょうないおもだ》つ諸将《しょしょう》をあつめて、幸「今般京都《こんぱんきょうと》より勅使《ちょくし》として庭田《にわた》、柳原《やなぎはら》の両卿御入城《りょうきょうごにゅうじょう》にあいなるよし、拙者《せっしゃ》これをもって考《かん》がうるに、必定和談《ひつじょうわだん》をせよとのことと察《さっ》しもうす。それについて拙者《せっしゃ》に一つの存《ぞん》じよりあり、諸将《しょしょう》には御用《おもち》いくださるやいなや」ともうしますると、一同《どう》はこれをきいて、皆「なんとて軍師《ぐんし》のおゝせに背《そむ》きもうすべき。吾君《わがきみ》と軍師《ぐんし》のお詞《ことば》なれば、吾等《われら》が一命鴻毛《めいこうもう》よりも軽《かる》し。イザその御考《おかんが》えをうけたまわらん」幸「ウム、さっそくの御承知拙者身《ごしょうちせっしゃみ》にとりまことに喜《よろ》こばしき次第《しだい》、そのかんがえというのは斯様《かよう》〱しか〲」となにか一同《どう》に囁《ささや》き示《しめ》して、さっそく其仕度《そのしたく》をいたしたが、さても勅使《ちょくし》はいよ〱明日御入城《みょうにちごにゅうじょう》ということにあいなり準備万端《じゅんびばんたん》のこる方《かた》なく相《あい》とゝのえ、秀頼公《ひでよりこう》は自《みずか》ら御城門《ごじょうもん》までお出迎《でむか》いとなって、さっそく両使《りょうし》を千畳敷《じょうじき》へ御通《おとお》しもうしあげ、御儀式《おんぎしき》もイト厳重《げんじゅう》に諸将《しょしょう》は綺羅星《きらほし》のごとく列坐《れつざ》をいたし、謹《つつ》しんで命《めい》をまっているが、やがてその勅旨《ちょくし》としては、

家康《いえやす》、秀頼《ひでより》和議《わぎ》有《あ》る可《べ》き事《こと》

両家《りょうけ》東西《とうざい》に分《わか》れて干戈《かんか》を動《うご》かすは国家上下《こくかしょうか》の難儀《なんぎ》すくなからず、よって和睦《わぼく》の義《ぎ》をとゝのえ朕《ちん》の意《い》を安《やす》めよ、万一此義《まんいちこのぎ》を背《そむ》くにおいては違勅《いちょく》の罪軽《つみかる》からず、汝等《なんじら》それこれを諒《りょう》せよ

おそろしい六ッケ敷《し》き勅文《ちょくぶん》でございます。このとき庭田大納言《にわただいなごん》はふたゝび言葉《ことば》をつぎ、

庭「このたび関東《かんとう》の本陣茶臼山《ほんじんちゃうすやま》に至《いた》り勅命《ちょくめい》をつたえたるところ、徳川《とくがわ》はや既《すで》に得心《とくしん》せり。よってこのうえ大阪城《おおさかじょう》にて違背《いはい》あれば違勅《いちょく》たるべし。この旨《むね》よく〳〵かんがえられてしかるべく」このとき真田幸村席《さなだゆきむらせき》をすゝんで、幸「ハヽッ、おそれながら言上《ごんじょう》したてまつる。故太閤秀吉緒《こたいこうひでよしちょ》をつぎてより、上天子《かみてんし》を輔佐《ほさ》し、下万民《しもばんみん》を撫育《ぶいく》したるに、当主秀頼事《とうしゅひでよりこと》いかでか勅命《ちょくめい》を違背《いはい》つかまつらん。東国《とうごく》のゝぞみはいかなることかは存《ぞん》ぜねども、当主秀頼《とうしゅひでより》においてしょう〳〵望《のぞ》みの次第《しだい》あり、此義万《このぎまん》一叶《かな》わずとある上《うえ》は、陪臣《ばいしん》はたゞ主《しゅ》有るを知《し》って関東《かんとう》あるをしらず、よってたゞ一死《し》あるのみでございます」と決然《けつぜん》としていいはなった。このとき木村長門守《きむらながとのかみ》、後藤又兵衛《ごとうまたべえ》の両人《りょうにん》はソッと真田《さなだ》の袖《そで》をひかえて、二人「なるほど、真田氏《さなだうじ》のもうさるゝところは道理《どうり》ながら、その義《ぎ》はいうべくして行《おこ》なわれざる、畢竟《ひっきょう》

無用《むよう》のことゝぞんじます。それよりは両卿《りょうきょう》を当城内《とうじょうない》に止《と》めおいて、いなやの勅答《ちょくとう》はいつまでも延《のば》しおくが宜敷《よろしゅ》うござろう」といまははやおもい定《さだ》めたその顔色《がんしょく》、幸村《ゆきむら》はしずかに頭《かしら》をふり、幸「アイヤ御控《おひか》え召《め》され御両所殿《ごりょうしょどの》、それにてはかえって勅命《ちょくめい》に背《そむ》くのおそれあり、此義《このぎ》は委細拙者《いさいせっしゃ》に御任《おまか》せくだされ」と皆《みな》のひと〴〵をなだめておいて、ふたゝび頭《かしら》をかえし勅使《ちょくし》にむかって前《まえ》のおもむきを再《さい》三述《の》べ立《た》てる。勅使《ちょくし》はおゝきに御困《おこま》りとなって、御両卿御相談《ごりょうきょうごそうだん》のうえ庭田大納言《にわただいなごん》御《ご》一人《にん》、茶臼山《ちゃうすやま》へかえって家康公《いえやすこう》にことの由《よし》をいいきかせる。家康《いえやす》はこれをうけたまわって莞爾《にっこ》と笑《わら》い、家「左《さ》もあらん〵〵、兎《と》に角相応《かくそうおう》のねがいならばお聞《き》きいれくだされたい」というので阿茶《あちゃ》の局《つぼね》に京極若狭守《きょうごくわかさのかみ》を差《さ》し添《そ》え、大納言秀宗卿《だいなごんひでむねきょう》の御供《おとも》として城内《じょうない》につかわされる。このとき幸村《ゆきむら》は高麗橋《こうらいばし》より本丸《ほんまる》まで、ズラリと弓《ゆみ》鉄砲《てっぽう》にて警固《けいご》をいたさせ、さっそく千畳敷《じょうしき》へとおしたるうえ、幸「まず関東方《かんとうがた》ののぞみの次第《しだい》をうけたまわりたし」ともうしあげる。このとき秀宗卿《ひでむねきょう》は御坐《おんざ》をすゝめ、秀宗「まず関東《かんとう》の望《のぞ》みというは、

　第《だい》一には秀頼《ひでより》を大和国郡山《やまとのくにこおりやま》に移《うつ》し摂河泉《せっかせん》にて百万石《まんごく》を与《あた》うること

　第《だい》二には淀君《よどぎみ》を関東《かんとう》へ人質《ひとじち》として差《さ》しつかわす可《べ》きこと

第《だい》三には大阪城《おおさかじょう》の総外廓堀埋立《そうそとぼりうめたて》のこと

第《だい》四には浪人放逐《ろうにんほうちく》のこと

望《のぞ》みというはこの四ヶ条《じょう》、おきゝいれこれあるべきや」と意外《いがい》ののぞみに流石《さすが》幸村《ゆきむら》顔色《がんしょく》をかえ、幸「ハッ、まことに恐《おそ》れいりたてまつりまするが、当主秀頼公《とうしゅひでよりこう》においてはこの四ヶ条《じょう》はさておき一ヶ条《じょう》も用《もち》ゆることは決《けっ》してできません」としば〱いい争《あら》そったが、いかにせん淀君《よどぎみ》のこゝろは既《すで》に決《けっ》したる後《のち》のことゝて、こゝで総堀埋立《そうぼりうめたて》の一箇条《かじょう》を承知《しょうち》し、その代《かわ》り関東《かんとう》よりは当時大阪領内《とうじおおさかりょうない》たる摂河《せっか》二ヶ国《こく》の外《ほか》、大和郡山《やまとこおりやま》、播州姫路《ばんしゅうひめじ》、紀州和歌山《きしゅうわかやま》を秀頼公《ひでよりこう》に与《あた》えるということになって、ついに和談《わだん》に極《き》まったのでございますが、是《こ》れ大《おお》阪滅亡《さかめつぼう》の根元《こんげん》と相成《あいな》ったのでしょうか。此処《ここ》で木村長門守重成《きむらながとのかみしげなり》が茶臼山《ちゃうすやま》に乗込《のりこ》んで和睦《わぼく》の誓書血判見届《せいしょけっぱんみとど》けという御話《おはな》しもあるのですが、さきを急《いそ》ぎまするところからこれは御預《おあず》かりといたしておきます。さても東西《とうざい》一旦御和睦《たんごわぼく》とあいなり其証《そのしょう》として大阪城《おおさかじょう》は出丸外廓《でまるがいかく》を充分《じゅうぶん》にとり壊《こぼ》ち、いよ〱裸体城同様《はだかじょうどうよう》とあいなったが、それを見届《みとど》けて井伊《いい》、藤堂《とうどう》その他《た》諸軍勢《しょぐんぜい》はいずれも御陣払《ごじんばら》いということとあいなる、もっとも両将軍《りょうしょうぐん》にも滞《とどこお》りなく御帰国《ごきこく》あいなったる次第《しだい》でございます。これによってまず諸國《しょこく》の民《たみ》百姓《しょう》も来年《らいねん》そう〱は芽出度《めでた》き年《とし》をむかえんといずれも安心《あんしん》をして新玉《あらたま》の春《はる》をむかえたので、ところがこゝに大阪城内《おおさかじょうない》家臣《かしん》のうちに、青木民部《あおきみんぶ》という者《もの》があって、この者《もの》はかねて織田常真入道《おだじょうしんにゅうどう》とは婿舅父《むこしゅうと》のあいだがらで、またかの織田有楽斎《おだうらくさい》とも屋敷《やしき》は隣家《りんか》でございますから両家《りょうけ》とは殊更別懇《ことさらべっこん》にいたしておりましたが、この民部《みんぶ》つく〲考《かんが》えてみると、すでに摂河《せっか》二ヶ国《こく》の御領主《ごりょうしゅ》も大和郡《やまとこおり》山《やま》、播州姫路《ばんしゅうひめじ》、紀州和歌山《きしゅうわかやま》を手《て》にいれてにわかに五ヶ国《こく》の御領主《ごりょうしゅ》となられたとはいうものゝおわりに至《いた》ってこれが大阪《おおさか》の手《て》にいることとやら、実《じつ》にかんがえてみれば詰《つま》らぬことであると、そこで青木《あおき》は織田両家《おだりょうけ》と相談《そうだん》をして、いまの内《うち》に関東《かんとう》へ降参《こうさん》して身《み》の出世《しゅっせ》をはかってはいかゞであろうと、ついに降参《こうさん》の相談《そうだん》をとり極《き》めたが、実《じつ》は是等《これら》の人《ひと》は大阪方《おおさかがた》にとって獅子身中《しししんちゅう》の虫《むし》とも謂《い》う可《べ》き奴《や》ツ、なにぶん世《よ》の末《すえ》となってその家《いえ》がかたむき掛《か》けると、かならず斯《かか》る不忠者《ふちゅうもの》がでるとみえます。これより御鏡開《おかがみひら》きの儀式《ぎしき》、再度関東大阪御手《さいどかんとうおおさかおて》切《ぎ》れの発端《ほったん》とあいなるのでございます。

◎大阪《おおさか》夏《なつ》御陣《ごじん》の原因《げんいん》

ころしも元和《げんな》元年《がんねん》正月《しょうがつ》十一日《にち》とあいなってくると、今日《きょう》は例年《れいねん》のとおり城中《じょうちゅう》においては御具足開《おぐそくびら》きの儀式《ぎしき》を執《と》りおこなわれ、臣下《しんか》のめい〱は皆惣登城《みなそうとじょう》をする。いましも千畳敷《じょうしき》の広間《ひろま》におきましては、秀頼公《ひでよりこう》は臣下《しんか》のめい〱に御挨拶《ごあいさつ》をあそばし、まず俗《ぞく》にいう年《ねん》始《し》の御儀式《ごぎしき》をいたされる。しかるに第《だい》一番《ばん》にまず御盃《おさかずき》を軍師《ぐんし》真田《さなだ》幸村《ゆきむら》にくだしおかれたから、幸村《ゆきむら》はあり難《がた》くお盃《さかずき》を頂戴《ちょうだい》におよびまするると、秀「下物《さかな》はなんなりとも望《のぞ》みに任《まか》す」とのおおせ、幸村《ゆきむら》はありがたく御礼《おれい》をもうしあげたるのち、幸「さらば何卒《なにとぞ》御下物《おさかな》として拙者《せっしゃ》に軍勢《ぐんぜい》一万人《まんにん》を拝借《はいしゃく》の義《ぎ》ねがいあげたてまつります」ともうしあげる。このとき後藤又兵衛《ごとうまたべえ》もまた進《すす》みいでゝ、又「私《わたし》にも一万人《まんにん》の軍勢《ぐんぜい》を御貸与《おかしあた》えをねがいます」スルと長曾我部《ちょうそかべ》の老人《ろうじん》も敗《ま》けず劣《おと》らず、元「拙者《せっしゃ》にも一万人《まんにん》……」木村長門守《きむらながとのかみ》も一万人《まんにん》、真田大《さなだだい》助《すけ》は五千人《にん》と、いずれも軍勢借用《ぐんぜいしゃくよう》の義《ぎ》をねがいいでた。これをきかれて秀頼公《ひでよりこう》はおおいに驚《おどろ》きたまい、秀「其方等《そのほうら》は新春《しんしゅん》そうそうより軍勢《ぐんぜい》を借《か》りうけて、何《なん》といたす所存《しょぞん》であるか」幸村《ゆきむら》はハッと頭《かしら》をさげ、幸「おそれながら御主君《ごしゅくん》へもうしあげます。すでに昨年《さくねん》の暮《く》れに関東大阪《かんとうおおさか》和睦《わぼく》つかまつり、五畿内《きない》の知行所《ちぎょうしょ》相渡《あいわた》すとのことゆえ、已《や》むをえず其証《そのしょう》として出丸外廓《でまるがいかく》を破却《はきゃく》いたし候《そろ》ところ、関東《かんとう》よりはまだ何等《なんら》の沙汰《さた》もこれなく、しかるに目下《もくか》は七五三《しめ》の内《うち》とて近国《きんごく》の大名小名《だいみょうしょうみょう》はいずれも年頭《ねんとう》のため関東《かんとう》へ罷《まか》りでゝ、本国《ほんごく》はみな不在《ふざい》中《ちゅう》でございまする。よってこの油断《ゆだん》を見済《みすま》し、いまの内《うち》に南北《なんぼく》へ討《う》っていで大阪城《おおさかじょう》の手《て》を拡《ひろ》げんというの決心《けっしん》、まず南方《なんぽう》は泉州岸和田《せんしゅうきしわだ》伯太城《はかたのじょう》、あるいは紀州和歌山《きしゅうわかやま》までは拙者討《せっしゃう》っていでる心底《しんてい》にございまする」スルと後藤又兵衛《ごとうまたべえ》はその言葉《ことば》の跡《あと》をつぎ、又「拙者《せっしゃ》ことは東方《とうほう》を引受《ひきう》けて討《う》ってでて、大和《やまと》、河内《かわち》の両国《りょうこく》をいまの内《うち》に手《て》にいれる決心《けっしん》をいたしております」このとき長曾我部元親《ちょうそかべもとちか》は、元「吾等《われら》はそう〳〵京都《きょうと》へ討《う》っていで、所司代板倉《しょしだいいたくら》を討《う》ちとって、おそれおおくも一天万乗《てんばんじょう》の君《きみ》を迎《むか》えたてまつって、大阪《おおさか》へ御供《おんとも》つかまつり当《とう》城内《じょうない》を仮《か》りの行在所《あんざいしょ》と相《あい》さだめ、そのうえ関東《かんとう》を朝敵《ちょうてき》といたさん心底《しんてい》……」又重成《またしげなり》、大助《だいすけ》の両人《りょうにん》は、両人「拙者等《せっしゃら》はまず高槻《たかつき》より三田《だ》、尼ヶ崎《あまさき》とそれ相当《そうとう》の城《しろ》を乗取《のっと》り、大阪《おおさか》の規《き》模《ぼ》を拡《ひろ》めん心底《しんてい》にございます」幸「其時《そのとき》はかならず西国筋《さいこくすじ》の大名《だいみょう》はいずれも吾《わ》が手《て》にしたがうに相違《そうい》なし、その相成《あいな》る上《うえ》は天下分目《てんかわけめ》の大合戦《だいかっせん》とあいなります。よって何卒軍勢借用《なにとぞぐんぜいしゃくよう》の儀《ぎ》をねがい上《あ》げたてまつります」これをきいて執権大野《しっけんおおの》は大《おお》いにおどろき、大「それは甚《はなは》だ宜敷《よろし》くない。一旦御勅使《たんごちょくし》に対《たい》して御和談《ごわだん》の儀《ぎ》を承知《しょうち》いたす事《こと》にたがいに神文《しんもん》の取交《とりかわ》せもすんだる後《のち》である。しかるにまた〳〵当方《とうほう》より左様《さよう》なことをいたしては一天《てん》の帝《みかど》に対《たい》し違勅《いちょく》の罪免《つみまぬが》れがたし」と怖気付《おじけづ》いたる修理之助《しゅりのすけ》、このとき後藤又兵衛《ごとうまたべえ》はから〳〵と打《う》ちわらい、又「アハッハヽ、ハヽ、イヤ〳〵決《けっ》して左《さ》にあらず、そも此度《このたび》の御和談《ごわだん》は途中《とちゅう》においての虚構事《きょこうごと》、戦争《せんそう》にさえ勝《か》たば和睦《わぼく》をやぶるとも、かならず其申訳《そのもうしわけ》は相立《あいた》つものでござる。すこしの事《こと》にこゝろを配《くば》り、おのれの首《くび》に刃《やいば》のかゝるをしらざるは、実《じつ》に愚《おろ》かしきの至《いた》りである」ととう〳〵として述《の》べ立《た》てた。このとき彼《か》の織田有楽斎《おだうらくさい》はジリヽ膝《ひざ》をすゝめ、有「まずいずれも暫時御待《ざんじおま》ちあれ、たゞいま後藤殿《ごとうどの》のお言葉《ことば》は実《じつ》に道理《どうり》のお言葉《ことば》なれど正月中《しょうがつちゅう》はお見合《みあわ》せあってしかるべしと相《あい》こゝろえます。吾国《わがくに》はもとより外国《がいこく》にいたっても、朝敵《ちょうてき》となりし家《いえ》のまっとうを聞《き》かず、兎《と》も角《かく》も暫時好機《ざんじこうき》をおまちあるが宜敷《よろし》からんとぞんじます」このとき淀君《よどぎみ》は口《くち》をひらかれて、淀「皆《みな》の者《もの》のもうするところ一応道理《おうどうり》のようなれど、先般天神地祇《せんぱんてんじんちぎ》に誓《ちか》いをたて神文《しんもん》をとり交《かわ》せたる上《うえ》なればしばらくは差控《さしひか》えるが宜敷《よろし》からん。ことに正月中《しょうがつちゅう》は一天《てん》の帝《みかど》に対《たい》してもおそれあり、兎《と》も角《かく》もしばらく思《おも》い止《とど》まるがよかろう」とある。これによってこゝろある忠臣《ちゅうしん》のめん〳〵は腹《はらわた》を寸断《すんだん》するのおもいをなし、実《じつ》に歯痒《はが》ゆいことだとはおもったが、いまは何共《なんとも》いたし方《かたな》無く、黙止《だま》ってさし控《ひか》えている。それに引換《ひきか》え臆病《おくびょう》なる奴等《やつら》はまずこれにて大安神《おおあんしん》をいたした。モウこうなっては幸村《ゆきむら》もわが意思《いし》の達《たっ》せざることであるから、おもわず無念《むねん》の涙《なみだ》に暮《く》れはてゝ、かならず跡《あと》で後悔《こうかい》をなさるであろうとは思《おも》ったが、いまは運《うん》を天《てん》に任《まか》すより外《ほか》いたし方《かたな》無く、やむをえずこのことは思《おも》い止《とど》まったが、其《その》こゝろの内《うち》やいかならん、おもいやるだに傷《いた》ましきことでございます。かれこれする内《うち》に早《はや》その月《つき》もたって、翌《よく》二月《がつ》と相成《あいな》ったが関東《かんとう》よりはかの条約《じょうやく》の三ケ国《こく》を引渡《ひきわた》すの御沙汰《ごさた》はさらにございませんゆえ、淀君《よどぎみ》もここに至《いた》ってはたまりかね、大御所公《おおごしょこう》へ催促《さいそく》として木村長門守《きむらながとのかみ》の母《はは》なる松栄尼《しょうえいに》、および大野道犬《おおのどうけん》の妻《つま》なる大蔵《おおくら》の局《つぼね》をもって、わざ〳〵駿府《すんぷ》へ右《みぎ》の催促《さいそく》として使者《ししゃ》にたてた。しかるに大御所公《おおごしょこう》は更《さら》にこれに御面会《ごめんかい》もなく、また両女《りょうじょ》を大阪《おおさか》へかえしもせず、ただ御風邪《ごふうじゃ》に就《つ》いてお目通《めどお》りはならぬとあって長《なが》くこの両人《りょうにん》を駿府《すんぷ》にお留《と》めあそばしたまゝ、ぐず〳〵空《むな》しく日《ひ》を送《おく》っているうちに、駿府《すんぷ》からはなんの音沙汰《おとさた》もないので大阪城内《おおさかじょうない》では非常《ひじょう》の御心配《ごしんぱい》でございます。しかるに織田有楽斎《おだうらくさい》および常真入道《じょうしんにゅうどう》両名《りょうめい》の者《もの》はたがいに相談《そうだん》をいたして、新春《しんしゅん》そう

〱から戦争《せんそう》の評定《ひょうじょう》をする様《よう》なことでは、到底大阪城《とうていおおさかじょう》も長《なが》くつゞく気遣《きづか》いはない、ことに末《すえ》には幸村《ゆきむら》のためにどんな目《め》にあうかもしれぬ、寧《いっ》そのこといまの内《うら》に駿府《すんぷ》へ降参《こうさん》をなし、大御所公《おおごしょこう》へこのことを注進《ちゅうしん》いたし、わが家《いえ》をまっとうするが第《だい》一のことである、仮令《たと》え恥《はじ》を掻《か》くとも徳《とく》をとるのが上分別《じょうぶんべつ》、とこゝに至《いた》って両人《りょうにん》の者《もの》はひそかに家族《かぞく》の者《もの》を引《ひき》まとめ、大阪城《おおさかじょう》を夜《よ》にまぎれて逃《のが》れいで、さて駿府《すんぷ》にきたって大御所公《おおごしょこう》へお目通《めどお》りをねがいいでた。スルと大御所公《おおごしょこう》にはさっそく此者《このもの》どもにお目通《めどお》りをおおせつけられ、ことの次第《しだい》を御尋《おたず》ねにあいなりまするとこゝで両人《りょうにん》のものは当正月《とうしょうがつ》十一日《にち》、大阪城内《おおさかじょうない》具足開《ぐそくびら》きの節《せつ》、真田《さなだ》、後藤《ごとう》、長曾我部《ちょうそかべ》、木村《きむら》等《ら》が軍議評定《ぐんぎひょうじょう》の次第《しだい》をおちなく物語《ものがた》ったのでございます。家康公《いえやすこう》はこれをおきゝになって大《おお》いに打《うち》おどろかれ、家「さては幸村《ゆきむら》、後藤其他《ごとうそのた》のものは、かねてのわが計略《けいりゃく》を推量《すいりょう》いたしたものと相《あい》みえる。捨《す》ておいてかれに魁《さきが》けされてはあいならぬ」というので先《ま》ずさっそくに摂州《せっしゅう》三田《だ》の城主有馬玄蕃頭《じょうしゅありまげんばのかみ》、尼《あま》ヶ崎《さき》の城主建部《じょうしゅたてべ》三十郎《ろう》、泉州岸和田《せんしゅうきしわだ》の城主小出大和守《じょうしゅこいでやまとのかみ》、伯太《はかた》の城主渡部民部少輔《じょうしゅわたべみんぶしょうゆう》、紀州和歌山《きしゅうわかやま》の城主浅野但《じょうしゅあさのたじ》馬守《まのかみ》、大和郡山《やまとこおりやま》の城主筒井隼人正《じょうしゅつついはやとのしょう》、此者共《このものども》をお手許《てもと》へ御招《おまね》きとなり、家「そのほう共《ども》にはたゞいまより暇《ひま》をつかわすあいだ、そう〱各本国《かくほんごく》へ引取《ひきと》り籠城《ろうじょう》の用意《ようい》をいたせ。万《まん》一大《おお》阪方《さかがた》より攻《せ》めきたらば十分《ぶん》に防戦《ぼうせん》の用意《ようい》をなし、敵《てき》に乗《じょう》ぜしめざる様《よう》おこたるなかれ」との厳命《げんめい》、これによって右《みぎ》のめい〳〵は委細畏《いさいかし》こまったとあって、そう〳〵本国《ほんごく》へ引取《ひきと》りいずれも籠城《ろうじょう》の用意《ようい》をいたしている。しかるに大御所公《おおごしょこう》は此者《このもの》どもを出立《しゅったつ》いたさせたるのち、なに喫《く》わぬ顔《かお》をして、あらためて大阪《おおさか》よりきたったる両女《りょうじょ》をお目通《めどお》りへ御呼《およ》びだしとあいなり、家「さて先達《せんだっ》てそのほう等両人《らりょうにん》、わざ〳〵この駿府《すんぷ》にきたり、五畿内《きない》の知行所《ちぎょうしょ》を至急《しきゅう》さげくれよとのことにつき、此方《このほう》よりさっそく江戸表将軍家《えどおもてしょうぐんけ》へもうしいれたるところ、其儀《そのぎ》は決《けっ》して相《あい》ならぬとのことである。何分老《なにぶんお》いては子《こ》にしたがうの習《なら》い、予《よ》はどうかしてつかわし度《た》いとの心《こころ》ではあれど、秀忠《ひでただ》どのが相成《あいな》らぬとあれば将軍職《しょうぐんしょく》の命《めい》として、実《じつ》によんどころなき次第《しだい》である。よって立《た》ちかえって左様相伝《さようあいつた》えよ」と随分無法《ずいぶんむほう》な言葉《ことば》、松栄尼《しょうえいに》はこれをうけたまわって静《しず》かに席《せき》をすゝみいで、松「恐《おそ》れながらもうし上《あ》げたてまつります。左様《さよう》なことを今更《いまさら》おおせられては、大阪方《おおさかがた》はゝなはだ迷惑《めいわく》をいたします。ことに神文誓紙《しんもんせいし》に御背《おそむ》きあそばしては朝敵《ちょうてき》のおそれあり……」家「黙止《だま》れ〳〵ッ、汝女《なんじおんな》の分際《ぶんざい》として小賢《こざか》しきその一言《ごん》、ならぬといえば決《けっ》してあいならぬ。立《たち》かえって左様《さよう》もうせッ」と怒鳴《どな》りつけたが松栄尼《しょうえいに》はすこしもさわがず、松「左様《さよう》なれば大御所公《おおごしょこう》には朝敵《ちょうてき》とあいなりあそばすお覚悟《かくご》でございまするや。違勅《いちょく》の罪《つみ》は軽《かる》からず、いま一応御賢慮《おうごけんりょ》のほどを願《ねが》わしゅう存《ぞん》じたてまつります」家「黙止《だま》れッ、勅命《ちょくめい》に背《そむ》くとは大阪《おおさか》の秀頼《ひでより》である。コリャよくきけ、大阪城《おおさかじょう》は先達《せんだっ》て一時《じ》に踏《ふ》み潰《つぶ》すべきところなれども、勅命《ちょくめい》によってようやく助《たす》けつかわしたることである。もっとも其砌《そのみぎ》り約定《やくじょう》のとおり五畿内《きない》の内《うち》を相《あい》わたすべきかんがえのところ、此方《このほう》より渡《わた》すをまたずして真田《さなだ》をはじめ、いずれもの者《もの》、めい〳〵妄《みだ》りに陣《じん》立《だて》の評定《ひょうじょう》におよび、おそれ多《おお》くも一天《てん》の帝《みかど》を大阪《おおさか》へ迎《むか》えたてまつらんといたすなどゝは重々《じゅうじゅう》不埒《ふらち》至極《しごく》のいたり、コリャしらぬとおもうか、このたび大阪城《おおさかじょう》より織田有楽斎《おだうらくさい》、常真《じょうしん》の両人《りょうにん》大阪《おおさか》を見限《みかぎ》って予《よ》のところに来《きた》り、正月《しょうがつ》十一日大阪城内《にちおおさかじょうない》具足開《ぐそくびら》きの節《せつ》、評定《ひょうじょう》いたしたる次第《しだい》を一々注進《ちゅうしん》におよびたることである。よって此方《このほう》よりそう〳〵軍勢《ぐんぜい》をさし向《む》くるところなれども、故太閤《こたいこう》の好誼《こうぎ》をおもい、猶予致《ゆうよいた》しつかわすことである。そう〳〵立帰《たちかえ》って左様申《さようもう》せよッ」といいすてたなりでスーッと奥《おく》へはいってしまわれた。両女《りょうじょ》もこれをきいてたゞ無念《むねん》の歯嚙《はが》みにおよばれたが、ついに阿房払《あほうばら》い同様《どうよう》の目《め》にあって残念《ざんねん》ながら大阪《おおさか》へすご〳〵として引《ひき》かえし、あらためて秀頼公其他《ひでよりこうそのた》の人々《ひとびと》にこのことを申《もう》しあげる。しかるにこの老女二人《ろうじょふたり》がかえってくる迄《まで》のあいだに、大阪城内《おおさかじょうない》において一つの大事件《だいじけん》が出来《しゅったい》いたしまするところより、またもや関東大阪御手切《かんとうおおさかおてぎ》れとなって、所謂大阪夏御陣《いわゆるおおさかなつごじん》という壮快《そうかい》極《きわま》りなきお話《はな》しに移《うつ》るのでございます。

◎青木民部正《あおきみんぶのしょう》の不忠《ふちゅう》

こゝに大阪城《おおさかじょう》において一つの大事件《だいじけん》が生《しょう》じたというのは、かの織田有楽斎《おだうらくさい》、常真《じょうしん》の両家《りょうけ》はどこともなく出奔《しゅっぽん》してその行方《ゆくえ》しれず、それゆえみな〳〵大《おお》いに心配《しんぱい》をしているところへ、こゝにかねて久宝寺口《きゅうほうじぐち》を固《かた》めている青木民部正《あおきみんぶのしょう》、この者《もの》はかねて前申《ぜんもう》しあげたるとおり、織田常真《おだじょうしん》とは婿岳父《むこしゅうと》のあいだ柄《がら》であって、かれとは常《つね》からもうし合《あわ》してあったものとみえます。しかるに織田《おだ》の両家《りょうけ》が出奔《しゅっぽん》のゝち、青木民部《あおきみんぶ》の許《もと》へ内通《ないつう》のあったのは、いずれきん〳〵の内《うち》に御和談《ごわだん》やぶれ、ふたゝび戦争《せんそう》とあいなるに相違《そうい》ない、その節《せつ》にはそのほう千姫君《ひめぎみ》を奪《うば》いとり関東《かんとう》へおくり届《とど》けられるべし、もっとも今度御和談《こんどごわだん》のやぶるゝときは、御母堂淀君《ごぼどうよどぎみ》においてよもや千姫君《ひめぎみ》をそのまゝに捨《す》て置《お》くことはあるまい、屹度殺《きっところ》すに相違《そうい》ない、なにをいうにも二代将軍秀忠公《だいしょうぐんひでただこう》のためには御総領《ごそうりょう》の姫君《ひめぎみ》なり、大御所公《おおごしょこう》のためには御孫君《おまごぎみ》、もとより表面秀頼公《ひょうめんひでよりこう》の政所《まんどころ》として差出《さしだ》してはあるが、万《まん》一此《この》千姫君《ひめぎみ》が大阪《おおさか》にて命《いのち》をうしなう様《よう》なことがあっては、両将軍《りょうしょうぐん》の御歎《おなげ》きはいかばかり、其許《そのもと》さいわいいま大阪《おおさか》にあるうえは、いかんともしてこれを盗《ぬす》みだして関東《かんとう》へつれ帰《かえ》るそのときには、これにこしたる働《はたら》きはなし、かねて千姫君《ひめぎみ》の付人《つけびと》として岡崎《おかざき》の局《つぼね》という者《もの》これあり、この者《もの》にも内通《ないつう》をいたしてあるゆえ、そこもとはこの岡崎《おかざき》の局《つぼね》とこゝろを協《あわ》せ、いかんともして盗《ぬす》みださるべし、首尾《しゅび》よくこのこと成就《じょうじゅ》するにおいては、その褒美《ほうび》として将軍家《しょうぐんけ》よりは十万石《まんごく》を賜《たま》わるとのことである、なおその上《うえ》、つれかえった者《もの》にその姫《ひめ》を賜《たま》わることであるゆえ、これを貴殿《きでん》の功名《こうみょう》にいたされよということだ、これをきいて青木《あおき》は実《じつ》に天《てん》にものぼる大喜《おおよろ》こび、なんでもかでもこれを盗《ぬす》みださんと心得《こころえ》ているが、なにぶん奥向《おくむき》のことは勝手《かって》もわからず、また岡崎《おかざき》の局《つぼね》という人《ひと》に面会《めんかい》する機会《おり》がない、ことに昨年《さくねん》の戦争以来《せんそういらい》、松栄尼《しょうえいに》をはじめすべての女《おんな》はみな城内《じょうない》の人質廓《ひとじちぐるわ》におられるので、こゝへは男《おとこ》の身《み》でどうしてもはいることができないので、青木民部《あおきみんぶ》も頻《しき》りにこゝろを悩《なや》ましている。ところが此度松栄尼《このたびしょうえいに》と大《おお》蔵局《くらのつぼね》はほう〳〵の体《てい》で駿府《すんぷ》から立帰《たちかえ》ってまいり、大御所公《おおごしょこう》よりの口上《こうじょう》を詳細《しょうさい》に言上《ごんじょう》におよぶ。これをきかれて淀君《よどぎみ》は満面朱《まんめんしゅ》を濺《そそ》ぐがごとくにあいなられ、バリ〳〵ッと歯《は》を咬《く》い緊《しば》って大《おお》きにいきどおり給《たま》い、淀「よし、このうえからは千姫《ひめ》をば人質廓《ひとじちぐるわ》よりだし、かれの首《くび》を斬《き》って軍門《ぐんもん》に曝《さら》すべし」とあって、そう〳〵軍師《ぐんし》幸村《ゆきむら》をよんで御相談《ごそうだん》になる。スルと幸村《ゆきむら》はこゝろの内《うち》で、幸「ソレみたことか、われ正月《しょうがつ》に軍議《ぐんぎ》の評定《ひょうじょう》をいたしたとき、われに任《まか》してさえおけば斯《かか》る妨《さまた》げもないものを、いまとなってはモウ手後《ておく》れである。しかしこの千姫《ひめ》を種《たね》としてわれにおもう仔細《しさい》あり」とこゝろに黙頭《うなず》き、幸「ハッ、おおせ御道理《ごどうり》には候《そうら》えど一命《めい》をとるは何時《なんどき》にてもできうること、ことに拙者《せっしゃ》においていさゝかおもう仔細《しさい》もござれば、いましばらく人質廓《ひとじちぐるわ》にお止《と》めあってしかるべし。また万《まん》一関東《かんとう》より盗《ぬす》みにくる奴《やつ》があるやもはかり難《がた》ければ、充分《じゅうぶん》に御用意《ごようい》あそばしてしかるべく存《ぞん》じたてまつります」といいつゝ幸村《ゆきむら》は座中《ざちゅう》をズッと見廻《みまわ》すと、いましも彼方《あなた》にひかえた青木民部《あおきみんぶ》の顔色《かおいろ》がサッとかわったから、幸「ハヽア、さては此奴《こやつ》ッ織田常真《おだじょうしん》とは縁者《えんじゃ》のあいだ柄《がら》、すでに織《お》田両家《だりょうけ》が裏切《うらぎ》りをいたしたるうえは、かならず此奴《こやつ》も関東《かんとう》にこゝろをよせるに相違《そうい》ない。よってその計略《けいりゃく》を裏《うら》を掻《か》いてくれん」と早《はや》くもかんがえついたから、ジロリ其方《そのほう》をむきなおりながら、幸「いかに青木氏《あおきうじ》、いまおきゝのとおりの次第《しだい》であって、御母堂《ごぼどう》の御立腹《ごりっぷく》はこの上《うえ》もないことである。よっていま千姫君《ひめぎみ》を万《まん》一関東方《かんとうがた》へ盗《ぬす》まれる様《よう》なことがあっては相《あい》ならぬゆえ、其許《そのもと》にその目付役《めつけやく》をもうしつける。かならず油断《ゆだん》は相成《あいな》りませぬぞ」と故《わ》意《ざ》と此者《このもの》に目付役《めつけやく》をもうしつけた。青木《あおき》は心中《しんちゅう》占《し》めたッと大《おお》きによろこび、青「ハッ、いかにも承知《しょうち》つかまつりました」とお受《う》けをいたしたが、これからこの青木民部《あおきみんぶ》がソロ〳〵人質廓《ひとじちぐるわ》にでいりをいたし、人知《ひとし》れず岡崎《おかざき》の局《つぼね》とも内意《ないい》をもうしあわせ、いずれ戦争《せんそう》とあいなる節《せつ》はかならず姫《ひめ》を吾手《わがて》に盗《ぬす》みとらせるようと、いろ〳〵相談《そうだん》をいたしている。しかるにそのゝち真田幸村《さなだゆきむら》はない〳〵にて青木民部《あおきみんぶ》をわが邸《やしき》によびよせ、いろ〳〵の馳走《ちそう》をもってこれを饗応《もてなし》ながら、幸「いかに青木氏《あおきうじ》、お手前《てまえ》を当大阪《とうおおさか》の大忠臣《だいちゅうしん》とみこんで此度《このたび》千姫君《ひめぎみ》の御目付役《おめつけやく》をもうしつけたのであるゆえ、どうか関東方《かんとうがた》に盗《ぬす》みとられぬよう、十分《ぶん》御《ご》注意《ちゅうい》くだされよ」という。民部《みんぶ》はこれをきいて、民「ハア委細承知《いさいしょうち》つかまつりました。たとえどの様《よう》なことがありましょうとも、敵《てき》の手《て》に渡《わた》す様《よう》なことは決《けっ》してありません。どうか御《ご》安神《あんしん》をねがいます」と口《くち》には立派《りっぱ》にいっているが、こゝろの中《うち》では、民「なんでも首尾《しゅび》よく吾手《わがて》に盗《ぬす》みだしてくれんもの」とこゝろえている。しかるにいましも二人《ふたり》が話《はな》しをしているそのおりから、あわたゞしく次《つぎ》の間《ま》の襖《ふすま》をひらいて駆《か》けこんできたのは、真田幸村《さなだゆきむら》の家来霧隠才蔵《けらいきりがくれさいぞう》、パッとそこへ手《て》をつかえて、才「ハッおそれ乍《なが》ら御主人《ごしゅじん》、どうぞ命《いのち》ばかりは御助《おたす》けをねがいまする」とどうやら顔《かお》にはしょう〳〵傷《きず》がついて、血汐《ちしお》がタラ〳〵流《なが》れているようす。此方《こなた》の両人《りょうにん》ハッと驚《おどろ》いて振《ふ》り返《かえ》るところへ、バラ〳〵ッと駆《か》けつけきたった大助幸昌《だいすけゆきまさ》、血《ち》に染《そ》まったる大刀《だいとう》を引提《ひっさ》げてこゝへとびこんでまいり、大「御父上《おちちうえ》、此奴《こやつ》はどうも無礼《ぶれい》な奴《や》ツでございます。ぜひ其男《そや》ツを此方《こちら》へお引渡《ひきわた》しくださるよう」幸「黙止《だま》れ不埒者奴《ふらちものめ》ッ、青木氏《あおきうじ》のお出《い》でになっているお側《そば》をもはゞからず、なにを無礼《ぶれい》なことをもうす」大「イエ、決《けっ》して御父上無礼《おちちうえぶれい》ではございません。主《しゅ》に向《むか》ってはなはだもって不埒《ふらち》なことをいたす奴《やつ》、私《わたく》しはどうしても勘弁《かんべん》なりかねます。いま此場《このば》において才蔵《さいぞう》を手《て》討《う》ちにいたします」幸「ヤア無礼者奴《ぶれいものめ》ッ、ひかえろさがれ〳〵ッ」大「デモ……父上《ちちうえ》」幸「なにをもうしているかッ、父《ちち》の命《めい》を背《そむ》くにおいてはそのまゝには捨《す》ておかんぞッ、さがれ〳〵ッ」とようやく大助《だいすけ》だけは其場《そのば》を追《お》い立《た》てたが、あとに霧隠才蔵《きりがくれさいぞう》をハッタと睨《ね》めつけ、幸「ヤイ才蔵《さいぞう》、若年《じゃくねん》とはいえど大助《だいすけ》は余《よ》の倅《せがれ》、汝《なんじ》のためには主人《しゅじん》であるぞ。しかるになにゆえ左様《さよう》なあらそいをいたした、不埒者奴《ふらちものめ》ッ」とすでに一刀《とう》の柄《つか》に手《て》をかけたから、傍《そば》にひかえて此体《このてい》をみていた青木民部《あおきみんぶ》も、見兼《みか》ねてそれをおしとめ、民「まず〳〵真田《さなだ》氏《うじ》、しばらくお待《ま》ちくださるよう。なにをもうせ二人《ふたり》ともまだ御若年《おじゃくねん》のこと、なんのお間《ま》違《ちが》いかはぞんじませんがどうか私《わたく》しにお任《まか》せをねがいます。屹度当人《きっとうにん》にもうしきけますから……併《しか》しこのまゝお屋敷《やしき》にお置《お》きあそばしては、何彼《なにか》の間違《まちが》いがあってはあいなりませんゆえ、一時私《じわたく》しの方《ほう》へお預《あず》りをいたしましょう」とようやくのことで幸村《ゆきむら》を宥《なだ》め、この霧隠《きりがくれ》を自分《じぶん》の邸《やしき》につれてかえった。これぞ真田幸村《さなだゆきむら》が反間苦肉《はんかんくにく》の策略《さくりゃく》ということは、後《のち》に至《いた》って相判《あいわか》ります。

◎大野治長《おおのはるなが》の愚策《ぐさく》

そこで青木民部《あおきみんぶ》は霧隠才蔵《きりがくれさいぞう》をわが居間《いま》へとおしまするると、民部《みんぶ》は同人《どうにん》に打向《うちむか》い、民「さて才蔵《さいぞう》、そのほう幸村《ゆきむら》どのゝ家来《けらい》にても天晴《あっぱ》れきこえし忠義者《ちゅうぎもの》ではないか。それがなぜ今日《きょう》あらそいをいたした」才「どうも青木様《あおきさま》、まことに私《わたく》しもこんな詰《つま》らぬことはございません。実《じつ》のところは隣家《りんか》の郡主馬之助《こおりしゅめのすけ》さまのお屋敷《やしき》に房野《ふさの》という腰元《こしもと》がございます、それと私《わたく》しとマアふとしたことから深《ふか》くいい交《かわ》しまして、末《すえ》はたがいに夫婦《ふうふ》になろうと約束《やくそく》をしております。それを貴郎《あなた》まだようやく十六か十七の年《とし》のゆかない癖《くせ》に、生意気《なまいき》にも大《だい》助《すけ》どのが私《わたく》しのいい交《かわ》している房野《ふさの》を、五月蠅《うるさ》い程附《ほどつ》け廻《まわ》し附文《つけぶみ》をしたりまたいろ〳〵なことをするのでございます。房野《ふさの》もそれが五月蠅《うるさ》いので到頭面《とうとうめん》と対《むか》って大助《だいすけ》に赤恥《あかはじ》を掻《か》かしたのです。ところが大助殿《だいすけどの》は私《わたく》しと房野《ふさの》の情交《なか》をしったものとみえ、先刻《せんこく》も私《わたく》しにむかってヤイ才蔵《さいぞう》、貴様《きさま》はゝなはだ不埒《ふらち》な奴《や》ツだ、おれがかねて想《おも》いをかけておる房野《ふさの》を、貴様《きさま》は横取《よこど》りをいたしたナ、サア房野《ふさの》をおもい切《き》っておれに周旋《しゅうせん》をしろとこういう難題《なんだい》でございます。マア能《よ》くかんがえてみておくんなさいまし。いくら貴郎《あなた》、主《しゅ》の命《めい》だからって、この道《みち》ばかりはまた別《べつ》なものでございます。そこで私《わたく》しもツイ癪《しゃく》に触《さわ》ったから、そりア若旦那《わかだんな》いけません、房野《ふさの》のことばかりは思《おも》い断《き》れないとこうもうしますと、思《おも》い断《き》ることができねば俺《おれ》が斬《き》ってやると、唐突《だしぬけ》に私《わたく》しに斬《き》りつけてきて、面《かお》にもこんなに傷《きず》をうけたのです。私《わたく》しもそれを防ぐのはしっておりまするが、根《ね》が主人《しゅじん》の若旦那《わかだんな》とおもいますから、我慢《がまん》をしていたので、マア何方《どちら》が悪《わる》いかかんがえて見《み》ておくんなさいまし」民「ハヽヽヽヽ貴様達《きさまた》ちはどうも陽気《ようき》なことをしているナ。しかし真田大助《さなだだいすけ》どのは年《とし》にも似合《にあわ》ぬ生意気《なまいき》な御人《ごじん》だナ。それジアおれが一つ挨拶《あいさつ》をしてやるから、兎《と》も角《かく》も幸村《ゆきむら》どのが御許《おゆる》しになったら主人《しゅじん》の許《もと》えかえれ」才「イヤ、そりアモウ永《なが》らくつかえた主人《しゅじん》ですから、房野《ふさの》と縁《えん》を切《き》ってしまえといわれる、無法《むほう》なことさえおっしゃらねば、私《わたく》しはかえって御奉公《ごほうこう》をもうします」民「それジア一ッ明日《あす》いって詫言《わびごと》をしてやろう」と民部《みんぶ》はその夜《よ》は自分《じぶん》の宅《たく》に同人《どうにん》を留《と》め、翌日《よくじつ》あらためて青木《あおき》は幸村《ゆきむら》のもとへ詫言《わびごと》にいったが、其間《そのま》に大《だい》助《たす》からない〳〵なにか父《ちち》に讒言《ざんげん》でもいたしたものか、幸村《ゆきむら》はことの外立腹《ほかりっぷく》の体《てい》で、幸「イヤ、折角貴殿《せっかくきでん》の御挨拶《ごあいさつ》ではござるが、どうも彼奴《あやつ》ばかりは免《ゆる》すことはなりません。暇《いとま》をつかわすから此後勝手《このごかって》にしろとおおせくだされたい。主人《しゅじん》の倅《せがれ》を対人《あいて》に争論《そうろん》をいたすなどゝはじゅう〳〵不埒至極《ふらちしごく》の奴《や》ツ、拙者《せっしゃ》は決《けっ》して免《ゆる》すことはできません」とどう訳《わけ》をいっても免《ゆる》すとはいいませんから、やむをえず青木《あおき》はわが邸《やしき》へ引取《ひきと》ってまいり、霧隠《きりがくれ》にこのことをつげますると、才「イヤ青木様《あおきさま》、どうもお世話《せわ》でございました。私《わたく》しもこれしきのことで真田家《さなだけ》を失策《しくじ》ったといわれては、実《じつ》に面白《めんぼく》のうございますから、モウこのうえは決《けっ》して主人《しゅじん》に詫《わ》びをいたしません。さるかわり大助《だいすけ》どのと果《はた》し合《あい》をいたし、かれを手《て》にかけた其上《そのうえ》にて、其場《そのば》で私《わたく》しも切腹《せっぷく》して相果《あいは》てます」民「馬鹿《ばか》をいうナ、人間《にんげん》わずか五十年《ねん》、ながい浮世《うきよ》に短《みじ》かい命《いのち》、才蔵《さいぞう》お前《まえ》も真田家《さなだけ》にあっては忍術《にんじゅつ》に妙《みょう》をえた一人《にん》であって、いつも戦場《せんじょう》ではよく間《ま》に合《あ》う者《もの》ときいているが、なにも幸村《ゆきむら》たゞ一人《ひとり》にすてられたからって、武士《ぶし》がすたったというではない。どうだ才蔵《さいぞう》、物《もの》は相談《そうだん》だがこゝろを入《い》れ掛《か》えておれの家《け》来《らい》にならぬか」才「ヘエー、ジャ貴郎私《あなたわたく》しを家来《けらい》になすってくださいますか」民「ウム、たしかにしてやる。そうしておれの知行《ちぎょう》の一割《わり》を貴様《きさま》にやるが如何《どう》だ」才「ヘエー、其奴《そい》ツアどうもあり難《がと》うぞんじます。しかしマア貴郎《あなた》だって只今《ただいま》のところで何程《なんぼ》とっていらっしゃるかはしりませんが、高々《たかだか》二千石《ごく》か三千石《ごく》……」民「コリャ才蔵《さいぞう》、馬鹿《ばか》をいうナ。今《いま》のところではなるほど僅《わず》かな知行《ちぎょう》だが、ちかぐ\におれは十万石《まんごく》の大名《だいみょう》になる。そのときは貴様《きさま》に一万石《まんごく》やるがどうジャ」才「エヽッ、一、一万石《まんごく》ッ……、冗談《じょうだん》ジャありませんか、そりア貴郎私《あなたわたく》しを嬲《なぶ》るんでしょう」民「馬鹿《ばか》をいえ、決《けっ》して嬲《なぶ》るんジャない。貴様《きさま》が真実《しんじつ》おれの家来《けらい》になるというかんがえなら、その一万石《まんごく》やるという因縁《いんねん》をきかせてやる」才「エヽ、ジャ青木様本当《あおきさまほんとう》ですか」民「ウム、いかにも」才「ではどうか宜《よろ》しく御頼《おたの》みもうします」民「ウム、それでは家来《けらい》になるか」才「ヘエ、なります屹度《きっと》なります」民「それでは主従《しゅじゅう》の盃《さかずき》をとり交《かわ》そう」そこで青木民部《あおきみんぶ》は酒肴《さけさかな》をとりよせ、この才蔵《さいぞう》と盃《さかずき》の取交《とりかわ》せもすましたが、民「モウこうすれば貴様《きさま》はおれの家来《けらい》だナ」才「ヘエ左様《さよう》で。貴郎《あなた》は御主《ごしゅ》人《じん》さま」民「なにごとによらず他言《たごん》はいたすまいナ」才「なんの貴方《あなた》、他人《ひと》に左様《さよう》なことをもうしますものか」民「ウムよし、しからばおれはいってきかすが、モウすこし此方《こっち》へよれ……おれは実《じつ》はこの大阪《おおさか》に飽《あ》いている、面白《おもしろ》くない。そこでおれの縁者《えんじゃ》にあたる織田《おだ》有楽斎《うらくさい》なり、また織田常真《おだじょうしん》なりはきいたであろうが、先達《せんだっ》て関東《かんとう》へ降参《こうさん》をした。ところが関東《かんとう》より拙者《せっしゃ》への内通《ないつう》には、関東大阪戦争《かんとうおおさかせんそう》のみぎり、かの秀頼公《ひでよりこう》の御簾中《ごれんちゅう》の千姫君《ひめぎみ》をいかようともして盗《ぬす》みだし、関東《かんとう》へつれ帰《かえ》るときは十万石《まんごく》を賜《たま》わるとのことである。どうだイザというときに一つお前《まえ》のはたらきにて、姫《ひめ》を城内《じょうない》から盗《ぬす》みだしてはくれまいか。その上《うえ》共《とも》に関東《かんとう》へおもむき、おれが十万石貰《まんごくもら》ったら貴様《きさま》にその内《うち》一万石《まんごく》やる……」才「ウムそれア青木様本当《あおきさまほんとう》ですか」民「ウム、本当《ほんとう》だ」才「イヤよろしゅうございます。屹度《きっと》ちかって私《わたく》しが盗《ぬす》みだしてみせましょう」とこゝに青木民部《あおきみんぶ》、霧隠才蔵《きりがくれさいぞう》の両人《りょうにん》は尚《なお》いろ〳〵と牒《しめ》し合《あわ》せたが、これぞ所謂幸村《いわゆるゆきむら》が反間苦肉《はんかんくにく》の計略《けいりゃく》であって、忠義無類《ちゅうぎむるい》の霧隠《きりがくれ》、顔《かお》に傷迄《きずまで》つけて表面《ひょうめん》は大助《だいすけ》と色情《しきじょう》の上《うえ》から喧嘩《けんか》をしたものとみせかけ、あざむいて青木《あおき》の許《もと》へいりこみ、よう〳〵とこの秘密《ひみつ》をきゝだしたのでございます。そこで才蔵《さいぞう》はひそかに幸村《ゆきむら》のもとへこの次第《しだい》を注進《ちゅうしん》におよぶと、幸村《ゆきむら》は莞爾《にっこ》り打《う》ち笑《わら》い、幸「さてこそわが推量《すいりょう》に違《たが》わざりしか、それとぞんじてかれに目付役《めつけやく》をもうしつけたことである。このうえからは才蔵《さいぞう》、汝《なんじ》はあくまでもかれに付《つ》きしたがい、イザ戦場《せんじょう》というときには千姫君《ひめぎみ》をかれと両名《りょうめい》にて盗《ぬす》みだして関東《かんとう》へおもむき、二代将軍《だいしょうぐん》の御側《おそば》にちかより、将軍《しょうぐん》を討《う》って天晴《あっぱ》れ大阪方《おおさかがた》の大忠臣《だいちゅうしん》と美名《びめい》を後世《こうせい》にのこすべし」となおも十分《ぶん》に秘密《ひみつ》をいい含《ふく》めた。そこで霧隠才蔵《きりがくれさいぞう》はそのゝちも脱《ぬ》からぬ顔《かお》で青木民部《あおきみんぶ》につかえ、専《もっぱ》ら大阪方《おおさかがた》に忠義《ちゅうぎ》を尽《つく》さんと只管《ひたすら》ときのきたるを相待《あいま》っている。しかるにこのとき大阪城内《おおさかじょうない》にあっては駿府《すんぷ》よりの返事《へんじ》をきいて淀君《よどぎみ》には容易《ようい》ならざる御立腹《ごりっぷく》、女《おんな》ながらも政治《せいじ》むきにまで口《くち》をお出《だ》しになる御方《おかた》のこととて、此上《このうえ》はさっそく大和《やまと》、紀州《きしゅう》の両国《りょうこく》を討《う》ち平《たい》らげるべしとあって、執権大野修理之亮《しっけんおおのしゅりのすけ》に対《たい》して惣大将《そうだいしょう》をおゝせつけられ此手《このて》にしたがう大将分《たいしょうぶん》には副将塙団右衛門《ふくしょうばんだんえもん》をはじめとして、阪田庄《さかたしょう》三郎《ろう》、岡部大学《おかべだいがく》、淡輪《たんのわ》六郎《ろう》、米田監物《よねだけんもつ》の人々《ひとびと》に五千の兵《へい》の率《ひ》いてくりだす様《よう》とのおゝせ。ところがこれをきいて塙団右衛門《ばんだんえもん》、阪田庄《さかたしょう》三郎《ろう》の両人《りょうにん》はことの外《ほか》いきどおり、満面怒《まんめんいか》りの色《いろ》をあらわし、両人《りょうにん》「大野《おおの》ごとき臆病者《おくびょうもの》の配下《はいか》にしたがう吾等《われら》にあらず。はなはだもって不都合《ふつごう》なる御下知《ごげち》なり」と口《くち》にはいわねど心中《しんちゅう》の不平《ふへい》はやる方《かた》もない。このとき軍師幸村《ぐんしゆきむら》席《せき》をすゝみいで、幸「いかに大野氏《おおのうじ》、失礼《しつれい》ながら此度《このたび》のたゝかいは、貴殿《きでん》の大将《たいしょう》にては覚束《おぼつか》ない。よって塙直之殿《ばんなおゆきどの》とおかわりなさい」と遠慮《えんりょ》もなくいい放《はな》った。忠義無類《ちゅうぎむるい》の人《ひと》としては又《また》無理《むり》のないこと。ところが大野《おおの》はこれをきいておゝいに怒《いか》り、修「これは怪《け》しからぬ軍《ぐん》師殿《しどの》のおゝせ。高《たか》のしれたる紀州《きしゅう》ぐらいを手《て》にいれるになんのことや候《そうら》わん。拙者《せっしゃ》も武士《ぶし》の一人《にん》、なにがために大将《たいしょう》がつとまらぬ。佶度《きっと》拙者《せっしゃ》が紀州《きしゅう》を落城《らくじょう》させて御覧《ごらん》にいれる」幸「ウム、天晴《あっぱ》れなるその一言《ごん》。しかし万《まん》一落城《らくじょう》いたさぬそのときは、貴殿《きでん》はいかゞめさるナ」修「さればでござる、万《まん》一落城《らくじょう》いたさぬそのときは、いかような咎《とが》めあるともさらに厭《いと》わぬ」幸「ウム、拙者《せっしゃ》も軍師《ぐんし》の一人《にん》として、万《まん》一間違《まちが》ったるそのときは、屹度《きっと》軍律《ぐんりつ》に行《おこ》ないますぞ」修「いかにも承知《しょうち》……」とあって、大野《おおの》はさっそく其身《そのみ》は臣下《しんか》をはじめ、一手《て》の者《もの》に下知《げち》をくだして出軍《しゅつぐん》の用意《ようい》におよぶ。一同《どう》の者《もの》も、皆「実《じつ》にこんな馬鹿者《ばかもの》を惣大将《そうだいしょう》とはなにごとであるか」と心中《しんちゅう》には怒《いか》りを含《ふく》むといえども何分御母公《なにぶんごぼこう》のおゝせでございますから、よんどころなく其手《そのて》にしたがい出陣《しゅつじん》をすることに相成《あいな》ったが、まず第一《だい》番《ばん》に泉州岸和田《せんしゅうきしわだ》にのりこんでくると、当城《とうじょう》の主《あるじ》小出大和守《こいでやまとのかみ》はゝや籠城《ろうじょう》の仕度《したく》におよび、伯《はか》太《た》の城主渡部民部少輔《じょうしゅわたべみんぶしょうゆう》もおなじく籠城《ろうじょう》をしておりますから、これに軍《ぐん》をすゝめた大野修理《おおのしゅり》之亮《のすけ》は、まず岸和田《きしわだ》の城《しろ》を攻《せ》め落《おと》すべしとあって、無《む》二無《む》三に下知《げち》をくだして攻《せ》めよせたが、城兵共《じょうへいども》はもとより覚悟《かくご》のこととゝて充分防戦《じゅうぶんぼうせん》いたすことゆえ、なか〱容易《ようい》に落城《らくじょう》する気色《けしき》もみえない。塙団右衛門直之《ばんだんえもんなおゆき》は、これを眺《なが》めて実《じつ》に歯痒《はが》ゆきことにこゝろえ、直「いかに大野氏《おおのうじ》、この手計《てばか》りを攻《せ》めるはゝなはだ妙計《みょうけい》といえない、いまこゝにて戦《たたか》いに日《ひ》を費《つい》やすときはかならず紀州和歌山《きしゅうわかやま》より、浅野家《あさのけ》の同勢援兵《どうぜいえんぺい》としてくりだすに相違《そうい》ない。よって此方《こなた》にてもその用意《ようい》をいたさなければ相成《あいな》らぬ。さもなきところにおいては吾軍《わがぐん》は佶度《きっと》挟《はさ》み討《う》ちと相成《あいな》らん。そう〳〵そのお手当《てあ》てあってしかるべし」といったがなか〳〵大野《おおの》はきゝいれない。却《かえ》って怒《いか》りの色《いろ》をあらわし、修「黙止《だま》れッ、われは此手《このて》の大将《たいしょう》であるぞッ。大将《たいしょう》にむかって指揮《さしず》がましきことをもうすは無礼《ぶれい》のいたり。なんぞ遠方《えんぼう》なる浅野家《あさのけ》より当城《とうじょう》にむかって援兵《えんぺい》のきたる理由《いわれ》あらんや、左様《さよう》なことはすておいて吾《わ》が下知《げち》にしたがい当城《とうじょう》なりまた伯太《はかた》の城《しろ》より攻《せ》め落《おと》すがよい」団右衛門直之《だんえもんなおゆき》はもとより気象《きしょう》あら〳〵しき人物《じんぶつ》であるから、これをきいておゝいに怒《いか》り、団「黙止《だま》れッ、大野汝惣大将《おおのなんじそうだいしょう》とあって大将《たいしょう》の権《けん》を振《ふる》うといえども、わが目《め》からみるときは匹夫《ひっぷ》にも劣《おと》る奴《やつ》である。畢竟《ひっきょう》するに此度《このたび》も御母公《ごぼこう》のおゝせなれば、拠所《よんどころ》なく出陣《しゅつじん》をいたしたりといえども、汝等《なんじら》ごときものゝ下《した》につく吾等《われら》にあらず。日本《にほん》一の大馬鹿者《おおばかもの》とは貴様《きさま》のことだ。貴様戦《きさまたたか》うなら一人《ひとり》で勝手《かって》にいたせ……ヤアいかに阪田庄三郎《さかたしょうろう》、われにつゞいてきたるべし」と其身《そのみ》は阪田庄三郎《さかたしょうろう》とゝもに手勢《てぜい》一千人《にん》をしたがえ、たちまち紀州《きしゅう》の方《ほう》へ乗出《のりだ》してくる。あとに大野修理之亮《おおのしゅりのすけ》は大《おおい》にいきどおり、修「ヤア〳〵米田監物《よねだけんもつ》、岡部大学《おかべだいがく》、淡輪六郎《たんのわろう》、汝等正《なんじらまさ》にうけたまわれ。かれ塙《ばん》団右衛門《だんえもん》といえる奴《や》ツは大将《たいしょう》の下知《げち》に反《そむ》くのみならず、われに悪口《あくこう》をいたすとは不埒《ふらち》のいたり。そう〳〵にあれなる者《もの》の跡《あと》を追駆《おっか》け、苦《くる》しゅうないから斬《き》り捨《す》てゝしまえッ」と下知《げち》をした。すると三士《し》はこれをきいてカラ〳〵ッと打《う》ち笑《わら》い、中《なか》にも岡部大学《おかべだいがく》は、大「いかに米田氏《よねだうじ》、たゞいま塙団右衛門《ばんだんえもん》どのが大野《おおの》を日本一《にほん》の大馬鹿者《おおばかもの》といわれたが、貴殿《きでん》はなんとおもわれるナ」監「いかにも塙氏《ばんうじ》の言葉《ことば》のとおりだ。アイヤ大野《おおの》その方《ほう》こそ臆病《おくびょう》とやいわん不忠《ふちゅう》とやいわん、昨年戦《さくねんたたか》いのみぎりにも大切《たいせつ》なる軍議《ぐんぎ》の評定《ひょうじょう》を妨害成《ぼうがいな》しそれゆえ軍師《ぐんし》もおもう様《よう》のはたらきさえならず、城内《じょうない》にあって獅子身中《ししんちゅう》の虫《むし》とは実《じつ》に貴様《きさま》のことである。吾等《われら》とても汝等《なんじら》のごとき臆病者《おくびょうもの》の下《した》に付《つ》くのはこゝろよくない。其方《そのほう》はこゝにおいて勝手《かって》に戦《たたか》いをいたすがよい。ヤア〳〵手《て》の者《もの》イザまいれッ」とまた〳〵おの〳〵の手《て》勢合《ぜいあわ》して一千五百人《にん》、紀州《きしゅう》の方《ほう》をさしてドン〳〵〳〵おしだした。全然大野《まるでおおの》の方《ほう》はさん〴〵の不首尾《ふしゅび》、それに引換《ひきか》えこれより塙団右衛門《ばんだんえもん》、阪田庄三郎《さかたしょうろう》そのた一騎当千《きとう》の勇士《ゆうし》のめん〳〵、紀州《きしゅう》の同勢《どうぜい》を引受《ひきう》けてはなぐ〳〵しく戦《たたか》いをはじめるという、壮快《そうかい》な講談《おはなし》。

◎塙及阪田庄三郎《ばんおよびさかたしょうざぶろう》の奮戦《ふんせん》

いましも大野修理之亮《おおのしゅりのすけ》の手《て》をわかれたる塙団右衛門《ばんだんえもん》、阪田庄三郎《さかたしょうざぶろう》の手勢《てぜい》一千人《にん》、米田監物《よねだけんもつ》、淡輪六郎《たんのわろう》、岡部大学《おかべだいがく》の手勢《てぜい》一千五百人《にん》、ドッとばかりにおしだしていま樫井川《かしいがわ》の傍《ほと》りまで進《すす》んでくると、はたして塙団右衛門《ばんだんえもん》が推量《すいりょう》のとおり、はや紀州《きしゅう》の浅野《あさの》よりは二万有余《まんゆうよ》の軍勢《ぐんぜい》をくりだして、真先《まっさ》きには丸《まる》の中に鷹《たか》の羽打《はう》ち違《ちが》いの旗《はた》の手《て》をひるがえし、ドッとばかりに先手《さきて》はゝや川《かわ》のむこう岸《きし》まで進《すす》んできた。これを眺《なが》めて団右衛門《だんえもん》は、そう〳〵味方《みかた》に下知《げち》をつたえ、樫井川《かしいがわ》を中《なか》に挟《はさ》んでドン〳〵鉄砲《てっぽう》を撃《う》ちだした。敵方《てきがた》においてもこれに劣《おと》らず応戦《おうせん》し、勇《ゆう》を奮《ふる》ってこれまた鉄砲《てっぽう》を撃《う》ちだしたことでございますから、弾丸《たま》は東西《とうざい》に散乱《さんらん》なし、砲煙《ほうえん》はさながら夕立《ゆうだ》ちにかゝる黒雲《くろくも》のごとく、その響《ひび》きは恰《あた》かも百雷《らい》の一時《じ》におつるかと怪《あや》しむばかり。もとより浅野方《あさのがた》においても多《おお》くの勇士《ゆうし》あり、甲「ソレ敵《てき》は多寡《たか》のしれたる小勢《こぜい》なり、一人《にん》ものこらず撃《う》ちとってしまえッ」と浅野大学《あさのだいがく》をはじめとなし、臣下《しんか》の内《うち》には古今《ここん》の豪傑《ごうけつ》ときこえたる亀田大隅《かめだおおすみ》、しばらくの間《あいだ》は実《じつ》にすさまじき戦《たたか》いをいたしたが、いましも浅野但馬守《あさのたじまのかみ》におきましては、家臣《かしん》の大竹半左衛門《おおたけはんざえもん》といえる者《もの》に下知《げち》をつたえ、但「其方《そのほう》たゞいまより筆立山《ふでたてやま》にまわり、それより敵《てき》の背後《うしろ》へ斬《き》っていでよ。しかして双方《そうほう》より挟《はさ》み討《う》ちにいたさん」大「こゝろえました」と大竹《おおたけ》は、其身《そのみ》の手《て》勢《ぜい》をしたがえて、だん〱川上差《かわかみさ》してくりだす。しかるにこのとき大阪方《おおさかがた》においては塙団《ばんだん》右衛門《えもん》、必死《ひっし》となって喰《く》い止《と》めたから、たとえ小勢《こぜい》とはいえ其勢《そのいきお》いはなか〱当《あた》り難《がた》く、ところが其内《そのうち》に日《ひ》はズンブリと暮《く》れはてたが、なか〱戦争《せんそう》のおさまりそうな気色《けしき》もみえない。川《かわ》の両岸《りょうがん》にはえん〱と篝火《かがりび》をたきたて、敵《てき》も味方《みかた》も入《い》りみだれ、喚《おめ》き叫《さけ》んでの大《だい》合戦《かっせん》。しかるにコワ仰《そ》もいかに、その夜《よ》の亥刻頃《よつごろ》にいたって、おもい掛《か》けなく大阪方《おおさかがた》のうしろより、何者《なにもの》ともしれず、皆「ワアーッ、ワッ」と鬨《とき》を作《つく》って無《む》二無《む》三に斬《き》りこんだ。この体《てい》ながめて大阪方《おおさかがた》はおゝいにおどろき、振《ふ》り返《かえ》ってかの筆立山《ふでたてやま》の方《ほう》を見《み》てあれば、山《やま》には綺羅星《きらほし》のごとくに松明《たいまつ》を振《ふ》り照《て》らし、かねて廻《まわ》したる浅野方《あさのがた》の同勢《どうぜい》にて、まったく挟《はさ》み討《う》ちにおよんだのだ。塙団右衛門《ばんだんえもん》はこの様子《ようす》をみるやいなや、背後《うしろ》を切《き》られては一大事《だいじ》とたちまち軍勢《ぐんぜい》を二手《て》に分《わ》け、背後《うしろ》の敵《てき》には米田監物《よねだけんもつ》、淡輪《たんのわ》六郎《ろう》、岡部大学《おかべだいがく》をして千五百人《にん》をもってこれに当《あた》らしめ、其身《そのみ》は阪田庄《さかたしょう》三郎《ろう》とゝもに対岸《たいがん》にある浅野《あさの》の本陣《ほんじん》へ斬《き》りいること丶相成《あいな》った。団右衛門直之《だんえもんなおゆき》は此日《このひ》はかねて最期《さいご》の決心《けっしん》なれば、日頃《ひごろ》の手並《てなみ》をみせてくれんものをと、采配《さいはい》をとって腰《こし》の鐶《かん》におさめ、手槍《てやり》を引扱《ひきしご》いてドッとばかりに群《むら》がり立《た》ったる浅野《あさの》の同勢《どうぜい》の真只中《まっただなか》へ、面《おもて》も振《ふ》らずつきいったが、また丶く内《うち》に敵《てき》を東西《とうざい》につき伏《ふ》せること十数人《すうにん》、さながら人無《ひとな》きところを駆《か》け廻《まわ》るごときありさま。しかるにこのとき家来《けらい》の阪田庄《さかたしょう》三郎《ろう》は、これまた主人《しゅじん》に劣《おと》らぬ強《ごう》の者《もの》とて、手《て》には血汐《ちしお》の滴《したた》る槍《やり》をあやつり、ついに同《おな》じく旗本《はたもと》の同勢《どうぜい》の中《なか》へ踊《おど》りこんだ。なにをいうにも敵《てき》は大勢味方《おおぜいみかた》は小勢《こぜい》、おい〱とそれへ対《たい》して討死《うちじに》をいたし、いまはわずか七八十人《にん》の小勢《こぜい》となってしまった。これとてもいずれも身《み》には数《すう》ヶ所《しょ》の手傷《てきず》をこうむり、必死《ひっし》の勇《ゆう》を奮《ふる》っているありさま。ところがこれがために討《う》ち立《た》てられてさしもの浅野方《あさのがた》もさん〲になって敗走《はいそう》するから、大将但馬守《たいしょうたじまのかみ》は馬上《ばじょう》にあって無念《むねん》の歯噛《はが》み。但「ヤア〱者共《ものども》、この上《うえ》は敵将《てきしょう》を討《う》ち取《と》るは亀田大隅《かめだおおすみ》ならではこれあるまい。いかに大隅《おおすみ》、敵《てき》は大阪方《おおさかがた》に名《な》をえたる、塙団右衛門直之《ばんだんえもんなおゆき》とこそしられたり。イザヤ其方《そのほう》すみやかにまいって団右衛門《だんえもん》を討《う》ちとるべし」という下知《げち》、このとき亀田大隅《かめだおおすみ》も流石《さすが》に迷惑《めいわく》のようす、大「おそれながら大隅御主君《おおすみごしゅくん》へもうし上《あ》げたてまつります。百万《まん》の大敵《たいてき》といえども決《けっ》しておそる丶この大隅《おおすみ》ではございませんが、どうも是《こ》れ計《ばか》りは丶なはだ迷惑《めいわく》をつかまつります」但「ヤア黙止《だま》れ大隅《おおすみ》、そのほう日頃《ひごろ》の勇気《ゆうき》にも似合《にあわ》ずなぜ左様《さよう》なことをもうす。ハヽアさては塙団右衛門《ばんだんえもん》がおそろしいのジアナ」大「イエ〱決《けっ》して恐《おそ》れはつかまつりません。実《じつ》はその以前《いぜん》かれは織田信長《おだのぶなが》につかえたが一旦浪人《たんろうにん》をとげ、また私《わたく》しもその以前朝倉家《いぜんあさくらけ》につかえて同家断絶《どうけだんぜつ》のゝちは浪人《ろうにん》となり、しばらく諸方《しょほう》を漫遊《まんゆう》したことがございます。そのせつ肥前唐津《ひぜんからつ》においてかの塙団右衛門直之《ばんだんえもんなおゆき》と出会《であ》い、しばらく彼《か》れと同道《どうどう》で諸国《しょこく》を徘徊《はいかい》いたしましたが、たがいに乱世《らんせ》のおりから故《ゆえ》このゝち出世《しゅっせ》の仕競《しくら》べをしよう、しかし万石欠《まんごくか》けては決《けっ》して奉公《ほうこう》をするナ、いかにも承知《しょうち》と双方約束《そうほうやくそく》をいたして相別《あいわか》れたのでございます。しかるに彼《か》れはそのゝち大阪方《おおさかがた》に奉公《ほうこう》いたし、聞《き》けばどうやら一万《まん》六千石《ごく》の高禄《こうろく》を受《う》けているとのこと、私《わたくし》はたゞいま貴郎《あなた》の家臣《かしん》となって八千石《ごく》を頂戴《ちょうだい》いたしております。ところで今《いま》彼《か》れに一騎《き》打《う》ちの勝負《しょうぶ》をもうしこむときは、かならず団右衛門《だんえもん》はそのときのことを思《おも》いだし、私《わたく》しを嘲《あざけ》り勝負《しょうぶ》をいたすまいとこゝろえます。それがはなはだ残念心外《ざんねんしんがい》……」但「ウムそうか、イヤ道理《もっとも》のことである。しからば其《その》方《ほう》にたゞいま此処《ここ》において、一万石《まんごく》の加増《かぞう》をもうしつける。そう〱墨附《すみつき》をとらするゆえ、速《すみや》かに立《た》ちむかえよ」大「ハッ、それは千万辱《ばんかたじ》けのうぞんじます。さあらば私《わたく》しも一旦《たん》かれに誓《ちか》いし廉《かど》も立《た》ちます。厚顔《あつかま》しくは候《そうら》えども右《みぎ》お墨附《すみつき》を頂戴《ちょうだい》つかまつりましょう」

そこで但馬守《たじまのかみ》は手早《てばや》く墨附《すみつき》をお認《したた》めになって御渡《おわた》しになる。スルと亀田大隅《かめだおおすみ》は右《みぎ》の墨附《すみつき》を兜《かぶと》の前立《まえだて》に確《し》かと括《くく》りつけ、その身《み》の手勢《てぜい》一千五百人《にん》ばかりをしたがえて握《にぎ》り太《ぶと》の槍《やり》を駒《うま》の手首《てくび》におし当《あ》てがい、ドッとばかりに乗《の》りだした。いましも樫井川《かしいがわ》の縄手《なわて》の方《ほう》をみてあれば、塙団右衛門《ばんだんえもん》は猛虎《もうこ》のごとく縦横無尽《じゅうおうむじん》に荒《あば》れまわっている。このとき亀田大隅《かめだおおすみ》は松明《たいまつ》の光《ひか》りを当《あ》てに馬《うま》をとばしてきたり、大「ヤア〳〵大阪方《おおさかがた》の勇士塙団右衛門《ゆうしばんだんえもん》、浅野但馬守《あさのたじまのかみ》の家臣亀田大隅《かしんかめだおおすみ》これにあり、見参《けんざん》〳〵ッ」とよばわりながら、大「エイッ」とばかりに槍《やり》を突出《つきだ》してくる。団右衛門《だんえもん》は馬上《ばじょう》ながらにこの様子《ようす》をながめて莞爾《にっこ》り打《う》ち笑《わら》い、団「珍《めず》らしや亀田大隅《かめだおおすみ》、汝《なんじ》の様《よう》な腰抜《こしぬ》け武士《ぶし》とは一騎《き》討《う》ちの勝負《しょうぶ》はいたさぬぞ。以前《いぜん》たがいに浪人《ろうにん》のみぎり、万石《まんごく》が一粒《つぶ》欠《か》けても奉公《ほうこう》はいたさぬとたがいの約束《やくそく》を反古《ほご》になし、いまは浅野《あさの》家《け》に仕《つか》えてわずか糊米《のりまい》ほどの禄《ろく》に甘《あま》んずる卑怯者《ひきょうもの》、さような奴《や》ツには決《けっ》してこの塙団右衛門《ばんだんえもん》対手《あいて》にならぬ、さがれッ」こゝだとおもった亀田大隅《かめだおおすみ》、大「イヤいかにも汝《なんじ》に出会《であ》いなば、かならず左様《さよう》なことをもうすに相違《そうい》ないとおもったことである。サア団右衛門《だんえもん》これをみよ。いまこの兜《かぶと》の前立《まえだて》に括《くく》りつけてあるは、これぞ一万石《まんごく》の墨付《すみつき》である。今日《きょう》あらためて一万石《まんごく》の御加増《ごかぞう》にあいなったる上《うえ》からは知行《ちぎょう》は合《あわ》して一万《まん》八千石《ごく》、汝《なんじ》よりみるとすこし上《うえ》である。対手《あいて》にとって不足《ふそく》はあるまい」団「ウム、それでこそ約束違《やくそくたが》えぬ天晴《あっぱ》れの武士《ぶし》、勝負《しょうぶ》をするに不足《ふそく》はない、イザきたれッ」とピタリ中断《ちゅうだん》に槍《やり》をかまえた。大「オウ、こゝろえたり」と亀田大隅《かめだおおすみ》、これまた中断《ちゅうだん》に槍《やり》をかまえて馬《うま》をジリ〳〵と進《すす》ませてくる。団「エイッ」大「ヤッ」というなり、双方秘術《そうほうひじゅつ》をつくして渡《わた》りあったが、このとき団右衛門直之《だんえもんなおゆき》のたずさえたるはその目方《めかた》およそ十二貫目《かんめ》もあろうという鉄《てつ》の延附《のべつけ》の槍《やり》でございまして、暫時戦《ざんじたたこ》うておりまするそのうちに、いかなる隙《すき》やあったりけん、団「エイッ」と大喝一声《だいかついっせい》団右衛門《だんえもん》は、亀田大隅《かめだおおすみ》のたずさえる槍《やり》を槍搦《やりがら》みにおよび、パッとばかりに撥《は》ねあげた。シテやったりと団右衛門《だんえもん》、団「ヤッ」と一声《せい》、大隅《おおすみ》の胸元《むなもと》より背骨《せぼね》にかけてたゞ一突《つ》きと突出《つきだ》したる槍先《やりさき》を、はやくも亀田《かめだ》はヒラリ体《たい》をかわし、四尺《しゃく》にある陣刀《じんとう》を抜《ぬ》くよりはやくガッキとばかり受《う》け流《なが》したるその早業《はやわざ》は、流石《さすが》に天下《てんか》に其名《そのな》とゞろきたる勇士《ゆうし》と勇士《ゆうし》の勝負《しょうぶ》ぞと、敵《てき》も味方《みかた》もたがいに手《て》を止《と》めて、この様子《ようす》を打《う》ち眺《なが》めている。サア此勝負《このしょうぶ》は如何相成《いかがあいな》りましょうや。

◎塙《ばん》団《だん》右衛《え》門《もん》の戦死《せんし》

かくして塙《ばん》、亀田《かめだ》の両人《りょうにん》はおよそ一時《とき》ばかりというものは、馬《うま》を東西《とうざい》に乗《の》りひらき、身体《からだ》を南北《なんぼく》にかわして一騎《きう》討ちの勝負《しょうぶ》におよんだが、さらにその勝負《しょうぶ》が判《わか》らない。このとき亀田《かめだ》は、大「エイッ」と大喝《だいかつ》して上段《じょうだん》に振《ふ》り冠《か》ぶり打《う》ちおろしたる陣刀《じんとう》を、此方《こなた》団《だん》右衛《え》門《もん》はヒラリと馬《うま》を乗《の》りかわし、団「ヤッ」と突《つ》きだしたる槍《やり》先《さ》きには、流石《さすが》の亀田《かめだ》大隅《おおすみ》もかわす隙《すき》もなく、ズブリと左《ひだ》りの太股《ふともも》をつらぬいた。何条《なんじょう》もってたまるべき、ドッとそこへ大隅《おおすみ》は落馬《らくば》をいたしたが、これも聞《きこ》ゆる豪傑《ごうけつ》なれば、いま落馬《らくば》を仕乍《しなが》らパッと横《よこ》にはらった陣刀《じんとう》にて、団《だん》右衛《え》門《もん》の乗《の》っている馬《うま》の後足《あとあし》を一本斬《ぼんき》っておとしたから、馬《うま》はおどろきヒヽーンと悲鳴《ひめい》をあげて棹立《さおだ》ちとなり、続《つづ》いて団《だん》右衛《え》門《もん》もドッとそれへ落馬《らくば》をする。途端《とたん》に双方《そうほう》パッとそこへ突立《つった》ち上《あ》がり、団「ヤアッいかに大隅《おおすみ》、たがいに勇士《ゆうし》の一騎《きう》討ちに、打物《うちもの》とっては面倒《めんどう》なり、サアこのうえは腕《うで》と腕《うで》との勝負《しょうぶ》をせよ」というよりはやく団《だん》右衛《え》門《もん》は槍《やり》をガラリそこへ投《な》げ捨《す》て、大手《おおて》を拡《ひろ》げて立《た》ちむかった。このとき亀田《かめだ》も、大「オウこゝろえたり」と大刀《だいとう》を投《な》げ捨《す》て、無手《むんず》とばかりに組《く》みあった。たがいに力足《ちからあし》を堂々《どうどう》と踏《ふ》み〆《し》め〳〵、暫《しば》しのあいだはえい〳〵声《ごえ》して組討《くみう》ちをいたしたが、なにをいうにも亀田《かめだ》は太股《ふともも》に受《う》けたる槍傷《やりきず》の痛《いた》みにまけ、ついにそこへ組《く》み敷《し》かれた。遠《とお》くよりこれをみていた浅野方《あさのがた》は、ハッとばかりにおどろいている。もとより大隅《おおすみ》もいかにぞして跳《は》ねかえさんと踠《もが》くといえども、大力無双《だいりきむそう》の団右衛門《だんえもん》、なか〳〵もって動《うご》かさない。団「いかに大隅《おおすみ》、汝《なんじ》とわれは素朋友《もとほうゆう》、戦時《せんじ》の例《たと》いとはいえ、かく敵味方《てきみかた》と相成《あいな》りしはぜひもなき次第《しだい》である。しかしながら大阪方《おおさかがた》は最早《もは》や滅亡《めつぼう》の時節《じせつ》とあいみえ、到底末《とうていすえ》のみこみがつかぬ。そのうえ此度《このたび》はわれも詰《つま》らぬ葉武者《はむしゃ》のしたにつき出陣《しゅつじん》のみぎりより討死《うちじに》はかねての覚悟《かくご》。名《な》もなき葉武者《はむしゃ》の手《て》にかゝって相果《あいは》てんより寧《むし》ろ昔《むか》しの馴染甲斐《なじみがい》に、首級《くび》は汝《なんじ》につかわす間《あいだ》はやく首級《くび》をあげて功名《こうみょう》せよ」とよう〳〵片端《かたへ》へ飛《と》び退《の》いてドカッとばかり着座《ちゃくざ》をする、大隅《おおすみ》はヤットのことにそれへ起《お》きあがり、大「団右衛門殿《だんえもんどの》、貴殿《きでん》の言葉《ことば》は道理《どうり》なれど、拙者《せっしゃ》とても一旦《たん》かく組《く》みしかれたることである。よってわれ亀田大隅《かめだおおすみ》の運《うん》もこれまでなり、拙者《せっしゃ》の首級《くび》を……」団「コリャ大隅馬鹿《おおすみばか》をいうな。貴様《きさま》はまだこれから幾何《いくら》でも出世《しゅっせ》ができる。このほうは大阪出馬《おおさかしゅつば》のみぎりより討死《うちじに》はすでに覚悟《かくご》である。よって首級《くび》だけは貴様《きさま》につかわす」というよりはやく鎧《よろい》を脱《ぬ》ぎすて鎧通《よろいどお》しを抜《ぬ》いて腹《はら》へガバッと突《つ》き立《た》てた。これをながめて亀田大隅《かめだおおすみ》は涙《なみだ》にくれ、大「ア、悼《いた》ましきことである。かくなる上《うえ》はぜひにおよばぬ。団右衛門殿首級《だんえもんどのくび》は拙者《せっしゃ》がもうしうけて跡懇《あとねんごろ》切に弔《とむら》いもうさん」とやがて後《うし》ろへまわって大刀振《だいとうふ》りあげ、大「ヤッ」とかけたる一声《せい》に、たちまち首級《くび》を斬《き》っておとした。やがて其首《そのくび》を陣刀《じんとう》につらぬき、ようやく突立《つった》ちあがって大音声《だいおんじょう》、大「ヤア〳〵遠《とお》からんものは音《おと》にもきけ、近《ちか》くばよって目《め》にもみよ、紀州和歌山《きしゅうわかやま》の城主浅野但馬守《じょうしゅあさのたじまのかみ》の家臣《かしん》にて、左《さ》る者有《ものあ》りとしられたる亀田大隅《かめだおおすみ》、今日《きょう》の戦《たたか》いに大阪方《おおさかがた》の大将塙団右衛門直之《たいしょうばんだんえもんなおゆき》を討《う》ちとったり」とよばわって、ヒラリとばかり自分《じぶん》の馬《うま》へ乗《の》りあがらんとする。このとき向《むか》う乱軍《らんぐん》の中《なか》より阪田庄《さかたしょう》三郎《ろう》、血汐《ちしお》の滴《したた》る槍《やり》を小脇《こわき》に掻《か》いこみ、身《み》に着《ちゃく》したる紺糸縅《こんいとおどし》の大鎧《おおよろい》はさながら緋縅《ひおどし》のごとくに変《へん》じ、足元《あしもと》も踉蹌蹣跚《しどろもどろ》に駆《か》けつけきたり、この体見《ていみ》るより大音声《だいおんじょう》、庄「ヤア大隅待《おおすみま》てッ、主君《しゅくん》の敵《かたき》これを喫《くら》えッ」いうよりはやく手《て》にせる槍《やり》を差《さ》しあげて、庄「エイッ」と一声力《せいちから》に任《まか》して投《な》げ槍《やり》をいたしたが、勇士《ゆうし》の一念《ねん》、槍《やり》は矢《や》のごとくにとんで、いましも馬《うま》にのらんとする亀田大隅《かめだおおすみ》の背骨《せぼね》から、胸板差《むないたさ》してズブーリ田楽刺《でんがくざ》しにつらぬいた、その強力《ごうりき》は実《じつ》に天晴《あっぱ》れなことでございます。もっともこの阪田庄《さかたしょう》三郎《ろう》という人《ひと》は、主《しゅ》に優《まさ》るとも劣《おと》らざる強力無双《ごうりきむそう》の豪傑《ごうけつ》で、かの天下茶屋《てんかちゃや》において鵤幸右衛門《いかるがこうえもん》すなわち人形屋《にんぎょうや》幸右衛門《こうえもん》が敵討《かたきうち》をいたしたときも、この阪田庄三郎《さかたしょうろう》が助太刀《すけだち》をいたし、そのとき青竹《あおだけ》を扱《しご》いて襷《たすき》に掛《か》けたというくらいの大力《だいりき》、はやくも駆《か》けきたって亀田大隅《かめだおおすみ》をそこへ討取《うちと》りついに陣刀《じんとう》の鋩《きっさき》につらぬいてあった主人《しゅじん》の首級《くび》を奪《うば》いかえした。しかるに浅野方《あさのがた》においてはこの体《てい》をながめて、浅「いで逃《に》がすなッ、追《お》っ取《と》り巻《ま》いてかれを討取《うちと》れよッ」とドッと喚《おめ》いてたちまち八方《ぼう》より、阪田庄三郎《さかたしょうろう》を取《と》り巻《ま》いて斬《き》ってかゝった。阪田《さかた》はこれを引受《ひきう》けながら、庄「猪牙才《ちょこざい》なる蛆虫《うじむし》ども、このうえは阪田庄三郎《さかたしょうろう》が最期《さいご》のはたらき、イザきたって尋常《じん》《じょう》の勝負《しょうぶ》におよべッ」と当《あた》るをさいわい陣刀《じんとう》をもって、四方八方《ほうぼう》に斬《き》り捲《まく》るから、向《むか》う者《もの》はなか〳〵一人《にん》として命《いのち》をまっとうする者《もの》もいない。しかるにこゝ浅野方《あさのがた》に名《な》をえたる鈴《すず》木軍左衛門《きぐんざえもん》、不破當十郎《ふはとうろう》という両勇士《ゆうし》、双方《そうほう》より槍《やり》をしごいて、鈴「エイッ」不「ヤッ」と突《つ》ッかゝる奴《や》ツを、庄「猪牙才《ちょこざい》なり」と受《う》け流《なが》し、たちまちいましも鈴木《すずき》が繰《く》りだしたる槍《やり》の柄《え》を、中途《ちゅうと》よりパッと斬《き》っておとし、はやくも手許《てもと》へとびこんで左《ひだ》りの肩口《かたぐち》より右《みぎ》の乳《ちち》の下《した》掛《か》けて、バラリズンと斬《き》っておとした。この体《てい》をみて不破當十郎《ふはとうろう》、コワ敵《かな》わじとやおもいけん、バラ〳〵〳〵ッと逃《に》げんとするを、庄「ヤッ」とはらった一刀《とう》にて、これまた美事胴切《みごとどうぎ》りといたしてしまった。これをみるより浅野方《あさのがた》は、おい〱辟易《へきえき》をいたし、このうえからは飛道具《とびどうぐ》をもって討《う》ちとれよと、四方八方《ほうぼう》より阪田庄三郎《さかたしょうろう》只《ただ》一人《にん》を目掛《めが》けドン〱〱鉄砲《てっぽう》を撃《う》ちだした。これによってサシモ勇士《ゆうし》の阪田庄三郎《さかたしょうろう》も、みる〱うちに身体数《しんたいすう》ヶ所《しょ》の銃傷《じゅうしょう》をこうむりたちまち口中《こうちゅう》より血汐《ちしお》を吐《は》き、惜《お》しむべし血気《けっき》の英傑《えいけつ》も、ついに主人《しゅじん》と倶《とも》にそこにて名誉《めいよ》の戦死《せんし》をとげたのでございます。しかるにかの筆立山《ふでたてやま》より攻《せ》めくだってまいったる大竹《おおたけ》の手勢《てぜい》を引受《ひきう》けはなぐ〱しく戦《たたか》いにおよんだ、米田監物《よねだけんもつ》、岡部《おかべ》大学《だいがく》、淡輪《たんのわ》六郎《ろう》のめん〱においても、いずれも乱軍《らんぐん》の中《なか》にて潔《いさ》ぎよく討死《うちじに》をとげる、士《し》卒《そつ》の者《もの》も大半《たいはん》は討死《うちじに》をいたして、わずかに残《のこ》る者《もの》も八方《ぼう》へ散乱《さんらん》するということに相成《あいな》りました。もっともこの戦争《いくさ》のおわったるのち、紀州《きしゅう》の家臣《かしん》にて小笠原伝《おがさわらでん》右衛門《えもん》という人《ひと》が、塙団《ばんだん》右衛門《えもん》等《ら》の戦死《せんし》を悼《いた》み、かの樫井川《かしいがわ》の縄手《なわて》に塙団《ばんだん》右衛門《えもん》をはじめとして、阪田庄《さかたしょう》三郎《ろう》、米田監物《よねだけんもつ》、岡部大学《おかべだいがく》、淡輪《たんのわ》六郎《ろう》この五人《にん》のものゝ跡《あと》を弔《とむ》らわんがため、五輪《りん》の仏塔《ぶっとう》を建《た》てゝ供養《くよう》をいたしますが、この五輪《りん》の塔《とう》は方今《ほうこん》においても歴然《れきぜん》としてのこってある、それは後日《ごじつ》の御話《おはな》し。しかるにこのとき浅野家《あさのけ》の同勢《どうぜい》は充分《じゅうぶん》の勝鬨《かちどき》をあげて、まず一旦《たん》は和《わ》歌山《かやま》へ引揚《ひきあ》げてゆく。ところが此方《こなた》大野修理之亮《おおのしゅりのすけ》は小出大和守《こいでやまとのかみ》が居城《きょじょう》の岸和田《きしわだ》を攻《せ》めているうちに、おもい掛《が》けなく伯太《はかた》の渡部民部《わたなべみんぶ》の同勢《どうぜい》が乗《の》りこんでまいり、挟《はさ》み撃《うち》を喰《くわ》せたものですから、さん〴〵に討《う》ち悩《なや》まされて肝腎《かんじん》の大将《たいしょう》たる大野《おおの》は命辛々《いのちからがら》這々《ほうほう》の体《てい》で大阪城《おおさかじょう》へ逃《に》げかえったから、この手《て》の家来《けらい》もみなチリ〴〵バラ〳〵とあいなりてさん〴〵に敗走《はいそう》をしたのでございます。しかるに城内《じょうない》においては軍師《ぐんし》幸村《ゆきむら》をはじめ、諸将《しょしょう》のめん〳〵挙《こぞ》って大野《おおの》をのゝしり辱《はず》かしめ、皆「貴殿《きでん》の様《よう》な人《ひと》はこのゝち決《けっ》して戦場《せんじょう》へでることはあいならぬ」といわれたが、流石《さすが》の修理之亮《しゅりのすけ》も一言半句《ごんはんく》の答《こた》えもなく、真青《まっさお》になって縮《ちぢ》みあがった。しかるにいよ〳〵此度《このたび》の一条《じょう》によって、まったく和談《わだん》は打《う》ちやぶれたる次第《しだい》にて、関《かん》東《とう》へおい〳〵注進《ちゅうしん》におよぶと、ときこそ好《よ》けれと関東《かんとう》よりは百有余万《ゆうよまん》の大軍《たいぐん》をもって、この大阪城《おおさかじょう》へ押《お》しよせついに大阪落城《おおさからくじょう》という御《お》話《はな》しに相《あい》なるのでございます。

◎関東勢《かんとうぜい》百有余万《ゆうよまん》の進軍《しんぐん》

茲《ここ》において大御所公《おおごしょこう》ならび二代将軍秀忠公《だいしょうぐんひでただこう》におかれては、慶長《けいちょう》二十年改元《ねんかいげん》なって元和《げんな》元《がん》年《ねん》三月中旬《がつちゅうじゅん》にいたり関東《かんとう》の軍勢《ぐんぜい》百有余万《ゆうよまん》を募《つの》って御出馬《ごしゅつば》ということにあいなり、おい〳〵

と京都へお乗込みになる。ところが此方大阪城は以前とちがい、外壕出丸を破却いたしてまるで裸城どうよう、これを討ちとるになんの造作やあらんと、ことの外のおいきおいにて、東西《とうざい》より一挙《きょ》に攻《せ》めおとすという手筈《てはず》におよぶ。まず二代将軍家《だいしょうぐんけ》は伏見《ふしみ》より奈良《なら》にせまり、暗《くらが》り峠《とうげ》をこして河内《かわち》の松原《まつばら》へ御本陣《ごほんじん》をお定《さだ》めになる。また大御所家康公《おおごしょいえやすこう》は天満《てんま》の森《もり》に御本陣《ごほんじん》を御定《おさだ》めにあいなったが、方今《ほうこん》でも天満天神《てんまてんじん》の社内《しゃない》に大将軍社《だいしょうぐんしゃ》というのがあって、かの近辺《きんぺん》を本陣《ほんじん》と御定《おさだ》めにあいなったのでございます。まず先手《さきて》のめん〳〵は大川《おおかわ》へ船橋《ふなばし》を架《か》け、大軍《たいぐん》をもって追取《おっと》り囲《かこ》みにあいなった。これによって大阪城下《おおさかじょうか》の町人《ちょうにん》百姓《しょう》は、折角太平《せっかくたいへい》とあいなったのに、また〳〵かゝる戦争《せんそう》のおこるのは情《なさ》けない次第《しだい》であると、めい〳〵安《やす》き心《ごころ》もなくいずれも隣国《りんごく》へ立退《たちの》くことにあいなったから、この辺《あた》りには人家《じんか》はあっても住《す》む人《ひと》はなく、実《じつ》に大阪《おおさか》は火《ひ》の消《き》えたるごときありさま、また城内《じょうない》のものも臆病《おくびょう》なる者《もの》は敵《てき》の大軍《たいぐん》をみて皆肝《みなきも》を潰《つぶ》している、しかしながら真田幸村《さなだゆきむら》は実《じつ》に日本《にっぽん》一の軍師《ぐんし》とも謂《いい》つべき英雄《えいゆう》なれば、このありさまを眺《なが》めてもすこしもおどろかず、泰然《たいぜん》としてその持場《もちば》〳〵を固《かた》めさせることにあいなったが、何分昨年《なにぶんさくねん》とはちがい要害《ようがい》もなくなったことであるから、たゞ城内《じょうない》へ立籠《たてこも》るとのみでございます。さてこゝに飯島太郎左衛門《いいじまたろざえもん》と云《い》う者《もの》についていろ〱面白《おもしろ》いおはなしがあるのでございますが、こゝには略《りゃく》しおき、たゞちに太郎左衛門《たろざえもん》の働《はたら》きの一条《じょう》に引移《ひきうつ》ることにいたします。そこで幸村《ゆきむら》はこの太郎左衛門《たろざえもん》に、幸「汝等《なんじら》たゞいまより城外《じょうがい》にいで斯様《かよう》〱に取《とり》はからえよ」という、委細畏《いさいかし》こまったと同人《どうにん》は自分《じぶん》の村《むら》へ立《たち》かえってまいり、さっそく下《した》百姓《しょう》小者《こもの》の内《うち》より天晴《あっぱ》れ義心《ぎしん》のある者《もの》ばかりを選《えら》みいだし、かい〲しくも身軽《みがる》の扮装蓑笠《いでたちみのがさ》に身《み》をかためて、四五十名《めい》の者《もの》を引連《ひきつ》れ、さて天満《てんま》に御本陣《ごほんじん》をさだめられたる大御所公《おおごしょこう》の御陣中《ごじんちゅう》へやってくる。大「エ、おそれながら私《わたく》しどもは近在《きんざい》の百姓《しょう》でございます。将軍《しょうぐん》さまへ御冥加《ごみょうが》のためなんなりとも御用《ごよう》がございますれば、おゝせつけられまする様《よう》……」とねがってでた。よってこのことを大御所公《おおごしょこう》へもうしあげると、家康公《いえやすこう》もいと御満足《ごまんぞく》におぼし召《め》され、家「ウム過分《かぶん》である。用事《ようじ》があればもうしつける。泰平《たいへい》の世《よ》とあいなれば恩賞《おんしょう》をつかわすぞよ」大「ハッ、まことにあり難《がた》くぞんじます」とそこでそれ等《ら》の者《もの》は皆小使同様《みなこづかいどうよう》となって陣中《じんちゅう》へいりこんだが、何《なに》が扨《さ》て土地《とち》の者《もの》であったから勝手《かって》も充分《じゅうぶん》ぞんじておりまするし、まず道直《みちなお》し、あるいは小屋掛《こやがか》りの手伝人足同様《てつだいにんそくどうよう》に召《め》しつかわれている。其中《そのうち》に中嶋村《なかじまむら》の彦右衛門《ひこえもん》、野里村《のざとむら》の三左衛門《ざえもん》、是等《これら》の者《もの》もおい〱人足《にんそく》を連《つ》れきたって御用《ごよう》を勤《つと》めることになったが、ない〱これ等《ら》の者《もの》はみな秘密《ひみつ》をもうし含《ふく》めてある。ところが軈《やが》てその月《つき》もすぎ四月中旬《がつなかば》となってくると、すこしく入梅《つゆ》の気味《きみ》とあいなり日々《にちにち》小止《こや》みもなく雨《あめ》が降《ふ》りつゞき、ついに五六日間《にちかん》というものは大雨《おおあめ》になってきたから、それがために淀川《よどがわ》は水嵩《みずかさ》増《ま》して満水《まんすい》とあいなり、やゝともすれば諸所《しょしょ》の堤防《ていぼう》が切《き》れんとするのありさま、飯島《いいじま》はこのとき篤《とく》と地《ち》の理《り》をみて御本陣《ごほんじん》へでゝまいり、大「おそれながら申《もう》し上《あ》げます。日々《にちにち》のこの大雨《おおあめ》にて淀川筋《よどがわすじ》は満水《まんすい》とあいなりましたがすべて、此辺《このあた》りは土地《とち》の低《ひく》い場所《ばしょ》でございますから、万《まん》一のことがあってはあいなりません。よって私《わたく》しども土俵《どひょう》を築《きず》いてその要害《ようがい》いたしたいとかんがえます」ともうしあげた。家康公《いえやすこう》はこれをきいて打《う》ち黙頭《うなづ》かれ、家「ウム、まことに道理《もっとも》のことである。しからば其方《そのほう》に万事《ばんじ》もうしつけるゆえ、その用意《ようい》をいたしくれよ」とこれによって飯島太《いいじまた》郎左衛門《ろざえもん》はさっそく多《おお》くの百姓《しょう》、または人足《にんそく》を募集《ぼしゅう》いたし、さて大川《おおかわ》の上流《じょうりゅう》に当《あた》る源《げん》八、長柄《ながら》近辺《きんぺん》の堤《どて》へおい〳〵と土俵《どひょう》を築《きず》きあげ、充分《じゅうぶん》これを防《ふせ》ぐことにあいなったのでございます。

◎飯島《いいじま》太《た》郎《ろ》左《ざ》衛《え》門《もん》の報恩《ほうおん》

しかるに飯島《いいじま》太《た》郎《ろ》左《ざ》衛《え》門《もん》へは、かねて幸村《ゆきむら》より申《もう》しつけてあったと見《み》え、やがて充分《じゅうぶん》の満水《まんすい》を見済《みすま》し、ときしも四月《がつ》二十二日《にち》の夜《よ》、前以《ぜんも》って大阪城内《おおさかじょうない》へ合図《あいず》をいたしその夜《よ》の子刻《ここのつ》すぎのころおい、手配《てくば》りをいたしてたちまち数《すう》ヶ所《しょ》の土俵《どひょう》を打《う》ち壊《つぶ》し、いまゝで充分《じゅうぶん》に堰《せ》き止《と》めた水《みず》を、一時《じ》にドッと天満《てんま》へ切《き》っておとした。何《なに》をいうにもこの近辺《きんぺん》は地面《じめん》の低《ひく》いところで、そのうえ過日来《かじつらい》の水《みず》を堰《せ》き止《と》めてあったのですから、ドッと一時《じ》に流《なが》れおつる水《みず》はさながら海嘯《つなみ》のごとく、たちまちの内《うち》にゴーッ〱といい〱激《はげ》しく流《なが》れ来《きた》り、看《み》る〱内《うち》に天満《てんま》一円《えん》は渺々《ぼうぼう》たる大海《だいかい》のごとくにあいなった。実《じつ》に寝耳《ねみみ》に水《みず》とはこれでございましょうか、関東方《かんとうがた》はそれッという間《ま》もなくたちまちの内《うち》に陣所《じんしょ》〱を水《みず》にひたされ、周章狼狽《うろたえさわぐ》そのうちに、またゝく間《ま》にゴーッ〱と諸方《しょほう》へ押《お》し流《なが》されるというありさま。しかるにこのとき何処《いづく》ともなく、皆「ワアーッウワッ」という鬨《とき》の声《こえ》がきこえ、おい〱軍勢《ぐんぜい》の本陣《ほんじん》間近《まぢか》く押寄《おしよ》せくるようす、これなんかねて源《げん》八堤《づつみ》の方《ほう》に、忍《しの》び〱てあつまったる長曾我部《ちょうそかべ》の同勢《どうぜい》、三千人《にん》の士卒《しそつ》をもって高所《こうしょ》にある陣小屋《じんごや》にはドン〱〱火《ひ》を放《はな》って迫《せま》ったことでございますから、低《ひく》きところは水《みず》のために流《なが》され、高《たか》き陣所《じんしょ》には火《ひ》の手《て》が揚《あが》ってえん〱と空《そら》を焦《こが》すまでに燃《も》えあがったから、実《じつ》に関東方《かんとうがた》は上《うえ》を下《した》への大騒《おおそう》動《どう》、鼎《かなえ》の沸《わ》くごとくに逃《に》げ惑《まど》うばかり。しかるにこのとき中嶋村《なかじまむら》の庄屋彦右衛門《しょうやひこえもん》、野里村《のざとむら》の三左衛門《ざえもん》をはじめ、いずれも組下《くみした》の百姓《しょう》どもを引率《いんそつ》なし小船《こぶね》に打《う》ちのって本陣《ほんじん》に漕《こ》ぎつけてまいり、皆「ハッ、なか〱の水勢《すいせい》にて到頭堤防《とうとうていぼう》が切《き》れました。このうえは浅瀬《あさせ》の方《ほう》へ御案内《ごあんない》をいたしまするゆえ、こなたへおいでなさいまし」と軍勢《ぐんぜい》の輩《ともがら》を助《たす》けるとみせて、故意《わざ》と深味《ふかみ》へ連《つ》れだしては水中《すいちゅう》へ放《ほ》りこむというさわぎ、なにが夜中《よなか》のことゝいい土《と》地《ち》の勝手《かって》はわからず、実《じつ》に関東方《かんとうがた》は水火《すいか》の責苦《せめく》におちいりましたのでございます。かゝるところへ大阪方《おおさかがた》の真田大助《さなだだいすけ》は、三千の軍勢《ぐんぜい》を引率《いんそつ》なし、関東方《かんとうがた》の架《か》けたる船橋《せんきょう》を切《き》り捨《す》て多《おお》くの船《ふね》を奪《うば》いとり、長曾我部《ちょうそかべ》の軍勢《ぐんぜい》と一手《て》に合《あわ》して関東方《かんとうがた》を攻《せ》めたてる。しかるに関東《かんとう》方《がた》の船手《ふなて》の者《もの》は九鬼長門守《くきながとのかみ》、千賀与八郎《ちがよろう》、向井将監《むかいしょうげん》、小濱民部《おはまみんぶ》の人々《ひとびと》は、味方《みかた》のものを助《たす》けんとはやくも沢山《たくさん》の船《ふね》をだしたが、なにぶん水勢激《すいせいはげ》しくして上流《じょうりゅう》へ漕《こ》ぎ上《のぼ》すことあたわず、ただ周章狼狽《しゅうしょうろうばい》するばかり。このとき城内《じょうない》よりはスワヤときこそ宜《よ》けれといいながら、ドッとばかりに討《う》っていでたる木村長門守《きむらながとのかみ》、薄田隼人《すすきだはやと》、この二手《て》の同勢《どうぜい》は天満《てんま》の森《もり》を望《のぞ》んでおい〳〵小船《こぶね》に乗《の》って押《お》しよせきたり、四辺《あたり》一面《めん》は泥海《どろうみ》と変《へん》じたるそのなかより半身水《はんしんみず》に浸《ひた》って流《なが》されゆく軍勢《ぐんぜい》を手当《てあた》り次第《しだい》に斬《き》っておとす。しかるにこゝに大久保彦《おおくぼひこ》左衛門忠教《ざえもんただのり》は第《だい》一番《ばん》に本陣《ほんじん》へ駆《か》けつけきたり、大御所公《おおごしょこう》を御救《おたす》けもうさんと、まず其身《そのみ》の肩《かた》に引掛《ひきか》けて、浅瀬《あさせ》の方《かた》をのぞんでドン〳〵逃《に》げいださんとするが、なにぶん土地《とち》の勝手《かって》を充分《じゅうぶん》にしりませんところより、おもい掛《が》けなくも深所《ふかみ》へおちこみ、のちには其身《そのみ》の背《せ》も立《た》たぬくらいにあいなったから、いまは彦左衛門《ひこざえもん》も一生懸命《しょうけんめい》、もとより其身《そのみ》は裸体《はだか》のまゝこしの大小刀《だいしょう》を背《せ》に引背負《ひっせお》ったぎり家康公《いえやすこう》を背《せ》に負《お》うて一生懸命下手《しょうけんめいしもて》の方《かた》へ泳《およ》いでくると、丁度下手《ちょうどしもて》の方《かた》にすこし高見《たかみ》があって、一本《ぽん》の松《まつ》がみえだしたからこれを目当《めあ》てによようやく泳《およ》ぎついてヤッと一息《いきつ》吐いたのでございます。これ方今《ほうこん》にのこる北野権現《きたのごんげん》の松《まつ》のところ、おりしも向《むこ》うの方《かた》より薄田隼人《すすきだはやと》の同勢《どうぜい》、隼「ソレあれへとりついたる関東方《かんとうがた》を討《う》ちとれッ」と此方《こなた》をさしてドン〳〵のりこんでくる様子《ようす》、この体見《ていみ》るより大久保彦左衛《おおくぼひこざえ》門《もん》は、いまは早《は》や是《こ》れまでなりと、背中《せなか》に背負《せお》った陣刀《じんとう》ギラリ鞘《さや》ばらいにおよび、ヒラリ身《み》をおどらして水中《すいちゅう》にとびこみ、半身水《はんしんみず》に浸《ひた》して近寄《ちかよ》る者《もの》を手当《てあた》り次第《しだい》に斬《き》りたおしたが、そのうち次第《しだい》に四方《ほう》を敵《てき》のためにとり巻《ま》かれ、しらぬ間《ま》にジリ〳〵と其場《そのば》をはなれ、ついに大御所公《おおごしょこう》を見失《みうし》なってしまった。そのうちに夜《よ》はおい〳〵と明《あ》けはなれると、大御《おおご》所公《しょこう》はたゞ一人《にん》この松《まつ》に取《と》りついたまゝ四方《ほう》八方《ぽう》を見渡《みわた》していると、四方《ほう》はまったく泥海《どろうみ》と変《へん》じ味方《みかた》はとおく敗走《はいそう》して目《め》にいる者《もの》一人《にん》もなく、敵方《てきがた》は次第《しだい》〳〵に人数《にんず》をまし、小船《こぶね》に乗《の》って彼方此方《あなたこなた》を漕《こ》ぎ廻《まわ》るありさまに流石《さすが》の家康公《いえやすこう》もいまはいかんともする能《あた》わず、暫《ざん》時《じ》ただ呆然《ぼうぜん》として御心配《ごしんぱい》のそのところへ、丁度北手《ちょうどきたて》の方《ほう》より小船《こぶね》に乗《の》って、一人下男《にんげなん》に棹《さお》を差《さ》させ、矢《や》を射《い》るごとくの急流《きゅうりゅう》をザア〳〵此方《こなた》をさして漕《こ》ぎよせてくるは、これぞ本庄村《ほんじょうむら》の三郎兵衛《ろうべえ》という者《もの》だ。其身《そのみ》は下男《げなん》に下知《げち》をいたして、三「ソレ、早《はや》くあの松《まつ》の木《き》のところへやれッ」ともうしつけたが、下男《げなん》は、下「旦那様《だんなさま》、なか〳〵甚《えら》い水《みず》でございますナ、どうもこんな水《みず》の中《なか》で戦争《いくさ》ときては駄目《だめ》でございますよ。かえって怪我《けが》でもなされてはいけませんから、一層元《そうもと》へ引《ひっ》かえしましょうか」三「馬鹿《ばか》をいえ、こんなことは又《また》と無《な》いのだ。こういう時《とき》に一《ひと》つなんでも手柄《てがら》をしておくと、後日《ごじつ》かならず褒美《ほうび》が貰《もら》える。ぐず〳〵いわずに船《ふね》を漕《こ》げ。なんでも天晴《あっぱ》れの大将《たいしょう》とみたら、お救《たす》けもうして御褒美《ごほうび》に預《あず》かろうというおれの心算《つもり》だ。ソレモウすこし上手《かみて》へ漕《こ》いでゆけ」と下男《げなん》を励《はげ》ましながらよう

〳〵の事《こと》で此方《こなた》へ漕《こ》いでくる。ところが今《いま》しも松《まつ》の枝《えだ》にブラ下《さが》りながら、大御所公《おおごしょこう》はこれを御覧《ごらん》にあいなると、家「コリャそれなる者《もの》、はやくこゝへ船《ふね》を漕《こ》ぎよせてまいれ、予《よ》を助《たす》けよ」と大音声《だいおんじょう》によばわった。三郎兵衛《ろうべえ》はハッとばかりに声《こえ》を便《たよ》りにそのほうへ近寄《ちかよ》ってきてみると、一人《にん》の老人《ろうじん》が松《まつ》の枝《えだ》にブラさがっているから、三「ハヽア、これはなんでも大将分《たいしょうぶん》にちがいない。ソレはやく船《ふね》を漕《こ》ぎよせよ」と辛《から》くもその下《した》へ船《ふね》を漕《こ》ぎよせてくると、大御所公《おおごしょこう》は手が痺《しび》れるくらいに痛《いた》んでおりますから、いま船《ふね》のつくのを待《ま》ち兼《か》ねて手《て》を放《はな》すと、そのまゝバッタリ船中《せんちゅう》へ打《ぶ》ったおれ、既《すで》に気絶《きぜつ》にもおよばんとする様子《ようす》。これを眺《なが》めし三郎兵衛《ろうべえ》は、甲斐《かい》〴〵しくもいたわり介抱《かいほう》なし、三「ソレ、はやく船《ふね》を戻《もど》せッ」とそのまゝ北手《きたて》の方《ほう》へ船《ふね》を棹《さ》し切《き》らせる。これによって大御所公《おおごしょこう》もはじめてホッと一息《いき》お吐《つ》きになり、家「ときに其方《そのほう》はなんという者《もの》であるか」と御訊《おたず》ねになる。三「ヘエ、私《わたく》しは本庄村《ほんじょうむら》の庄屋三郎兵衛《しょうやろうべえ》ともうす者《もの》でございます」家「ウム、そうか兎《と》に角《かく》そのほうの着《き》ている蓑笠《みのがさ》を予《よ》に借《か》してくれ」と手早《てばや》く蓑《みの》を取《と》って身《み》にまとい、笠《かさ》を頭《あたま》からお冠《かむ》りになって、家「かならず徳川《とくがわ》の世《よ》とあいなれば重《おも》く取立《とりた》てつかわすぞ」といわれてハッとおどろいた庄屋三郎兵衛《しょうやろうべえ》、三「エヽッ、それなら貴郎《あなた》は関東《かんとう》の将軍様《しょうぐんさま》であられますか」

家「ウムそうだ」三「豪《えら》いわ、サアはやく本庄村《ほんじょうむら》へやれッ」一生懸命《しょうけんめい》船《ふね》を漕《こ》いでドン〱〱本庄村《ほんじょうむら》の方《ほう》へ戻《もど》って来《く》る。ところが此方真田幸村《こなたさなだゆきむら》におきましては、充分飯島太郎左衛《じゅうぶんいいじまたろざえ》門《もん》に計略《けいりゃく》をさだめ、今日《きょう》こそはと夜《よ》の中《うち》より仕度《したく》をいたし、其身《そのみ》は一艘《そう》の小船《こぶね》に打乗《うちの》って只管北《ひたすらきた》へ〱と漕《こ》ぎだしたが、もとより屈強《くっきょう》なる臣下両《しんかりょう》三名《めい》に棹《さお》をさゝせたことゆえ船《ふね》は矢《や》を射《い》るごとくにすゝんでゆく。其内《そのうち》にいましも船中《せんちゅう》に小手《こて》をかざして四方《ほう》をながめていた幸村《ゆきむら》は、なにを見付《みつ》けたかハッと後辺《うしろ》を振《ふ》りかえり、幸「あれをみよ、アレ〱北《きた》の方《かた》に当《あた》って光気《こうき》の靉靆《たなび》くはさてこそ大御所《おおごしょ》あの辺《へん》へ逃《に》げ延《の》びられたに相違《そうい》ない」といいながら、なおもよく〱水中《すいちゅう》を見渡《みわた》すといましも一艘《そう》の怪《あや》しき小船《こぶね》は飛《と》ぶがごとくに北手《きたて》をさして漕《こ》ぎゆくようす。幸「ソレかの怪《あや》しき船《ふね》へ漕《こ》ぎよせッ」○「ハッ、こゝろえました」と幸村《ゆきむら》の家来《けらい》は一生懸命《しょうけんめい》に船《ふね》を棹《さ》し切《き》る。このとき幸村船中《ゆきむらせんちゅう》より大音声《だいおんじょう》に、幸「ヤア〱それなる船《ふね》しばらく止《と》まり候《そう》らえ。それに在《おわ》する御方《おかた》こそ徳川家康殿《とくがわいえやすどの》とみたは癖目《ひがめ》か、真《さな》田《だ》幸村《ゆきむら》これにあり、見参《けんざん》〱ッ」とよばわった。家康公《いえやすこう》も幸村《ゆきむら》ときいては胆魂《たましい》も天外《てんがい》に飛《と》ぶのおもいをなし、家「ソレ、逃《に》げろッ、船《ふね》をモウすこしはやく漕《こ》げ」三「そんなにおっしゃっても、そう無暗《むやみ》に操《こ》げるものではございません」といいながら、なおも一生懸命《しょうけんめい》に操《こ》いでいるという、サア大御所家康公《おおごしょいえやすこう》の命《いのち》もまことに風前《ふうぜん》の灯《ともしび》、いかにして此場《このば》を逃《のが》れましょうや。

◎幸村家康《ゆきむらいえやす》を追《お》う

軍師真田左衛門尉海野幸村《ぐんしさなださえもんのじょううんのゆきむら》は、いましも大御所家康公《おおごしょいえやすこう》を泥海中《どろうみちゅう》に追《お》っ駆《か》けて、何《な》んでも船《ふね》を、近《ちか》よせんといたしたが、何分其間《なにぶんそのあいだ》は二十間《けん》あまりも隔《へだ》たってある上《うえ》に、水《みず》はいきおい激《はげ》しく流《なが》れくることゝて、おもう様《よう》に船《ふね》を近寄《ちかよ》せることもできませんから、幸「コワ残念《ざんねん》なり」と幸村《ゆきむら》は、手早《てばや》く船中《せんちゅう》にて弓矢《ゆみや》をとるよりはやく、あたかも空行《そらゆ》く満月《まんげつ》のごとくに引絞《ひきしぼ》り、狙《ねらい》をさだめて発矢《はっし》とばかり切《き》ってはなったる其矢先《そのやさき》は、はからず家康公《いえやすこう》がいま三郎兵衛《ろうべえ》より借《か》りて、御冠《おかむ》りなすった饅頭笠《まんじゅうがさ》を微触《かす》ったことだから、笠《かさ》は断《ちぎ》れてはるか彼方《かなた》の水中《すいちゅう》にとびちり、たゞ小枕《こまくら》ばかりが頭《あたま》にのこる。此方幸村《こなたゆきむら》は仕損《しそん》じたりとおもいながら、船《ふね》よりよく〳〵顔《かお》を打《う》ちながめ、幸「ウム、さてこそ推量《すいりょう》に違《たが》わずあれこそまったく家康《いえやす》なりソレはやく船《ふね》をやれ」よばわりながらまた〳〵二の矢《や》を番《つが》えて引絞《ひきしぼ》った。しかるに幸運《こううん》なる君《きみ》はどうしても撃《う》てぬものか、いましも幸村《ゆきむら》が引絞《ひきしぼ》ったる弓弦《ゆみづる》は中程《なかほど》よりブツリ斬《き》れたことであるから、幸「コワ残念至極《ざんねんしごく》ッ」と弓矢《ゆみや》をそこへ投《な》げ捨《す》てゝなおも家《け》来《らい》をはげまし船《ふね》をこぎよせるありさま。三郎兵衛《ろうべえ》もこゝを先途《せんど》と力《ちから》にまかせて操《こ》いでゆく。大御所公《おおごしょこう》は舷《ふなばた》に喫《くら》いつきながら、家「コリャ三郎兵衛《ろうべえ》、何をぐず〳〵いたしている、はやく船《ふね》を操《こ》がぬか、モすこしはやくやれ、到底間《とうていま》に会《あ》わぬなら船《ふね》を担《かた》げて走《はし》れ」三「そんな勝手《かって》なことができますものか」といいながらも三郎兵衛《ろうべえ》夢中《むちゅう》になって北《きた》へ〳〵と操《こ》ぎいだす。此方《こなた》は幸村充分《ゆきむらじゅうぶん》に船《ふね》を操《こ》ぎよせんと、家来《けらい》をはげましてはいるものゝ、前《ぜん》もうしあぐる通《とお》りの水勢《すいせい》とて船《ふね》の進退意《しんたいい》のごとくならず、次第《しだい》〳〵に船《ふね》は遠《とお》くなってゆくばかり。このとき行手《ゆくて》の方《かた》より赤裸《あかはだか》にて陣刀《じんとう》をたずさえたる一人《にん》の男《おとこ》、水中《すいちゅう》より半身《はんしん》あらわし此方《こなた》をさしてドン〳〵〳〵泳《およ》いでくる様子《ようす》、これぞ別人《べつじん》ならず徳川家《とくがわけ》の旗本大久保彦左衛《はたもとおおくぼひこざえ》門《もん》であって、いましも薄田隼人《すすきだはやと》の手《て》を逃《のが》れ、こゝまで泳《およ》ぎついたのでございます。しかるに水中《すいちゅう》よりむこうを見渡《みわた》せば、真田幸村《さなだゆきむら》の乗《の》ったる船《ふね》がどうやら大御所《おおごしょ》の船《ふね》を追《お》っ駆《か》けてゆく様子《ようす》でございますから、敵《かなわ》ぬながらもこゝぞと、ようやく幸村《ゆきむら》の乗《の》ったる船《ふね》にとびつくやいなや、彦「ヤア〳〵真田幸村《さなだゆきむら》、大久保彦左衛門忠教《おおくぼひこざえもんただのり》見参《けんざん》せんッ」と必死《ひっし》のいきおい凄《すさ》まじく、いまにも船中《せんちゅう》に踊《おど》りこまんというありさま。これを眺《なが》めた幸村《ゆきむら》の家来《けらい》、甲「なに猪牙才《ちょこざい》なッ」と櫂《かい》を振《ふ》りあげて、甲「エイッ」と一声《せい》頭上《ずじょう》をのぞんで打《う》ちこんだが、パッと体《たい》をかわした大久保忠教《おおくぼただのり》たちまち其櫂《そのかい》の中程《なかば》を引摑《ひっつか》んで、彦「エイッ」と力《ちから》にまかして引張《ひっぱ》ったから、これがために彼《か》の家来《けらい》は、櫂《かい》をもったまゝ真逆様《まっさかさま》、ドブーンッ水煙《みずけむり》を立《た》てゝ水中《すいちゅう》におちいり下手《しもて》の方《かた》へドウ〳〵と押《お》し流《なが》された。そのうちヒラリ船中《せんちゅう》に踊《おど》りこんだ彦左衛門《ひこざえもん》は、彦「エイッ」と一声幸村目掛《せいゆきむらめが》けて斬《き》ってかゝらんといたしまするを、幸「なに猪牙才《ちょこざい》なッ」とパッと右足《うそく》をあげて蹴倒《けたお》した。何条以《なんじょうも》ってたまろうや、ドブーンと彦左衛門《ひこざえもん》は水中《すいちゅう》におちいりそのまゝ下流《かりゅう》へ浮《う》きつ沈《しず》みつ流《なが》れゆく。此方真田幸村《こなたさなだゆきむら》はそれ等《ら》のものには目《め》もかけず、家康公《いえやすこう》の後《あと》を慕《しと》うて追《お》っ駆《か》けんといたしたが、ついに残念《ざんねん》にも船《ふね》はゝや遠《とお》くへ離《はな》れてしまい、まったくこゝに取《と》り逃《にが》す。これによって幸村《ゆきむら》も実《じつ》に残念《ざんねん》とはおもったがいたし方無《かたな》く、ついに後勢《こうせい》のつゞくをまって手勢《てぜい》を引《ひ》きまとめ、一まず城内《じょうない》へ引取《ひきと》ってゆく。しかるに其隙《そのすき》に大御所公《おおごしょこう》はどうやらこうやら本庄村《ほんじょうむら》の三郎兵衛《ろうべえ》方《かた》へお逃《に》げこみにあいなり、まったく危《あやう》いところを辛《から》くも救《たす》かったのでございますが、しかし余程《よほど》身体《からだ》がお疲労《つかれ》になったものとみえ、なか〳〵自由《じゆう》の身体《からだ》にあいなりませんのを、三郎兵衛《ろうべえ》夫婦《ふうふ》の者《もの》はかい〴〵しく介抱《かいほう》をもうしあげたによって、ようやく少しく気《き》を御鎮《おしず》めになった。そのうちに味方《みかた》の同勢《どうぜい》はおい〳〵と其辺《そのあた》りに逃《のが》れきたり、大御所公《おおごしょこう》の此家《このや》に御止《おとま》りになっているをしって、みな〳〵此家《このや》へはいってまいり、おおいに其恙《そのつつが》なきを打《う》ちよろこんだが、其後《そののち》これなる本庄村《ほんじょうむら》の三郎兵衛《ろうべえ》という者《もの》には、二字帯刀《じたいとう》をゆるされ多分《たぶん》の御褒美《ごほうび》をくだしおかれましたが、これは後《のち》の談話《おはな》し。しかるにこのとき大御所公《おおごしょこう》は家来《けらい》のめん〳〵引連《ひきつ》れて、三郎兵衛方《ろうべえかた》へおでましにあいなりまするど、すこし高見《たかみ》になるところがあったのでこれへ対《たい》して御登《おのぼ》りにあいなり、近習《きんじゅう》のめん〳〵四方《ほう》をとり巻《ま》き、こゝを仮《か》りの陣所《じんしょ》と御定《おさだ》めにあいなりました。ところへ是《こ》れ又濡鼠《またぬれねずみ》とあいなり、襷鉢巻《たすきはちまき》の用意甲斐《よういかい》〴〵しく、乗《の》りこみきたったかの飯島太郎左衛門《いいじまたろざえもん》、弟源左衛門《おととげんざえもん》、おなじく三七郎《ろう》、味方《みかた》の百姓《しょう》を引連《ひきつ》れていましも家康公《いえやすこう》へ斬《き》ってかゝらんとするを、忠「ヤッ土民《どみん》の分際《ぶんざい》として吾君《わがきみ》に敵《てき》対《たい》するとは奇怪千万《きかいばん》、ソレかれを生捕《いけどり》にいたせッ」と踊《おど》りいでたる本多出雲守忠朝《ほんだいずものかみただとも》、たちまちのうちに飯島太郎左衛門《いいじまたろざえもん》の腕首《うでくび》取《と》ってこれを捻《ね》じあげ、ついに高手小手《たかてこて》にいましめた。弟源左衛門《おととげんざえもん》、おなじく三七郎《ろう》も、二人「コワ残念《ざんねん》なりッ」と一生懸命死《しょうけんめいし》に物狂《もつぐる》いに荒《あば》れ廻《まわ》るといえども、なにをいっても根《ね》が百姓《しょう》の悲《かな》しさ、ついにそこへ生捕《いけど》りとなる。跡《あと》にのこった百姓共《しょうども》ものこらず高手小手《たかてこて》に縛しめられ縄付《なわつき》のまゝ本陣《ほんじん》へ御引据《おひきす》えにあいなり、家康公自《いえやすこうみずか》ら御取調《おとりしら》べになると、飯島其他《いいじまそのた》の人々《ひとびと》はいまはこれまでなりとおもったから、今迄《いままで》の次第《しだい》をつゝまず白状成《はくじょうな》し、このうえは一時《じ》もはやく仕置《しおき》に行《おこ》なわれたいと、土民《どみん》に似合《にあわ》ぬ健気《けなげ》の覚悟《かくご》、大御所家康公《おおごしょいえやすこう》はこれをおきゝになって、ます〱御感心《ごかんしん》あそばされ、家「アヽ聞《き》けば聞《き》く程天晴《ほどあっぱ》れなる者共《ものども》、其心底《そのしんてい》なれば所詮徳川家《しょせんとくがわけ》へ味方《みかた》をいたす気遣《きづか》いはあるまい。誰《だれ》かあるソレ彼《か》れをはじめ、一同《どう》の者《もの》の縄《なわ》を解《と》いてつかわせ。決《けっ》して咎《とが》めるナ……コリャ太郎左衛門《たろざえもん》、予《よ》に敵対《てきたい》いたすは不届《ふとどき》なれど、汝《なんじ》の忠義《ちゅうぎ》に愛《め》でて一命《めい》は助《たす》けつかわす。よっていまよりふたゝび大阪城内《おおさかじょうない》へ立《たち》かえり、豊臣家《とよとみけ》へ忠義《ちゅうぎ》をつくせ」と厚《あつ》きお言《こと》葉《ば》、太「ヤアどうも流石《さすが》は天下《てんか》を横領《おうりょう》する人丈《ひとだ》けあってなか〱面白《おもしろ》い老爺《おやじ》だ。へゝン、しかし貴君《あなた》にいま救《たす》けて貰《もら》っても、決《けっ》しておれは恩《おん》には着《き》ぬぞ。この返礼《へんれい》は屹度仇《きっとあだ》で返《かえ》すからそうおもえッ」と飽《あ》くまでも悪口《あくこう》をいたして飯島太郎左衛門《いいじまたろざえもん》、大勢《おおぜい》の百姓《しょう》を引連《ひきつ》れゆう〱として大阪城《おおさかじょう》へ引揚《ひきあ》げてくる。ところが家康公《いえやすこう》はこゝでは危《あぶ》ないというので其日《そのひ》のうちに本陣《ほんじん》を奈良《なら》に御移《おうつ》しになったが、家「アヽおそるべきは故太閤《こたいこう》の余徳《よとく》なり。秀頼《ひでより》の柔弱《じゅうじゃく》、淀《よど》の不品行《ふひんこう》、嚀姦無道《ねいかんむどう》の大野《おおの》等が大阪《おおさか》にあるゆえに、諸大名《しょだいみょう》のめい〱も其無道《そのむどう》をにくみ大阪《おおさか》を見限《みかぎ》って関東《かんとう》へこゝろをよする其中《そのなか》にも、上《うえ》に真田《さなだ》のごとき智謀者《ちぼうしゃ》あり、下《した》には矢張《やは》り太閤《たいこう》の御恩《ごおん》をわすれずして彼《か》れ太郎左衛門《たろざえもん》のごとき者《もの》のあるというは、これまったく太閤《たいこう》の余徳《よとく》にほかならず。さればにや事柄《ことがら》をわきまえざる民《たみ》百姓《しょう》は、予《よ》を捉《とら》えて天《てん》下《か》を横領《おうりょう》するなどというは奇怪至極《きかいしごく》、このうえからはまだ勅命《ちょくめい》をしらざる奴等《やつら》に一天《てん》の帝《みかど》の勅命《ちょくめい》によってかく合戦《かっせん》におよぶという次第《しだい》をしらしめ、そのうえ一挙《きょ》に大阪城《おおさかじょう》を攻《せ》め滅《ほろ》ぼすにしかず。よってそう〳〵一天《てん》の帝《みかど》に奏問《そうもん》をとげ、おそれ多《おお》きことながら此南都《このなんと》まで行幸《ぎょうこう》を仰《あお》ぎたてまつらん……ヤア〳〵本多佐渡守《ほんださどのかみ》、汝《なんじ》たゞいまより京都《きょうと》に走《は》せのぼり、関《かん》白殿下《ばくでんか》にねがいを上《あ》げ、かならず帝《みかど》の行幸《ぎょうこう》を仰《あお》ぐべし。まったく此戦争《このいくさ》おわるときにおいては、昔《むか》しのごとくその御礼《おんれい》として京都《きょうと》へ大内裡《だいだいり》を造営《ぞうえい》なし、尚《なお》そのうえ近江《おうみ》山城《やましろ》において御賄料《おまかないりょう》として二十万石《まんごく》をたてまつらんと願《ねが》いをあげよ」佐「ハッ委細《いさい》畏《かし》こまりたてまつる」と本多佐渡守《ほんださどのかみ》はさっそく京都《きょうと》にのぼり、右《みぎ》のおもむきを願《ねが》いいでる。そこで御所《ごしょ》では御評定《ごひょうじょう》のすえ、いよ〳〵関東《かんとう》へ大阪追討《おおさかついとう》の綸旨《りんし》を下《くだ》したまわります。これによって関東《かんとう》勢《ぜい》においてはいよ〳〵大阪豊臣征伐《おおさかとよとみせいばつ》の御綸旨《ごりんし》の写《うつ》しをしたゝめ、遠方《えんぽう》よりも歴然《れきぜん》とみえる様《よう》にいたし、それにつゞいて関東《かんとう》百万《まん》の同勢《どうぜい》は、ドッとばかりに大阪《おおさか》を指《さ》してくりだしてくる。しかるに大阪城中《おおさかじょうちゅう》においては幸村《ゆきむら》は諸勇士《しょゆうし》を集《あつ》めていろ〳〵軍議評定《ぐんぎひょうじょう》に及《およ》びましたが、つまりみな〳〵戦死《せんし》をいたすということに相成《あいな》り、一まず評定《ひょうじょう》に席《せき》を閉《と》じました。ところが幸村《ゆきむら》はひそかに又兵衛《またべえ》を招《まね》きまして、幸「いかに後藤氏《ごとううじ》、今日評定《こんにちひょうじょう》の席《せき》にてあの様《よう》にもうしたもの〻、ねがわくば御貴殿《ごきでん》は御討死《おうちじに》を止《とど》まっていたゞきたい。万《まん》一此度《このたび》の戦《たたか》いわが計略《けいりゃく》のごとくにならざるときは、一旦秀頼公《たんひでよりこう》の御供《おとも》をもうし、薩州島津家《さつしゅうしまづけ》へおち延《の》びるという心底《しんてい》でござる。そのうえ時節《じせつ》をまって島津家《しまづけ》において人数《にんずう》をまとめ、ふたゝび豊《とよ》臣家《とみけ》を再興《さいこう》せんという所存《しょぞん》。よって貴殿《きでん》は誰《だ》れか影武者《かげむしゃ》をもって、表面討死《ひょうめんうちじに》をいたしたという体裁《ていさい》になしくださる様《よう》……」後藤《ごとう》も此義《このぎ》をうけたまわり、又「実《じつ》に軍師《ぐんし》の御言葉《おことば》御道《ごどう》理《り》の次第《しだい》、されば拙者家来山田幸右衛門《せっしゃけらいやまだこうえもん》といえる者《もの》を影武者《かげむしゃ》に使《つか》うことにいたし申《もう》す」とこゝに相談《そうだん》を極《き》めました。しかるにその翌日《よくじつ》に相成《あいな》ると軍師幸村《ぐんしゆきむら》より指図《さしず》があって、後《ご》藤《とう》、長曾我部《ちょうそかべ》、木村《きむら》、薄田《すすきだ》これ等勇士《らゆうし》のめん〳〵には、いずれも仕度《したく》をとゝのえて出陣《しゅつじん》をする、中《なか》にも木村長門守重成《きむらながとのかみしげなり》は、手勢《てぜい》八千余騎《よき》をしたがえて河内国若江村《かわちのくにわかえむら》へくりだし、まず飯島太郎左衛門《いいじまたろざえもん》方《かた》を本陣《ほんじん》とさだめ充分《じゅうぶん》にそなえをたてる。しかるに長曾我部盛親《ちょうそかべもりちか》においては其身《そのみ》の倅《せがれ》をはじめ臣下《しんか》の者共《ものども》をしたがえ手勢勝《てぜいすぐ》ってこれまた八千余騎《よき》、八尾《お》の地蔵堂《じぞうどう》を本陣《ほんじん》とさだめて備《そな》えを立《た》てるということになった。また後藤又兵衛《ごとうまたべえ》も八千の同勢《どうぜい》をしたがえ河内国道明寺《かわちのくにどうみょうじ》へ本陣《ほんじん》をすえる。また薄田隼人《すすきだはやと》は五千の手勢《てぜい》をもって誉田山《こんだやま》に陣《じん》を設《し》く。此手《このて》の率《ひき》ゆる総大将真田幸村《そうたいしょうさなだゆきむら》は、五千の手勢《てぜい》を率《ひき》いて平野《ひらの》にきたり、かの大念仏《だいねんぶつ》の片《かた》傍《ほと》りにある地蔵堂《じぞうどう》を本陣《ほんじん》とさだめたることにて、いずれも勇気《ゆうき》りん〳〵と十分厳重《ぶんげんじゅう》にそなえをたてる。しかるにこのとき関東方《かんとうがた》のめい〳〵は疾《と》くよりこの体《てい》を眺《なが》めていたが、いずれも向《むか》わんとおもう者《もの》は、おもい〳〵に進《すす》むべしとあって、まず道明寺《どうみょうじ》の敵《てき》に向《むか》う者《もの》は越《えち》後中将忠輝《ごちゅうじょうただてる》、越前少将忠直《えちぜんしょうしょうただなお》、遠藤但馬守《えんどうたじまのかみ》、新荘駿河守《しんじょうするがのかみ》をはじめとして、なかにも目立《めだ》つ一軍《ぐん》はこれぞ奥州《おうしゅう》の英傑伊達政宗《えいけつだてまさむね》なり、かくしておよそ総勢《そうぜい》五六万峠《まんとうげ》をこして堂々《どうどう》とすゝみくる。また一手《て》は藤堂和泉守《とうどういずみのかみ》、南部信濃守《なんぶしなののかみ》、六郷伊賀守《ごういがのかみ》、津軽越中守《つがるえっちゅうのかみ》、溝口伯耆守《みぞぐちほうきのかみ》等《ら》の同勢《どうぜい》、これまた七万余騎《まんよき》の大軍《たいぐん》にて、八尾《お》の地蔵堂《じぞうどう》へ向《むか》ってくるという手筈《てはず》にて、たちまちドッと鬨《とき》を作《つく》っておしよせた。サアこれより両軍《りょうぐん》が、血河屍山《けっかしざん》の大戦争《だいせんそう》、大阪最後《おおさかさいご》の大《だい》活劇《かつげき》というお話《はな》し。

◎桑名弥次兵衛《くわなやじべえ》の報恩《ほうおん》

しかるにこのとき長曾我部《ちょうそかべ》の軍勢《ぐんぜい》においても、もとより待《ま》ち設《もう》けたることであるから、おなじく、皆「ワアーッワッ」鬨《とき》を作《つく》って鉄砲《てっぽう》をドン〳〵撃《う》ちだし戦争《せんそう》を開《ひら》くことになった。味方《みかた》はわずか八千、小勢《こぜい》なりといえども、まず第《だい》一番《ばん》に開《ひら》かれた戦《たたか》いといい、ことに武勇《ぶゆう》に勝《すぐ》れた必死《ひっし》の勇士《ゆうし》ばかりゆえ、七万余騎《まんよき》の大軍《たいぐん》を引受《ひきう》けて物《もの》ともせず、いずれも互角《ごかく》の勝負《しょうぶ》で、すゝむをしって退《しりぞ》くをしらず、暫時《ざんじ》のあいだは砲煙空《ほうえんそら》に満《み》ち、とび交《か》う弾丸《たま》は雨霰《あめあられ》のごとく、矢《や》は篠《しの》をみだすがごとき大修羅場《だいしゅらば》。このとき長曾我部《ちょうそかべ》の手《て》には火術《かじゅつ》に妙《みょう》をえたる勇士《ゆうし》二百人《にん》、釣瓶撃《つるべう》ちに撃《う》ち出《だ》す弾丸《たま》の激《はげ》しきはもうすにおよばず、おり〳〵はドーン〳〵ッと大砲《たいほう》の火蓋《ひぶた》を切《き》ってはなす、これがためにさしも雲霞《うんか》のごとき大軍《たいぐん》もこの地蔵堂《じぞうどう》を乗取《のっと》ることあたわず、さん〴〵に撃《う》ち悩《なや》まされた末《すえ》、ついに、ドッとばかりに敗走《はいそう》する。その内《うち》に夜《よ》にいったから戦争《せんそう》は暫時見合《ざんじみあわ》せということにあいなったが、こゝにかの藤堂和泉守高虎《とうどういずみのかみたかとら》はいかにも残念《ざんねん》でたまらない、高「われ長曾我部《ちょうそかべ》のためにたび

〱不覚《ふかく》をとるは実《じつ》に心外《しんがい》である。彼奴《あやつ》は京都東山《きょうとひがしやま》において永《なが》らく浪人《ろうにん》をいたしていたが、先般大阪《せんばんおおさか》へ入城《にゅうじょう》の砌《みぎ》りわざ〱二条《じょう》の城《しろ》にきたって吾《わ》れをあざむき、甲冑《かっちゅう》の着逃《きに》げをいたした盗賊《とうぞく》にひとしき奴《や》ツである。かた〲もって恨《うら》み重《かさ》なる長曾我部盛親《ちょうそかべもりちか》、此度《このたび》こそはぜひ彼奴《あやつ》の坊主首《ぼうずくび》をあげてやらんとこゝろえるが、どうも彼奴《あやつ》の采配《さいはい》のするどさには実《じつ》にこまった次第《しだい》である」と家臣《かしん》のめい〱をあつめて評定《ひょうじょう》になる。このとき家臣《かしん》のうち藤堂仁右衛門《とうどうにえもん》は席《せき》をすゝみいで、仁「おそれながら御前《ごぜん》、長曾我部《ちょうそかべ》を討《う》たんと思召《おぼしめ》さば斯様《かよう》〱御計《おはか》らいにあいなれば屹度《きっと》かれを討《う》ち取《と》ることができようかとこゝろえます」となにか耳許《みみもと》でさゝやき示《しめ》した。高虎《たかとら》はその内意《ないい》をきいて、ハッと小膝《こひざ》を打《う》ち、高「実《じつ》に道理《どうり》である」とあってさっそく家臣《かしん》のうち以前《いぜん》は長曾我部《ちょうそかべ》の家臣《かしん》で大忠義者《だいちょうぎもの》の桑名弥次兵衛《くわなやじべえ》を呼びだして「一　私義当時藤堂家《わたくしぎとうじとうどうけ》に仕官《しかん》つかまつり候《そうら》えども、古主《こしゅ》の大恩《だいおん》わすれ難《がた》く、今宵《こよい》深更《しんこう》におよび藤堂《とうどう》の陣中《じんちゅう》へ夜討《ようう》ちをおかけ可被遊候《あそばさるべくそろ》、吾等味方《われらみかた》の油断《ゆだん》を見澄《みすま》し、お討入《うちい》りの相図《あいず》に陣所《じんしょ》に火《ひ》をはなち、かならずお手引《てびき》つかまつるべく候《そろ》……」と認《したた》めさせた。ところが弥次兵衛《やじべえ》は、そのおわりに恐惶転言《きょうこうてんげん》としたゝめた。本来《ほんらい》ならば恐惶謹言《きょうこうきんげん》と書《か》くのでございますが、其謹《そのきん》の字《じ》を故意《わざ》と転《てん》の字《じ》にしたゝめた、もっとも此字《このじ》はおおいに物《もの》の転《かわ》るという意味《いみ》だから、万一《まんいち》主人《しゅじん》が気《き》が注《つ》いてこの転言《てんげん》ということがわかれば、それぞわが計略《けいりゃく》の整《とと》のうときなりとこゝろえながら、立派《りっぱ》にこれを書《か》き上《あ》げ其夜《そのよ》ひそかに矢文《やぶみ》といたし、敵《てき》の陣中《じんちゅう》へ射送《いおく》った。しかるに長曾我部《ちょうそかべ》はそれを眺《なが》めて不図《ふと》この恐惶転言《きょうこうてんげん》に目《め》がついた。盛「ハヽア、さては藤堂高虎奴《とうどうたかとらめ》、今日《きょう》の敗軍《はいぐん》を残念《ざんねん》におもい、桑名弥次兵衛《くわなやじべえ》にもうしつけて無理強《むりじ》いにこれを書《か》かせたものと相見《あいみ》える。それについても嬉《うれ》しきは弥次兵衛《やじべえ》の忠心《ちゅうしん》、このうえからは計略《けいりゃく》の裏《うら》を掻《か》いてくれんもの」と其夜《そのよ》たゞちにその手配《てくば》りにおよび、まず三千人《にん》の同勢《どうぜい》を途中《とちゅう》において伏勢《ふせぜい》をかまえさせ、充分計略《じゅうぶんけいりゃく》をさずけ其身《そのみ》はのこる手勢《てぜい》を引《ひき》連《つ》れて夜《よ》の子刻《ここのつ》すぎにいたり、なるだけ物《もの》しずかに忍《しの》び寄《よ》ることにあいなった。しかるに此方藤堂家《こなたとうどうけ》においては、かねて期《ご》したることであるから、今宵長曾我部《こよいちょうそかべ》のわが陣中《じんちゅう》へ戦《たたか》いをしかけるときはいつわって、敗走《はいそう》とみせかけ充分計略《じゅうぶんけいりゃく》をもって討《う》ち取《と》りくれんと、飛《とび》道具《どうぐ》に装弾《たまごめ》をいたして今《いま》やおそしと相待《あいま》っている。このとき彼《か》の桑名弥次兵衛《くわなやじべえ》は左《さ》はいうものゝこゝろの内《うち》ではおおいに心配《しんぱい》をいたしている。弥「藤堂家《とうどうけ》はわれ一代《だい》の主人《しゅじん》、長曾《ちょうそ》我部《かべ》は先祖以来《せんぞいらい》の主人《しゅじん》であるが、如何《いかが》なりゆくことであろう」とかんがえている内《うち》に、案《あん》のごとくその夜丑満《ようしみつ》のころおい五千の同勢《どうぜい》はいつの間《ま》にやら陣所《じんしょ》の前《まえ》におしよせきたり、ドッとあげたる鬨《とき》のこえ、このとき藤堂方《とうどうがた》はおおいに周章狼狽《しゅうしょうろうばい》の体《てい》にみせかけて、一たまりもなくワア〳〵ッと左右《さゆう》に逃《に》げだしたから、ソレこの虚《きょ》に乗《じょう》じて攻《せ》めいれよといずれも鬨《とき》を作《つく》って、ドッとばかり本陣《ほんじん》へ暴《あば》れこんだ。藤堂家《とうどうけ》はわが計略図《けいりゃくず》にあたったりと大《おおい》によろこび、一旦左右《たんさゆう》に開《ひら》いたその同勢《どうぜい》は、たちまち鉄砲《てっぽう》の火門《かもん》をそろえてドン〳〵狙《ねら》い撃《う》ちに撃《う》ち出《だ》した。このとき長曾我部《ちょうそかべ》は大音声《だいおんじょう》、盛「さては彼奴《かやつ》の計略《けいりゃく》にかゝったか、桑《くわ》名弥次兵衛《なやじべえ》のためにあざむかれしは残念《ざんねん》なり、ソレ逃《に》げよ〳〵ッ」とわざと大騒《おおさわ》ぎをいたしながら、地蔵堂《じぞうどう》の方《かた》へ這《ほ》う〳〵の体《てい》に逃《に》げだした。しかるに藤堂家《とうどうけ》においてはわが陣中《じんちゅう》へ攻《せ》めこんでまいったをさいわい、おっ取《と》り巻《ま》いて鏖殺《みなごろ》しにいたしくれんとその用意《ようい》をいたしていたに、はやくも長曾我部《ちょうそかべ》の同勢《どうぜい》は一生懸命《しょうけんめい》になって逃《に》げだしたから、藤「ソレ追《お》い討《う》ちをかけろッ」というのでドン〳〵勝《か》ちに乗《じょう》じて追《お》ッ駆《か》けてきた。サア是《こ》れより長曾我部《ちょうそかべ》の奮戦《ふんせん》、桑名弥次兵衛《くわなやじべえ》の戦死《せんし》と言《い》う御物語《おものがた》り。

◎後藤又兵衛《ごとうまたべえ》の陣歿《じんぼつ》

しかるにこのとき長曾我部《ちょうそかべ》は逃《に》げるとみせかけて敵《てき》を充分地蔵堂《じゅうぶんじぞうどう》へ引寄《ひきよ》せますと、かねて用意《ようい》の大砲《たいほう》を一時《じ》にドヽヽドーッと撃《う》ちだした。何条《なんじょう》たまろう勝《か》ちに乗《じょう》じて追《お》い撃《う》ちにした藤堂方《とうどうがた》も、この大砲《たいほう》のために戦死《せんし》する者数《ものかず》しれず、後勢《こうせい》は第《だい》一このすさまじき物音《ものおと》に吃驚仰天《びっくりぎょうてん》、さん〴〵となって逃《に》げゆかんといたしますると、このときたちまち左右《さゆう》の森《もり》のなかより、長曾我部太郎《ちょうそかべたろう》おなじく三郎《ろう》、おなじく四郎《ろう》の兄弟《きょうだい》、そのた勇士《ゆうし》のめん〳〵味《み》方《かた》にはげしく下知《げち》をいたして後勢《こうせい》の後辺《うしろ》をこと〴〵く追《お》っ取《と》り巻《ま》いたことゆえ、後《あと》へ戻《もど》ることもあいならず、それかといって前《まえ》には総大将盛親入道火花《そうたいしょうもりちかにゅうどうひばな》をちらして戦《たた》かっているので、進退《しんたい》ほとんどこゝに谷《きわ》まり、これがため藤堂《とうどう》二十四家歴々《けれきれき》のめん〳〵は半分《はんぶん》の余枕《よまくら》をならべて討死《うちじに》をとぐるということにあいなった。大将高虎《たいしょうたかとら》はついに長曾我部《ちょうそかべ》の倅《せがれ》の手勢《てぜい》に四方《ほう》を取《と》り巻《ま》かれ、いまは旗本勢《はたもとぜい》もおい〳〵討死《うちじに》をいたし、すでに高虎《たかとら》の一命《めい》も風前《ふうぜん》の灯火《ともしび》とあいなってきた。このとき盛親《もりちか》は高所《こうしょ》の方《ほう》にあって采配《さいはい》をふり、盛「ソレ逃《に》がすなッ、高虎《たかとら》の首《くび》をあげよ」とはげしき下知《げち》におよんでいる。此方藤堂和泉守《こなたとうどういずみのかみ》も必死《ひっし》となって逃《に》げいださんといたしてはいるが、何分《なにぶん》か丶る計略《けいりゃく》におちいって八方《ぽう》を追取《おっと》りまかれ、すでに斫《こ》うよとみえたるおりしも、おもい掛《が》けなく長曾我部《ちょうそかべ》の同勢《どうぜい》の方《ほう》にあたり、敵《てき》はたちまちバタ〳〵将棋倒《しょうぎだお》しになって打《ぶ》っ斃《たお》れるありさま、ハテ何者《なにもの》ならんとみてあれば、一人《にん》の荒武者鉄棒《あらむしゃてつぼう》のごとき物《もの》を水車《みずぐるま》のごとくにリュウ〳〵と揮《ふ》りまわし、いましも敵《てき》に取《と》りかこまれたる高虎《たかとら》をすくわんと、当《あた》るをさいわい打《う》ち悩《なや》まし、ついに一方《ぽう》の血路《けつろ》をひらいてバラ〳〵〳〵ッと高虎《たかとら》の側《そば》にかけより、武「サア御主人《ごしゅじん》、はやくこの隙《すき》にお逃《に》げあそばせ」と大音声《だいおんじょう》によばわった。これがために高虎《たかとら》は危《あや》うきところを逃《のが》れ、一生懸命《しょうけんめい》となって後《あと》をもみずにドン〳〵〳〵逃《に》げいだす。この体《てい》ながめて盛親入道《もりちかにゅうどう》はバリ〳〵ッと無念《むねん》の歯《は》嚙《が》み、盛「折角手《せっかくて》にいれたる高虎《たかとら》を逃《のが》すというは残念《ざんねん》なり。イデその代《かわ》りにかの者《もの》を討《う》ちとりくれん」とみずから采配《さいはい》を腰《こし》の環《かん》におさめ年《とし》こそとったれ盛親入道《もりちかにゅうどう》、槍《やり》をリュウ〳〵と引《ひき》しごき、盛「エイッ」と一声彼《せいか》の敵臨《てきのぞ》んでつきだした、こ丶ろえたりとかの荒武者《あらむしゃ》も、受《う》けつながしつ七八合渡《ごうわた》りあいにおよんだが、いましも急《いら》って突《つ》きだしたる盛親《もりちか》の槍《やり》の千段巻《だんまき》を引摑《ひっつか》み、此方《こなた》をハッと睨《ね》めつけたが、何《なに》おもいけんかの武者《むしゃ》は、わが脇腹《わきばら》へ右《みぎ》の槍尖《やりさき》をあてがい、グサッとばかり突込《つっこ》んで、たちまちドッと落馬《らくば》をする。盛親入道《もりちかにゅうどう》は不思議《ふしぎ》におもい、ヒラリと馬《うま》よりとびおり、かの敵《てき》の兜《かぶと》を脱《ぬ》がせてその顔《かお》をヒョイッと覗《のぞ》きこむやいなや、盛「ヤヽッ、そのほうは桑名弥次兵衛《くわなやじべえ》ではないか、なぜにこの最期《さいご》……」弥「ハッ、おそれながら御主君《ごしゅくん》、恐惶転言《きょうこうてんげん》の文字《もじ》がお判《わか》りにあいなりましたか。実《じつ》は主人高虎殿《しゅじんたかとらどの》より無理往生《むりおうじょう》にあの書面《しょめん》をしたゝめさせられましたが、しかしおもえば慶長《けいちょう》五年《ねん》より今日《きょう》までの其《その》あいだ、御扶持《ごふち》をいたゞいたる藤堂家《とうどうけ》の恩《おん》もわすれ難《がた》く、よってかく九死《し》の高虎殿《たかとら》をすくいだしました。また君《きみ》には先祖《せんぞ》より御厚恩《ごこうおん》にあずかりたる故主《こしゅ》のこと、いまこゝにて二人《にん》の主人《しゅじん》にさゝげる命《いのち》、おそれながら吾首《わがくび》をとって高虎《たかとら》どのを逃《にが》したるもうし訳《わけ》をつかまつります。何卒御許《なにとぞおゆる》しくだしおかれまするよう」と息《いき》も絶《た》え〴〵に物語《ものがた》る。長曾我部《ちょうそかべ》はこれをきいて涙《なみだ》に暮《く》れ、盛「アヽそのほうの忠義《ちゅうぎ》は決《けっ》して忘却《ぼうきゃく》はいたさぬ。しかし長《なが》く苦《くる》しめるは不憫《ふびん》のいたり、わが手《て》に介錯《かいしゃく》いたしてやる」とついに涙《なみだ》ながらに桑名弥次兵衛《くわなやじべえ》の首《くび》を打《う》ちおとしたるのち、長曾我部勢《ちょうそかべぜい》はおもうまゝの大勝利《だいしょうり》をえて勝《かち》鬨《どき》をあげながら引取《ひきと》ったが、盛親《もりちか》はその翌日倅《よくじつせがれ》四郎《ろう》にもうしつけ、右《みぎ》の次第《しだい》をのべて藤堂《とうどう》の本陣《ほんじん》へこの首《くび》をおくらせる。よって藤堂高虎《とうどうたかとら》も桑名《くわな》の義心《ぎしん》をおおいに感心《かんしん》をいたし、懇《ねんご》ろにその首《くび》をほうむり後桑名《のちくわな》の家《いえ》は藤堂家《とうどうけ》において立派《りっぱ》に立《た》てておかれたそうでございます。しかるに此方《こなた》は後藤《ごとう》、長曾我部《ちょうそかべ》、木村《きむら》、薄田《すすきだ》の吃《く》い止《と》めているうちに、平野地蔵堂《ひらのじぞうどう》の本陣真田幸村《ほんじんさなだゆきむら》の方《ほう》においては、右地蔵堂《みぎじぞうどう》に充分地雷火《じゅうぶんじらいか》をしかけ、最早《もは》や出来《しゅったい》いたしましたるにより、右《みぎ》のおもむきを根津甚《ねづじん》八をもってそれ〴〵通知《つうち》におよび、何卒後藤《なにとぞごとう》、薄田《すすきだ》、木村《きむら》のかた〴〵には、はな〴〵しく討死《うちじに》の覚悟《かくご》にて敵《てき》をおひき受《う》けくださるべしとある。いうにやおよぶと三勇士《ゆうし》のめん〳〵は、充分討死《じゅうぶんうちじに》の覚悟《かくご》をさだめ、此度《このたび》こそは関東両将軍《かんとうりょうしょうぐん》を討《う》ちとりくれんと、それ〴〵その用意怠《よういおこた》りなくいたしている。ところが当時関東勢《とうじかんとうぜい》は山《やま》を越《こ》しておい〳〵大阪《おおさか》へすゝまんため、両将軍《りょうしょうぐん》は木津《きづ》、長池《ながいけ》、玉水《たまみず》のあたりにズラリと陣所《じんしょ》を立《た》てられた。先手《さきて》はいずれもこの峠《とうげ》をこして大阪城《おおさかじょう》へのりだしてくる。なかにも仙台《せんだい》伊達政宗《だてまさむね》、この手《て》に加《くわ》わる越後中将《えちごちゅうじょう》、新荘駿河守《しんじょうするがのかみ》、遠藤但馬守《えんどうたじまのかみ》の軍勢《ぐんぜい》はすでに道明寺《どうみょうじ》へ出《しゅつ》陣《じん》をいたし、後藤基次《ごとうもとつぐ》の手《て》に打《う》ち向《む》かうということにあいなったが、なにしろ対手《あいて》は充分戦《じゅうぶんせん》争《そう》になれたる後藤《ごとう》のことでございますから、すこしも退縮《ひる》まずこの大軍《たいぐん》を引受《ひきう》けて防戦《ぼうせん》におよび、丁度《ちょうど》二日《か》のあいだに四度戦《たびたたか》いをまじえたが、四度《ど》が四度《ど》ながら充分後藤《じゅうぶんごとう》の勝利《しょうり》とあいなり、第三回目《だいかいめ》の戦《たたか》いには仙台《せんだい》の陣営《じんえい》へ対《たい》して後藤《ごとう》より使者《ししゃ》をつかわし、今日《きょう》こそは主人《しゅじん》又兵衛《またべえ》はな〴〵しく討死《うちじに》をとげ候《そろ》あいだ、政宗殿《まさむねどの》と一騎《き》打《う》ちの勝負《しょうぶ》におよびたいといってきた。これによって仙台《せんだい》の軍勢《ぐんぜい》も何条猶予《なんじょうゆうよ》いたしましょうや、ソレ進《すす》めッとあって、おい〳〵先手《さきて》の軍勢《ぐんぜい》をくりだしてくる。後藤又兵衛《ごとうまたべえ》は乱軍《らんぐん》の中《なか》にあって例《れい》の日本号《にほんごう》の槍《やり》を引扱《ひきしご》き、当《あた》るをさいわい縦横無尽《じゅうおうむじん》に敵兵《てきへい》を駆《か》けなやます。なれどもその身《み》も次第《しだい》に手傷《てきず》をこうむり、紺糸縅《こんいとおど》しの大鎧《おおよろい》は血汐《ちしお》に染《そ》まってさながら緋縅《ひおど》しのごとく、さがり藤《ふじ》に後《ご》の字《じ》の定紋《じょうもん》あらわしたる幟半《しはん》は寸々《すんずん》にさけ、兜《かぶと》は脱《ぬ》いでいまは大童《おおわらべ》とあいなり、血《ち》にしみたる槍《やり》を真《ま》一文字《もんじ》につけながら、又「ヤア〳〵伊達政宗《だてまさむね》はいずこにあるや、見参《けんざん》せん」とたちまち群《むら》がる仙台《せんだい》の旗本勢《はたもとぜい》に、ドッとばかりに斬《き》りこんだ。このとき政宗《まさむね》は采配《さいはい》を断《ちぎ》れるばかりに打《う》ちふるって下知《げち》におよぶといえども、何分死《なにぶんし》に物狂《ものぐる》いの後藤《ごとう》のいきおいに辟易《へきえき》なし、よんどころなく五六丁《ちょう》ばかりは軍備乱《ぐんびみだ》れて逃《に》げだした。しかるにこの政宗《まさむね》の近習《きんじゅう》に萩野又《はぎのまた》一という者有《ものあ》り、逃《に》げ遅《おく》れてついに道《みち》のかたえなる森《もり》の中《なか》へ駆《か》けこんだが、此方後《こなたご》藤《とう》はそんな者《もの》には目《め》もかけず、八方《ぽう》に暴《あば》れまわって、敵《てき》を追《お》いちらし、いまは対手《あいて》なければぜひなく引揚《ひきあ》げんと馬《うま》を乗《の》りかえし、いましもその森《もり》の前《まえ》へさし掛《かか》ってまいったるこの途端《とたん》、こゝぞとおもった萩野又《はぎのまた》一は、かねて用意《ようい》の鉄砲《てっぽう》をとって後藤《ごとう》の胸板《むないた》に狙《ねら》いをさだめ、森《もり》のなかより静《しず》かにでゝまいって、たちまちズドーンと一発《ぱつ》火蓋《ひぶた》を切《き》った。なにしろ二三間《けん》のところから打《う》ちだしたことゆえ、狙《ねら》い違《たが》わず後藤《ごとう》の胸板《むないた》に命中《めいちゅう》なし、又「卑怯者《ひきょうもの》奴《め》ッ」という一言《ごん》がこの世《よ》のわかれ、流石《さすが》豪気《ごうき》の英雄《えいゆう》もドッと落馬《らくば》をするとゝもに、遂《つい》にしたゝか血《ち》を吐《は》いて其《その》まゝ其處《そこ》に息《いき》はたえてしまった。これをながめてこわ〲ながら又《また》一は、森《もり》のうちより飛《と》びだしてまいり、ついに後藤《ごとう》の首《くび》を斬《き》っておとす。しかるに後藤《ごとう》の五枚錣《まいじころ》の兜《かぶと》はまったく腰《こし》にブラ下《さ》げてあったから、右《みぎ》の兜及《かぶとおよ》び陣刀《じんとう》を分捕《ぶんどり》いたし、右《みぎ》二品《しな》を証拠《しょうこ》として家康公《いえやすこう》の実検《じっけん》にそなえ高名《こうみょう》いたさんものと、かねて木津《きづ》のあたりに設《もう》けたる大御所公《おおごしょこう》の陣前《じんまえ》へ駆《か》けつけきたり、又「ハッおそれながら仙台《せんだい》の家臣《かしん》萩野又一《はぎのまた》、今日《きょう》の戦《たたか》いに後藤基次《ごとうもとつぐ》を討《う》ちとりました。イザ首実検《くびじっけん》に供《そな》えたてまつります」ともうしあげる。これによって家康公《いえやすこう》はさっそく此者《このもの》にお目通《めどお》りをおおせつけられ、さて後藤《ごとう》の首《くび》を御覧《ごらん》にあいなりますると、サモ無念《むねん》らしく歯《は》を交緊《くいしば》ったるありさま。このとき又《また》一は、又「なお又《また》兵衛《べえ》の兜《かぶと》、および陣刀《じんとう》の二品《しな》は分捕《ぶんど》りとして持《も》ちかえりましてございます」家「ウム、シテまたかれが所持《しょじ》なす日本号《にほんごう》の槍《やり》はいかゞいたした」又「おそれながら何分乱軍《なにぶんらんぐん》のなかにて首級《くび》をとるなりこの二品《しな》を分捕《ぶんどり》いたしましたが、おい〲後藤《ごとう》の手勢《てぜい》が押《お》しよせくる様《よう》子《す》ゆえ、長居《ながい》をしては危《あぶ》ないとおもいそのまゝ逃《に》げきたったる次第《しだい》にございます」家「ウム左様《さよう》か、かれが所持《しょじ》なす品《しな》は世《よ》に有名《ゆうめい》なる日本号《にほんごう》である、それを分捕《ぶんどり》いたさゞりしはさて〳〵残念至極《ざんねんしごく》」と仰《おお》せられながらも陣刀《じんとう》なりまた兜《かぶと》なりをつら〳〵御覧《ごらん》にあいなりますると、兜《かぶと》の中《なか》になにか一通《つう》の書面《しょめん》が貼《は》りつけてあるから、家康公《いえやすこう》はさっそくこれを取《と》っておし披《ひら》き、読《よ》んで御覧《ごらん》あそばしまするると、

吾《わ》れその昔《むかし》故主黒田長政《こしゅくろだながまさ》と口論《こうろん》いたし、黒田家退去《くろだけたいきょ》つかまつり候際《そろさい》、五十二万石《まんごく》一粒《つぶ》欠《か》くるとも奉公《ほうこう》すまじと誓《ちか》いを立《た》てたり。しかるところ今般大阪《こんぱんおおさか》へ入城《にゅうじょう》におよび秀頼公《ひでよりこう》より七十万石《まんごく》のお墨付《すみつき》を頂戴《ちょうだい》いたし、なお此度《このたび》の戦争《いくさ》について別段《べつだん》の加増《かぞう》三十万石《まんごく》、都合《つごう》百万石《まんごく》に取立《とりた》てられ候也《そろなり》。よって拙者戦死《せっしゃせんし》のゝちは、この墨附何卒黒田《すみつきなにとぞくろだ》長政《ながまさ》におみせくだしおかれ度偏《たくひとえ》に奉願上候《ねがいあげたてまつりそろ》。なお拙者《せっしゃ》ことかくかるぐ〳〵しく討死《うちじに》の所存《しょぞん》は無之候得共《これなくさうらえども》、何《なに》をもうすも城内《じょうない》においては淀君《よどぎみ》の行状《おこない》よろしからず、かつまた秀頼公《ひでよりこう》は御柔弱《ごじゅうじゃく》、到底大阪方《とうていおおさかがた》の勝利《しょうり》おもいもよらず、これによって最早《もは》や戦場《せんじょう》を見限《みかぎ》りかくのごとく討死仕《うちじにつかまつ》り候《そろ》もの也《なり》。

月《がつ》　日《び》

後藤又兵衛基次《ごとうまたべえもとつぐ》　書判《しょはん》

とある。大御所公《おおごしょこう》はこの書面《しょめん》を御覧《ごらん》になって大《おお》いに御感心《ごかんしん》あそばした。しかるに当時《とうじ》黒《くろ》田甲斐守《だかいのかみ》は江戸城留守居役《えどじょうるすいやく》を仰《おお》せつけおられたから、後日《ごじつ》にいたって甲斐守《かいのかみ》にこの書面《しょめん》をおみせになり、かばかりの勇士《ゆうし》に暇《いとま》をだすとははなはだもって不都合《ふつごう》であると、非常《ひじょう》に御《お》戒《いまし》めになったという、これは後《のち》の御話《おはな》し。ところが大御所公《おおごしょこう》は大阪方《おおさかがた》にいかなる計略《けいりゃく》があるかもしれないから、というので、後藤《ごとう》の手《て》の指《ゆび》および、耳《みみ》の古疵《ふるきず》を調《しら》べさせたがどちらもほとんど符合《ふごう》して正《まさ》しく後藤《ごとう》の首《くび》に相違《そうい》ないということになったが、さて萩野又《はぎのまた》一をよく〱調《しら》べてみると、まったく逃《に》げ遅《おく》れたをさいわい、森《もり》の裡《うち》より後藤《ごとう》を狙《ねら》い打《うち》にしたということがあいわかったから、大御所公《おおごしょこう》はことの外《ほか》のおいきどおり、かゝる勇士《ゆうし》を飛道具《とびどうぐ》をもって打取《うちと》るというは、はなはだ以《も》って其意《そのい》をえざる次第《しだい》なりとあって、さっそく仙台《せんだい》政宗公《まさむねこう》をお呼出《よびだ》しになり、かならず此奴《こや》ツには恩賞《おんしょう》を与《あた》えるなとおおせつけられた。好《い》い面《つら》の皮《かわ》はこの萩野又《はぎのまた》一、後藤程《ごとうほど》の勇士《ゆうし》を打取《うちと》りながら、かえって其身《そのみ》は御不興《ごふきょう》をこうむったという。サアこれよりいよ〱英雄薄田《えいゆうすすきだ》、木村《きむら》がはな〲しき討死《うちじに》という悲絶壮絶《ひぜつそうぜつ》なる御話《おはな》し。

◎薄田《すすきだ》隼人《はやと》の戦死《せんし》

扨《さ》てもこのとき関東方《かんとうがた》の同勢《どうぜい》におきましては大阪方《おおさかがた》一方《ぽう》の大将《たいしょう》後藤又兵衛《ごとうまたべえ》もかくして戦《せん》死《し》を遂《と》げたことゆえ、最早《もはや》すこし御安心《ごあんしん》なりと両将軍家《りょうしょうぐんけ》においてもこゝろを許《ゆる》し、木津《きづ》、長池《ながいけ》よりだん〳〵と軍勢《ぐんぜい》をくりだし、暗《くらが》り峠《とうげ》をこし麓《ふもと》に陣立《じんだ》てをいたされる。しかるに此方誉田山《こなたこんだやま》に陣所《じんしょ》をかまえた大阪方《おおさかがた》において項羽《こうう》、張飛《ちょうひ》と異名《いめい》を取《と》りし薄田隼人正兼相《すすきだはやとのしょうかねすけ》の軍勢《ぐんぜい》は敵《てき》の向《むか》ってくるをいまや遅《おそ》しと相待《あいま》っている。そこへ関東《かんとう》よりこの手《て》にむかいしは越前少将忠直《えちぜんしょうしょうただなお》、加藤肥後守忠廣《かとうひごのかみただひろ》、同勢《どうぜい》三万余騎《まんよき》を引率《いんそつ》なし、おい〳〵に押《お》しよせてくる。しかるに隼人《はやと》は根《ね》が大酒家《たいしゅか》のことでございますから、心《こころ》しずかに本陣《ほんじん》にあって武蔵野《むさしの》と名附《なづ》けたる大盃《たいはい》に酒《さけ》を注《つ》がしてこれをかたむけつゝ、酔《よ》いに乗《じょう》じて謡曲《うたい》の一つも謡《うた》いながら、泰然《たいぜん》としてひかえている。もっとも薄田《すすきだ》の先手《さきて》は植松藤兵衛《うえまつとうべえ》、斎藤甚八郎《さいとうじんろう》、稲木灘次郎《いなぎなだじろう》などの手勢《てぜい》をはじめといたし、敵《てき》を引受《ひきう》けて充分戦《じゅうぶんたたか》いにおよぶ。こゝに予《かね》て敵《てき》の先陣《せんじん》加藤肥後守忠廣《かとうひごのかみただひろ》は九州大名《しゅうだいみょう》のめん〳〵を引連《ひきつ》れて攻《せ》め鼓《つづみ》を打《う》っておしよせたが、ときしも元和《げんな》元年《がんねん》五月《がつ》四日《か》の未明《あさまだき》、もはや充分《じゅうぶん》に敵勢《てきぜい》は本陣《ほんじん》真近《まぢか》くおしよせたりとの注進《ちゅうしん》に、此方《こなた》大阪方《おおさかがた》の隼人正《はやとのしょう》は、兼「イザヤ目《め》に物見《ものみ》せてくれん、者共《ものども》馬《うま》牽《ひ》けッ」とよばわりながら、その身《み》は紺糸縅《こんいとおど》しの大鎧《おおよろい》を草摺長《くさずりなが》に着流《きなが》し、四尺《しゃく》にあまる陣刀《じんとう》を引背負《ひっせお》い目方《めかた》十八貫目《かんめ》の鉄棒《てつぼう》をサモかる〴〵しく引提《ひっさ》げ、栗毛《くりげ》の駒《こま》に乗鞍《のりくら》おいてガッキと打《う》ちまたがり、打《う》っていでた。しかるにこのとき加藤肥後守忠廣《かとうひごのかみただひろ》は、妙法蓮華経《みょうほうれんげきょう》の旗《はた》を真先《まっさ》きにおしたて、いましも此手《このて》にむかわんと馬《うま》を乗《の》りだしたるとき、たちまちサッと吹《ふ》きゝたった一陣《じん》の西風《にしかぜ》に、こはそもいかに忠廣《ただひろ》の眼前《がんぜん》におしたてたる旗棹《はたざお》は中程《なかほど》よりポッキとおれ、ついに肥後守《ひごのかみ》の兜《かぶと》の上《うえ》へしたゝかに倒《たお》れかゝった。これがためにはげしく頭《あたま》を打《う》たれて忠廣《ただひろ》はドッと落馬《らくば》をいたしたが、臣下《しんか》のめん〳〵はこれを眺《なが》めて、おおいにおどろき主人《しゅじん》の大事《だいじ》とそう〳〵に抱《だ》きおこして引担《ひっかつ》ぎ、そのまゝドン〳〵〳〵後《あと》をもみずに引《ひっ》かえす。忠廣《ただひろ》は余程《よほど》ひどく頭《あたま》を打《う》ったものとみえて、戦《たたか》いおわった後脳《のちのう》を病《わずら》い乱心《らんしん》どうようの身《み》とあいなり、父清正《ちちきよまさ》が一代《だい》のあいだに仕上《しあ》げた身代《しんだい》も、この人《ひと》の代《だい》に至《いた》ってついに家断絶《いえだんぜつ》ということにあいなったは、まことに是非《ぜひ》もなき次第《しだい》でございます。それは扨《さ》ておき此方《こなた》薄田隼人《すすきだはやと》におきましては、これさいわいとドッとばかりに乗込《のりこ》んでまいり、跡《あと》にのこった越前勢《えちぜんぜい》をさん〴〵に打《う》ちなやました。これによって越前《えちぜん》の軍勢《ぐんぜい》も一旦《たん》は八方《ぽう》へパッと散乱《さんらん》いたしたが、なにをいうにも大軍《たいぐん》の事故《ことゆえ》たちまち陣立《じんだて》を取《と》りなおし、ソレ鉄砲《てっぽう》を撃ちだせよと二三千人《にん》の鉄砲《てっぽう》組《ぐみ》は、入《い》り交《まじわ》り立《た》ちかわり、ドン〳〵撃《う》ちだした。その硝烟弾雨《しょうえんだんう》のなかを薄田隼人《すすきだはやと》はこと〻もせず、馬《うま》を彼方此方《あなたこなた》と乗《の》りかえし、当《あた》るをさいわい縦横無尽《じゅうおうむじん》に打《う》ちなやます。これがために今《いま》は誰《た》れ一人《にん》として薄田《すすきだ》に向《むか》う者《もの》もないありさま。おりしも乱《みだ》れたる備《そな》えのそのなかより、あらわれいでたる一人《にん》の若武者《わかむしゃ》、身《み》には緋縅《ひおど》しの鎧《よろい》を着用《ちゃくよう》なし、おなじく毛《け》糸《いと》五枚錣《まいじころ》の兜《かぶと》に金鍬形《きんくわがた》の前立《まえだて》を打《う》たせ、正面《しょうめん》の龍頭《たつがしら》は光《ひか》り輝《かがや》き、腰《こし》には虎《とら》の皮《かわ》掛《か》けたる陣刀《じんとう》を佩用《たばさ》み、南部出産《なんぶしゅっさん》の逞《たく》ましき鹿毛《かげ》なる駒《こま》に打《う》ちまたがり、三尺《じゃく》にあまる陣刀《じんとう》をふり冠《かむ》って、若「エイッ、薄田隼人《すすきだはやと》見参《けんざん》ッ」と斬《き》ってか〻った。兼相《かねすけ》はヒラリと体《たい》を躱《かわ》してこれを打《う》ちながめ、兼「実《じつ》に優《やさ》しき若武者《わかむしゃ》かな、か〻る若武者《わかむしゃ》をわが鉄棒《てつぼう》の錆《さび》といたすは不《ふ》憫《びん》なッ」と血染《ちぞめ》の鉄棒《てつぼう》をガラリ投《な》げやり、たちまち陣刀《じんとう》を引抜《ひきぬ》いて暫《しば》しのあいだは渡《わた》り合《あい》におよんだが、いましも馬《うま》を東西《とうざい》にのり違《ちが》えるこのおりから、たちまち鐙《あぶみ》の鳩胸《はとむね》に掛《か》けて隼人兼相《はやとかねすけ》は、かの若武者《わかむしゃ》の〻ったる馬《うま》の横腹《よこばら》をパッとばかりに蹴付《けりつ》けたから、何条《なんじょう》もってたまりましょうや馬《うま》は、馬「ヒイーン」と一声高《こえたか》く跳《は》ねあがってかの若武者《わかむしゃ》はそこへ、ドッとばかりに落馬《らくば》する。シテやったりと兼相《かねすけ》は、馬《うま》よりヒラリと飛《と》びおりざま、なんの苦《く》もなくかの若武者《わかむしゃ》を取《と》っておさえ、ついに着《き》ている兜《かぶと》を脱《ぬ》がして髻《たぶさ》に手《て》をかけグイッと引《ひ》きあげ、いまその首《くび》を討《う》たんとよく〳〵顔《かお》をみてあれば年《とし》は十六歳《さい》、蕾《つぼみ》の若武者《わかむしゃ》、隼「オウ、さてはかゝる少年《しょうねん》でありしか」とさしもの兼相《かねすけ》その手《て》をはなし、隼「アヽイヤそれなる若武者《わかむしゃ》、その許姓名《もとせいめい》はなんといわるゝ、イザ名《な》を名《な》のり候《そう》らえ」とゝわれて右《みぎ》の若武者《わかむしゃ》も、いまはこれまでと観念《かんねん》なし、若「拙者《せっしゃ》こそは徳川家康《とくがわいえやす》の孫《まご》にあたる越前宰相忠直《えちぜんさいしょうただなお》の舎弟《しゃてい》、松平出羽守忠昌《まつだいらでわのかみただまさ》なり。最早《もはや》かく御身《おんみ》に組《く》みしかれたる上《うえ》からは、吾身《わがみ》の運命《うんめい》もこれかぎり、イザわが首《くび》を打《う》ちおとし給《たま》え」と両眼《りょうがん》閉《と》じて覚悟《かくご》のありさまは、健気《けなげ》にもまた憐《あわ》れの次第《しだい》、隼「ウムッ、さては貴殿《きでん》は結城秀康公《ゆうきひでやすこう》の御子息《ごしそく》なりしか、天晴《あっぱ》れなるそのお覚《かく》悟《ご》。すでに昨年真田幸村《さくねんさなだゆきむら》も、かねて貴殿《きでん》に首《くび》をわたすという約束《やくそく》をいたした、とうけたまわる。かゝる天晴《あっぱ》れなる若武者《わかむしゃ》に出会《であ》いしてこそわれもさいわい、貴殿《きでん》に拙者《せっしゃ》が首級《くび》を進《しん》上《じょう》つかまつろう。大阪《おおさか》もはや落城《らくじょう》は目《ま》のあたり、今日《きょう》の討死《うちじに》はかねての覚悟《かくご》、よって貴殿《きでん》はわが首《くび》をとって功名《こうみょう》いたされよ。われは大阪方《おおさかがた》の薄田隼人兼相《すすきだはやとかねすけ》である」というよりはやく草《くさ》の上《うえ》にドッと坐《ざ》し、鎧《よろい》を手早《てばや》く脱《ぬ》ぎすてゝ、右手差《めてざ》し引抜《ひきぬ》きわが脇腹《わきばら》へグサッとばかりに突《つ》きたてゝ引《ひき》まわしたは、流石《さすが》に大阪《おおさか》四天王《てんのう》の一人《にん》天晴《あっぱ》れ見事《みごと》な戦死《せんし》でございます。忠昌殿《ただまさどの》は涙《なみだ》にむせび、忠「折角《せっかく》の思召《おぼしめ》し勇士《ゆうし》の厚志《こうし》をむにするも気《き》の毒《どく》のいたり、首級《しるし》は拙者頂戴《せっしゃちょうだい》をつかまつらん」とついに背後《うしろ》へまわって薄田隼人《すすきだはやと》の首《くび》を討《う》ちおとしたが、これ越前公第一《えちぜんこうだい》の功名《こうみょう》でございます。もっとも当今《とうこん》においても河内国道明寺《かわちのくにどうみょうじ》より半里《はんり》ばかり西《にし》にあたり、誉田山《こんだやま》の近傍《きんぼう》に薄田隼人《すすきだはやと》の石碑《せきひ》はその高《たか》さ三尺《じゃく》ばかりにして、立派《りっぱ》に立《た》ってございますが、これまったく後日越前家《ごじつえちぜんけ》よりその跡《あと》を弔《とむ》らわんがために建立《じんりゅう》いたされた。ついに薄田隼人《すすきだはやと》もかゝる次第《しだい》にていさぎよく討死《うちじに》を遂《と》げ相《あい》はてた。さて此方《こなた》は河内国若江村《かわちのくにわかえむら》に陣所《じんしょ》をさだめたる木村長門守重成《きむらながとのかみしげなり》でございます。もっとも先陣《せんじん》には山口左馬之助《やまぐちさまのすけ》がくわわり、重成《しげなり》は飯島太郎左衛門《いいじまたろざえもん》の宅《たく》を本陣《ほんじん》として敵《てき》のおしよせ来《きた》るを相待《あいま》つありさま、その手勢《てぜい》わずかに八百人《にん》、しかるにこれに立《た》ちむかったる関東方《かんとうがた》の諸将《しょしょう》は井伊掃部頭《いいかもんのかみ》、小笠原《おがさわら》信濃守《しなののかみ》、山口伊豆守《やまぐちいずのかみ》、本多若狭守《ほんだわかさのかみ》、石川近江守《いしかわおうみのかみ》、近藤越中守《こんどうえっちゅうのかみ》をはじめとして総勢《そうぜい》勝《すぐ》って八万余騎《まんよき》、就中《なかにも》関東方《かんとうがた》の先陣《せんじん》に進《すす》んだるはこれぞ山口伊豆守《やまぐちいずのかみ》でございます。攻太鼓《せめだいこ》の音《おと》をとう〳〵と響《ひび》かせながら、おい〳〵若江《わかえ》へ軍《ぐん》をすゝめくる。このこと早《はや》くも本陣《ほんじん》へ注進《ちゅうしん》があったが、長門守重成《ながとのかみしげなり》は少《すこ》しもおどろかず、泰然《たいぜん》として酒宴《さかもり》をもよおし、側《そば》には飯島太郎《いいじまたろ》左衛門《ざえもん》、舎弟源左衛門《しゃていげんざえもん》、三七郎《ろう》のめん〳〵、付《つ》きしたがってしゅ〴〵馳走《ちそう》をもって饗応《もてなし》いたしている。倶《とも》に其坐《そのざ》に席《せき》をかまえたる山口左馬之助《やまぐちさまのすけ》はすゝみいで、左「いかに重成《しげなり》どの、最早《もはや》貴殿《きでん》も今日《きょう》は討死《うちじに》のお覚悟《かくご》、しからば拙者《せっしゃ》その魁《さきが》けをつかまつろう。さいわい今日関東方寄手《きょうかんとうがたよせて》の先陣《せんじん》は山口伊豆守《やまぐちいずのかみ》なり、かれは拙者《せっしゃ》がためには真実《しんじつ》の兄《あに》なれども、関東《かんとう》関西《かんさい》かく敵味方《てきみかた》とあいなるうえは、戦場《せんじょう》の常《つね》、われ此度《このたび》の討死《うちじに》にはかれを撃取《うちと》りくれんとおもいしおりから、先刻兄《せんこくあに》の許《もと》より矢文《やぶみ》を送《おく》り寄《よ》こし拙者《せっしゃ》に降参《こうさん》せよとの内通《ないつう》がございました。これをさいわい吾《わ》れ降参《こうさん》とみせかけて陣所《じんしょ》へまいり、かれを撃《う》ちとって手勢《てぜい》の者《もの》を討《う》ちやぶり隙《すき》もあらば井伊家《いいけ》の本陣《ほんじん》へのりこんで、かれの軍勢《ぐんぜい》をも粉微塵《こなみじん》に討《う》ちやぶって御覧《ごらん》にいれる心底《しんてい》にございます」長門守《ながとのかみ》はこれをきゝ、重「ウム、天晴《あっぱ》れなる貴殿《きでん》のその決心《けっしん》、可惜勇士《あたらゆうし》を討死《うちじに》させるはお気《き》の毒《どく》なれどこれも君《きみ》へのおためなればまた是非《ぜひ》におよばず。貴殿《きでん》ばかりではない、やがて拙者《せっしゃ》もあとより冥途《めいど》へおもむくことでござる。はな〴〵しく討死《うちじに》をいたしたまえ」左「ハッ、委細承知《いさいしょうち》つかまつった」と左馬之助《さまのすけ》は、さっそく手勢《てぜい》をしたがえ決心《けっしん》をさだめ本陣《ほんじん》よりドッと一度《ど》に撃《う》っていでた。もっともこの山口兄《やまぐちきょう》弟《だい》の父《ちち》は加州大聖寺《かしゅうだいしょうじ》の城主山口玄蕃頭《じょうしゅやまぐちげんばのかみ》といえる者《もの》でございますが、かの関《せき》が原《はら》の合戦《かっせん》のみぎり玄蕃頭《げんばのかみ》は大聖寺《だいしょうじ》に籠城《ろうじょう》なし、充分徳川家《じゅうぶんとくがわけ》に敵対《てきたい》をいたした人物《じんぶつ》、しかるに加州前田《かしゅうまえだ》の軍勢《ぐんぜい》がこの大聖寺《だいしょうじ》の城《しろ》にむかってついに落城《らくじょう》をいたさせたが、玄蕃頭《げんばのかみ》は討死《うちじに》のみぎり両人《りょうにん》の倅《せがれ》にむかい、われ無《な》きのちも秀頼公御成長《ひでよりこうごせいちょう》あらば、かならず大阪方《おおさかがた》へお味方《みかた》いたすべしと遺言《いごん》をなし、さて乱軍《らんぐん》のうちに充分敵《じゅうぶんてき》を撃《う》ちなやましたるうえ、城《しろ》の櫓《やぐら》にあらわれいで、玄「今日山口玄蕃頭《きょうやまぐちげんばのかみ》が討死《うちじに》のありさまを見届《みとど》けて、後世《こうせい》までの手本《てほん》にせよ」と陣刀《じんとう》を引抜《ひきぬ》いておのが口中《こうちゅう》に押《おし》あてがい、鍔際《つばぎわ》まで突《つ》きとおして敵中《てきちゅう》にとびこみついに名誉《めいよ》の戦死《せんし》をとげたという実《じつ》に天晴《あっぱれ》なる人《ひと》でございます。しかるに其後兄弟《そののちきょうだい》とも浪人《ろうにん》をいたし、兄《あに》の伊豆守《いずのかみ》はついに徳川《とくがわ》へこゝろをよせ、徳川方《とくがわがた》に味方《みかた》をしたが、弟左馬之助《おとうとさまのすけ》たゞ一人《ひとり》は父《ちち》の遺言《いごん》をまもって大阪《おおさか》へ入城《にゅうじょう》におよびかねぐ〵兄《あに》の不忠不孝《ふちゅうふこう》を充分心中《じゅうぶんしんちゅう》いきどおりおりますので、さてこそ今日矢文《きょうやぶみ》をもって降参《こうさん》をすゝめ来《きた》りしをさいわい、かれを打取《うちと》りくれんと決心《けっしん》におよんだのでございます。これより山口左馬之助《やまぐちさまのすけ》、義《ぎ》によって兄伊豆守《あにいずのかみ》を撃取《うちと》るの御話《おはな》し。

◎木村重成《きむらしげなり》の戦死《せんし》

扨《さ》ても山口左馬之助《やまぐちさまのすけ》は、漸々《ようよう》関東方《かんとうがた》の先陣《せんじん》真近《まぢか》く参《まい》りますると、左馬之助《さまのすけ》はなにか手勢《てぜい》の者《もの》に喋《しめ》しあわせ、それよりはたゞ一人《ひとり》にて山口伊豆守《やまぐちいずのかみ》の陣中《じんちゅう》へ乗込《のりこ》んできた。門番「コリャ〳〵そのほうは全体何者《ぜんたいなにもの》であるか」左「さればでござる、拙者《せっしゃ》は山口左馬之助《やまぐちさまのすけ》ともうする者《もの》、兄上《あにうえ》に対《たい》しお目通《めどお》りをねがわんとぞんじ罷《まか》り出《い》でたる者《もの》、何卒此由《なにとぞこのよし》伊豆守《いずのかみ》にお取次《とりつぎ》をねがいたい」そこでそう〳〵家来《けらい》よりこのことをもうしいれると、伊豆守《いずのかみ》はかねて矢文《やぶみ》を贈《おく》ってあるので、最《も》う弟《おとと》のでてくる時分《じぶん》であるとこゝろ待《ま》ちに待《ま》っていたところへ、此知《このし》らせでございますからおおいに喜《よろこ》び、伊「オヽ左馬之助《さまのすけ》がまいったか、そう〳〵これへよべ」とある。そこで左馬之助《さまのすけ》は案内《あんない》につれられて陣中《じんちゅう》へ打《う》ちとおってみると、数多《あまた》の家臣《かしん》にとり巻《ま》かれた兄伊豆守《あにいずのかみ》は、正面《しょうめん》の床几《しょうぎ》に腰打《こしう》ちかけ泰然《たいぜん》としてひかえていたが、伊「オヽ珍《めず》らしや左馬之助《さまのすけ》、兄《あに》の意見《いけん》にしたがい関東《かんとう》へ降参《こうさん》すれば、かならず吾《わ》れより大御所公《おおごしょこう》へ周旋《とりもち》をいたしてやる」左「ハッ、あり難《がた》き仕合《しあわ》せに存《ぞん》じたてまつります」と頭《かしら》を低《さ》げながら兄《あに》の油断《ゆだん》を充分《じゅうぶん》見澄《みすま》し、いま頭《かしら》を上《あ》げるとみえしが、左「ヤッ不忠不孝《ふちゅうふこう》の人非人《にんぴにん》、おもいしれッ」というよりはやく、腰《こし》なる陣刀《じんとう》ギラリ抜《ぬ》く手《て》もみせず、左「エイッ」とかけたる一声《せい》に不意《ふい》をくらった伊豆守《いずのかみ》、逃《に》げだす隙《すき》もあらばこそ、首《くび》は前《まえ》にと討《う》ちおとされた。大変乱暴《たいへんらんぼう》な挨拶《あいさつ》もあるものでございます。陣中《じんちゅう》のめん〱は、これはッとばかりに打《う》ちおどろき、右往左往《うおうさおう》にさわぎたてるを、左馬之助《さまのすけ》は大音声《だいおんじょう》、左「父《ちち》の遺言《いごん》に背《そむ》きし曲者《くせもの》、不忠不孝《ふちゅうふこう》の罪《つみ》をたゞいま此方《このほう》が糺《ただ》したり。イザこのうえは井伊掃部頭《いいかもんのかみ》が首級《しるし》を頂戴《ちょうだい》いたさん。ヤア〱者共《ものども》ソレつゞけッ」とこれを合図《あいず》にかねて陣前《じんぜん》まで秘《ひそ》かにおしよせたる手勢《てぜい》のめん〱、無《む》二無《む》三ドッと喚《おめ》いて乱入《らんにゅう》する。これをながめて伊豆《いず》が手勢《てぜい》のめん〱はたちまち八方《ぽう》へ散乱《さんらん》する。左馬之助《さまのすけ》は逃《に》ぐる敵《てき》には目《め》もかけず、ついに井伊《いい》の同勢《どうぜい》の中《うち》へ徒歩《かちだち》のまゝ陣刀《じんとう》をふり冠《かむ》って斬《き》りこんだは、実《じつ》に天晴《あっぱ》れ勇《いさ》ましきはたらきでございます。強将《ごうしょう》のもとに弱卒《じゃくそつ》なし、臣下《しんか》の者《もの》もおい〱に進《すす》みきたって、われ一と戦《たたか》いをいたしたが、なにをいうにも敵《てき》は目《め》にあまる大軍《たいぐん》、味方《みかた》はわずかな小勢《こぜい》ゆえ、おい〱そこへ討死《うちじに》をとげ、いまは左馬之助《さまのすけ》も身《み》に数《すう》ヶ所《しょ》の手傷《てきず》をうけ、最早《もはや》これまでなりとあって、乱軍《らんぐん》のなかに物《もの》の見事《みごと》に討死《うちじに》をとげた。しかるにこのとき木村重成《きむらしげなり》は、かねて飯島太《いいじまた》郎《ろ》左衛門《ざえもん》方《かた》をたちいで、陣所《じんしょ》にきたって櫓上《やぐら》にあがり、小手《こて》を翳《かざ》しはるかに向《むこ》うをみてあれば、実《じつ》に夥多《おびただ》しき軍勢《ぐんぜい》が、若江村《わかえむら》を十重二十重《とえはたえ》におっとり巻《ま》いたるそのありさま、重成《しげなり》はことゝもせず「ソレ者《もの》ども討《う》ち破《やぶ》れよ」とはげしき下知《げち》、これによって知徳院源《ちとくいんげん》十郎《ろう》、牟礼孫兵衛《むれまごべえ》、斎藤《さいとう》、日下《くさか》をはじめとし、臣下《しんか》の勇士《ゆうし》われも〳〵とくりだす、百姓《しょう》ながらも飯島太郎左衛門《いいじまたろざえもん》は両人《りょうにん》の弟《おとと》を引《ひ》きしたがえ、イデ木村様《きむらさま》がお討死《うちじに》の魁《さきがけ》をせんと、ドッとばかりにくりだしたが、すでに山口左馬之助《やまぐちさまのすけ》の手《て》に打《う》ちなやまされ、乱《みだ》れたったる井伊家《いいけ》の軍勢《ぐんぜい》、その後勢《ごぜい》としては入《い》れかわって小笠原《おがさわら》、本多《ほんだ》、近藤《こんどう》をはじめとしておい〳〵くりこんでくるを、こゝに引受《ひきう》けかしこに引受《ひきう》け、いまや乱軍《らんぐん》ということにあいなったが、重成《しげなり》は今日《きょう》こそはな〴〵しく討死《うちじに》をせんと、主君秀頼公《しゅくんひでよりこう》より拝領《はいりょう》の谷風《たにかぜ》と名附《なづ》けたる鎧《よろい》をとって着用《ちゃくよう》なし白星《しろぼし》八十二間《けん》の筋兜《すじかぶと》を猪首《いくび》に押《おし》いたゞき、白羅紗《しろらしゃ》には金糸《きんし》をもって四ツ目《め》の紋《もん》をあらわしたる陣羽織《じんばおり》を着用《ちゃくよう》におよび、白月毛《しろつきげ》の駒《こま》には蒔絵《まきえ》の鞍《くら》を置《お》いてユラリガッキと打《う》ちまたがり、二丈《じょう》二尺《しゃく》の棒槍《ぼうやり》を馬《うま》の平首《ひらくび》に押《お》しつけてゆう〳〵としてすゝみいでた。このとき坊主頭《ぼうずあたま》に鬮金《はちがね》いりの後鉢巻《うしろはちまき》を〆《し》め、黒糸縅《くろいとおど》しの鎧《よろい》に三尺《じゃく》八寸《すん》の陣刀《じんとう》を引背負《ひっせお》い、赤《あか》樫《がし》に筋金《すじがね》いったる目方《めかた》七八貫目《かんめ》もあろうという樫棒《かしぼう》を小脇《こわき》にかいこみ、片手《かたて》には重成《しげなり》がのったる馬《うま》の轡《くつわ》をしっかとにぎり、主君《しゅくん》とゝもに討死《うちじに》をせんとすゝみいでたるこの坊主《ぼうず》これなん以前《いぜん》は大阪城内《おおさかじょうない》にあって茶坊主《ちゃぼうず》の一人《にん》なる山崎《やまざき》三阿弥《あみ》といえる者《もの》で、これは重成《しげなり》に特別寵愛《とくべつちょうあい》され、また三阿弥《あみ》も身命《しんめい》を投打《なげうっ》て重成《しげなり》につかえているのでございますが、今日《きょう》しも重成《しげなり》は一世《せい》一代最期《だいさいご》の決心《けっしん》とのことにわれもかならず今日《きょう》は主人重成《しゅじんしげなり》のさきに立《た》ってはなぐしく討死《うちじに》をせんものと、いましも主人《しゅじん》の馬前《ばぜん》に若江村《わかえむら》を乗出《のりだ》した。しかるに敵《てき》は名《な》におう井伊家《いいけ》の軍勢《ぐんぜい》、ふたゝび軍備《ぐんび》を立《た》てなおし砂煙《すなけむ》りを蹴立《けだ》てゝ乗《の》りこんできた中《なか》に、この三阿弥《あみ》もかの筋金《すじがね》いりの樫棒《かしぼう》を真向上段《まっこうじょうだん》に振《ふ》り冠《かむ》り、むらがる敵中《てきちゅう》に乗《の》こんでまいりまたゝく内《うち》におよそ二三十名《めい》の敵《てき》を討《う》ち殺したが、なにをもうすも乱軍《らんぐん》のなか、ついに三阿弥《あみ》は名誉《めいよ》の戦死《せんし》をとげた。このとき重成《しげなり》はイデヤこの上《うえ》はわれも最期《さいご》を決《けっ》せんとのこりの臣下《しんか》をしたがえて、たちまち大軍《だいぐん》の中《なか》にのりだしてまいり、当《あた》るをさいわい突《つ》きたおし殴《なぐ》りたおし、横手《よこて》へ廻《まわ》る敵《てき》は鐙《あぶみ》の鳩胸《はとむね》をもって蹴飛《けと》ばし、うしろへ廻《まわ》るは槍《やり》の鐓《いしづき》をもって胸板《むねいた》をつき伏《ふ》せるという、実《じつ》に阿修羅王《あしゅらおう》の荒《あ》れたるごとく、重成《しげなり》が内兜《うちかぶと》より見張《みは》れる眼《まなこ》はさながら明星《みょうじょう》のごとく駒《こま》を卍巴《まんじどもえ》と縦横無尽《じゅうおうむじん》に駆《か》けまわして、ついに大軍《たいぐん》のそなえを討《う》ちやぶるという非常《ひじょう》のはたらき、その日《ひ》の夕方《ゆうがた》までに七度《ど》の戦《たたか》いにおよぶ。敵《てき》は崩《くず》れて備《そな》えを立《た》てなおし駆《か》けつけてはまた打崩《うちくず》され、死体《したい》は積《つ》んで山《やま》をなし、血《ち》は流《なが》れて泉《いずみ》をなさんばかりのありさま。いまはその身《み》も数《すう》ヶ所《しょ》の手傷《てきず》をこうむり、もはや余程疲労《よほどつかれ》におよんだるようすなれど、誰《た》れ一人《ひとり》として長門守《ながとのかみ》に討《う》ち向《むか》う者《もの》はない。ところへ安藤長《あんどうちょう》三郎《ろう》といえる井伊家《いいけ》の家来《けらい》、この者《もの》が槍《やり》をかまえてひそかに木村《きむら》のうしろより、長「エイッ」と一声《せい》つきだしたが、此奴《こやつ》生来《せいらい》の臆病者《おくびょうもの》とて手許狂《てもとくる》い、タジ〳〵ッと跟蹌《ひょ》ろめくところを、重「無礼者《ぶれいもの》ッ」と怒鳴《どな》りつけた重成《しげなり》の声《こえ》にドッとそれへ尻餅《しりもち》を搗《つ》く。これを馬上《ばじょう》より打《う》ちながめた木村重成《きむらしげなり》は、重「コリャ、そのほうは何者《なにもの》なるぞッ」ととわれて此方安藤長《こなたあんどうちょう》三郎《ろう》は、長「ヘエ、ワ、ワ私《わた》しは安藤長《あんどうちょう》三郎《ろう》ともうして馬廻《うままわ》り役《やく》をつとめます井伊家《いいけ》の家来《らい》、実《じつ》のところ私《わたし》の父長左衛門《ちちちょうざえもん》という者《もの》は、昨年《さくねん》の戦《たたか》いに身体《からだ》に手傷《てきず》をこうむり、それがため当時国《とうじくに》にあって大病《たいびょう》でございます。しかるに知行《ちぎょう》はわずか二十石三人扶持《ごくにんぶち》、親《おや》に薬《くすり》を与《あた》えたいにも身貧《みひん》の暮《くら》し、ところへまた〳〵此度《このたび》の戦《たたか》いで、親《おや》の名代《みょうだい》で主君《しゅくん》の御供《おとも》をしてゞましたが、どうぞマア相当《そうとう》な功名《こうみょう》をして出世《しゅっせ》を仕度《した》いというのが第《だい》一のゝぞみ、ところが先程《さきほど》よりのはげしい戦争《せんそう》に逃《に》げおくれ、あの松陰《まつかげ》でみておりますると貴郎《あなた》のお越《こ》し、お見受《みう》けもうせば余程御疲《よほどおつか》れのようすでございますから、これさいわい御首級《おんしるし》をいたゞいて、出世《しゅっせ》をいたして親《おや》に安神《あんしん》させたいとぞんじ、大胆《だいたん》にも槍《やり》をつけたのでございます」と言葉《ことば》も顫《ふる》え手《て》を合《あわ》して謝罪《あやま》りいっているをジッとながめた長門守《ながとのかみ》、重「ウーム親孝行《おやこうこう》ともうすは感心《かんしん》のいたり。それでは拙者《せっしゃ》の首級《くび》を其方《そのほう》につかわすゆえそれによって出世《しゅっせ》をいたし親《おや》に孝行《こうこう》をつくせよ」とついに重成《しげなり》はそこにおいて見事《みごと》に切腹《せっぷく》をいたし、こわ〴〵ながら安藤長三郎《あんどうちょうろう》はその首級《くび》を討《う》ちおとして大御所《おおごしょ》公の実検《じっけん》に供《そな》えた。しかしまったく重成《しげなり》は井伊家《いいけ》のために討死《うちじに》をいたしたことであって、若江村《わかえむら》には方今《ただいま》においても立派《りっぱ》な石碑《せきひ》がのこっております。さても長門守重成《ながとのかみしげなり》がかく討死《うちじに》をなしたりということをきいて、八尾地蔵《おじぞう》堂《どう》にあつたる長曾我部《ちょうそかべ》も最早《もは》やこれまでなりと、そう〳〵城内《じょうない》へ引揚《ひきあ》げてくる。しかるにこのとき真田幸村《さなだゆきむら》は平野地蔵堂《ひらのじぞうどう》に陣所《じんしょ》をかまえていたが、重成《しげなり》、薄田《すすきだ》、後藤《ごとう》などの討死《うちじに》をきゝまするると、逃《に》ぐるがごとくこれまた城内《じょうない》へ引揚《ひきあ》げてしまった。これによって新将軍《しんしょうぐん》、大御所公《おおごしょこう》ともいよ〳〵御安神《ごあんしん》のうえにて、二代公《だいこう》は河内《かわち》の道明寺《どうみょうじ》、家康公《いえやすこう》は平野大念仏寺《ひらのだいねんぶつじ》へお乗込《のりこ》みにあいなるという、これからかの有名《ゆうめい》なる平野《ひらの》の焼討《やきうち》という壮快極《そうかいきわま》りなき御話《おはな》し。

◎平野《ひらの》地蔵堂《じぞうどう》の焼討《やきうち》

すでにこのとき大御所家康公《おおごしょいえやすこう》は峠《とうげ》をこして松原《まつばら》までお進《すす》みになっておりまするが、かねて真田《さなだ》の引揚《ひきあ》げたるその跡《あと》の平野《ひらの》へ陣所《じんしょ》を設《もう》けんと御考《おかんが》えになっておりまするから、真田《さなだ》の同勢敗走《どうぜいはいそう》したるとのことに、そう〳〵お目附《めつけ》安藤治右衛門《あんどうじえもん》をもってまず幸村《ゆきむら》の陣屋跡《じんやあと》を見分《けんぶん》させることにあいなった。これによって安藤治右衛門《あんどうじえもん》は臣下《しんか》をしたがえまず平野地蔵《ひらのじぞう》堂《どう》にきたり、つく〴〵様子《ようす》をみるに余程周章狼狽《よほどうろたえさわい》で引《ひ》きあげたものと相見《あいみ》え、あるいは幕《まく》張《ばり》、または六文銭《もんせん》の旗其他《はたそのた》の物《もの》もいろ〳〵と打《う》ち捨《す》てゝあって、また地蔵堂《じぞうどう》の裏手《うらて》には兵《ひょう》食《ろう》の炊場抔《たきばなど》もそのまゝで、竈《かまど》などは立派《りっぱ》な物《もの》もおいてある。しかし誰《た》れ一人《ひとり》として人気《ひとけ》はない。治右衛門《じえもん》は充分彼方此方《じゅうぶんあなたこなた》を見廻《みまわ》すと、丁度地蔵堂《ちょうどじぞうどう》とうしろの藪際《やぶぎわ》に蒲鉾小屋《かまぼこごや》の様《よう》な物《もの》を設《しつ》らえ、そのうちには怪《あや》しげなる乞食坊主《こじきぼうず》が一人菰《ひとりこも》を冠《かむ》ってねている様子《ようす》、この体《てい》ながめた治右衛門《じえもん》は、治「コリャ乞食《こじき》、おきろ〳〵ッ」といいながら、側《そば》へよってパッと蹶《け》起《おこ》すと、顔《かお》から首筋《くびすじ》はもうすにおよばず、手足《てあし》に至《いた》るまで何《なん》だか一杯《ばい》の腫物《できもの》ができてある上《うえ》に、血膿《ちうみ》の様《よう》な物《もの》が流《なが》れいで、汚《よご》れ垢付《あかづ》いたるボロ〳〵の襤褸《ぼろ》を身《み》にまとい、実《じつ》に癩病《らいびょう》患《や》者《み》に相違《そうい》ない。治「コリャ乞食《こじき》、全体《ぜんたい》そのほうは何者《なにもの》だ」乞「ハイ、私《わたし》はこの界隈《かいわい》に住居《すまい》をしております以前《いぜん》は善快《ぜんかい》という坊主《ぼうず》でございますが、こんなに身体中《からだじゅう》に腫物《はれもの》ができ、それがために身体《からだ》も自由《じゆう》ならず、歩行《ある》くこともできませんから、仕方《しかた》なしにこゝにおりましたるところ、此度大阪《このたびおおさか》から真田《さなだ》という人《ひと》がこの地蔵堂《じぞうどう》へきて、陣所《じんしょ》をさだめるについてどこかへゆけとおっしゃいましたが、なにしろ動《うご》くことができませんのでとだん〳〵頼《たの》み込《こ》みまするると、可哀《かあい》そうな奴《や》ツだといって兵粮《ひょうろう》の余《あま》り物《もの》などを日々《にちにち》恵《めぐ》んでくださいましたから、それを貰《もら》ってよう〳〵糊口《ここう》をしのいでおりましたが、私《わたし》も今日《きょう》から誰《た》れもいなくなったので、食《た》べることもできません。どうぞ御情《おなさ》けをもって御救《おたす》けくださいまするよう……」治「ウヽム、シテまたその真田《さなだ》をはじめこゝにいた者《もの》はなぜ逃《に》げだしたのであるか」乞「ヘエ、それは一向《こう》にぞんじませんが、なんだか皆《みな》のもうしていたのには、味方《みかた》は大方討死《おおかたうちじに》をした上《うえ》はモウ敵《かな》わぬ、籠城《ろうじょう》の上《うえ》に切腹《せっぷく》だ、逃《に》げろ〳〵といってみな〳〵何処《どこ》かへいってしまったので……」というので治右衛門《じえもん》は、さいわい論《ろん》より証拠《しょうこ》この坊主《ぼうず》をつれて帰《かえ》ってもうしあげようと、さっそく一枚《まい》の戸板《といた》をとり寄《よ》せてこれにこの乞食《こじき》をのせ、雑兵《ぞうへい》にいいつけてこれを担《かつ》がせます。実《じつ》に気《き》のせいか臭《くさ》くってたまらない様《よう》にこゝろえたが、ようやくのことで大御所公《おおごしょこう》のお目通《めどお》りへこれをつれてまいり、地蔵堂《じぞうどう》の様子《ようす》をもうしあげさせますると、実《じつ》に鰥寡孤独《かんかこどく》を憐《あわれ》みたまう家康公《いえやすこう》、「しからばこれは道明寺《どうみょうじ》へやって、将軍家陣所《しょうぐんけじんしょ》の裏手《うらて》にて養《やしな》ってつかわせ」とのおおせでございます。そこで此者《このもの》はふたゝび戸板《といた》にのせ、ついに二代公《だいこう》の御本陣《ごほんじん》なる道明寺《どうみょうじ》へ送《おく》り届《とど》けたが、その裏手《うらて》の方《ほう》に怪《あや》しげなる蒲鉾小屋《かまぼこごや》を設《もう》けてその内《うち》へいれ、兵粮《ひょうろう》の余《あま》りなどを充《あて》がってやった。ところが豈図《あにはか》らんやかゝる乞食坊主《こじきぼうず》と身《み》を扮《やつ》しているは、真田家《さなだけ》の郎党三好伊三入道《ろうとうみよしいざうにゅうどう》であって、都合《あわ》よくば二代公《だいこう》の御側《おそば》へなりとも近寄《ちかよ》り物《もの》の見事《みごと》に討《う》ちとろうという決心《けっしん》をいたしておる。これともしらず此方大御所公《こなたおおごしょこう》は、最早充分《もはやじゅうぶん》に御安神《ごあんしん》をあそばされ、ついに右平野地蔵堂《みぎひらのじぞうどう》へ対《たい》して陣所《じんしょ》を御定《おさだ》めとあいなりはや先陣《せんじん》は桑津《くわつ》まで乗《の》りだし、また先手《さきて》の井伊《いい》、藤堂《とうどう》の同勢《どうぜい》は天《てん》王寺《のうじ》に陣所《じんしょ》をさだめた。なお大御所公《おおごしょこう》には諸大名《しょだいみょう》のめい〳〵が前後左右《ぜんごさゆう》をとりまいて地蔵《じぞう》堂《どう》の内《うち》に厳然《げんぜん》として、御控《おひか》へあそばしたは、実《じつ》に危険《きけん》この上《うえ》もないことで、この地蔵堂《じぞうどう》のしたは一面《めん》の火《ひ》でございます。そのうちに手筈《てはず》をさだめて明日早天《みょうにちそうてん》に大阪城《おおさかじょう》を一挙《きょ》に攻《せ》め落《おと》さんという計略《けいりゃく》、ところが此方大阪城内《こなたおおさかじょうない》にあっては、内大臣秀頼公《ないだいじんひでよりこう》も御出馬《ごしゅつば》になって自《みずか》ら戦《たたか》いをいたさんというお仕度《したく》をなされている。スルとこのとき迄静《までしず》かに様子《ようす》を窺《うか》ごうていたかの青木民部《あおきみんぶ》は、かねておのれの幕下《ばくか》につけておいた霧隠才蔵《きりがくれさいぞう》ともうし合《あわ》せ、この騒《さわ》ぎに乗《じょう》じてひそかに千姫《ひめ》をつれだすの手筈《てはず》をいたした。もっとも其身《そのみ》はかねて幸村《ゆきむら》の命《めい》により、姫《ひめ》の目附《めつけ》を勤《つと》めておりますから充分自由《じゅうぶんじゆう》にあいなります。そこで民部《みんぶ》はない〳〵姫《ひめ》にもこのことをもうしいれ、千姫《ひめ》を男《おとこ》すがたの扮装《いでたち》にいたし、ひそかに夜《よ》にまぎれて前《まえ》には青木《あおき》、中《なか》には千姫《ひめ》、うしろには霧隠《きりがくれ》がつき添《そ》い、ついに京橋御門《きょうばしごもん》よりしのび〳〵に逃《に》げだしたが、霧隠才蔵《きりがくれさいぞう》は途中《とちゅう》より姫《ひめ》を背負《せお》い、ドン〳〵平野《ひらの》の御本陣《ごほんじん》へ罷《まか》りいで、大御《おおご》所公《しょこう》へお目通《めどお》りをねがいいでた。ところが大御所公《おおごしょこう》の御側《おそば》にはかの大久保彦左衛門《おおくぼひこざえもん》がついていて、迂闊《うかつ》には側《そば》へ近寄《ちかよ》せない、たゞ取次《とりつ》ぎをもって姫君《ひめぎみ》を救《たす》けだしたとあれば直様道《すぐさまどう》明寺《みょうじ》へ連《つ》れゆけという口上《こうじょう》、そこで流石《さすが》の霧隠《きりがくれ》も家康公《いえやすこう》の御側《おそば》へ近寄《ちかよ》ること能《あた》わず、拠《よん》どころなく道明寺《どうみょうじ》の方《ほう》へつれてまいり、さて千姫《ひめ》さまを助《たす》けてきたともうしあげると、そうかといって、このまゝ陣中《じんちゅう》へお留《と》めおきにあいなり、いずれ褒美《ほうび》をとらせるというばかりで、なか〳〵二代公《だいこう》の御側《おそば》へ近寄《ちかよ》ることもできない。これによって霧隠《きりがくれ》もいたし方無《かたな》く、隙《すき》もあらばとかんがえておりまするうち、あるとき図《はか》らず陣所《じんしょ》の裏《うら》の方《ほう》へ廻《まわ》ってきてみると、乞「大《おお》きに有難《ありがと》うございます」と礼《れい》をいいつゝ、竹《たけ》の皮包《かわづつ》みの余《あま》り物《もの》をもらって、寝《ね》ながらムシャ〳〵食《く》っていた乞食坊主《こじきぼうず》、秘《そっ》と側《そば》へ差寄《さしよ》りたがいに顔《かお》を見合《みあわ》せ、才「オヽ三《み》好《よし》か」伊「しずかにいたせ、どうした才蔵《さいぞう》……」才「どうもこうもない、千姫《ひめ》の身体《からだ》を種《たね》にこれへいりこんだのだ」伊「ウム、そうか。吾等《われら》においても巧《うま》く当所《とうしょ》へこういりこんだが、平野《ひらの》の方《ほう》は今日充分《きょうじゅうぶん》に火《ひ》がまわるであろう。家康《いえやす》は地蔵堂《じぞうどう》へはいったに違《ちが》いない。万《まん》一今夜《こんや》にでも破裂《はれつ》いたさば、その混雑《こんざつ》にまぎれて其方《そのほう》も一働《はたら》きにおよべ」才「ウム、もとより承知《しょうち》……」と二人《ふたり》の者《もの》はひそかに諜《しめ》し合《あわ》せておいたが、案《あん》のごとく其夜《そのよ》にいたって其《その》火《ひ》がまわるということになったのでございます。というのはかの地蔵堂《じぞうどう》の裏手《うらて》の兵糧焚場《ひょうろうたきば》には十七ヶ所《しょ》の竈《かまど》が据《す》えてあって、なお其傍《そのかた》へは薪炭抔《まきすみなど》の、のこりが沢山《たくさん》にあるから、兵《ひょう》糧方《ろうがた》はこれを見《み》ておおいに打《うち》よろこび、皆「真田幸村《さなだゆきむら》などゝいうのは軍師《ぐんし》だなどゝ威張《いば》っていても、さて逃《に》げだすときには馬鹿《ばか》な物《もの》だ、チャーンと竈《かまど》に薪迄添《まきまでそ》えておいてある。サアさっそくこれを分捕《ぶんどり》して焚《た》け〳〵」と夕景《ゆうけい》からこの竈《かまど》でドン〳〵火《ひ》を焚《た》きはじめたが、まったくこの竈《かまど》で火《ひ》を焚《た》くとズッとそれから火《ひ》がまわるという仕掛《しか》けになってあって、いわば渦巻《うずまき》の線香《せんこう》の様《よう》なありさまで予《かね》て充分時間《じゅうぶんじかん》なども計《はか》ってあります。兵糧方《ひょうろうがた》はそんなことゝは神《かみ》ならぬ身《み》のしる由《よし》もなく、最《も》う一両日《りょうじつ》の内《うち》にはかならず大阪城《おおさかじょう》も手《て》にいる、そうなるときは首尾《しゅび》よく凱旋《がいせん》ができるとよろこびながら、なおもドン〳〵火《ひ》を焚《た》きはじめた。実《じつ》に尻《しり》に火《ひ》が付《つ》くというのはこのことでございましょうか、おい〳〵と火《ひ》は線香《せんこう》の導火《みちび》のような物《もの》につたわってくる。スルトこれよりさき大御所公《おおごしょこう》におかれては、かねて信仰《しんこう》したまう黒本尊《くろほんぞん》を地蔵堂《じぞうどう》の正面《しょうめん》へ安置《あんち》したまい、ねがわくば一刻《こく》もはやく勝利《しょうり》を得《え》さしめたまえと余念《よねん》もなく念《ねん》じて御在《おい》であそばす、最《も》うそのうちにはや充分火《じゅうぶんひ》はまわってきて、御自身《ごじしん》の寝所《しんじょ》のしたは一面《めん》の火《ひ》とあいなり、すでに破裂《はれつ》を仕様《しよう》というのでございますが、左様《さよう》なことゝは家康公夢《いえやすこうゆめ》にも御存《ごぞん》じはない。しかるにいま破裂《はれつ》を仕様《しよう》という小半刻《こはんとき》ばかり前《まえ》のことであったが、家康公《いえやすこう》にはしきりに小便《ちょうず》がもよおしますから、かねて地蔵堂《じぞうどう》の裏手《うらて》に設《もう》けてある便所《べんじょ》におもむかんと、この地蔵堂《じぞうどう》を静《しず》かにおいでにあいなり、後辺手《うしろて》の藪中《やぶなか》へきたっていま用《よう》を達《たっ》しておいでになりまするが、何分御老体《なにぶんごろうたい》のことゆえ、少《すこ》しく暇《ひま》取《ど》っておられます。しかるにこのとき思《おも》い掛《が》けなくも地蔵堂《じぞうどう》の中《なか》に当《あた》ってゴーッ、ゴーッと宛然《さなが》ら津波《つなみ》の押《お》し寄《よ》せ来《く》る凄《すさ》まじき地響《じひび》きを生《しょう》じたから、家康公《いえやすこう》はこれはッと思《おも》いながらヒョイッと後辺《うしろ》をお振《ふ》り返《かえ》りになるこの途端《とたん》、百千の雷《らい》が一時《じ》に頭上《ずじょう》におちきたったるごとく、ドヽヽヽドーッ、グワラ〳〵ッと実《じつ》にすさまじき物音《ものおと》とゝもに例《れい》の地雷火《じらいか》が一時《じ》に破裂《はれつ》をしたから、十八間《けん》四面《めん》の広大《こうだい》なる地蔵堂《じぞうどう》は微塵《みじん》となって中空《ちゅうくう》に打《う》ちあげられ、とび散《ち》る火《ひ》の子《こ》は流星《りゅうせい》のごとく、かねて地蔵堂《じぞうどう》の内《うち》にひかえていた者《もの》は、人馬《じんば》の厭《いと》いなくみな手足胴体《てあしどうたい》千切《ちぎ》れ〳〵となって、およそ二三十間《けん》はドッとばかりに中天《ちゅうてん》に打《う》ちあげられ、たちまちバラ〳〵ッと空中《くうちゅう》より人間《にんげん》が降《ふ》る、火《ひ》が降《ふ》る、槍《やり》が降《ふ》る、大刀《たち》が降《ふ》る、血《ち》の雨《あめ》を降《ふ》らせるといゝ実《じつ》にその凄《すさ》まじきありさまは、何《なに》に譬《たと》えんようもなく、たちまち四辺《あたり》は一面《めん》の火《ひ》の子《こ》とあいなったることでございますから、有繫《さしも》の大御所家康公《おおごしょいえやすこう》も肝胆《かんたん》を天外《てんがい》に飛《と》ばしハッとばかりに生《い》きたる心地《ここち》はさらになく、藪《やぶ》の中《なか》へドターッとたおれてお仕舞《しま》いなすった。サアこの納《おさま》りはいかゞ相成《あいな》りましょうや。

◎徳川家康岸和田《とくがわいえやすきしわだ》に逃《のが》る

これによって大御所公《おおごしょこう》に附《つき》したがったる近習《きんじゅう》のめい〳〵にも、一時《じ》にそれへ顚倒《ひっくり》かえったがよう〳〵起《お》き上《あが》ってみれば、このありさまに周章狼狽《しゅうしょうろうばい》、御倒《おたお》れなすった大御所公《おおごしょこう》を御《ご》介抱《かいほう》におよびます。しかるにこのとき稲麻竹葦《とうまちくい》のごとく隙間《すきま》なく陣所《じんしょ》を固《かた》めていたる旗本《はたもと》のめん〳〵は、皆「スワコソ吾君《わがきみ》の一大事《だいじ》ー」と彼方此方《あなたこなた》と火《ひ》の中《なか》を潜《くぐ》り抜《ぬ》け〳〵、ようやく藪《やぶ》の中《なか》へ近寄《ちかよ》ってくる。このとき第《だい》一番《ばん》にこの藪《やぶ》の中《なか》へバラ〳〵ッと飛《と》びこみきたった安藤治右衛門《あんどうじえもん》は、総身《そうしん》に数《すう》ヶ所《しょ》の火傷《やけど》をうけ、みな〳〵とゝもに血染《ちまみ》れになって大御所《おおごしょ》公《こう》を御介抱《ごかいほう》もうしあげる。その中《うち》にようやく大御所公《おおごしょこう》もお気附《きづき》にあいなりますると、側《そば》にしたがう安藤治右衛門《あんどうじえもん》のすがたを打《う》ちながめ、家「ヤア〳〵安藤治右衛門《あんどうじえもん》、其方《そのほう》これよりたゞちに道明寺《どうみょうじ》へかけつけ、将軍家《しょうぐんけ》に大阪《おおさか》へすゝむこと無用《むよう》である、そう〳〵大和地《やまとじ》へ陣《じん》換《が》えをいたされる様《よう》もうし伝《つた》えよ」との命令《めいれい》、安「ハッ、委細承知《いさいしょうち》つかまつりました」と安藤《あんどう》は、たちまち血《ち》の中《なか》を潜《くぐ》りぬけて、一生懸命道明寺《しょうけんめいどうみょうじ》をさして駆《か》けだした。このとき大《おお》御所公《ごしょこう》は四辺《あたり》をジッと見廻《みまわ》しまするると、いましも陣小屋《じんごや》をはじめ四辺《あたり》一面《めん》はえん〳〵と燃《も》えあがり、実《じつ》に焦熱地獄《しょうねつじごく》もかくやと思《おも》うばかりのありさま、しかるにこのときしも此藪《このやぶ》の裏手《うらて》にあたって、ドッとばかりに鬨《とき》の声《こえ》をあげ、たちまち此処《ここ》を十重《とえ》二十重《はたえ》に追《お》っ取《と》り巻《ま》くようす、これを眺《なが》めて大御所公《おおごしょこう》は、コワ敵《かな》わじと命辛《いのちか》らぐ〳〵、ほう〳〵の体《てい》でお逃《に》げだしになる。しかるに、いましも真田幸村《さなだゆきむら》なりと名乗《なの》ってこれを追《お》っかけたは、これぞかの郡主馬之助《こおりしゅめのすけ》の同勢《どうぜい》でございますが、これまた火《ひ》のなかを彼方此方《あなたこなた》と駆《か》け抜《ぬ》けながら、家康《いえやす》公《こう》を見出《みいだ》して討《う》ち取《と》らんといたしている様子《ようす》、その隙《すき》に大久保彦左衛門《おおくぼひこざえもん》は、その身《み》に数《すう》ヶ所《しょ》の火傷《やけど》をおいながらも、大御所公《おおごしょこう》を自分《じぶん》の肩《かた》にグイッと引担《ひっかつ》ぎ、藪《やぶ》の裏手《うらて》より南《みなみ》をのぞんで、ドン〳〵逃《に》げだした。しかるにこの体《てい》ながめて後辺《うしろ》の方《ほう》より郡《こおり》の同勢《どうぜい》、「ソレ大御所公《おおごしょこう》をのがすなッ」と一生懸命《しょうけんめい》宙《ちゅう》を飛《と》んで追《お》っ駆《か》けくるありさまに、ハッとおもったその途端《とたん》、ついに大久保彦左衛門《おおくぼひこざえもん》は路《みち》を踏《ふ》みはずし、大御所公《おおごしょこう》を引担《ひっかつ》いだそのまゝに、片傍《かたえ》の古池《ふるいけ》のなかへドブーンと水煙《みずけむ》りをたてゝ落《お》ちこんだ。さいわい水《みず》は浅《あそ》うございましたが、何分《なにぶん》その四辺《あたり》はみなドン〳〵燃《も》えていることでございますから、火《ひ》の子《こ》は頭《あたま》の上《うえ》に降《ふ》る様《よう》におちてくる。よって両人《りょうにん》は頭《あたま》からスッポリと池《いけ》の藻《も》を引被《ひっかむ》り一生懸命八百万《しょうけんめいやおよろず》の神々《かみがみ》を念《ねん》じながら折々《おりおり》藻《も》のなかゝら首《くび》をだしてみてあれば、彼方此方《あなたこなた》へ狼狽《うろた》えさわぐ旗本《はたもと》勢《ぜい》を、いずれも六文銭《もんせん》の旗《はた》の手《て》をもってとり巻《ま》いて攻《せ》めたつるというありさま、水火《すいか》の難《なん》のそのうえに真田《さなだ》ときいては胆《きも》をひやし、大御所公《おおごしょこう》も流石《さすが》に生《い》きたる心地《ここち》もない。しかるにこのとき大阪城内《おおさかじょうない》においては内大臣秀頼公《ないだいじんひでよりこう》、千成瓢《せんなりひさご》の馬印《うまじるし》に五色《しき》の吹抜《ふきぬ》きを真先《まっさ》きにおしたて、いましも四天王寺南門《てんのうじなんもん》の方《かた》にドッとばかりに出馬《しゅつば》をいたされ、皆「ワアーッ、ワッ」と鬨《とき》の声《こえ》をあげながら井伊《いい》、藤堂《とうどう》の両勢《りょうぜい》をさん〴〵に打《う》ちなやまし、縦横無尽《じゅうおうむじん》に暴《あば》れまわった。もっともこの両勢《りょうぜい》は平野破裂《ひらのはれつ》の一条《じょう》をきくより、いずれも右往左往《うおうさおう》に逃《に》げさまようということになりましたが、実《じつ》にこの夜《よ》の戦《たたか》いは関東方《かんとうがた》の大敗北《だいはいぼく》、関西方《かんさいがた》のはたらきは目《め》の覚《さ》める様《よう》なありさま。しかるに此方池《こなたいけ》の中《なか》に潜《ひそ》んだ大御所公《おおごしょこう》、大久保彦左衛門《おおくぼひこざえもん》の両人《りょうにん》は池《いけ》のなかより此体《このてい》をつく〴〵眺《なが》めておりましたが、そのうち火《ひ》はしょう〳〵下火《したび》となり、戦《たたか》いも稍《やや》しずまった様子《ようす》でございますから、濡《ぬ》れ鼠《ねずみ》となって大久保彦左衛門《おおくぼひこざえもん》は、大《おお》御所公《ごしょこう》をお助《たす》けもうし池《いけ》よりようやくのことに這《は》いあがり、家康公《いえやすこう》を肩《かた》に引担《ひっかつ》いで一生懸《しょうけん》命南《めいみなみ》の方《ほう》におちのび、其夜《そのよ》のうちに住吉《すみよし》をこえ、泉州堺《せんしゅうさかい》の東方《とうほう》にあたる百舌村《もずむら》までまいり、さてようやく百舌村《もずむら》の名主勘助《なぬしかんすけ》という者《もの》の宅《たく》をドン〳〵叩《たた》きおこし、右《みぎ》の事情《じじょう》を述《の》べてしばらく此家《このや》に庇隠《かくま》われることになったので、ヤレ嬉《うれ》しやとおもいながら一間《ま》へ案内《あんない》をされて坐《ざ》に着《つ》くと、彦「まず御前《ごぜん》これまで逃《のが》れてまいりますればもう安神《あんしん》でございます」ともうしあげたが、さてそのうちに段々気《だんだんき》が緩《ゆる》んでくると、実《じつ》に手足《てあし》の火傷《やけど》はたまらぬ様《よう》にヒリ〳〵痛《いた》みだしてきた。家康公《いえやすこう》もホッと一息《いき》お吐《つ》きあそばしたが、家「オヽ彦左衛《ひこざえ》門《もん》、そのほう折角予《せっかくよ》を助《たす》けだしてくれたが、いまこそ予《よ》の武運《ぶうん》に尽《つ》きるときである。かく身体《からだ》に火傷《やけど》をしてみれば、到底命《とうていいのち》をまっとうすること覚束《おぼつか》なし。名《な》もなき敵《てき》のために討《う》ちとられんより、いさぎよくこゝにおいて切腹《せっぷく》して相果《あいは》てん」と手早《てばや》く小刀《しょうとう》ギラリ鞘払《さやばら》いにおよび、すでに腹《はら》を召《め》されんありさま。この体眺《ていなが》めておどろいた大久保彦左衛門《おおくぼひこざえもん》、彦「おそれながら御前《ごぜん》、そは御短慮《ごたんりょ》でございましょう。死《し》は一旦《たん》にして易《やす》く生《せい》は万代《ばんだい》に得難《えがた》しとやら。御大切《ごたいせつ》なる御身《おんみ》をもってかゝることをあそばすとは何事《なにごと》でございまするか」と突然《いきなり》その小刀《しょうとう》を引奪《ひったく》り、はるか後辺《うしろ》の方《かた》へパッと投《な》げつけたが、丁度《ちょうど》このとき向《むこ》うの床《とこ》の間《ま》に、薬《くすり》を細末《さいまつ》にする薬研《やげん》が一つおいてあったが、それへ対《たい》してブツリッその小刀《しょうとう》が突立《つった》った。どうも幸運《こううん》のお方《かた》はちがったもので、御自身《ごじしん》が御腹《おはら》を切《き》らんとせられたときには、手《て》がふるえて腹《はら》へも通《とお》らないくらいのものが、彦左衛門《ひこざえもん》が引奪《ひったく》ってなに心《ごころ》なく投《な》げたときには、薬研《やげん》にあたってつき貫《とお》るという、この小刀《しょうとう》の中味《なかみ》は藤《とう》四郎義光《ろうよしみつ》の鍛《きた》えた銘刀《めいとう》であったから、のちにこれを薬研藤《やげんとう》四郎義光《ろうよしみつ》と御命名《ごめいめい》あそばされ、家康公《いえやすこう》の御身《おんみ》に通《とお》らないというので御護刀《おまもりがたな》とあそばされた。ところへまたもや裏手《うらて》の方《かた》にあたって、皆「ワアーッワッ」という鬨《とき》の声《こえ》がきこえだし、おいく此方《こちら》へ沢山《たくさん》の軍勢《ぐんぜい》が押《お》しすゝんでくるようす、これを聞《き》いて大久保彦左衛門《おおくぼひこざえもん》は、君《きみ》にお食事《しょくじ》をおさせもうす暇《ひま》もなく、またく夜《よ》の内《うち》に君《きみ》を助《たす》けてこゝを立退《たちの》き、百舌村《もずむら》より東方《とうほう》にあたる日下部村《くさかべむら》というところへ逃《のが》れたが、ようやく傍《かたわ》らにある一軒《けん》の百姓家《しょうや》ドン〳〵叩《たた》きおこし、当家《とうけ》の様子《ようす》をきいてみれば、当村《とうそん》の名主《なぬし》で大塚伝右衛門《おおつかでんえもん》という者《もの》でございます。いましも戸口《とぐち》でなにかワイ〳〵いっているのをきいてこの家《や》の主人伝右衛門《しゅじんでんえもん》はなにごとやらんと起《お》きいで、門《と》を開《ひら》いてよく〳〵聞《き》いてみればこのありさま、まったくこれは尊《とう》とき君《きみ》に相違《そうい》ないとおもったから、さっそく奥《おく》へとおして暫時御休息《ざんじごきゅうそく》あそばす様《よう》にともうしあげる。ところが何分家康公《なにぶんいえやすこう》は火傷《やけど》の痛《いた》みの上《うえ》にお歯《は》が痛《いた》み、ことに余程御空腹《よほどごくうふく》のようすでございますから彦左衛門《ひこざえもん》は主人伝右衛門《しゅじんでんえもん》に打《う》ちむかい、彦「コリャ主人《しゅじん》、後日《ごじつ》かならず褒美《ほうび》は下《くだ》しおかれることである。なんでもよいから食事《しょくじ》をだせよ」ともうしつけた。そこでようやくのことで大塚《おおつか》は家内《かない》の者《もの》にもうしつけ、麦飯《ばくはん》ながらそれにてお湯漬《ゆづけ》をさしだすことに相成《あいな》り、女房《にょうぼう》はいま膳部《ぜんぶ》をもって奥《おく》の間《ま》へゆこうとすると、どうしたことか身体《からだ》すくんで傍《そば》へ進《すす》みよることができない。これを眺《なが》めた大御所公《おおごしょこう》は、家「オヽこの家《や》の女房《にょうぼう》か、許《ゆる》す近《ちこ》うまいれ」女「ハイ……」と返事《へんじ》はしたがまったく月経《つき》の障《さわ》りのあったものとあいみえ、いま許《ゆる》すというお言葉《ことば》を聞《き》いてはじめてお傍《そば》へ進《すす》むことができた。大久保彦左衛門《おおくぼひこざえもん》はこの体《てい》ながめ、彦「おそれながらまだ〳〵君《きみ》の御威勢《ごいせい》はつきません」とお悦《よろ》こびをもうしあげたが、そのうち大御所公《おおごしょこう》はよう〳〵のことでお食事《しょくじ》をあそばした。後日此功《ごじつこのこう》によって大久保彦左衛門《おおくぼひこざえもん》よりもうしあげ、この大塚伝右衛門《おおつかでんえもん》は永代大庄屋《えいたいおおじょうや》にて五十石《こく》をくだしおかれたという、それは後日《ごじつ》のお話《はな》し。さて両人《りょうにん》は暫時《ざんじ》こゝにおいて休息《きゅうそく》をいたしおりまするとまた〳〵鬨《とき》の声《こえ》が耳《みみ》をつらぬくばかりに聞《きこ》えだしたから、敵《てき》か味方《みかた》かは定《さだ》かにわからねど、到底此処《とうていここ》におおきもうしては危《あぶ》ないというので、彦左衛門《ひこざえもん》はまた〳〵老公《ろうこう》を伴《とも》のうて当家《とうけ》をのがれよう〳〵のことで泉州岸和田《せんしゅうきしわだ》へ乗込《のりこ》みきたり、はじめて岸和田《きしわだ》の城内《じょうない》へおいれもうしたので、家康公《いえやすこう》もおおいに御安神《ごあんしん》あそばしたという。サア是《こ》れより彼《か》の道明寺《どうみょうじ》に本陣《ほんじん》を構《かま》えたる、二代将軍徳川秀忠公《だいしょうぐんとくがわひでただこう》のお身《み》の上《うえ》に移《うつ》るゝことに仕《つかま》つります。

◎真田大助《さなだだいすけ》の奮戦《ふんせん》

偖《さ》てもお話《はな》し元《もと》へもどる様《よう》でございますが、かの地雷火破裂《じらいかはれつ》のみぎり安藤治右衛門《あんどうじえもん》は、君《きみ》のおおせをこうむって平野《ひらの》の本陣《ほんじん》を跡《あと》になし、家来《けらい》十四名《めい》をしたがえて火《ひ》の中《なか》をくゞり、道明寺《どうみょうじ》をさして一目散《もくさん》に駆《か》けだしてゆく。しかるに途中《とちゅう》において思《おも》い掛《が》けなくも大阪《おおさか》城中《じょうちゅう》より乗《の》りだしたる真田大助《さなだだいすけ》の同勢《どうぜい》にであい已《や》むをえずこれを引受《ひきう》けて暫《しば》らくのあいだ渡《わた》りあいにおよんだが、何分《なにぶん》おもい掛《が》けなき敵勢《てきぜい》とて安藤《あんどう》の同勢《どうぜい》は、みなチリ〳〵バラ〳〵にあいなった。真田大助《さなだだいすけ》はこれさいわいと一人《ひとり》の郎党《ろうとう》をとっておさえ、よく〳〵ようすを取調《とりしら》べてみると、いま道明寺《どうみょうじ》へ注進《ちゅうしん》にまいる途中《とちゅう》であるとのことで、大助《だいすけ》は手早《てばや》く六文銭《もんせん》の旗差物《はたざしもの》をかくし、者共《ものども》つゞけッとあってたちまちドン〳〵〳〵道明寺《どうみょうじ》をさして乗込《のりこ》んでくる。ところが道明寺《どうみょうじ》にあってはかねて平野《ひらの》のすさまじき物音《ものおと》かつははげしき火《ひ》の手《て》が揚《あが》ったことでございますから、新将軍《しんしょうぐん》はおおいに御心配《ごしんぱい》をしていられるところへ、おそれながら安藤治右衛門《あんどうじえもん》、大御所公《おおごしょこう》の命《めい》をこうむって平野《ひらの》より御注進《ごちゅうしん》にまいりましたと乗込《のりこ》みくる一手《て》の軍勢《ぐんぜい》、そこで旗本勢《はたもとぜい》においてはそのまゝこれを通《とお》さんといたしたが、どうもかゝる大騒動《おおそうどう》のおりからといい、ことに安藤《あんどう》の手勢《てぜい》としてはあまり供廻《ともまわ》りが沢山《たくさん》すぎるところより、旗本勢《はたもとぜい》はうたがい乍《なが》らいずれも充分《じゅうぶん》の身仕度《みじたく》におよび、旗「治右衛門殿《じえもんどの》なればこゝへおでましなされ」とよばわる内《うち》、その軍勢《ぐんぜい》の中《うち》より本陣《ほんじん》を目掛《めが》け、ドーンと撃《う》ちだしたる一貫《かん》目《め》弾《だま》の大砲《たいほう》、つゞけ様《さま》にドーン〳〵ッと二発《はつ》迄《まで》撃《うち》こんだ。これがために旗本《はたもと》、あるいは君《きみ》を保護《ほご》する同勢《どうぜい》はいずれも、皆「これはッ……」と周章狼狽《しゅうしょうろうばい》で敗走《はいそう》する。このとき真田大助《さなだだいすけ》は大音声《だいおんじょう》、大「ヤア〳〵われこそは関東方《かんとうがた》の安藤治右衛門《あんどうじえもん》とは真赤《まっか》ないつわり、大阪城《おおさかじょう》にさる者《もの》ありときこえたる真田大助幸昌《さなだだいすけゆきまさ》なり。イザヤ秀忠公《ひでただこう》の御首級《みしるし》を頂戴《ちょうだい》せん」とよばわった。この手《て》にしたがう海野兄弟《うんのきょうだい》、深谷青海入道等《ふかやせいかいにゅうどうら》は、今日《きょう》こそ新将軍《しんしょうぐん》を討《う》ちとりくれんと、周章狼狽旗本勢《うろたえさわぐはたもとぜい》を無《む》二無《む》三に斬《き》ってまわる。然《しか》るにそのうち予《かね》てこの陣《じん》屋《や》にいりこんでいたる乞食坊主善快《こじきぼうずぜんかい》、すなわち三好伊三入道《みよしいぞうにゅうどう》におきましてはこの騒《さわ》ぎをきくと等《ひと》しく裏手《うらて》の方《かた》より諸方《しょほう》へ対《たい》して火《ひ》を放《はな》ったものとあいみえドン〳〵〳〵火《ひ》の手《て》があがってくる。これをながめて関東方《かんとうがた》は、皆「南無《なむ》三宝大変《ぼうたいへん》」と裏手《うらて》へ廻《まわ》ってみてあれば、例《れい》の乞食坊主《こじきぼうず》が火《ひ》を放《はな》ちまわっているから旗本《はたもと》の一人根来主膳《にんねごろしゅぜん》というものは、主「汝《おの》れ曲者《くせもの》ッ」というよりはやく、陣刀《じんとう》ギラリと引抜《ひきぬ》いて斬《き》ってかゝるを、伊三入道《いぞうにゅうどう》、伊「こゝろえたり」とパッと体《たい》をかわし、利腕《ききうで》取《と》ってたちまちそこへ捻《ね》じ伏《ふ》せながら、力《ちから》にまかしてグイ〳〵咽喉《のど》を締《し》めあげたから、何条《なんじょう》もってたまりましょう、ついに根来《ねごろ》はそれへ摑《つか》み殺《ころ》されてしまった。伊三入道《いぞうにゅうどう》は手早《てばや》くその者《もの》の鎧《よろい》を脱《ぬが》してそれを着《き》こんだが、顔《かお》の腐爛《づる》けていたというのはまったく梅干《うめぼし》の皮《かわ》などをベタ〳〵貼《は》りつけていたので、其奴《そいつ》を剝《は》ぎとってしまうと加之《おまけ》にかれの陣刀《じんとう》を奪《うば》いとり、伊「ヤア〳〵関東方《かんとうがた》の同勢《どうぜい》われを何者《なにもの》とこゝろえいる。われこそは真田方《さなだがた》にさる者《もの》ありとしられたる三好伊三入道《みよしいぞうにゅうどう》である」とドッとばかりに暴《あば》れだした。スル内《うち》いよ〳〵これがために陣屋《じんや》は一面《めん》の火焰《ほのお》とあいなり、道明寺《どうみょうじ》の陣《じん》中《ちゅう》は実《じつ》に鼎《かなえ》の沸《わ》くがごときのありさまにて、防《ふせ》ぎ戦《たた》かう者《もの》とては一人《にん》もないくらい。このとき真田大助《さなだだいすけ》は今年《ことし》十七歳《さい》の若武者《わかむしゃ》といえども、その采配《さいはい》のするどきことは流石《さすが》は父幸村《ゆきむら》のしこみとみえ、二代公《だいこう》は周章狼狽《あわてふため》きようやくのことで、わずかの近習《きんじゅう》を引連《ひきつ》れたまゝお逃《のが》れになる。しかるにこのときかの千姫《ひめ》についていたる青木民部《あおきみんぶ》、霧隠才蔵《きりがくれさいぞう》の両人《りょうにん》は、何《なに》卒《とぞ》二代公《だいこう》のお立退《たちの》きになるところへ共《とも》にしたがいゆかんと、ようやくのことに青木《あおき》も身仕《みじ》度《たく》をしてこゝを逃《に》げださんとするとき何《なに》おもいけん霧隠才蔵《きりがくれさいぞう》は、才「青木《あおき》の殿様《とのさま》、ちょっとお待《ま》ちくださいまし」民「オ、才蔵《さいぞう》、なんジャ」才「ちょっと貴郎《あなた》に御相談《ごそうだん》がありま す。千姫《ひめ》さまの儀《ぎ》につきまして……」民「どういう相談《そうだん》だ」才「ヘイ、兎《と》も角《かく》も此方《こっち》へ……」と手早《てばや》くその騒《さわ》ぎのうちに裏手《うらて》へつれまいり、才「ヤイ青木《あおき》、おれを何《なん》とおもう、この霧隠《きりがくれ》の才蔵《さいぞう》は真田幸村《さなだゆきむら》の大忠臣《だいちゅうしん》だぞ。大助《だいすけ》どのより色情《しきじょう》の上《うえ》から喧嘩《けんか》をしたというのはまったく汝《なんじ》を謀《はか》るためである。汝《うぬ》は関東方《かんとうがた》の犬《いぬ》になってよくも吾君《わがきみ》にうけたる大恩《だいおん》を忘《ぼう》却《きゃく》いたしたナ。疾《と》くより主人《しゅじん》はそれを御承知《ごしょうち》あいなって、畢竟《ひっきょう》するに千姫《ひめ》を盗《ぬす》みださせてこれへつれこんだのも、もとよりもうし合《あわ》せた上《うえ》のことである。これよりおれは姫《ひめ》を伴《とも》ない、このさわぎに乗《じょう》じて二代公《だいこう》を討取《うちと》る心底《しんてい》、その手《て》はじめに汝《なんじ》の一命《めい》はもうしうけたッ」いうよりはやく、才「エイッ」と一声《こえ》抜《ぬ》き討《う》ちに切《き》ってかゝった。青木《あおき》は大《おお》いにおどろきながら、民「ウム、さては汝《うぬ》の計略《けいりゃく》にかゝったか」と一刀《とう》の鞘払《さやばら》いに及《およ》ばんとする一刹那《せつな》、早《はや》くもザクリ肩先《かたさき》へ斬《き》り込《こ》んだる一刀《とう》に、何《なに》かは以《も》って堪《たま》るべき民部《みんぶ》は、民「ワアッ」と血煙《ちけむ》り立《た》って打倒《ぶったお》れた。踊《おど》り掛《かか》って才蔵《さいぞう》は、早《はや》くも絶息《とどめ》の一刀《とう》差《さ》し通《とお》し亡骸《なきがら》は火《ひ》の中《なか》へ投《ほ》り込《こ》んでしまった、そこで才蔵《さいぞう》は刀《かたな》を鞘《さや》におさめ、此方《こなた》をさしてとってかえす。千姫《ひめ》においては二人《ふたり》の者《もの》はどうしたのであろうと、迂路《うろ》〳〵しておいで遊《あそ》ばすそのところへ、才「ヘエ姫君《ひめぎみ》、青木《あおき》は一足《あし》先《さ》きへまいりました。早《はや》くおいであそばせ。御供《おんとも》いたしましょう」とやがて背中《せなか》に引担《ひっかつ》ぎ、ドン〳〵ドン〳〵駆《か》けだした。しかるにこのとき二代将軍秀忠公《だいしょうぐんひでただこう》は、ようやく向《むこ》うの山手《やまて》の方《ほう》へ此火《このひ》をお避《さ》けあそばして、ホンのわずかな近習《きんじゅう》でいま其備《そのそな》えをお立《た》てにあいなった様子《ようす》、これさいわいと霧隠才蔵《きりがくれさいぞう》は、姫《ひめ》を背負《せお》うた儘《まま》ようやくそれへ駆《か》け付《つ》けてまいり、才「おそれながら姫《ひめ》をお救《たす》けもうしたる、青木民部《あおきみんぶ》の家来才蔵《けらいさいぞう》でございます」ともうしいれた。二代公《だいこう》にもお喜《よろこ》びのあまり、秀「オヽ、それは満足《まんぞく》、いずれ戦《たたか》いおわらば重《おも》く用《もち》いつかわすぞ」才「ハイ、まことに有難《ありがた》くお礼《れい》をもうしあげます」と姫《ひめ》を背負《せお》いながらツカ〳〵ッと進《すす》んでまいり、二代将軍《だいしょうぐん》の片傍《かたわき》にドッサリ下《おろ》したが、ジッと将軍《しょうぐん》の油断《ゆだん》を見済《みすま》した霧隠才蔵《きりがくれさいぞう》、物《もの》をもいわず一刀《とう》ギラリッと引抜《ひきぬ》くやいなや、才「エイッ」とばかりに二代公《だいこう》の真向《まっこう》より、兜《かぶと》ぐるみに斬《き》りつけたが、おしい哉《かな》モウ一つ腕前《うでまえ》が立《た》っていないところへ、刃物《はもの》がすこし鈍《にぶ》かったものとあいみえ、兜《かぶと》へはザクリ斬《き》りこんだものゝ、裏《うら》かく程《ほど》のこともなく、ガチッと刀《かたな》は止《と》まってしまった。ハッとおどろいた二代将軍《だいしょうぐん》は、それへドッと御倒《おたお》れになる。あまりの意外《いがい》に近習《きんじゅう》のめん〳〵も、たゞ周章《うろたえ》さわぐそのところへ、血眼《ちまなこ》になってバッ〳〵と、駆《か》けつけきたった本多出雲《ほんだいずもの》守《かみ》、この体《てい》見《み》るなりバッと突然《いきな》り飛《と》びこんでまいり、出「ヤッ無礼者奴《ぶれいものめ》ッ」といいながら、手《て》にたずさえたる鉄棒《てつぼう》にて、霧隠才蔵《きりがくれさいぞう》の肩口《かたぐち》より、出「エイッ」と一声《せい》微塵《みじん》になれと打《う》ちおろした。あわれ忠臣霧隠才蔵《ちゅうしんきりがくれさいぞう》も、わずかの隙《すき》が手違《てちが》いと相成《あいな》り、こゝに本多《ほんだ》の鉄棒《てつぼう》の許《もと》に骨《ほね》も砕《くだ》けて討死《うちじに》をとげた。出「ハッ上様《うえさま》、何分《なんぶん》かゝるさわぎの場合《ばあい》、はやく御前《ごぜん》にはこゝをお立退《たちの》きあってしかるべし」という内《うち》にも出雲守《いずものかみ》は側《そば》を離《はな》れません。そこで将軍《しょうぐん》家《け》はいまこゝをお立退《たちの》きにあいなろうとするところへ、はやくもドッと鬨《とき》の声《こえ》をあげて、陣所前《じんしょまえ》へ暴《あば》れこんだる大助《だいすけ》の一手《て》、おい〳〵激《はげ》しき戦《たたか》いにおよぶ。このときこれへ対《たい》して繰出《くりだ》してまいった佐竹《さたけ》、上杉《うえすぎ》の同勢《どうぜい》がようやくのことで、これを喰《く》いとめることに相成《あいな》ったから、そのうちに辛《から》くも二代公《だいこう》はこゝをお逃《の》がれになったことでございますが、このとき姫《ひめ》は敵《てき》の手《て》に生捕《いけど》りとなる。そこで秀忠公《ひでただこう》は、秀「ヤア……誰《た》れかある、姫《ひめ》を救《すく》いくれよ」とのはげしき仰《おお》せ。こゝろえましたと火《ひ》の中《なか》を潜《くぐ》り抜《ぬ》け、ようやく姫《ひめ》を奪《うば》いかえしたのは阪崎出羽守《さかざきでわのかみ》という人《ひと》。さて大助《だいすけ》はこの隙《すき》に将軍《しょうぐん》のお側《そば》に近寄《ちかよ》り討《う》ち取《と》らんといたすといえども、どうしても近寄《ちかよ》ることができない。そのうちおい〳〵本多忠朝《ほんだただとも》の家来《けらい》も主人《しゅじん》の跡《あと》を慕《した》うてこれへ駆《か》けつけきたり、つゞいて小笠原信濃守《おがさわらしなののかみ》の同勢《どうぜい》も駆《か》けつけきたったがため、ついに退軍《ものわかれ》ということにあいなったので、残念《ざんねん》ながら大助《だいすけ》は最早《もはや》これまでなりと惣勢《そうぜい》をまとめて城内《じょうない》へ引取《ひきと》ってくる。其内《そのうち》にようやく夜《よ》も明《あ》けて戦《たたか》いはおわったが、何分大御《なにぶんおお》所公《しょこう》のお行辺《ゆくえ》がしれぬということで、大《おお》きに二代公《だいこう》も御心配《ごしんぱい》をあそばしたが、どうやら岸《きし》和田《わだ》へ引取《ひきと》って御安体《ごあんたい》ということをきかれ、ようやく御安神《ごあんしん》あそばしたのでございます。

さて其内両将軍《そのうちりょうしょうぐん》はたがいに無事《ぶじ》なることをお悦《よろ》こびにあいなり、このたびは平野《ひらの》に地雷火《じらいか》の焼跡《やけあと》へあらためて幕張《まくば》りをなし新将軍《しんしょうぐん》がこれへ陣所《じんしょ》をお定《さだ》めになる。そのうち大御所公《おおごしょこう》にはようやく住吉《すみよし》にお乗込《のりこ》みに相成《あいな》ったるそのところへ、はからず天王寺《てんのうじ》に陣所《じんしょ》をかまえたる真田《さなだ》の家来《けらい》が、わざ〳〵乗込《のりこ》んできて大御所公《おおごしょこう》に面会《めんかい》をねがいたいという口上《こうじょう》、いかなることを申《もう》してまいったのでございましょうや。

◎天王寺境内《てんのうじけいだい》の焼討《やきうち》

そこで家来《けらい》の者《もの》よりこれを取次《とりつ》ぎますると大御所公《おおごしょこう》、家「ウム苦《くる》しゅうない、ここへ通《とお》せ」という上意《じょうい》。よって此方《こなた》は充分仕度《じゅうぶんしたく》におよび、案内《あんない》をすることにあいなったが、これぞ真田《さなだ》の家来《けらい》で増尾武太夫《ますおぶだいふ》という者《もの》、いましも家康公《いえやすこう》の御面前《ごめんぜん》にくると、叮嚀《ていねい》に一礼《れい》を施《ほどこ》したるのち、武「ハッ、おそれながら主人幸村《しゅじんゆきむら》こと、先達《せんだっ》て大阪《おおさか》へ入城《にゅうじょう》のはじめより誠忠《せいちゅう》を尽《つく》すといえども、両将軍《りょうしょうぐん》には天《てん》の救《たす》けあって討《う》ちたてまつること能《あた》わず、万計《ばんけい》尽きて地《じ》雷《らい》の一計《けい》も、これまた空《むな》しくあいなりし上《うえ》からは、大阪落城《おおさからくじょう》も程近《ほどちか》きにあるべし、このうえは尋常《じんじょう》の勝負《しょうぶ》をとげて死《し》を潔《いさぎ》よくつかまつりたし、よって最期《さいご》の場所《ばしょ》を天王寺《てんのうじ》と相定《あいさだ》む、ねがわくば大御所公《おおごしょこう》にも御出陣《ごしゅつじん》あってお見届《みとど》けくださるべし」という使者《ししゃ》の口上《こうじょう》。大《おお》御所公《ごしょこう》もこれをお聞《き》きにあいなって、心中流石《しんちゅうさすが》は大阪《おおさか》の軍師《ぐんし》なりと御感心《ごかんしん》あそばし、いかにもその義承知《ぎしょうち》いたしたとあって、使者《ししゃ》はそのまゝ立帰《たちかえ》ったが、大御所公《おおごしょこう》はさっそく部下《ぶか》の者《もの》に下知《げち》をつたえ、さっそく準備《したく》の上繰《うえく》りだせよ、最早《もはや》かくあいなりし上《うえ》は吾軍《わがぐん》の勝利《しょうり》うたがいなしというので、自《みず》から神君家康公《しんくんいえやすこう》は天王寺南門《てんのうじなんもん》まで軍《ぐん》をすゝめて遥《はる》か彼方《かなた》を御《ご》覧《らん》になると、おなじ扮装《いでたち》にて真田《さなだ》と名《な》のる者《もの》が七名《めい》という者《もの》、みな馬上《ばじょう》に跨《また》がって厳然《げんぜん》とひかえている、これ所謂有名《いわゆるゆうめい》なる七人真田《にんさなだ》でございます。高所《こうしょ》にあって大御所公《おおごしょこう》はこれを御覧《ごらん》にあいなったが、いずれが本当《ほんとう》の真田《さなだ》だかさらに相判《あいわか》りません。そこでまず晴《は》れの一騎討《きうち》というのでもうしこまれておりますから、味方《みかた》の内《うち》よりこれにむかう者《もの》を七手《て》にお分《わ》けあそばし、まず小笠原信濃守《おがさわらしなののかみ》、井伊掃部頭《いいかもんのかみ》、榊原式部大輔《さかきばらしきぶたいふ》、越前少将忠直《えちぜんしょうしょうただなお》、伊達中納言《だてちゅうなごん》政宗《まさむね》、蜂須賀長門守《はちすかながとのかみ》、本多出雲守《ほんだいずものかみ》、この七名《めい》におおせつけられた。ところが小笠原《おがさわら》、本多《ほんだ》はもとより此度《このたび》は討死《うちじに》の覚悟《かくご》であって、まず本多《ほんだ》は七人《にん》の内《うち》で西《にし》より二番目《ばんめ》にいるはこれ真田《さなだ》に違《ちが》いなかろうという目星《めぼし》をつけたから、真先《まっさ》きに立《た》ってこれに討《う》ちむかい、跡《あと》はおもいく〳〵に立向《たちむか》うことにあいなり、いよ〳〵一騎討《きうち》の勝負《しょうぶ》が七組《くみ》というものはじまったが、いずれも必死《ひっし》の勇《ゆう》をふるって実《じつ》に目覚《めざま》しい戦《たたか》いでございます。就中本多出雲守忠朝《なかにもほんだいずものかみただとも》は、二十四貫目《かんめ》もある鉄棒《てつぼう》をサモ軽々《かるがる》と振《ふ》りまわし、真田幸村《さなだゆきむら》とたがいに名乗《なの》り合《あ》い激《はげ》しき渡《わた》り合《あ》いにおよぶことおよそ三十有余合《ゆうよごう》のすえ、ついに真田《さなだ》の乗《の》ったる馬《うま》の頭《かしら》を一撃《う》ち打《う》ちすえた。何条《なんじょう》もってたまりましょうや、馬《うま》はヒヽーンと高《たか》く嘶《いなな》きをいたして跳《は》ね上《あが》り、幸村《ゆきむら》はドッと真逆様《まっさかさま》に落馬《らくば》をした、ところを微塵《みじん》になれと打《う》ち下《おろ》したる鉄棒《てつぼう》にて、腰《こし》の辺《あた》りをしたゝかに打《う》ち拠《す》えたから、血煙《ちけむ》り立《た》って相果《あいは》てたるを、はやくもヒラリ馬上《ばじょう》より飛《と》び下《くだ》ったる忠朝《ただとも》はこゝに真田《さなだ》の首級《くび》をあげたるは、実《じつ》にすさまじき戦《たたか》いでございます。かねて孔明《こうめい》、楠公《なんこう》といって是《こ》れまでおそれをなしたる幸村《ゆきむら》も、関東方名題《かんとうがたなだい》の豪傑《ごうけつ》、本《ほん》多出雲守《だいずものかみ》が討《う》ち取《と》ったが、これまったくは真田幸村《さなだゆきむら》にあらず、まことはかの根津甚《ねづじん》八でございます。そのうち他《た》の六名《めい》の真田《さなだ》もおい〳〵討死《うちじに》をとげたので、のこりの軍勢《ぐんぜい》は大阪城《おおさかじょう》へ逃《に》げかえってしまった。大御所公《おおごしょこう》はサアモウ安神《あんしん》とことの外《ほか》お悦《よろこ》びとあいなり、その首級《くび》を一々御実検《いちいちごじっけん》になりましたが、いずれが本当《ほんとう》の幸村《ゆきむら》だか薩張《さっぱ》りわからない。しかし其《その》内《うち》でも本多《ほんだ》との勝負《しょうぶ》が一番《ばん》はげしかったので、先《ま》ず是《こ》れであろう位《ぐら》いには思召《おぼしめ》したが、これを正《ただ》しく見分《みわ》けさせるには誰《だれ》がよかろうとの御評定《ごひょうじょう》、スルとこゝに昨年《さくねん》の戦《たたか》いに松平出《まつだいらで》羽守殿《わのかみどの》が未《ま》だ庄《しょう》三郎《ろう》と仰《おお》せられたみぎり、幸村《ゆきむら》より褒美《ほうび》として扇子《せんす》を手《て》づからお貰《もら》いになったことがございますから、そこでこれをお呼出《よびだ》しになってお調《しら》べあそばしますると、まったくこの本多《ほんだ》の討取《うちと》ったる首《くび》に相違《そうい》ないとのこと。しかしまだ安神《あんしん》はなりません。そこで真田河内守《さなだかわちのかみ》おなじく外記《げき》、この兄弟《きょうだい》に検分《けんぶん》させることにすると、二人「おそれながら私《わたくし》共《ども》は子供《こども》の時分《じぶん》に別《わか》れたことゆえ、どうもたしかには相判《あいわか》りません」と二人《ふたり》ながらお断《こと》わりをもうしあげた。よって大御所公《おおごしょこう》もおおいに御心配《ごしんぱい》のおりから、こゝに小笠原《おがさわら》の手《て》で生《いけ》捕《ど》りとあいなったはこれも大阪方《おおさかがた》の勇士《ゆうし》にて大谷大学《おおたにだいがく》と言《い》う人《ひと》、もっともこの大谷大学《おおたにだいがく》と云《い》うは彼《か》の大谷刑部《おおたにぎょうぶ》の倅《せがれ》であって、刑部《ぎょうぶ》は関《せき》ケ原《はら》の役《えき》に軍師《ぐんし》をつとめ討死《うちじに》をとげた者《もの》でございます。ことに大学《だいがく》は家康公《いえやすこう》も顔《かお》は充分御承知《じゅうぶんごしょうち》になっておられますから、さっそく此大学《このだいがく》をお目通《めどお》りへお呼出《よびだ》しとなり、家「いかに大学《だいがく》、汝《なんじ》の父《ちち》は予《よ》に敵対《てきたい》をいたして討死《うちじに》をとげたが、それは戦場《せんじょう》の例《なら》い、ぜひにおよばぬ、予《よ》は汝《なんじ》を憎《に》くからずおもうぞ、そう〳〵縄《なわ》を解《と》いてやれ」とおおせられてかれの縄《なわ》を解《と》かせ、家「汝今日生捕《なんじきょういけど》りと相成《あいな》ったはいかなる仔細《しさい》であるか」とお訊《たず》ねになる。このとき大谷大学《おおたにだいがく》は、大「ハッ、御意《ぎょい》にございます。もはや術計《じゅっけい》尽《つ》きて軍師幸村《ぐんしゆきむら》も討死《うちじに》をとげました。よって私《わたくし》も討死《うちじに》の覚悟《かくご》をいたしていたに、かく生捕《いけど》りと相成《あいな》りしはぜひもなき次第《しだい》。この上《うえ》のおねがいには真田幸村《さなだゆきむら》の首級《くび》を私《わたく》しに下《くだ》しおかれまする様《よう》。実《じつ》は幸村《ゆきむら》は私《わたく》しのためには姉婿《あねむこ》に当《あた》りまするゆえ、何卒《なにとぞ》その跡《あと》を弔《とむ》らいをいたしとうぞんじます」家「ウム道理《どうり》のことである。しからば望《のぞ》みに任《まか》してその首級《くび》は汝《なんじ》につかわす」と七ツの首級《くび》をそれへお出《だ》しにあいなると、そのうちに大学《だいがく》は本多《ほんだ》の討《う》ちとったる首級《くび》を取《と》りあげ、潸然《ほろり》と落涙《らくるい》におよび、大「アヽ天下無双《てんかむそう》の英雄《えいゆう》、天晴《あっぱ》れ軍師《ぐんし》と呼《よば》れし幸村《ゆきむら》どの、無残《むざん》の最期《さいご》はぜひもなき次第《しだい》、これがすなわち拙者《せっしゃ》の姉婿幸村《あねむこゆきむら》殿《どの》でございます」家「ムヽ、しからばその首級《くび》は汝《なんじ》につかわすあいだ、どこへなりと持参《じさん》いたし跡懇《あとねんごろ》に弔《とむ》ろうてつかわせよ」大「ハヽッ、あり難《がと》う存《ぞん》じたてまつります」とよう〳〵大学《だいがく》は右《みぎ》の首《くび》を風呂敷《ふろしき》に包《つつ》み、大御所《おおごしょ》の御前《ごぜん》を退《さが》っていったが、そのまゝ何処《いづく》へか立《たち》去《さ》るようす。そこで大御所《おおごしょ》はさっそく旗本《はたもと》の一人阪部《にんさかべ》三十郎《ろう》にもうしつけ、秘《ひそ》かにその跡《あと》を尾《つ》けさせたるところ、大学《だいがく》はそれより住吉《すみよし》の方《ほう》へでかけてまいり、当今《とうこん》ではなくなったが御維新《ごいしん》前まで丁度住吉《ちょうどすみよし》の北《きた》に真空寺《しんくうじ》という寺《てら》があって、大学《だいがく》はこの寺《てら》へこの首級《くび》をもってはいり、和尚《おしょう》に面会《めんかい》の上《うえ》わが肌金《はだがね》五十両《りょう》を奉納《ほうのう》いたして跡々《あとあと》の弔《とむ》らいをたのみこんだ。

さて大学《だいがく》はこの寺《てら》で料紙硯《りょうしすずり》を借《か》り受《う》け、いま和尚《おしょう》が回向《えこう》をいたしている其間《そのま》に、

君《きみ》一日《にち》の情《なさ》けに臣百年《しんももとせ》の生《せい》を縮《ちぢ》めていま黄泉《こうせん》の客《きゃく》となる、また君臣盟約重《くんしんめいやくおも》し

大《おお》　谷《たに》　大《だい》　学《がく》　吉《よし》　胤《たね》

かくしたゝめてその書附《かきつけ》をわが前《まえ》にさしおき、物《もの》の見事《みごと》に切腹《せっぷく》をして相果《あいは》てた。真空寺《しんくうじ》の和尚《おしょう》もこれをみて大《おお》いにおどろいたが、仕方《しかた》なく右《みぎ》の首級《くび》と大学《だいがく》の死骸《しがい》はその寺《てら》へ葬《ほう》むってやることになった。阪部《さかべ》は右《みぎ》のおもむきを篤《とく》と見届《みとど》け、右《みぎ》のありさまを委《くわ》しく大御所《おおごしょ》公《こう》にもうしあげる。これによって大御所公《おおごしょこう》も大学《だいがく》が切腹《せっぷく》いたすとある上《うえ》は、まことの真田《さなだ》に相違《そうい》あるまい、最早《もはや》この上《うえ》はさっそく大阪城《おおさかじょう》へ乗《の》りこまんとその準備《したく》におよび、家康公《いえやすこう》は四天王寺《てんのうじ》に御本陣《ごほんじん》をさだめ、新将軍《しんしょうぐん》は御勝山《おかつやま》を御本陣《ごほんじん》に御定《おさだ》めになったのが、その年夏《としなつ》五月《がつ》六日《か》のことでございます。ところが大阪城内《おおさかじょうない》にあってはなにか計略《けいりゃく》を運《めぐ》らさんとしているところへ、関東方《かんとうがた》より大手《おおて》の櫓《やぐら》をのぞんで何者《なにもの》か矢文《やぶん》を射掛《いか》けた者《もの》がある。これまったく勝間《かつま》の浦《うら》よりすこし沖合《おきあい》にあたって数多《あまた》の軍船《ぐんせん》に乗《の》りこみきたったる、薩州島津家《さっしゅうしまづけ》より秀頼公《ひでよりこう》むかえの矢文《やぶん》とみえる。というのは、昨年高野《さくねんこうや》に登山《とざん》して出家《しゅっけ》を遂《と》げたる彼《か》の片《かた》桐且元《ぎりかつもと》より、かねて島津《しまづ》へたのみ置《お》いたることであって、何分島津兵庫守義弘殿《なにぶんしまづひょうごのかみよしひろどの》の、御子《ごし》息《そく》のうち、御惣領《ごそうりょう》は修理太夫《しゅりだいふ》と仰《おお》せられて、これはかねて関東方《かんとうがた》へお味方《みかた》の人《ひと》だ。しかる

に御舎弟《ごしゃてい》の源《げん》三郎殿《ろうどの》は飽《あ》くまでも大阪《おおさか》にこゝろを寄《よ》せてお在《い》であそばしたが、このたび日《に》本国中《ほんこくじゅう》の軍勢《ぐんぜい》は両将軍《りょうしょうぐん》のお供《とも》をして大阪城《おおさかじょう》を攻《せ》めるときゝ、その身《み》も両将軍《りょうしょうぐん》へお味方《みかた》の体裁《ていさい》にて、実《じつ》に過日来《かじつらい》より安田森伊賀守《あだもりいがのかみ》、島津《しまづ》三左衛門《ざえもん》がつきそい、若殿源《わかとのげん》三郎殿《ろうどの》は父《ちち》の御名代《ごみょうだい》としてこのところへ船《ふね》にて乗込《のりこ》んだのでございます。しかるにたゞの一度《ど》も御上陸《ごじょうりく》せられたこともなく、たゞその旗色《はたいろ》ばかりを眺《なが》めていられた。しかるに大御所公《おおごしょこう》は天王寺《てんのうじ》へ陣所《じんじょ》をお設《もう》けになったというので、源《げん》三郎殿《ろうどの》はゝじめて上陸《じょうりく》をいたされ大御所公《おおごしょこう》へ御対《ごたい》面《めん》のうえ、大阪《おおさか》へ対《たい》し戦争《いくさ》をいたしたいとねがいいでた。これによってさっそく大御所公《おおごしょこう》はこの源《げん》三郎殿《ろうどの》に京橋口《きょうはしぐち》の固《かた》めをおおせつけられたが、此時《このとき》はじめて右《みぎ》に矢文《やぶん》を送《おく》ったのでございます。そこで大阪城内《おおさかじょうない》にあってはかねて幸村《ゆきむら》、後藤《ごとう》、其他《そのた》の人々《ひとびと》もうし合《あわ》せ、まず薩州《さっしゅう》へ落《お》ちるという仕度《したく》が充分《じゅうぶん》に出来上《できあが》った。しかるにこのとき大御所公《おおごしょこう》の本陣《ほんじん》は天王《てんのう》寺《じ》の境内《けいだい》なる金堂《こんどう》にお定《さだ》めになったが、かの南門《なんもん》において七人《にん》の真田《さなだ》が討死《うちじに》をいたしたるとき、まったく天王寺《てんのうじ》の内《うち》へふたゝび仕掛《しか》けたる地雷火《じらいか》、これは幸村《ゆきむら》が最終《さいしゅう》の計略《けいりゃく》でございます。ところが今日《きょう》しも大御所公《おおごしょこう》がこの金堂《こんどう》へ本陣《ほんじん》をさだめられたその夜《よ》、子刻《ここのつ》ころおい俄《にわ》かにピリ〳〵ッと地響《じひびき》が仕出《しだ》したから、大御所公《おおごしょこう》はアッとおどろき給《たま》い、ソレッというので近習《きんじゅう》を連《つ》れたまゝ、夢中《むちゅう》になって金堂《こんどう》を逃《に》げいだし、いましも池《いけ》の辺《あたり》までバラ〳〵ッと駆《か》けだしたるこのおりしも、たちまちドヽヽドーン、バラ〳〵〳〵ッグワラ〳〵ッとすさまじき物音《ものおと》とゝもに、かの金堂《こんどう》は微塵《みじん》になってはるかの中空《ちゅうくう》へ飛《と》びあがったから、余《あま》りのことに何《いず》れもめい〳〵生《い》きたる心地《ここち》はさらにない、ところへ真田幸村《さなだゆきむら》は今日《きょう》ぞ最期《さいご》の戦《たたか》いなりと、ドッとばかりにこの天王寺《てんのうじ》の周囲《しゅうい》を取《と》り巻《ま》くという、いよ〳〵難波《なんば》戦記最後《せんきさいご》の軍談《ぐんだん》。

◎真田幸村掉尾《さなだゆきむらとうび》の奮戦《ふんせん》

しかるにこのとき大阪《おおさか》の軍勢《ぐんぜい》は、ドッとばかりに鬨《とき》を作《つく》って、貝鉦太鼓《かいがねたいこ》を打《う》ち鳴《な》らしながら、はやくも四天王寺《てんのうじ》を十重二十重《とえはたえ》に追《お》っ取《と》り巻《ま》き、この地雷火《じらいか》の内《うち》より逃《のが》れ出《い》づる者《もの》を彼方此方《あなたこなた》へ打《う》ち悩《なや》ますありさま、もはや五重《じゅう》の塔《とう》も火中《かちゅう》に巻《ま》かれいまや屋根《やね》もすでにおちんといたしている。このとき大御所家康公《おおごしょいえやすこう》は石《いし》の舞台《ぶたい》に真《ま》うつむけに倒《たお》れながら、ようやくのことで天《てん》に対《むか》い、一生懸命《しょうけんめい》になって大日本《だいにぼん》の神祇《しんぎ》八百万《やおよろず》の神《かみ》に、一天万乗《てんばんじょう》の君《きみ》の宸《しん》襟《きん》を安《やす》んじたてまつらんための戦《たたか》いなり、何卒《なにとぞ》われを救《たす》けたまえと、石《いし》にすがって祈念《きねん》を凝《こら》せたるこのとき、アラ不思議《ふしぎ》、一天《てん》にわかに掻《か》き曇《くも》り、空《そら》は宛然《さなが》ら磨墨《するすみ》を流《なが》すがごとく電光雷鳴凄《でんこうらいめいすさ》まじく雨《あめ》は車軸《しゃじく》を流《なが》すごとくザーッザッとおそろしき迄《まで》に降《ふ》りだした。これがために大阪方《おおさかがた》の仕掛《しか》けたる火薬《かやく》にも充分火《じゅうぶんひ》はまわらず、わずかの間《あいだ》に今《いま》やえん〱として燃《も》えあがらんとしたる火《ひ》の手《て》ものこらず鎮火《ちんか》いたし、四辺《あたり》はたちまち黒白《あやめ》も判《わか》らぬ真《しん》の暗《やみ》となってしまった。このとき大阪方《おおさかがた》の軍師真田幸村《ぐんしさなだゆきむら》が、幸「われ十三歳《さい》より天文《てんもん》にこゝろざし、今日《きょう》まで一度《ど》として当《あた》らぬということはなかりしに、今日《きょう》この雨《あめ》の降《ふ》るということ計《ばか》りは覚《さと》らざりし。アヽ残念《ざんねん》なことである。わが大阪《おおさか》の武運《ぶうん》も早《は》やこれまでなり」と実《じつ》に采配《さいはい》を投《な》げすて天《てん》をあおいで嘆息《たんそく》する。その隙《すき》に此方《こなた》は旗本《はたもと》十四五名《めい》にて大御所公《おおごしょこう》を引担《ひきかつ》ぎ夜中《やちゅう》をさいわい暗《やみ》に紛《まぎ》れてこゝを逃《のが》れいで、また〱南《みなみ》の方《ほう》へ逃《に》げだした。このとき乱軍《らんぐん》の中《なか》に在《あ》ってはたらいていたる深谷青海入道《ふかやせいかいにゅうどう》、三好伊三入道《みよしいぞうにゅうどう》の兄弟《きょうだい》は、最早《もはや》われ〱の武運《ぶうん》もこれまでなりと討死《うちじに》の決心《けっしん》をいたし、雨《あめ》の中《なか》にて関東方《かんとうがた》を充分《じゅうぶん》駆《か》けなやましたるのち、深谷青海入道《ふかやせいかいにゅうどう》は西門石《さいもんいし》の鳥居《とりい》のところにきたり、敵《てき》を睨《にら》んで大音声《だいおんじょう》、青「われ死《し》なば、地獄《じごく》の釜《かま》を踏《ふ》みくだき、阿保羅々刹《あほららせつ》にことや欠《かか》せむ」と呼《よば》わりながら、馬上《ばじょう》のまゝ石《いし》の鳥居《とりい》にて自分《じぶん》の頭《あたま》を打《う》ち砕《くだ》き、ついに稀代《きだい》の討死《うちじに》をとげたが、行年《ぎょうねん》実《じつ》に九十七歳《さい》の高齢《こうれい》。スルとこのとき舎弟《しゃてい》三好《みよし》伊三《いぞう》入道《にゅうどう》もこれまた馬上《ばじょう》にあって鎧兜《よろいかぶと》を脱《ぬ》ぎすて見事《みごと》に腹《はら》掻《か》き切《き》って相果《あいは》てた。実《じつ》に惜《お》しむべしこの兄弟《きょうだい》は、真田家《さなだけ》につかえて天晴《あっぱ》れ誠忠《せいちゅう》をつくした人《ひと》でございますが、ついにこゝで戦死《せんし》をする。ところが此方《こなた》大御所公《おおごしょこう》は十四五名《めい》の家来《けらい》に伴《とも》なわれ、ようやく夜《よ》にまぎれて天下茶屋《てんかちゃや》手前《てまえ》までお逃《の》がれあそばしたが、この辺《へん》の人《ひと》はまた〳〵大阪《おおさか》に戦争《いくさ》がはじまったというので、いましも火《ひ》の手《て》を眺《なが》めワイ〳〵騒《さわ》いでいる。そこへにわかの大雨《おおあめ》でございますからみな〳〵周章狼狽《うろたえさわい》で家《いえ》にはいり、誰《た》れ一人《ひとり》として外《そと》にでておる者《もの》もないおりしも、雲助《くもすけ》とみえて一挺《ちょう》の駕籠《かご》を引担《ひっかつ》ぎ、スタ〳〵〳〵泥濘《ぬかるみ》の中《なか》をやってくる様子《ようす》をみてお側《そば》にしたがっていた大久保彦左衛門《おおくぼひこざえもん》は大《おお》いによろこび、ツカ〳〵ッとその側《そば》に進《すす》んでまいり、彦「コリャ〳〵駕籠《かご》、これに御在《おい》であそばすはもっとも尊《とう》とき君《きみ》である。褒美《ほうび》はいか程《ほど》にてもつかわす故《ゆえ》そう〳〵住吉《すみよし》までやれ」駕「イヤ承知《しょうち》いたしました」と駕籠屋《かごや》は駕籠《かご》をそれへ持《も》ってくる。そこで家来《けらい》のひと〴〵は大御所公《おおごしょこう》をそれへお乗《の》せもうし、前後左右《ぜんごさゆう》を取《と》り囲《かこ》んで、そのまゝドン〳〵〳〵いましも天下茶屋《てんかちゃや》を通《とお》りすぎて住吉《すみよし》の方《ほう》へ進《すす》まんとするこのおりしも、路《みち》の片辺《かたえ》の木影《こかげ》より現《あら》われいでたる一群《ぐん》の曲者《くせもの》、たちまちバラ〳〵ッとかの駕籠《かご》の側《そば》に近寄《ちかよ》り、家康公《いえやすこう》の一行目掛《こうめが》けて物《もの》をもいわず斬《き》ってかゝった。皆「ソレ曲者《くせもの》ッ」と旗本《はたもと》の連中《れんじゅう》はたちまちこれに渡《わた》りあい、火花《ひばな》を散《ち》らしてチャン〳〵チャーンと戦《たたか》っている。そのうちに一人《にん》の曲者《くせもの》はパッと駕籠《かご》の側《そば》に飛《と》びこむやいなや、曲「ヤアッ」と一声掛《せいか》けると等《ひと》しく、駕籠《かご》のなかへグサリッと一槍《やり》突《つ》きとおした。ハッとおどろいたる大久保彦左衛門《おおくぼひこざえもん》は、彦「エイッ無礼者奴《ぶれいものめ》ッ」というよりはやく二尺《しゃく》九寸《すん》の陣刀《じんとう》を揮《ふる》って槍《やり》の柄《え》半程《なかほど》より切《き》っておとした。かえす刀《かたな》にそのまゝ曲者《くせもの》へ斬《き》ってかゝると、かの曲者《くせもの》は、曲「エイッ、何《なに》をいたすッ」と大喝《だいかつ》一声《せい》、大刀《だいとう》ギラリ鞘払《さやばら》いにおよび一上《じょう》一下虚々実々《げきょきょじつじつ》、火花《ひばな》を散《ち》らして戦《たた》かったが、この曲者《くせもの》も実《じつ》に非常《ひじょう》の豪傑《ごうけつ》とあいみえる。その隙《すき》に駕籠《かご》には二三名《めい》の旗本《はたもと》がつきしたがい、ドシ〳〵一目散《もくさん》住吉《すみよし》の方《ほう》へ逃《に》げだした。此方《こなた》は大久保《おおくぼ》、成瀬《なるせ》をはじめとしてみな必死《ひっし》になって戦《たた》かっておりまするが、何分《なにぶん》かゝる大軍《たいぐん》の敗走《はいそう》でございますから、おい〳〵に徳川方《とくがわがた》の旗本《はたもと》もこれへ落《お》ち延《の》びくるようす。これを眺《なが》めて曲者《くせもの》どもは残念《ざんねん》ながらもその場《ば》を引揚《ひきあ》げ、暗《やみ》にまぎれて姿《すがた》はゝやくも消《き》えてしまった。こゝに至《いた》って大久保彦左衛門《おおくぼひこざえもん》もまずは安神《あんしん》というので、みなの者《もの》をしたがえてそう〳〵住吉《すみよし》へ駆《か》けつけてまいり、津守大学《つもりだいがく》という神主《かんぬし》の許《もと》へ大御所公《おおごしょこう》を担《かつ》ぎこんだ。そこでさっそく奥《おく》の一間《ま》へとおして医者《いしゃ》をむかえ、家康公《いえやすこう》をだん〳〵介抱《かいほう》に手《て》をつくしましたが、先程駕籠《さきほどかご》の外《そと》より突《つ》きこんだ槍先《やりさき》はホンの耳《みみ》の辺《あた》りをすこし微触《かす》ったばかりで、ようやく正気《しょうき》に戻《もど》られる。ところが大久保彦左衛門《おおくぼひこざえもん》が斬《き》りすてたる槍《やり》の穂先《ほさき》は、おもい掛《か》けなくかの日本号《にほんごう》の槍《やり》でございましたから、ひと〴〵は実《じつ》に大《おお》いにおどろいた。皆「さてはいまの曲者《くせもの》こそ後藤又兵衛基次《ごとうまたべえもとつぐ》であったか。この槍《やり》をたずさえて那《あ》れ丈《だ》けのはたらきをする程《ほど》であるから、後藤《ごとう》は必《かな》らず生《い》きているに相違《そうい》ない。シテみれば幸村《ゆきむら》の討死《うちじに》も当《あ》てにはならぬ」とおおいに心配《しんぱい》をいたしている。しかるに此方大阪城内《こなたおおさかじょうない》にあっては、その夜《よ》幸村《ゆきむら》をはじめ後藤《ごとう》、長曾我部《ちょうそかべ》その他《た》荒川《あらかわ》、近藤《こんどう》、宮部《みやべ》、和久《わく》のめん〳〵は、いずれも内談《ないだん》をいたしている。皆「先刻《さっき》も矢文《やぶん》をもって薩州島津家《さっしゅうしまづけ》より迎《むか》えの沙汰《さた》におよばれたが、これかねて片桐《かたぎり》どのが喋《しめ》し合《あわ》されたることである。イザこの上《うえ》は御用意《ごようい》の上当城《うえとうじょう》をおち延《の》びん。それについては淀君《よどぎみ》にモハヤ御生害《ごしょうがい》をお進《すす》めもうすより外《ほか》はない。しかし長曾我部《ちょうそかべ》どの、貴殿《きでん》は如何《いかが》いたさるゝ」とみな〳〵言葉《ことば》を揃《そろ》えてたずねまするど、盛「ウム、されば拙者《せっしゃ》は最早老年《もはやろうねん》のことゆえ、このゝち到底《とうてい》お役《やく》に立《た》つこともあるまいゆえ、いま一応《おう》あとにのこって大御所親子《おおごしょおやこ》をつけねらい、はな〴〵しき渡《わた》り合《あ》いにおよばん、しかし何分倅《なにぶんせがれ》の身《み》の上《うえ》だけをおの〳〵に御願《おねが》いもうしておく」とあります。そこで淀君《よどぎみ》には何者《なにもの》をもって沙汰《さた》させたら宜《よ》かろうかとしゅ〴〵評議《ひょうぎ》の上《うえ》、ついに木村重成《きむらしげなり》の母松栄尼《ははしょうえいに》を呼《よ》びだしてこれに此《この》ことをもうし含《ふく》めた。かく万事《ばんじ》のことをとり極《き》めておいたるのち、このうえは関東百有余万《かんとうゆうよまん》の大軍《たいぐん》をついに退《しり》ぞけておいてその隙《すき》に主君《しゅくん》を薩州《さっしゅう》へお落《おと》しもうさんと、みな〳〵静《しず》まりかえってその支度《したく》におよびました。しかるに此方大御所公《こなたおおごしょこう》においてはふたゝび諸軍《しょぐん》に下知《げち》をつたえその夜《よ》の内《うち》に先手《さきて》の者《もの》はみな城外《じょうがい》まで進《すす》みよせることに相《あい》成《な》った。ところがこのとき小笠原信濃守《おがさわらしなののかみ》、本多出雲守《ほんだいずものかみ》の両人《りょうにん》は、前《まえ》にもうしあげたる通《とお》りかねて討死《うちじに》の覚悟《かくご》でございますから先《ま》ず第一番《だいばん》に城外《じょうがい》へおし寄《よ》せ戦《たたか》いにおよぶ。また越前《えちぜん》宰相忠直殿《さいしょうただなおどの》の同勢《どうぜい》においても非常《ひじょう》のはたらきをいたされ、ドン〳〵絶間《たえま》なく鉄砲《てっぽう》を撃《う》ちはなし大手《おおて》の方《かた》へ真一文字《まもんじ》に進《すす》み寄《よ》らんといたしましたが城内《じょうない》においては早《は》や人無《ひとな》きありさまでシーンと静《しず》まり返《かえ》っている。しかるにかの小笠原信濃守《おがさわらしなののかみ》の同勢《どうぜい》は、いましも二の丸差《まるさ》してドッとばかりに攻《せ》めいらんとするこのときしも、おもい掛《か》けなくドッと鬨《とき》の声《こえ》を挙《あ》げてあらわれ出《い》でたる一手《て》の同勢《どうぜい》、〇「ヤア〳〵それに進《すす》みきたるは関東方《かんとうがた》の勇士小笠原《ゆうしおがさわら》信濃守《しなののかみ》とみしは僻目《ひがめ》か。真田大助幸昌《さなだだいすけゆきまさ》これにあり、見参《けんざん》〳〵ッ」と大音声《だいおんじょう》に呼《よば》わりながら立《た》ちむかった。このとき小笠原信濃守《おがさわらしなののかみ》は、信「オウさてはまだ真田《さなだ》の小倅奴《こせがれめ》生《い》きのこっていたりしか、イザこいきたれッ」とたちまち陣刀《じんとう》ギラリと引抜《ひきぬ》いてバラ〳〵ッと先鋒《せんぽう》に飛《と》びだし、こゝで一騎《き》討《う》ちの勝負《しょうぶ》におよんだが、二十七八合《ごう》の渡《わた》り合《あ》いにてついにこの小《お》笠原信濃守《がさわらしなののかみ》は大助《だいすけ》のために討死《うちじに》をとげる。引《ひき》つゞいて本丸《ほんまる》へ乗《の》りこんだるは本多出雲守《ほんだいずものかみ》忠朝《ただとも》、ソレ越前勢《えちぜんぜい》に遅《おく》れるなッといま二の丸《まる》へ押《お》しいらんとするこのとき、幸「いかに本《ほん》多出雲守忠朝《だいずものかみただとも》、しばらく止《とど》まり候《そう》らえ。真田左衛門尉海野幸村《さなださえもんのじょううんのゆきむら》あらためて見参《けんざん》におよぶ」とおもい掛《か》けなく現《あら》われいでたる真田幸村《さなだゆきむら》、ハッとおどろいたる出雲守忠朝《いずものかみただとも》、忠「さては幸村《ゆきむら》まだ存命《ぞんめい》いたしおりしか」幸「いかにも左様《さよう》である。昨日貴殿《きのうきでん》のために一命《めい》を捨《す》てたるはまったく吾《わ》が家臣《かしん》にて根《ね》津《づ》甚《じん》八といえる者《もの》であるが今日《きょう》こそはいよ〳〵誠《まこと》の幸村《ゆきむら》がお対手《あいて》をつかまつろう」といわれて悦《よろ》こんだる本多忠朝《ほんだただとも》、忠「イザヤお対手《あいて》もうさん」と例《れい》の二十四貫《かん》の鉄棒《てつぼう》を真向《まっこう》に振《ふ》りかざし、忠「エイッ」とばかりに打《う》ちこんだ。幸「こゝろえたりッ」と幸村《ゆきむら》は二間《けん》二尺《しゃく》の大身《おおみ》の槍《やり》をリュウ〳〵と引《ひき》しごき、しばしのあいだは最《いと》もはげしき戦《たた》かいにおよんだが、この勝負《しょうぶ》は果《はた》して如何《いかが》あいなりましょうや。

◎大阪《おおさか》落城《らくじょう》及《および》薩摩《さつま》落《おち》

しかるにこの真田《さなだ》という人は軍師《ぐんし》の器量《きりょう》ばかりでなく、槍《やり》をとっても日本《にほん》一の達人《たつじん》、槍《やり》は真田《さなだ》、弓《ゆみ》は鎮西《ちんぜい》、太刀《たち》打《う》ちは九郎判官源義経公《ろうはんがんみなもとよしつねこう》が第《だい》一番《ばん》だともうし伝《つた》えてあるくらいで、実《じつ》に槍《やり》の名人《めいじん》であったそうで、なれども本多《ほんだ》もいまは死《し》に物狂《ものぐる》いとなって渡《わた》りあい、かの二十四貫目《かんめ》の鉄棒《てつぼう》を苧殻《おがら》のごとくに振《ふ》りまわし、微塵《みじん》になれと打《う》ち下《おろ》してくる奴《や》ツを、十五度《ど》まで空《くう》を打《うた》されたることゝて、いまは本多《ほんだ》も身体《からだ》踉蹌《ひょろ》〳〵とあいなった。このとき本多《ほんだ》の家来《けらい》小栗佐一《おぐりさ》という者《もの》が、主《しゅ》の大事《だいじ》を見兼《みか》ねたか横合《よこあい》より物《もの》をもいわず、佐「エイッ」とばかりに斬《き》りこんでくる奴《や》ツを、幸「無礼者奴《ぶれいものめ》ッ」と幸村《ゆきむら》は、馬諸《うまもろ》とも後辺《うしろ》へパッと飛《と》びのき、槍《やり》を手許《てもと》へ引《ひ》くよとみえたが電光石火《でんこうせっか》、幸「ヤッ」といい様《ざま》小栗《おぐり》の胸《むな》板《いた》をグサリッ貫《つらぬ》いて槍玉《やりだま》に揚《あ》げた奴《や》ツが、二間《けん》ばかり飛《と》びあがって相果《あいは》てた。その隙《すき》に本《ほん》多《だ》は頭上《ずじょう》より、忠「エイッ」とばかりに打《う》ち下《おろ》してまいるを、たちまち体《たい》をかわして、幸「ヤッ」とくりだしたる幸村《ゆきむら》が槍先《やりさ》きは、ついに忠朝《ただとも》の咽喉元《のどもと》を一突《つ》き貫《つら》ぬいたから、憐《あわ》れむべし関東方随一《かんとうがたずい》の豪傑《ごうけつ》といわれた出雲守忠朝《いずものかみただとも》も、ついにこゝに至って幸村《ゆきむら》のために戦死《せんし》をとげる。さて其内《そのうち》おい〳〵此事《このこと》を大御所家康《おおごしょいえやす》の許《もと》へ注進《ちゅうしん》におよびまずると、家康公《いえやすこう》もおおいにお驚《おど》ろきであったが、しかし最早《もは》や大手《おおて》を乗り取《のと》ったとあれば大丈夫《だいじょうぶ》というので、ます〳〵激《はげ》しき下知《げち》をつたえられる。これによって諸将《しょしょう》のめん〳〵はいずれも犇《ひし》めきおうて本丸《ほんまる》をのぞみドッと一時《じ》に進《すす》まんとするこのときしも、かねて幸村《ゆきむら》は合図《あいず》をいたし、残《のこ》るところの大砲《たいほう》二百四十何挺《なんちょう》というものにのこらず装弾《たまごめ》してある奴《や》ツを、一時《じ》にドヽヽドーンと四方《ほう》へ対《たい》して撃《う》ち放《はな》したることゝて、実《じつ》にそのすさまじき音《おと》は百千の雷《らい》電《でん》一時《じ》におつるかと怪《あや》しむばかり。これによって関東勢《かんとうぜい》の死《し》する者《もの》は数《かず》知《し》れず、みな一旦《たん》は御勝山《おかつやま》の方《ほう》へドン〳〵〳〵引上《ひきあ》げたから、この混雑《こんざつ》に乗《じょう》じて城内《じょうない》のひと〴〵は秀頼公《ひでよりこう》のお供《とも》いたして立《た》ち退《の》くことにあいなったが、このとき彼《か》の木村長門守重成《きむらながとのかみしげなり》の母松栄尼《しょうえいに》は淀君《よどぎみ》のお居間《いま》へ駆《か》けつけきたり、松「おそれながら最早《もは》やかくなりし上《うえ》は御武運《ごぶうん》のすえ、何卒御生害《なにとぞごしょうがい》の程《ほど》ねがい上《あ》げたてまつります」このとき淀君《よどぎみ》は頭《かしら》を左右《さゆう》にふり、淀「イヽヤ妾《わらわ》は決《けっ》して生害《しょうがい》はせぬ。秀頼《ひでより》どのには薩摩国《さつまのくに》へおち延《の》びらるゝとのことゆえ、妾《わらわ》もともに薩摩《さつま》へまいりたい」とおゝせられる。このときお側《そば》にひかえた大蔵《おおくら》の局《つぼね》、大「御道理《ごもっとも》にございます。妾《わたし》においてもお供《とも》をいたしまする。松栄尼《しょうえいに》どの、入用《いら》ざるお指図《さしず》をなさるナ」と隙《すき》をうかゞい大蔵《おおくら》はかねて用意《ようい》の懐剣《かいけん》引抜《ひきぬ》き、大「エイッ」とばかりに松栄尼《しょうえいに》をのぞんで突《つ》きかゝった。女《おんな》ながらも木村《きむら》の母《はは》、パッとばかりに体《たい》をかわし、たちまちグイッと利腕《ききうで》取《と》って大蔵局《おおくらのつぼね》をそこへ取《と》りおさえ、もったる短刀《たんとう》捥《も》ぎ取《と》るよりはやく、松「エイッ汝《なんじ》等《ら》一族《ぞく》の心得《こころえ》ちがいより、ついに大阪《おおさか》もかく落城《らくじょう》におよぶ次第《しだい》、本来《ほんらい》なれば其方《そのほう》は八《や》ツ裂《ざ》きにもいたすべき者《もの》なれど、妾《わらわ》の手《て》に掛《か》け殺《ころ》してくれる」と、脇腹《わきばら》グサッと貫《つらぬ》いた。淀君《よどぎみ》はこれを眺《なが》めて大《おお》いにおどろき、そのまゝバラ〳〵ッとこゝを逃《に》げださんとするを、松「おそれながら淀様《よどさま》、御免《ごめん》ッ」とついに追《お》っ駆《か》けながら手許《てもと》へ引寄《ひきよ》せ、かの短刀《たんとう》を淀君《よどぎみ》の脇腹《わきばら》へグサリと一突《つ》き突《つ》きとおし剜《えぐ》りまわした。キヤッと一声《こえ》悲鳴《ひめい》をあげ、虚空《こくう》を摑《つか》んで両眼《りょうがん》パッと見開《みひら》いた淀君《よどぎみ》は、淀「アラ残念《ざんねん》なる哉《かな》、吾《わ》れは此《この》ところにおいて相果《あいは》つる共《とも》おのれ徳川《とくがわ》いまに目《め》に物見《ものみ》せてくれんッ」とバリ〳〵ッと歯《は》を咬《か》み緊《しば》って、ついにそこで息《いき》は絶《た》え果《は》てた。松「御免《ごめん》あそばせ。貴女《あなた》ばかりはお遣《や》りもうしはいたしませぬ。この松栄《しょうえい》尼《に》もたゞいまお供《とも》をいたしまする」と松栄尼《しょうえいに》も、淀君《よどぎみ》が死骸《しがい》の片辺《かたえ》において、物《もの》の見事《みごと》に左《ひだ》りの乳《ちち》の下《した》に懐剣《かいけん》を突《つ》きとおし、そのまゝ大阪城中《おおさかじょうちゅう》一片《ぺん》の露《つゆ》と消《き》え失《う》せたは、この子《こ》にしてこの親《おや》あり、実《じつ》に重成《しげなり》の母親《ははおや》として恥《はず》かしからぬ最期《さいご》でございます。ところへ真田《さなだ》幸村《ゆきむら》は後藤《ごとう》、荒川《あらかわ》の両人《りょうにん》にもうしつけ、かの大野道犬《おおのどうけん》、おなじく修理之亮《しゅりのすけ》、おなじく主馬《しゅめ》之助《のすけ》の三人《にん》を引立《ひった》てきたらせ、幸「いかに大野《おおの》、これまで其方《そのほう》ども親子《おやこ》三人《にん》の心得違《こころえちが》いより、われ〳〵が軍事《ぐんじ》の評定《ひょうじょう》を妨《さま》たげたるばっかりに、ついに今日当城《きょうとうじょう》はかく落城《らくじょう》の悲運《ひうん》にたち至《いた》ったのである。まことに汝等《なんじら》は獅子身中《ししんちゅう》の虫《むし》なり。サア淀君《よどぎみ》といい汝《なんじ》が妻《つま》の大蔵《おおくら》も、かくのとおり最期《さいご》におよんだのである。よって汝等《なんじら》三人《にん》も此場《このば》においてすみやかに切腹《せっぷく》いたせ」といわれて父子《おやこ》三人《にん》は顫《ふる》えあがり、両手《りょうて》を合《あわ》せて頭《あたま》を下《さ》げながら、三人「軍《ぐん》師《し》、ド、ドどうぞ命《いのち》ばかりはお慈悲《じひ》におたすけくだされ、タヽヽたのみます〳〵」幸「アハッハッハッ、此期《このご》におよんでも命《いのち》が惜《お》しいか、白痴者奴《たわけものめ》ッ、ソレッ……」と下知《げち》をつたえるなり荒川熊蔵《あらかわくまぞう》は、熊「エイッ」と一声《せい》抜《ぬ》き討《う》ちに道犬《どうけん》の首《くび》を討《う》ちおとした。この体見《ていみ》るよりバラ〳〵〳〵逃《に》げんといたす修理《しゅり》、主馬《しゅめ》の兄弟《きょうだい》は、近藤《こんどう》、和久《わく》の両人《りょうにん》があと追《お》っ駆《か》けてついに斬《き》って落《おと》した。そのうちに内大臣秀頼公《ないだいじんひでよりこう》はゝや充分《じゅうぶん》にお仕度《したく》が出来《でき》あがりましたから、後藤又兵衛《ごとうまたべえ》、長曾我部太郎《ちょうそかべたろう》をはじめとして、その他《た》和久半左衛門《わくはんざえもん》、近藤無頭之助《こんどうむずのすけ》等《ら》のめん〳〵左右《さゆう》を取《と》り巻《ま》き、都合《つごう》二百八十人《にん》の同勢《どうぜい》は勝間《かつま》の浦《うら》より船《ふね》に打《う》ち乗《の》り、薩州《さっしゅう》へ落《お》ち延《の》びるということにあいなりました。後《あと》には真田幸村《さなだゆきむら》、荒川熊蔵《あらかわくまぞう》、城内《じょうない》にのこって充分《じゅうぶん》に見届《みとど》けをいたすということにあいなったが淀様《よどさま》のお居間《いま》には火《ひ》をはなって焼《や》きはらい、秀頼公《ひでよりこう》の御名代《ごみょうだい》として木村主計之助《きむらかずえのすけ》は城内秘蔵《じょうないひぞう》の鎧《よろい》、大内山《おおうちやま》と名付《なづ》けたる虎《とら》の皮《かわ》の尻《しり》鞘掛《さやか》けたる大刀《たち》あるいは、黄金《おうごん》の兜《かぶと》、その他陣羽織《たじんばおり》等総《とうすべ》て秀頼公《ひでよりこう》の召《め》されたる品々《しなじな》を拝領《はいりょう》におよび、まず城内御宝蔵《じょうないごほうぞう》の前《まえ》において敷革《しきかわ》を設《もう》け、これに着座《ちゃくざ》をいたして物《もの》の見事《みごと》に切《せっ》腹《ぷく》をいたして相果《あいは》てた。まったく秀頼公《ひでよりこう》と見《み》せ掛《か》けて敵《てき》をあざむくの計略《けいりゃく》。なお此上《このうえ》に幸《ゆき》村《むら》は荒川《あらかわ》に下知《げち》を致《いた》して、大阪方《おおさかがた》は兵粮《ひょうろう》につきたがため落城《らくじょう》をしたといわれては後世《こうせい》の恥《ち》辱《じょく》というので、兵粮蔵《ひょうろうぐら》よりのこりの兵粮《ひょうろう》を取《と》りだしてそれへ積《つ》みあげ、なお掃除万端残《そうじばんたんのこ》る方無《かたなく》すまし、いよ〳〵明《あ》くれば五月《がつ》七日《か》の早天《そうてん》、真田幸村《さなだゆきむら》、荒川熊蔵《あらかわくまぞう》の両人《りょうにん》は、大胆《だいたん》にも関東《かんとう》百有余万《ゆうよまん》、雲霞《うんか》のごとき大軍《たいぐん》のなかを切《き》りぬけ、勝間《かつま》の浦《うら》に駆《か》けてまいり、これより薩州《さっしゅう》へおち延《の》びたが、お供《とも》のめん〳〵は真田幸村《さなだゆきむら》をはじめ後藤又兵衛《ごとうまたべえ》、荒川熊蔵《あらかわくまぞう》、長曾我《ちょうそか》部《べ》太郎《たろう》、和久半左衛門《わくはんざえもん》、近藤無頭之助《こんどうむずのすけ》、宮部熊太郎等《みやべくまたろうら》の勇士《ゆうし》をはじめ、実《じつ》に総勢《そうぜい》二百八十名《めい》、無事《ぶじ》島津家《しまづけ》へひそかに落《お》ち延《の》びられたが、真田幸村《さなだゆきむら》はついに鹿児島《かごしま》において天命《てんめい》をおわり、秀頼公《ひでよりこう》は島津家《しまづけ》のはからいにて同国井上谷《どうこくいのうえたに》といえるところに陣所《じんしょ》を築《きず》きこれにお住《すま》居《い》をいたされた。ところが後日《ごじつ》に至《いた》り徳川家《とくがわけ》においては、討死《うちじに》をとげたりと思《おも》いし秀頼公《ひでよりこう》がなお島津家《しまづけ》において御存命《ごぞんめい》ということをきゝ、これを関東《かんとう》へ引《ひ》きよせて討《う》たんといたしたばっかりに、かえって毛《け》を吹《ふ》いて疵《きず》を求《もと》めるという、これを俗《ぞく》に轡物語《くつわものがた》りというのでございますが、これは本編《ほんぺん》とは異《こと》なっておりますから略《りゃく》いたしておき、本編《ほんぺん》は一まず真田《さなだ》幸村《ゆきむら》が、最期島津家《さいごしまづけ》にて叮重《ていちょう》の取扱《とりあつ》かいを受《う》けながら、空《むな》しくこゝろざしを果《はた》さずして天命《てんめい》を終《おわ》るというところをもって一先《ま》ず完結《かんけつ》といたしておきますが、これによって大御所《おおごしょ》徳川家康公《とくがわいえやすこう》は、軍勢《ぐんぜい》を率《ひき》いて城内《じょうない》へ這入《はい》ってまいり、だん〳〵城内《じょうない》をあらためてみると、庫《くら》の中《なか》には黄金《おうごん》二万《まん》八千六十枚《まい》、銀《ぎん》二万《まん》四千八百枚《まい》、その他《た》米《こめ》、麦《むぎ》、塩《しお》、味噌《みそ》抔《など》は沢山《たくさん》にたくわえて有《あ》ったともうします。これによって大御所家康公《おおごしょいえやすこう》、二代将軍《だいしょうぐん》徳川秀忠公《とくがわひでただこう》は目出度《めでた》く御凱旋《ごがいせん》になられたが、これより世《よ》は徳川《とくがわ》に帰《き》して十五代《だい》の治世《ちせい》を保《たも》つ。実《じつ》に漢《かん》の高祖《こうそ》は八十九度《ど》の戦《たたか》いに敗北《はいぼく》し、最後《さいご》の一戦《せん》に四百余州《よしゅう》の基《もと》いを開《ひら》く。幸村項羽《ゆきむらこうう》にあらねども、その人《ひと》の徳《とく》は何《ど》うもいたし方《かた》のないものでございます。ヘイ永々《ながなが》もうし続《つづ》けましたる真田幸村《さなだゆきむら》のお話《はなし》しもこれでいよ〳〵局《きょく》を結《むす》ぶことに仕《つかま》つります。

凡例

一、本書は『立川文庫』第五編「真田幸村」（立川文明堂　明治四十四年刊）を底本とした。

一、「仮名づかい」は、一部を除き「現代仮名遣い」にあらためた。送り仮名については統一せず底本どおりとした。おどり字（「ヽ」「ゝ」「〱」等）は、底本のままとした。

一、漢字の表記については、原則として「常用漢字表」に従って底本の表記を改め、表外漢字は、底本の表記を尊重した。ただし人名漢字については適宜慣例に従った。

一、漢字については、現代仮名遣いでルビを付した。ただし漢数字については一部をのぞきルビを付していない。

一、誤字・脱字と思われる表記は適宜訂正した。会話の「」や、句点（「。」）読点（「、」）については、読みやすさを考慮して、あらためたり付け足したりした箇所がある。

一、今日の人権意識に照らして不当・不適切と思われる語句や表記がみられる箇所もあるが、時代的背景と作品の価値に鑑み、修正・削除はおこなわなかった。

一、地名、人名、年月日等、史実と異なる点もあるが、改めずに底本のままとした。

立川文庫について

立川《たちかわ》文庫は、明治四十四年（一九一一）から、関東大震災後の大正十三年（一九二四）にかけて、大阪の立川文明堂《たつかわぶんめいどう》（現・大阪府大阪市中央区博労町《ばくろうまち》）から刊行された小型の講談本シリーズである。発行者は、兵庫県出身の出版取次人で立川文明堂の社主・立川熊次郎《たつかわくまじろう》。したがって、一般には「たちかわ」と言い慣《なら》わされているが、「たつかわ」と読むのが正しい。

当初は、もと旅回りの講釈師・玉田玉秀斎《ぎょくしゅうさい》（二代目　本名・加藤万次郎）の講談公演を速記した「速記講談」であった。が、やがてストーリーを新たに創作し、講談を書きおろすようになる。いわゆる、「書き講談」のはしりであった。

立川文庫では、著者名として雪花山人《せっかさんじん》、野花《のばな》（やか、とも）散人《さんじん》など、複数の筆名が用いられているが、すべては大阪に拠点をおいた二代目・玉田玉秀斎のもと、その妻・山田敬《けい》、さらには敬の連れ子で長男の阿鉄《おてつ》などが加わり、玉秀斎と山田一族を中心とする集団体制での制作、共同執筆であった。

その第一編は、『一休禅師』。ほかには『水戸黄門』『大久保彦左衛門《おおくぼひこざえもん》』『真田幸村』『宮本武蔵』など、庶民にも人気のある歴史上の人物が並んでいたが、何といっても爆発的な人気を博したのは、第四十編の『真田三勇士　忍術之名人　猿飛佐助《さるとびさすけ》』にはじまる〝忍者もの〟であった。

猿飛佐助は架空の人物である。しかしこの猿飛佐助をはじめとする忍者は、それぞれのキャラクターと、奇想天外な忍術によって好評を博し、立川文庫の名を一躍、世に知らしめるとともに、映画や劇作など、ほかの分野にもその人気が波及して、世間に忍術ブームを巻き起こした。

判型は四六半切判《はんぎり》、定価は、一冊二十五銭（現在なら九百五十円～一千円ぐらい）だった。総刊数二百点近く、のべ約二百四十の作品を出版し、なかには一千版を重ねたベストセラーもあった。

青少年や若い商店員を中心とした層に、とくに歓迎され、夢や希望、冒険心を培い、ひいては文庫の大衆化、大衆文学の源流の一つとも成った。立川文庫の存在は、その後の文学のみならず、演劇・映画（日本で大規模な商業映画の製作が始まったのは明治四十五年、日活の創業から）など、さまざまな娯楽分野にも多大きな影響を与えている。

解説

加来耕三
（歴史家・作家）

〝真田十勇士〟は再現可能か

本書の主人公である真田幸村と、彼に率いられる〝真田十勇士〟と呼ばれた人々の活躍は、『立川文庫《たちかわぶんこ》』の〝ドル箱〟となった。では、この〝真田十勇士〟――彼らは実在したのか、と問われれば、論理的な結論はすでに出ている。答えは、否であった。

なぜならば、「猿飛佐助《さるとびさすけ》」「霧隠才蔵《きりがくれさいぞう》」の二人がようやくメンバーに加わり、「十勇士」の十人が勢揃いするのは、大正時代（一九一二～二六）の立川文明堂《たつかわぶんめいどう》――まさに、本シリーズ『立川文庫』においてであった。

だが、この十勇士の設定は無責任なもので、略歴一つまともに定まっていない。極端にいえば、「猿飛佐助」と「霧隠才蔵」の名前を入れかえても、そのまま通用するようなストーリーが、シリーズを通して、数多くつくられていた。

これは〝真田十勇士〟だけではない。そもそも彼らの主君であり、本書の主人公でもある真田幸村——この「幸村」という諱《いみな》（正式の名前）さえ、歴史学的には実在していなかったのである。彼は正しくは、「信繁《のぶしげ》」であった。

歴《れき》とした武士の諱は、戦国時代も江戸時代になっても、主君の諱から一字（偏諱《へんき》）をもらうのが慣例となっており、信繁の兄は、主君・武田信玄の諱「晴信《はるのぶ》」の下の字＝「信」をもらって、「信幸《のぶゆき》」（のち信之《のぶゆき》）と名乗っている。弟は「信繁」であった。幸村の場合、そもそも上の字の「幸」がおかしい、ということになる。

この「幸村」は、江戸時代に書かれた実録小説（この事件の裏には、実は——、と創作話をもってくるパターンの通俗小説）の、『真田三代記』で世に広まった名前であり、大正三年（一九一四）に立川文庫が『真田三勇士忍術名人《にんじゅつめいじん》　猿飛佐助』を刊行したことによって、ひろく喧伝《けんでん》され、世の中に定着してしまった。

〝真田十勇士〟のメンバーについては、別の機会に触れるとして、ここでは歴史上の人物・真田幸村（正しくは信繁）を詳しくみてみたい。

彼の真田家が忽然《こつぜん》と、歴史の舞台に登場するのは、初代の幸隆《ゆきたか》からであり、その三男・

昌幸《まさゆき》が「幸村」の父にあたる。「幸村」を創り出した秘訣は、昌幸から幸隆へとさかのぼることで、よりその輪郭《りんかく》を明確化することができる。それは一面、この一族が乱世を生き抜くために手に入れた術《すべ》、すなわち軍略・兵法をも具体的に知ることにつながった。

信州（現・長野県）の数多《あまた》いた土豪《どごう》の中から現れ、名将・武田信玄と邂逅《かいこう》することによって、独自の生き方を探し求めて悪戦苦闘した幸隆。その父のおかげで、幼少期より信玄の愛弟子《まなでし》となり得て、その傍《かたわ》らにあって武田家の軍略・兵法をも学び、家伝に加味することのできた、「幸村」の偉大なる父・昌幸――。

この昌幸が二度にわたって、徳川家康に立ち向い、二度とも勝利をおさめた上田合戦――その真田戦法の真髄を修得した信幸と信繁の兄弟。一方の信繁が、真田家のすべての手の内を活用して戦ったのが、史上の大坂の陣であった。

彼は死して末代にまでその武名を残し、その兄・信幸は生き残って徳川の時代を生き抜いた。なかでも九十三歳にして彼は、自らの真田家のお家騒動を解決している。その手腕はやはり、真田家の嫡流にふさわしい、の一言に尽きた。

真田三代を検証すれば、その狭間から「十勇士」を創り出した根源が浮かびあがってくる。筆者は〝真田十勇士〟のモデルは、武田最強の〝赤備《あかぞな》え〟にあった、と思っている。

史実の「幸村」

日本の戦国時代、最後を飾るにふさわしく登場した名将・真田「幸村」は、その父に真田昌幸をもったことが、その生涯を運命づけたといえよう。

昌幸は天下人となる徳川家康の軍勢を敵にまわして、二度までも勝利した稀有の武将であった。もし、この父にこれほどの実績がなければ、「幸村」の生き方も随分と異なったものとなっていたに違いない。

――天正十三年（一五八五）のことである。

徳川家康は、昌幸に真田領たる上州《じょうしゅう》（現・群馬県）の沼田の地を引き渡すよう求めてきた。が、昌幸はこれを拒絶する。この時、家康の石高《こくだか》はおよそ百五十万石、一方の真田氏は、せいぜい十万石程度でしかなかった。

それでも昌幸は家康に逆らい、次男の弁丸《べんまる》（のちの「幸村」）を上杉景勝《かげかつ》のもとに人質に出して、後詰めを期待。自身は信州上田城に立籠《たてこも》って、徳川の征討軍七千余を迎え撃つ道を選択をする。

一豪族に過ぎない昌幸という男のおもしろさは、武田信玄の薫陶をうけて育ったことにより、信濃の小盆地に在りながら、自らの天下取りを夢想していたところにあった。

ただ、昌幸は己れの智謀に比べて、領土が小さすぎた。武田家が滅亡すると、彼は徳川家に誼《よしみ》を通じ、生き残りを模索する。ところが家康は、そうした昌幸を見下していたのであろう。北条氏政《うじまさ》・氏直《うじなお》父子との和睦の条件に、昌幸の所領・沼田を勝手に北条氏へ与える約定《やくじょう》を交わしてしまう。その結果の、引き渡し命令であった。

「真田を見縊《みくび》るではないわ」

昌幸は、家康の仕打ちに憤激し、攻め来る徳川勢と対峙《たいじ》した。結果、昌幸は巧妙なゲリラ戦を展開。徳川勢を翻弄し、散々に打ち破るという予想外の奇功をおさめる。

旗本・大久保彦左衛門（忠教《ただたか》）の『三河物語』によれば、昌幸と一戦交えた徳川勢は、「ことごとく腰が抜けはて（中略）下戸《げこ》に酒を強《し》いたる風」となった。その惨敗ぶりは、目を覆わんばかりであったという。

徳川勢は上田城も、その支城の丸子《まるこ》城（現・長野県上田市上丸子）も、抜くことができない。そのうち、徳川家の重臣・石川数正《かずまさ》が岡崎城を出奔し、家康と敵対していた豊臣秀吉のもとに走る事件が勃発した。家康は急遽《きゅうきょ》、出兵中の家臣たちを呼び返さねばならなくなる。戦《いくさ》は和睦となったが、家康の大軍を追い返した昌幸の武名は、一挙に天下に知れ渡った。

真田は上杉家との縁で、豊臣家に接近し、昌幸は秀吉の仲裁で家康と和睦すると、今度は豊臣家の傘下にはいった。そして長子信幸を、家康のもとへ出仕させる。信幸はのちに、徳川家の〝四天王〟の一《いつ》・本多忠勝《ただかつ》の娘を娶《めと》り、徳川家と深く結ばれることになる。次男の信繁こと「幸村」は、豊臣家に出仕。秀吉のお気に入り、大谷吉継《おおたによしつぐ》の娘を娶った。

「幸村」の父・昌幸の生き方は、見方によれば、自己保全の打算に長《た》けた奸雄《かんゆう》ととれなくもない。だが、弱肉強食の非情な戦国乱世に、生き残りを懸けた小大名の、苦肉の策であったことを思えば、同情もまた禁じ得まい。

上杉景勝宛書状において、秀吉の奉行・増田長盛《ましたながもり》と石田三成は、

「真田（昌幸）は表裏比興《ひょうりひきょう》の者だから、成敗を加えられ……」（天正十四年八月三日付）

と書き記している。ここでいう「比興」とは、つまらない、卑しいの意もあるものの、

おかしく興味深い、おもしろい、との広々とした語意も含んでいた。

列強に挟まれた小豪族の保全・自立のため、必死に生き残りをはかる昌幸の姿を、当時の人々がどのように見ていたか、うかがい得て興味深い。

真田家の関ヶ原

——その昌幸が、「比興」ぶりを遺憾なく発揮したのが、関ヶ原の戦いであった。

慶長五年（一六〇〇）六月二十九日、昌幸は上田城を出陣し、秀吉亡きあと、豊臣政権の大老《たいろう》をつとめる家康の、会津征伐に参軍すべく、七月二十一日、下野国《しもつけのくに》犬伏《いぬぶし》（現・栃木県佐野市）まで、真田父子は進軍している。ここへ、石田三成からの密書が届く。

一読した昌幸はすぐさま、信幸を犬伏の陣に招致し、「幸村」をもまじえて、三人で世にいうところの「犬伏会談」をおこなった。

「ワレハ、三成ニ組ス」

昌幸は一期《いちご》の思い出に、一か八かの勝負に出ることを表明した。己れの人生のすべてを賭けて、この際、三成に荷担して西軍を勝利に導くというのだ。そして成就の暁《あかつき》には、相応の国持《くにもち》大名にのし上がり、いっそ天下を狙ってやろうと、その野望を逞《たくま》しくした。

むろん、血脈を後世に残すという戦国期の、至上命令には、当主として服さねばならない。かくて昌幸・「幸村」父子は西軍へ、嗣子信幸は東軍につくこととなった。

信州上田城へとって返した昌幸父子は、城砦を固め、計略を密にし、徳川方の来襲に備えた。江戸を進発した徳川家主力の東軍は二手に分かれ、うち中山道《なかせんどう》をとった徳川秀忠《ひでただ》（のち二代将軍）の軍勢は、軽井沢、小諸《こもろ》へと進んで来る。昌幸を敵にすることの厄介さを知る秀忠は、途々、帰順勧告をおこなったが、昌幸は一応それに従うふりをした。

なにぶんにも三万六千の軍勢に、不敵にもわずか二千の手勢で立ち向かおうというのである。昌幸の胸奥には、来《きた》るべき〝天下分け目〟の東西決戦は、野外での一大会戦になる、との読みがあった。戦局を左右する最大の要素は、集結する兵力の数となる。ならば、秀忠勢三万六千を信州に釘づけにしておけば、主戦場での勝敗は兵数の上で明らかに西軍有利となるに相違ない。昌幸の着眼に、誤りはなかったといってよい。

事実、関ヶ原の合戦当日の兵力は、西軍が東軍を上回り、歴戦の強兵《つわもの》である徳川家康が勝機を容易に見出せず、東軍は予想外の苦戦を強いられている。

昌幸は態度を曖昧《あいまい》にし、時間を稼ぎ、以前と同じ手法で徳川勢を翻弄した。彼の作戦は図に当たったが、肝心の関ヶ原での主力戦が、西軍内部の裏切りにより、当初の狙いは根底から覆ってしまう。戦後、東軍圧勝に貢献した長子の、信幸改め信之は、自身の戦功と引きかえに、父と弟の助命を家康に乞い、昌幸と「幸村」は高野山への追放が決まる。

以来、昌幸と「幸村」の消息は途絶えた。紀州九度山《くどやま》（現・和歌山県伊都《いと》郡九度山町）に隠棲した父子のことを、多少なりとも伝えるものに、〝真田紐《ひも》〟があった。これは天正年間（一五七三～九二）に、はやくも昌幸が絹糸や木綿糸を組んだ紐に、独自の工夫をもって組紐を創出した、との伝説に拠《よ》る。伝承されるところでは、刀の柄糸が切れやすいことから、昌幸が自身で紐を組み、貞宗《さだむね》の太刀の柄巻に用いたのが最初だという。

もっとも歴史学は、この〝真田紐〟の逸話を否定している。

そもそもは〝紐〟ではなく、〝真田織《おり》〟と呼ばれた、細幅の織物の一種であった。真田帯とも呼称され、帯に使用するのが主流であったが、のちに〝真田紐〟（真田打《うち》）というように、紐としての活用が増えた。さらに『和訓栞《わくんのしおり》』（江戸中期の国学者・谷川士清《ことすが》による辞典）によれば、「サナダ」は平安時代にはすでにあった「サノハタ」（狭織）が語源で、幅の狭い織物のことを指した。

昌幸＝〝真田紐〟には信憑性がなかったが、これより少しはましなものに、米相場に関する昌幸の工夫が語られた逸話があった。九度山の生活費は、信州上田領から毎年送られてくる「合力《ごうりょく》」（ごうりき、とも・施し）と一族や家臣からの臨時の「合力」で、まかなわれていたわけだが、信之はそのための所領を、藩内できっちりと定めていたようだ。

興味深いのは、そこで収穫されたコメを、換金するときであった。真田家の人々は、米相場が安いときは自重して売らず、値が上がるのを待って放出したという。また、漆《うるし》を送れという記述が手紙にもあり、収入源を得るために漆加工も工夫していた可能性が高い。情報収集活動は、やはりおこなわれていた、とみるべきではあるまいか。

死に臨んだ昌幸は、この人らしい言い方で、「幸村」のその後を決していた。

「かねてより、一つの秘計を考えていたが、これを実行に移さずして、徒死《むだじに》するのはまことに残念だ」

昌幸が「幸村」に、呟《つぶや》いたという（『武将感状記』、『名将言行録』など）。

「幸村」が後学のために、承りたいと願い出たが、昌幸は「とてもお前では無理であろう」と語ろうとしない。「幸村」は己れの未熟を恥じて嘆くと、ようやく昌幸は口を開く。

「汝《なんじ》ガ愚《おろか》ナリトテ、ワガ志ヲ言ハザルニアラズ」

昌幸は息子に、才智はわしよりお前のほうが上であろう、という。だが、お前は若くして九度山に蟄居《ちっきょ》したため、世間はお前の閲歴《えつれき》（社会的な経歴）を知るまい。

「名顕《あら》ハレザレバ、良策ナリトモ用《もち》イラレズ」

万一、関東（家康）と大坂（秀頼《ひでより》・秀吉の子）が手切れとなれば、大坂はわれを招き、徳川の大軍を二度までも破った実績から、総指揮官として、わしの下知に従うであろう。しかし、お前ではそれが叶うまい。妙案はいつの世にも多くあるものだ。要はそれを語る人物への信用度が、その作戦の成否を決めるのだ、と。

こうした父の〝遺言〟を、「幸村」はどのように受け止めたであろうか。

慶長十六年六月四日、六十五歳で没した昌幸の、臨終を看取った「幸村」は、慶長十九年十月、豊臣秀頼に招かれて九度山を下りると、大坂城へ入城した。

「幸村」の大坂入城は、すぐさま徳川方の知るところとなる。徳川家では昌幸の子として、「幸村」の大坂方荷担を、露骨に恐れたようである。

一説に「幸村」の叔父・真田隠岐守信尹《おきのかみのぶただ》（信昌《のぶまさ》）をもって、信濃に十万石を与える、と徳川方への参加を誘ったという。この年の十二月のことであった。だが、「幸村」はいう。

「浪々の身を秀頼公より召し出され、領地を給《たま》うことはなかったが、多数の人数を預けられ、大将の号を許されたことは、知行《ちぎょう》をいただくよりもありがたい。いまさら約《やく》を違《たが》えることはできない」

彼の返答は、自らは大名としての栄達を望んでいるのではなく、戦場で武将として華々しく活躍できる機会を、心待ちにしていた様子がうかがえる。

真田丸と赤備え

冬の陣を前に、軍議の席で「幸村」は、関東の機先を制して秀頼自らが進軍、旗を天王寺《てんのう》にすすめ、兵を山崎へ出すこと。そして、「幸村」と毛利勝永《かつなが》（吉政《よしまさ》）を先鋒に、長宗我部《ちょうそかべ》盛親《もりちか》、後藤又兵衛（基次《もとつぐ》）に大和路を攻めさせ、伏見城を奪取。京へ火を放ち、宇治《うじ》、勢多《せた》に拠って西上する関東勢を迎え撃つ、積極果敢な策を進言した、と伝えられる。

しかし、この「幸村」の進言に対して、実戦経験の乏しい秀頼の近臣たちは、積極策の成功をあやぶみ、大坂城外での戦いを危惧して、軍議を籠城《ろうじょう》戦に決したといわれている。

そこで「幸村」は、難攻不落と謳われた巨城・大坂城の、唯一の弱点──手薄な南方に出丸を構築し、守備に万全を期する作戦に出た。いわゆる、〝真田丸《さなだまる》〟の築城である。

「真田左衛門《さえもん》（佐《のすけ》）は、おのれが武名を後代に遺さんと天王寺表《おもて》に一郭を備えた。（中略）真田丸と自称す」（『武徳編年集成《ぶとくへんねんしゅうせい》』）

戦場に出城をつくり、本城と連携をとりながら、籠って戦う作戦は、まさに真田のお家芸といえなくもない。

正面に迎える敵は、前田利常《としつね》（利家《としいえ》の四男）、西に井伊直孝《なおたか》（直政《なおまさ》の次男）、松平忠直《ただなお》（徳川家康の次男・結城秀康《ゆうきひでやす》の長男）の諸勢──「幸村」は鉄砲隊をもって、まずは敵陣を狙撃して挑発。殺到する敵勢を出丸に引き寄せては、再び鉄砲を一斉に撃ちかける。その戦法は明らかに、父・昌幸譲《ゆず》りのものであったといってよい。

「寄手《よせて》の中手負《ておい》死人、その数を知らず」（『家忠日記《いえただにっき》』）

〝真田丸〟の活躍もあり、大坂城は籠城戦を戦い抜く。

だが、冬の陣は攻防の途中、勝敗はいずれとも決せぬまま、二ヵ月で呆気《あっけ》なく和睦となる。むろん、家康の心底を読めぬ「幸村」ではなかった。家康はもとから、大坂城を攻めつぶせる、などとは考えていなかったのである。和睦に持ち込み、次の策謀を構えていたのだが、「幸村」は家康の目的とするところが、豊臣家討滅以外のなにものでもないことを理解していた。それゆえ彼は、和睦の誓書の交換が終わるや、東軍の虚をついて夜襲を仕掛けるべきです、と献策するが、秀頼や周囲の容《い》れるところとはならなかった。

——やがて、夏の陣が勃発する。

大坂城の外堀は、ゆるやかに埋めるはずが、家康の謀略により、一気に埋めつくされ、内堀までも。裸同然となった大坂城では、籠城もままならない。家康はすべてを見越して、再戦へ導き、大坂方は打って出ることに。天王寺に進出して布陣し、一方、道明寺《どうみょうじ》から国分《こくぶ》を越え、関東方を嶮隘《けんあい》（けわしく狭いところ）に誘い込む作戦が採用される。

ところが史実の信繫は、自らの出陣に出遅れ、途中から引き返すという不手際をおこなっている。『北川覚書《きたがわおぼえがき》』（別名『北川遺書記《きたがわいしょき》』）大坂方についた武将・北川次郎兵衛の作といわれる）によれば、濃い霧のためであったと伝えられるものの、あるいは信繫は、すでに勝負のみえた戦いにおいて、己れにふさわしい死に場所を求めていたのかもしれない。

五月七日、彼は総大将家康のみを狙って、〝赤備え〟の真田勢を率いて真一文字に突きすすむ。信繫が、正しくは真田家が、はじめて見せた正攻法の野戦といってよい。真田兵は寡勢《かせい》ながらも善戦、一時は家康本陣を蹂躙《じゅうりん》し、関東勢の顔色を失わせるばかりの活躍をみせた。

「彼処《かしこ》に顕《あら》われ、此処《ここ》に隠れ、火を散じて戦いけり。聚合離散《しゅうごうりさん》の形勢、須臾《しゅゆ》（一瞬のうち）に変化して、前にあるかとみれば、忽焉《こつえん》（にわかに）、後にあり」

と、江戸時代に成立した軍記物『難波戦記《なんばせんき》』は伝えている。

確かに信繫は、武田信玄に大敗を喫した三方《みかた》ヶ原《はら》の合戦以来、崩れることのなかった徳川家の、本陣の旗を倒して、家康を切腹の際まで追う活躍ぶりを戦場で示した。

真田は三度、徳川勢に勝ちえた、といえるかもしれない。

しかし、多勢に無勢《ぶぜい》である。いつしか信繫も戦い疲れ、馬を降りて休んでいるところを、〝越前宰相〟こと松平忠直の家臣・西尾久作《にしおきゅうさく》に討たれてしまう。ときに、信繫は四十九歳であった。

彼の嫡子大助《だいすけ》は、このとき十六歳（十五歳とも）であったが、翌日、秀頼のあとを追っ

て自刃して果てている。信繁の死を報じた細川忠興《ただおき》は、

「真田左衛門佐、合戦場において討死《うちじに》、古今これなき大手柄、首は越前宰相殿鉄砲頭《てっぽうがしら》取り申し候。さりながら手負い候《そうら》ひて、草臥《くたび》れ伏《ふ》して居られ候を取り候に付《つき》、手柄にもならず候」

と、明らかに同情を込めて書き留めている。

真田の武名はこののち、広く天下に轟くこととなった。だが、信繁の戦いは、父の昌幸とは明らかな相違がみてとれる。それは、信繁の戦いが己れの死後を大切に思うところに主眼を置いたものであり、生き残りに懸命の努力をはらった昌幸とは、本質的に異なっていた点であった。その差異は、真田の〝赤備え〟にもいえた。

信繁こと「幸村」が、大坂の陣で「六文銭《ろくもんせん》」の旗印を靡《なび》かせて、〝赤備え〟を率いて活躍した、と後世の書はいうが、たしかな史料によるかぎり、多分に疑問が残った。

考えてみれば当然のことで、「真田」の本家筋は「幸村」の兄である信之であり、「六文銭」は兄の側にあってこそ、正統ということになる。それをなにゆえ「幸村」は、〝赤備え〟を率いて戦場を往来した、というのであろうか。

直属軍を鎧・冑はもとより、旗・幟《のぼり》にいたるまで朱一色としたこの〝赤備え〟部隊は、かつては武田信玄麾下《きか》で、勇名を天下に馳せた、飯富虎昌《おぶとらまさ》（次いで山縣昌景《やまがたまさかげ》）率いる同名部隊の後継であった。

ただ、信玄のそれは精強部隊の代名詞ともなり、ついには戦わずして敵を潰走させるまでになったが、このすべては〝徳川四天王〟の一《いっ》・井伊直政、ついでその子の直孝に受け継がれていた。もし「幸村」が〝赤備え〟を用いたというのであれば、それは、旺盛な自己顕示の道具とみなされなくもない。

大坂夏の陣の決戦の日、両軍あわせ二十余万が、さして広くもない地域で大乱戦を繰り展《ひろ》げた。「幸村」の〝赤備え〟は一目瞭然《りょうぜん》、さぞや人々の注目を集めたことであろう。それこそ「日本《ひのもと》にはためしなき勇士」「ふしぎなる弓取《ゆみとり》」と映ったに違いない。

「幸村」の狙いは、見事に成功したともいえる。彼の壮絶な戦死、豊臣家に殉じた悲劇の像は、後世に〝真田十勇士〟をともなって甦《よみがえ》り、立川文庫から映画・時代小説・人形劇にまで偶像化され、「令和」の今日にもなお、日本人の心の中に生きつづけているのだから。

（かく・こうぞう）

真田幸村　〔立川文庫セレクション〕

2019年8月30日　初版第1刷印刷
2019年9月10日　初版第1刷発行

著　者　加藤玉秀
発行者　森下紀夫
発行所　論 創 社
〒101-0051　東京都千代田区神田神保町2-23　北井ビル
tel. 03（3264）5254　fax. 03（3264）5232　web. http://www.ronso.co.jp/
振替口座　00160-1-155266
装幀／宗利淳一
印刷・製本／中央精版印刷　組版／フレックスアート
ISBN978-4-8460-1858-0　2019 Kato Gyokushu, printed in Japan